이성계

대권

윤만보 소설

이성계

대권

大權

백성을 곤궁하게 하는 나라는

더 이상 나라가 아니다.

도서출판
문학공감

고려는 태조 왕건이 북방의 광활한 영토를 지배했던 고구려인의 후손임을 자처하면서 건국했고, 한때 독립적인 연호를 사용하는 등 민족적 자긍심을 내세우며 국권을 든든히 했다. 그러나 지배계층의 방종과 그들 간의 권력 다툼으로 국력이 쇠약해졌고, 특히 의종 대에 일어난 무신정변(武臣政變) 이후에는 국가의 지배 체계가 무너지고 기강이 해이해져, 고려라는 나라는 정상적으로 유지될 수 없을 지경에까지 이르렀다.

무신정권 이후에는 북방 민족인 몽골족의 지배를 받으면서 그 속국으로 100년 가까운 세월을 보냈고, 공도(公道)가 무너진 세상에서 권력은 힘 있는 자에 의해서 전횡되었다. 그들은 자신들의 영화와 이익을 위해 세를 뭉치는 데만 혈안이었고, 그 와중에서 발생한 폐해는 고스란히 백성이 짊어지게 되었다.

여기에 신진사대부를 중심으로 변화를 갈망하는 기운이 움트게 되었는데, 이들은 백성의 소리를 등에 업고 마침내 전쟁을 통해 영웅으로 부상한 이성계와 결합하여 새로운 세상을 만들게 된 것이다. 고려가 망해가는 과정에서 최영과 정몽주 같은 몇몇 충절을 지닌 인사들이 나타나긴 했지만, 그들은 민심을 싸안지 못했고, 고려를 둘러싸고 벌어지는 국제 관계의 변화에 대처하는 능력이 부족했다.

　나라가 부패하면 새로운 기운이 나타나는 것은 필연적인 역사의 과정
이다.

　지금, 우리 대한민국은 어떠한가?

　몇몇 인사들이 국정을 농단한 결과, 대통령은 임기도 채우지 못한 채
탄핵을 받아 물러나야 하는 위기에 처해 있다. 이에 새로운 세력들이 서
로 다투어 나서서 저마다 이설(異說)로서 국민을 혼란스럽게 하고 있다.
지금 그 혼란의 폐해는 고스란히 국민이 떠안고 있다. 유례없는 물가의
폭등도, 북쪽으로부터 불어오는 안보의 위협도, 급변하는 국제 질서의
변화에 대응하지 못해서 입는 피해도 모두 우리 국민들이 고스란히 안
고서 하루하루를 힘겹게 살아가고 있다. 국민들은 부디 이 고비를 무사
히 넘기기만을 바랄 뿐이다.

　역사는 상황은 변했더라도 그 역사적 의미는 반복한다.

　오늘을 살아가는 우리들은 패망한 고려의 역사에서 교훈을 배워야 한다.

차례

건널 수 없는 강

1

장대 같은 비가 계속되고 있었다.

며칠 째다. 장마철에 접어들었음이 분명했다.

겨우 첫 여울을 건너 위화도에 도착했는데 더 이상 강을 건너지 못하고 이곳에 머무른 지가 벌써 열흘이 가깝다. 상류에서 불어난 강물은 하류로 내려오면서 걷잡을 수 없이 거세졌다.

이성계는 억세게 퍼붓는 빗속에서 수하 제장들과 함께 강변에 서서 밀려오는 강물과 마주했다. 갑옷 위에 도롱이를 걸쳤지만 세찬 빗줄기에는 소용이 없었다. 빗물이 배어서 몸속까지 축축했다. 빗물이 배인 갑옷은 평소의 배로 무거웠다.

'어디 건널 수 있으면 들어와 보라!' 불어난 강물은 거대한 괴물의 형상을 하고 밀려왔다가 스쳐 지나갔다. 그러한 괴물이 한두 마리가 아니라 수백, 수천 마리 떼를 지어서 끝도 없이 덤벼들었다.

"장군, 이런 물결을 거슬러 도강한다는 것은 죽음을 자초하는 일입니다."

곁에 선 남은이 안타까운 눈길로 말했다.

"음—"

이성계는 깊은 신음 소리만 낼 뿐이었다.

"죽일 놈들."

이지란이 이성계의 어두운 기색을 살피면서 욕을 했다.

욕설의 대상을 누구라고 지칭하지는 않았지만, 그것은 이 전쟁을 기획하고 자신들을 전쟁터로 몰아넣는 임금과 최영을 말하는 것임을 제장들은 다 알고 있었다.

요동정벌군은 공식적으로는 5만의 병력으로 편성된 군대였다. 사역 인원 1만 1,600명, 전투 요원 3만 8,600명, 그리고 동원된 말의 수가 2만 1,680필이었다. 정벌군치고는 보잘것없는 규모였다. 그래서 대외적으로는 '10만 대군'이라고 수를 부풀려서 공표했다.

이러한 규모로 명나라 대군을 상대로 전쟁을 일으킨다?

이성계는 회의적이었다. 이번 전쟁은 도저히 이길 수 없는 전쟁인데도 임금과 최영의 고집 때문에 추진된 것이라 생각했다.

'최영의 뜻은 과연 어디에 있는 것일까? 최영의 나이 이미 70을 넘겼는데……. 그동안 숱한 전쟁을 겪어오면서, 정벌전쟁이란 방어전과는 달라서 적의 몇 배에 달하는 전력이 필요하다는 것을 누구보다 잘 알 터인데도, 이런 소수의 병력으로 대국을 상대로 전쟁을 벌이려 하다니……. 이번 전쟁이 진정 나를 함정에 빠뜨리기 위해서란 말인가?'

이성계는 당초 요동정벌이 논해졌을 때 그리 반대하지는 않았다. 아니오히려 어쩔 수 없는 전쟁이라면 부딪쳐야 한다는 쪽이었다. 그러나 적극적으로 정벌에 나서자고 주장하는 편도 아니었다.

　그 이유는 명나라가 반환을 요구하는 철령 이북의 땅은 과거 원나라가 쌍성총관부를 설치하여 직할로 다스리던 지역이었는데 그곳에 이성계의 가문이 기반을 이루고 있는 화령 지방이 포함되어 있기 때문이었다.

　이성계의 오대조 이안사는 전주 지방에서 유민 집단을 이끌고 와서 함주 화령 지방에 터를 잡고 지내다가 원나라의 침공이 있을 때 투항하여 쌍성총관부의 관리를 지냈다. 이곳 지방은 지리적으로 험준한 산악에 둘러싸여 있고, 또 함경도 사람은 기질이 사나워서 인근의 여진족들과 손을 잡고 중앙 정부에 반기를 종종 들어왔기에 고려 정부에서는 다루기가 어려워 지방의 토호에게 통치를 맡겨놓았던 곳이었다. 원나라 지배하에서도 그러한 점이 감안되어 원나라는 직할 통치 지역으로 정해놓았지만, 실제적으로는 고려와 마찬가지로 지방의 유력자를 다루가치(達魯花赤, 원나라 직할 지배 지역을 다스리는 관리)로 임명하여 다스려 왔던 것이다. 다루가치는 대대로 조씨 집안에서 이어 받아왔다. 그런데 이성계의 부 이자춘의 대에 이르러 다루가치 승계 문제로 다툼이 일어났는데 여기서 이자춘이 승리했던 것이다. 그러나 이에 대해 원나라가 트집을 잡고서 그 책임을 이자춘에게 물으려 했다. 이때는 배원 정책을 펴고 있던 공민왕이 유응부 장군을 시켜서 쌍성총관부를 쳐내고자 할 때였다. 이에 이자춘은 유응부와 내통하여 쌍성총관부를 몰아내는데 큰 공을 세웠던 것이다. 그 공으로 인해 수복 이후에 이자춘은 공민왕으로부터 동북면 병마사로 임명받게 되었고, 그 직은 아들 이성계에게로 이어져 왔던 것이다.

'그렇게 집안의 기반을 다진 곳인데, 어떻게 포기할 수 있단 말인가!'

　이 일로 이성계는 측근들과 회의를 열었다. 집안의 분위기는 아무리 명나라의 요구가 강하더라도 순순히 들어줄 수 없다는 것이었다. 제일 강하게 반대하는 사람은 이성계의 다섯째 아들 방원이었다.

"결코, 명나라의 요구를 들어줄 수는 없는 일입니다. 그곳을 내준다는 것은 집안의 기반을 없애는 것과 같습니다."

"순순히 내주지 않는다면 명나라가 힘으로 빼앗으려 들지 않겠느냐?"

이성계도 아들 방원과 뜻을 같이하지만 어쩔 수 없지 않으냐는 것이었다.

"전쟁을 하는 한이 있더라도 명나라의 요구를 들어줘서는 안 됩니다."

"……음."

이성계로서는 참으로 결정하기가 어려운 일이었다.

"삼봉 대감의 의견은 어떠하시오. 어디 의견을 들어봅시다."

이성계는 자신이 결정하기 어려우므로 정도전의 뜻을 들어보려고 했다.

정도전은 아까부터 이성계 부자간의 이견을 계속 듣고만 있었다. 섣불리 나서서 자신의 의견을 말하지는 않았지만, 그에 대해서 줄곧 생각해오던 바가 있었다. 오래전부터, 명나라에서 철령 이북 땅을 내놓으라며 고려 조정에 압박을 가한다는 말을 들었을 때부터 정도전은 이 일에 대해 깊이 생각해오고 있었다.

"참으로 난처한 일이옵니다. 소신의 의견을 말하기 전에, 먼저 장군께 한 가지 묻겠습니다."

"무엇이오? 알고 싶은 게."

"시중께서는 명나라와 요동정벌 전쟁을 하였을 때 이길 수 있으리라고 생각하십니까?"

"참으로 힘든 전쟁이 되지 않겠소이까. 어려운 일이기는 하겠으나……"

이성계는 차마 패배할 것이라는 말을 입 밖으로 꺼내지 못했다. 그동안 숱한 전쟁터를 쫓아다니면서 패배를 모르는 명장으로 이름을 떨쳐왔기에 패배하리라고 말하는 것은 자존심이 상하는 일이었다. 전쟁이라면 자다가도 출전하여 승리해왔던 이성계였다.

"나는 과거에 선왕의 명을 받고 요동 땅에 진출하여 원나라 동녕부를 쳐부순 적이 있소이다. 그때 옛 고구려의 도읍지였던 오녀산성을 공격하여 적장 이원경의 항복을 받고 민가 1만을 복속시킨 적이 있소이다."

동녕부는 원나라 침략기에 서북면 병마사로 있던 최탄이 고려를 배반하고 원나라에 항복한 뒤 서북면 일부와 요동 땅을 경략하기 위해 원나라가 세운 통치 기관이었다. 이곳은 후에 원나라가 명나라에 쫓기면서 요동 땅으로 옮겨갔는데, 공민왕이 자주 정책을 펼치면서 옛 고구려 땅을 수복하기 위해 정벌에 나섰던 것이다. 이때 이성계는 1만 5,000명의 병력을 이끌고 옛 고구려의 도읍지인 졸본의 전략적 요지인 오녀성을 함락하고 원나라 장수 이원경(李原景, 이오르테무르)의 항복을 받아냈던 것이다.

"그때 승리했지만, 이 시중께서는 곧 철수했습니다."

"그랬지. 그때가 옛 고구려의 고토를 수복할 수 있는 절호의 기회였는데, 그만 놓치고 말았으이."

"그때 철수를 한 것은 고려의 능력으로는 요동 땅을 경략할 겨를이 없었기 때문입니다. 국토가 왜구들의 침입으로 몸살을 앓고 있는데 어떻게 요동 땅을 경영할 수 있었겠습니까?"

"딴은 그렇지. 잠깐의 승리를 맛보고, 다시 성을 돌려주고 되돌아 나왔지. 그 땅이 지금의 요동 땅이 아닌가?"

이성계는 옛일을 회상하면서 아쉽다는 표정을 지었다.

"『손자병법』에 승병선승이후구병(勝兵先勝而後求戰)이라 하였습니다."

"이기는 병사는 승리를 생각한 이후에 전쟁을 한다는 말이지, 지는 전쟁을 벌이지 않는다는 말이 아닌가?"

이성계가 해석을 달았다. 싸움터를 누벼온 그가 『손자병법』을 모를 리 없었다.

"그렇습니다."

정도전은 무릎을 탁 쳤다.

"지금 요동정벌 전쟁도 그런 관점에서 생각하셔야 합니다."

"명나라를 상대로 싸움에서 이길 승산이 없다는 말이군."

"아니 그렇다면, 이대로 함주 땅을 내주란 말입니까?"

그때까지 잠자코 정도전의 이야기를 듣고만 있던 이방원이 벌컥 화를 내며 대들 듯이 말했다.

"내 말을 더 들어보시게."

정도전은 흥분하는 이방원을 진정시키며 이야기를 계속했다.

"이 일은 철령 이북 땅을 내놓지 않으면 명나라가 군사를 동원할 것인가에 대해서 먼저 판단을 하여야 할 것이네."

"명나라는 철령에 위(衛, 군영, 즉 군사 주둔 시설)를 설치한다고 하지 않소?"

이성계가 물었다.

"위를 설치한다고 해서, 곧 그곳을 지배하겠다는 뜻은 아니옵니다. 명나라가 군사를 동원할 것인가 하는 것은 명나라가 철령 이북 땅을 반환받아서 실제적으로 얻는 것이 무엇인지를 명확히 알고 나서 판단해야 할 것입니다. 명나라의 저의를 파악해본다면 이 일은 쉽게 해답을 찾을 수가 있을 것입니다."

"먼저, 명나라의 저의를 파악해본다? 거기서 해답을 찾아라?"

이성계는 정도전의 말이 언뜻 이해되지 않아서 되물었다.

그것은 여태까지 논의되던 것과는 또 다른 견해였다.

"저는 이 문제와 관련해서 여러 사람들과 만나서 이야기를 나누어 봤습니다. 최근에는 명나라에 다녀온 설장수도 만나서 이야기를 들었습니다."

예부총랑 설장수는 얼마 전에 명나라가 철령 이북 땅을 내놓으라고 압박하자 사신으로 갔던 사람이다. 그는 원래 위구르 출신이었는데 부친 설송이 원나라에서 벼슬을 하다가 귀화하는 바람에 따라와서 고려에서 벼슬을 지내는 사람이다. 그래서 설장수는 중국말에 능통하고 중국 내에 지인이 많았다.

"……"

좌중은 정도전의 입에서 무슨 말이 더 나올지 궁금하여 숨을 죽이고 집중했다.

"명나라는 지금 전쟁을 할 여유가 없습니다. 황제 주원장은 이문충에게 대규모 군사를 이끌고서 초원 북쪽으로 쫓겨 간 북원을 토벌하도록 하였으나 막북에서 대패했습니다. 그런데 고려와 영토 분쟁을 하려고 또 전쟁을 벌이겠습니까? 더군다나 요동 땅은 별 쓸모가 없어서 버려진 땅이나 다름없는 곳인데 희생을 각오하고 전쟁을 벌이겠습니까?"

"그럼 사정이 그러한데도, 황제가 철령 이북 땅을 내놓으라고 강요하는 이유는 대체 무어란 말이오?"

"그것은 고려와 원나라 사이를 갈라놓으려는 전략인 것이지요. 황제는 북원을 궤멸시키기 위하여 수차례 원정을 하였음에도 성공하지 못했습니다. 북원의 저항이 그만큼 거셌다는 것이겠지요. 그래서 황제는 북원 정벌 정책을 포기하고 대신에 북원을 북쪽의 작은 나라로 묶어두는 것으로 전략을 바꾸었습니다."

"전략을 바꾸었다고?"

정도전은 설장수 등 여러 사람들을 만나서 중원의 정세를 듣고서 나름대로 분석한 내용을 덧붙여서 장황히 설명했다.

"명나라가 염려하는 것은 원나라가 비록 지금은 북으로 쫓겨가 있지만, 한때는 세상을 호령하던 막강한 제국이었기에 그들이 다시 발호하는 것이 두려운 것입니다. 만약 북원이 고려와 그리고 여진족과 손을 잡고 명나라에 대항한다면 크나큰 위협이 되기에 이를 막으려 하는 것입니다."

"그런 문제라면, 이미 고려는 명나라에 사신을 보내어 사대하기로 약조를 하지 않았소?"

"고려를 못 믿는 탓이겠지요."

"……"

"요동은 전략적 요충지입니다. 명나라가 요동 지역을 장악한다면 북원과 고려와 여진이 손을 잡기가 어렵기에 요동 땅을 내놓으라고 하는 것입니다. 군사를 주둔시키는 것도 이를 감시하기 위한 조치일 뿐이지 실제로 지배하기 위한 것은 아닐 것입니다."

좌중은 정도전의 명쾌한 설명에 이미 빨려들어가 있었다.

언제 저러한 데까지 생각이 닿아 있었을까? 이성계는 지난날 남루한 차림을 한 정도전이 함주로 찾아와서 자신의 장자방이 되고자 한다며 주공으로 모시고 고려를 개혁하겠다고 큰소리를 쳤을 때 세상이 어지러워서 갈피를 못 잡고 있으니 젊은이가 객기를 주체치 못하여 하는 소리라고 가볍게 치부했었다. 그러나 세월이 지나면서 그를 가까이 두고 관찰해보니 보통 영민한 사람이 아니었다. 지금 명나라의 요동 할양 요구를 들어주어야 하는가 하는 문제는 이씨 가문의 명운이 달린 일인데 저렇듯 깊이 생각하고 있었다 하니 새삼 그 능력이 탁월하다는 것을 느낄 수가 있었다. 과연 한나라를 세운 장량의 지모에 모자람이 없다는 생각이 들었다.

"그럼 우리로서는 어떻게 해야 하오? 최 시중도 명나라와 싸워서 이길 수 없다는 것을 모르지 않을 텐데, 왜 굳이 요동을 정벌해야 한다고 저렇듯 고집을 부리는 게요? 그에 대해서도 생각해보았소?"

이성계는 존경하는 눈빛조차 띄우며 물었다.

"최영의 속셈은 이미 드러나 있습니다. 그의 속셈은 장군을 견제하려고 하는 것입니다."

"아니, 뭐라고? 나를 견제하기 위해서라고?"

"이 시중을 견제하기 위해서 전쟁을 일으킨다고요?"

"최영이 아버님을?"

정도전의 한마디에 그때까지 경청하며 듣고 있던 이성계의 아들 이방과와 이방원, 그리고 이지란 등 측근들이 모두 두 눈을 똥그랗게 뜨고 반문했다.

"최 시중과 장군께서 손을 잡고 정월지주(正月之誅)를 일으켜 이인임 일파를 제거하였고, 그 후로 장군께서는 일약 수시중의 자리에 올라서 권력의 핵심으로 부상했습니다. 그러던 차에 명나라에서 철령 이북을 내놓으라고 하니, 이참에 장군을 제거하고자 마음을 먹은 것입니다."

"나는 더 이상 아무것도 요구한 것이 없소이다."

이성계는 변명하듯 말했다.

"장군의 생각은 그러하지만, 저들의 생각은 그렇지가 않습니다. 비록 최영이 문하시중이고 임금의 장인으로서 국구 대접을 받고 있으나 궁궐에 장군의 군사가 주둔하며 궐을 장악하고 있으니 두 사람은 불안한 것입니다. 장군이 다른 마음을 먹고 있다고 생각한 것입니다. 요동을 정벌한다면 누구를 앞장세우겠습니까?"

"그야 문하시중인 최영이 총지휘를 하지 않겠소이까?"

"물론 최영이 문하시중으로서 전쟁의 총지휘를 하겠지요. 그러나 그의 나이로 보나 문하시중으로서의 지위로 보나 전쟁의 일선에는 나서지 않을 것입니다."

"그럼 나를 선봉에 내세워서……?"

"그렇지요. 장군에게 군사의 지휘를 맡겨서 나중에 책임을 물으려고 하겠지요. 요동을 침공하여 잠깐의 승리를 맛본다고 해도 그 뒤에 명나라가 가만히 있겠습니까? 황제는 대규모 병력을 동원하여 고려에 보복을 가할 것입니다. 그리되면 임금은 어쩔 수 없이 동북면을 내줄 것이고, 요동정벌을 감행한 장군을 참수하려 할 것입니다."

"만약 요동정벌에 실패한다면?"

"그것이 최영이 바라는 것이지요. 패전의 책임을 장군에게 묻겠지요. 패장에게는 어떠한 명분도 주어지지 않는 법입니다. 여태껏 장군에게 쏠렸던 민심도 등을 돌릴 것입니다. 그때를 기다려 눈엣가시처럼 여기던 장군을 처단하려 하겠지요."

"그렇다면 어찌하면 좋단 말이오? 어명을 거역할 수도 없고, 또 가만히 앉아서 동북면을 내줄 수도 없고, 그렇다고 전쟁에 승산이 있는 것도 아니고……"

"요동정벌의 부당한 이유를 대면서 민심의 추이를 살피셔야 합니다. 그동안 고려는 왜적과 홍건적을 상대로 수없이 많은 전쟁을 치르면서 백성들이 겪은 고통은 이루 말할 수 없을 정도였습니다. 게다가 벼슬아치들의 가렴주구로 이 땅이 지옥이나 다름없게 되어 버렸습니다. 그런데 또 전쟁을 일으킨다고 하면, 백성들의 마음이 어떠하겠습니까? 요동정벌은 종전의 생존을 위해 벌였던 침략에 대한 방어전이 아니라 우리 스스로 일으키는 전쟁입니다. 백성들의 조정에 대한 원망이 하늘에 닿을 것입니다. 오죽하면 백성들이 이인임의 시대에 임견미, 영흥방 등 세 도둑이 있을 때보다 더 심하다는 말을 거침없이 뱉어내겠습니까?"

"음, 그렇겠지. 이인임 일파를 몰아내려고 수많은 사람을 죽였고, 그리하여 정권이 바뀌었다 해도 백성들의 생활은 무엇 하나 나아진 게 없으니 그런 원망도 하겠지."

"이 전쟁을 치러서는 안 될 이유가 여럿 있습니다. 첫째로, 작은 나라가 큰 나라를 상대하는 것이 부당하다는 것이지요. 둘째로는 여름철에 군사를 동원하면 농사철에 일손이 달려서 가을에 수확하기가 어렵습니다. 그리하면 군량미 확보에도 어려움이 있습니다. 셋째는 병사를 북쪽으로 동원하면 남쪽에서 침구해오는 왜구들을 방비하기가 어렵습니다. 넷째는 여름철에 군사를 모아놓으면 역병이 창궐하기가 쉬워 전력에 차질이 있습니다."

정도전은 손가락을 꼽아가면서 전쟁을 벌여서 안 될 이유를 차근차근 설명했다.

이성계와 측근들은 이야기를 들으면서 모두 고개를 끄덕였다.

"그래도 임금과 최 시중이 군사를 일으킬 것을 명하면 그때는 어떻게 하지요?"

정도전의 설명을 들었어도 이방원은 선뜻 동조하기가 어려워 물었다.

"그때는 별수가 있겠는가? 일단 어명을 따라야지. 어명을 거역한다는 것 자체가 장군을 쳐내는 구실이 될 것이니, 그에 따르는 수밖에 없는 일이지. 어명에 따르면서, 방법을 모색해볼 수가 있겠지."

정도전의 설명을 들었어도, 의론은 한밤중까지 계속되었다. 그러나 그 의론은 정도전이 내놓은 의견에서 별로 벗어나지 못했다.

이성계와 측근들은 이번 사태로 뭔가 신상에 크나큰 변화가 올 것이라는 예감을 했다.

'이번 일로 정국에 크나큰 변화가 일어나게 될지도 모르겠다. 어쩌면 역적의 오명을 쓰고 한낱 축생처럼 죽어가야 할지도 모를 일이다.'

이성계뿐만 아니라 측근들 모두 그렇게 생각하면서 새벽녘이 다 되어서야 헤어졌다.

2

요동정벌 계획이 드디어 공론화되었다. 조정회의에 부쳐지자 반대 여론이 들끓었다. 그 선봉에 선 최영과 이성계가 날카로운 대립을 펼쳤다.

"전쟁은 안 됩니다. 지금 백성들은 농번기에 장정을 차출하지 않을까 매우 불안해하고 있습니다. 우리가 먼저 전쟁을 일으켜서는 안 됩니다. 지금 형편에 명나라 같은 대국을 어떻게 상대를 한다는 말입니까?"

이성계가 반대의 논리를 강하게 폈다.

"평생을 전쟁터에서 보내온 송헌(松軒. 이성계의 호)이 싸움을 마다하시는구먼. 두려운 것이오?"

최영이 날 선 말로서 받았다.

"싸움을 두려워하지는 않소이다. 전쟁을 일으키려면 뚜렷한 명분이 있거나 승산이 있어야 하는 것입니다."

이성계도 지지 않았다.

"그럼 지금 전쟁을 일으키는 것은 그에 해당이 되지 않는다는 말이오?"

"소신의 판단으로는 그렇소이다. 이유가 명백합니다. 첫째는 작은 나라가 대국인 명나라를 상대하기가 어렵다는 것이고, 둘째는……, 셋째는……, 넷째는 여름철에는 역병이 돌기 쉽고 또 장마철에 접어들면 활의 갖풀이 녹아서 사용하기가 어려워 전력에 손상을 가져옵니다."

이성계는 네 가지 불가론을 내세워 최영을 공박했다.

"그것은 핑계일 뿐이오. 무릇 중원을 제패한 제후국들은 물론 요나라나 금나라는 모두 작은 나라로 시작하여 대국을 정복하였소이다. 고려라 해서 그들과 다를 것이 무엇이오? 또 전쟁을 시작하면 여름에 시작해서 겨울을 지나 해를 넘기면서 싸울 때가 많은데 농번기라 해서 전쟁을 피할 방법이 있는 것은 아니오. 아무튼, 전쟁을 할지는 전하의 결심에 달린 일인데, 전하의 결심이 선 이상 신하들이 나서서 더 이상 왈가왈부할 일이 아니오이다."

최영은 날카로운 눈으로 이성계를 쏘아보면서 말했다. 이성계의 눈빛도 그에 지지 않았다. 두 영웅의 눈빛이 파르르 빛을 내면서 '쨍' 하고 부딪쳤다. 조정 대신들은 두 사람의 대결을 보면서 오싹한 전율을 느꼈다. 살기가 돌았다.

임금의 결심이 선 이상 조정 대신들이 아무리 반대를 해봐도 소용이 없었다. 언제 출정하는가 그 시기만 남았다. 각도 관찰사에게 장정 동원령이 내려졌다. 최영은 안소와 왕안덕 등 측근들과 출정 시기를 조율하고 있었다.

4월에 접어들었다. 날씨는 무더위로 치달아 봄기운을 타고 나른해지는데 정국의 분위기는 싸늘했다. 이때 요동의 관리 이사경이 군사를 이끌고 양계(함경도와 강원도의 일부 지방) 지방으로 넘어와서 철령 이북 지역이 명나라의 땅임을 공고하는 방문(榜文)을 붙인다는 장계가 올라왔다.

최영은 이들을 즉시 붙잡아서 참수하라는 명을 내렸다. 관찰사는 이들 중 21명을 참수하고, 이사경 등 5인을 체포하여 조정으로 압송했다. 조정은 또 한 번 발칵 뒤집혔다.

이 소식을 들은 공산부원군 이자송이 최영의 집으로 찾아갔다. 이자송은 심지가 곧고 직언을 잘하는 사람이었다. 그는 과거 공민왕 시절에 원나라가 배원 정책을 펴는 공민왕을 폐하고 덕흥군을 고려왕으로 세우려 할 때 원나라에 사신으로 갔었는데 그곳에서 덕흥군 쪽을 편들 것을 회유받았으나 "신하된 자가 두 마음을 먹어서는 안 된다."며 함께한 사절단 중 많은 사람이 덕흥군 쪽에 섰던 것과는 달리 충절을 지켰던 사람이다.

그는 또 이인임, 임견미가 득세하던 시절에 수문하시중을 지내다가 파직을 당하였는데, 우왕이 말을 타다가 떨어져서 다친 것을 보고 "전하께서는 술만 취하면 말을 타다가 이처럼 다치므로 지금부터는 궁궐에 가만히 계시면서 놀이와 사냥을 경계하시고 주색을 삼가시어 몸을 가볍게 하지 마시라."고 간(諫)하다가 미움을 받은 것이 이유였다.

최영은 이자송의 성품을 잘 아는지라 무슨 언짢은 소리를 할 것인가 하고 경계를 하며 대했다. 생각한 대로 이자송은 속이 불편한 듯 눈에 쌍심지를 켜고 있었다.

"내 참다가 문하시중께 꼭 전해야겠기에 이렇게 달려왔소이다."

"말씀을 해보시오. 기색을 보니, 심히 언짢아 보이시는데."

"최 시중은 지금 시중에 떠도는 말들을 들어보시지 않습니까?"

"그게 무슨 말씀이오?"

"지금 시중에는 최 시중께서 전하를 잘못 보필하여 요동정벌 전쟁을 일으킨다는 소문이 파다하오이다. 최 시중의 장난으로 나라가 또 한 번의 난리를 겪게 생겼다고 백성들의 원망이 자자하오이다."

"뭣이라? 내가 장난을 쳐서 전쟁을 일으킨다고? 말씀이 지나치시오!"

최영은 그렇지 않아도 대면하기가 싫은 자인데, 기어이 듣기 거북한 소리를 듣게 되자 언성을 높였다.

"요동정벌은 전하의 뜻이거늘 전하의 명이 떨어져서 조정에서도 더 이상 논하지 말라 하였는데, 이미 관직을 떠난 공산부원군(이자송)께서 무슨 자격으로 나한테 와서 이런 말을 늘어놓는 것이오?"

"나는 전하를 잘 보필하라는 뜻에서 하는 말이외다."

"요동정벌을 하고 안 하고는 전하의 뜻이오. 신하된 자가 시시비비를 가릴 일은 아니오!"

"전하가 옳고 그른 뜻을 세우는 데는 신하가 어떻게 보필하는가에 따라 달라지오. 최 시중은 조정의 최고의 신하이고, 또 사적으로는 전하의 장인으로서 가까이 모시는 분이신데, 전하를 잘못 모시어 전쟁의 화를 입게 하고, 백성들로부터 원성을 듣게 해서야 되겠소이까?"

두 사람은 주장을 굽히지 않고 언쟁을 하다가 헤어졌다.

그 일이 있은 즉시 최영은 편전으로 우왕을 찾아갔다. 그리고 이자송과의 다툼에 대해서 상세히 고했다.

"그자의 소행을 그냥 지나쳐서는 안 될 것입니다. 그렇지 않아도 조정에 전쟁에 대한 부정적인 여론이 들끓고 있는데 조야에 있는 자까지 합세하여 이러쿵저러쿵하게 놔둔다면 민심이 걷잡을 수 없이 나빠집니다."

"이자송 그자는 지난 세월에 내가 말을 타다가 떨어져 다쳤을 때 주색을 삼가고 궐내에 가만히 있으라고 잔소리를 하며 과인의 심기를 불편하게 하였던 자인데 이번에는 장인을 찾아가서 기분을 나쁘게 했다는 말이지요?"

임금도 최영이 흥분하여 고자질하는 것을 듣고 심히 불쾌하게 생각했다.

"단순히 불쾌해서 그러는 것이 아니옵니다. 지금 양계를 넘어와서 방을 붙이던 명나라 군사를 붙잡아다 참수를 한 마당인데 재야에 있는 자까지 들어서 시비를 하는 것을 내버려둔다면 영이 서질 않습니다. 다시는 나서서 반대하는 자가 없도록 엄히 다스려야 할 것이옵니다."

"알겠소이다. 내 이자를 엄히 다스려 또다시 거스르는 자가 없도록 하겠소이다."

임금은 즉시 순군부장을 불렀다.

"이자송 그자는 본디 간특한 무리로서 임견미 일당이 국정을 농단할 때 그들과 어울려 높은 벼슬을 하였던 자이다. 그런데 선왕께 충성을 한 공을 인정하여 지난 정월지주 때 벌을 면해주었는데, 오늘날 그 가벼운 입으로 함부로 국정을 어지럽히고 있으니 새삼 그 죄를 문초하지 않을 수 없다."

이에 따라 이자송은 곤장을 107대나 맞고 전라도 땅으로 유배 보내졌는데, 그는 매 맞은 장독을 견디지 못하고 유배를 가다가 길에서 죽었다. 이자송의 일이 있고 나서, 조정에서는 누구도 요동정벌에 관해서 대놓고 반대하는 사람이 없어졌다. 이성계마저도 입을 다물었다.

명나라 병사를 참수한 것은 선전포고인 셈이었다. 이를 계기로 정벌군의 출동 명령이 떨어졌다.

정벌군의 총사령관인 팔도도통사는 문하시중 최영이 겸했다. 좌군과 우군도통사에는 조민수와 이성계가 각 임명되었다. 각도의 관찰사에게 즉시 군사를 징발해서 평양으로 보내라고 공문을 띄워 보내고 임금 자신이 먼저 출발했다. 조정 대신들도 임금을 뒤따라갔다.

개경에는 늙은이들만 남아서 인근 사찰의 승려들을 징발하여 경계를 세웠다.

3

이성계가 평양으로 출발하기 전날, 정도전이 남은을 데리고 찾아왔다. 이성계는 아들 방원과 함께 두 사람을 맞았다.

"명나라 병사를 체포하고 참수한 것은 황제에 대해 선전포고를 한 것입니다."

"이제 전쟁은 피할 수 없게 되었소이다."

이성계는 더 이상 반대하는 것을 체념하고 출정하기로 결심을 했다.

"어명을 거부할 수는 없는 일이지요. 하나 한 가지 명심할 일이 있습니다."

"……?"

"어명을 받고 출정을 하시되, 요동 땅에는 들어가지 마십시오."

"어명이 떨어졌는데 무슨 수로 거부를 한단 말이오?"

"제 말은 어명을 거부하시라는 뜻이 아닙니다. 최 시중은 지금 덫을 놓고서 장군께서 걸려들기를 기다리고 있으니, 이를 피해가고자 하는 것입니다."

"덫을 놓고서 내가 걸려들기를 기다린다고?"

"이 전쟁은 명나라를 상대로 전쟁하는 것이지만, 실제적으로는 장군을 상대로 전쟁을 벌이는 것입니다."

"나를 상대로 전쟁을 하는 것이라고…… 지난번 이야기를 한 바가 있지."

이성계는 쓸쓸한 표정을 지었다. 지난번 정도전으로부터 이야기를 듣고서 곱씹어 생각해보니 그 말이 일리가 있었다.

"어명을 거부하면 역모죄로 다스릴 것입니다. 최영도 이 전쟁이 이길 수 없는 전쟁이라는 것을 잘 알고 있을 것입니다. 그런데 이렇게 무리하게 전쟁을 일으키는 것은 장군을 함정에 빠뜨리기 위해서입니다. 장군이 요동 땅을 밟게 되면 나중에 황제의 보복을 받게 될 것이고, 또 패하게 된다면 패장의 멍에를 씌워서 벌을 줄 것입니다. 그렇다고 어명을 거역하고 출전을 거역할 수도 없는 일이니 이것이 함정이 아니고 무엇이겠습니까?"

"음, 명나라를 상대로 이길 수 없는 전쟁을 치르면서 나를 앞세워놓고 지면 패장의 멍에를 씌워 처단을 할 것이고, 만약 이기더라도 후일 황제의 보복을 견뎌내기 어려우면 결국 나를 희생양으로 삼겠지."

"그뿐만 아니라 전쟁에 동원된 장군의 가병들도 치명적인 타격을 받게 되어 그때 가서 장군께서는 더 이상 힘을 쓸 수가 없게 될 것입니다."

"교활한 늙은이 같으니라고."

곁에서 이야기를 듣고 있던 이방원이 흥분하여 두 주먹을 불끈 쥐었다.

"그래 그 덫을 피해 가는 방도가 있다고 했는데, 그것이 무엇이오?"

"그것은 요동 땅을 밟지 않는 것이옵니다. 어명을 받고 출정은 하되 요동 땅으로 들어가지 않으면 황제의 땅을 침범한 것이 되지 않아 뒷날 황제의 보복은 받지 않을 것이옵니다. 그리고 출정을 했으니 역모죄로 논할 빌미에서도 벗어날 수 있습니다."

"그리하면 조정에서 가만히 있을 것인가? 그 책임도 빗발칠 것인데……"

"그러면서 사태의 추이를 지켜보십시오. 지금 나라 안에는 전쟁을 반대하는 분위기가 팽배해 있습니다. 백성의 원성이 빗발치고 있으니 최영도 그 소리를 듣고 있을 것입니다. 버티면서 대안을 찾아보시오소서."

정도전의 말은 앞으로의 일은 진행을 봐가면서 결정하라는 뜻이었다.

정도전의 의견은 궁여지책일 뿐이었다. 이성계는 길게 한숨을 내쉬었다.

정도전은 함께 온 남은을 가리켰다.

"이 사람을 꼭 데려가시오소서. 나중에 중히 쓰일 것이옵니다."

'남은은 문신인데 그를 왜 전쟁터로 데려가라는 것일까?'

정도전은 이성계가 여러 생각에 잠기도록 하는 말들을 남기고 돌아갔다.

그리고 이방원에게 별도의 당부를 하였다.

"장군께서 출타하시면 식솔들에게 무슨 일이 생길지 모르니 이는 방원 공이 세심히 챙겨야 할 일이니 각별히 신경을 써주게."

정도전은 이성계의 집을 나서서 돌아가는 길에 남은을 불러 세웠다.

"내가 자네를 출진에 수행하도록 장군께 건의한 것은 중요한 임무를 주기 위해서라네."

"별도의 수행할 임무가 있다고요? 그게 무어요? 장군께 나를 꼭 데려가라고 건의를 한 것도 그렇고?"

남은은 긴장하며 물었다.

"내가 말은 쉽게 했지만, 실은 장군께서 이번 출정길이 여간 어려운 일이 아니라는 것을 알고 있네. 이는 우리 모두의 명운이 달린 일이야. 그래서 자네에게 역할을 주려고 한 것이네. 장군께서 결심하지 못하고 망설이실 때 자네가 곁에서 고언을 드려주게나."

정도전은 말을 하면서 품속에서 피봉한 서찰을 하나 꺼내주었다.

"장군께서 어려움에 처하여 결단하지 못하실 때 이걸 드리게."

"이게 무엇이오?"

"장군께서 직접 읽어 보실 것이야."

정도전은 마지막 인사말을 남기고 어둠 속을 휘휘 저으며 사라졌다.

남은은 어둠 속으로 사라져 가는 정도전의 모습에서 앞날을 예측할 수 없는 자신의 운명을 보는 것 같았다. 그래도 왠지 정도전의 뒷모습에서는 든든함이 느껴졌다.

4

우왕 14년 음력 4월 18일, 드디어 출정식이 거행됐다.

임금은 좌·우군 도통사인 조민수와 이성계에게 각각 말 한 필과 칼을 내려주었다.

그런데 정작 최영은 출정하지 않는다는 것이었다. 최영은 두 장군을 따로 불렀다.

"전하께서는 나를 이곳 평양에 남아서 보필하라고 하셨소. 출정 부대는 두 장군께서 지휘를 해주시오."

이성계는 최영의 말을 듣고 난감했다. 그것은 조민수도 마찬가지였다.

정벌 전쟁을 벌이면서 최고사령관이 후방에 남아 있겠다니…… 그럼 좌군, 우군이 따로 전술을 세워 부대를 운영하라는 말인가?

부대는 당초 최영이 좌·우군을 통괄 지휘하기로 되어 있었다. 그러려면 최고사령관인 팔도도통사가 부대를 이끌고 부대와 같이 행동해야 하는데 후방에 남겠다 하니 그 저의가 무엇인지 궁금하지 않을 수 없었다. 저의가 의심스러운 것은 그뿐이 아니었다.

팔도도통사를 보좌하게 한다는 구실을 내세워 자신의 장남과 차남 방우와 방과 그리고 의제 이지란의 아들 이화상을 본부로 발령을 낸 것이었다.

그토록 요동정벌을 강조해오던 최영이 정작 출병에서는 후방에서 지휘하겠다니? 왕명이라 "어쩔 수 없이 출정을 못 하게 되었다."고 말은 하지만, 이성계는 그 말의 진심을 믿을 수가 없었다. 뒤에 남아서 꼭 뒤통수를 칠 것만 같은 기분이 들었다. 두 아들을 곁에다 붙잡아두고 꼼짝없이 명령에 따르도록 협박한다는 생각도 들었다.

'부-웅' 힘차게 울리는 대라(大螺) 소리를 들으며 부대가 출발했다.

"10만 대군의 출정이다!"

함성도 들렸다.

동원 인원수가 적은 것을 의식해서 대외적으로는 10만이라고 부풀려서 선전하는 것이었다.

이성계는 평양성 내성 대동문(大東門)을 나서며 뒤를 돌아다보았다. 문루에서 최영이 아래를 내려다보며 손을 흔들고 있었다. 그의 곁에는 자신의 두 아들과 이지란의 아들이 함께 서서 배웅하는 모습도 보였다.

이성계의 움직임은 무거웠다. 수많은 전쟁에 참여했지만, 지금처럼 내키지 않는 전쟁은 없었다. 이성계는 뒤에서 찌르는 창끝에 몰려서 억지로 앞으로 나아가는 기분이 들었다.

생각을 깊이 하면서 천천히 움직이고 있을 때 남은이 곁으로 다가왔다.

"장군, 삼봉 대감이 장군을 측근에서 보좌하라는 엄명을 저에게 내리더이다."

남은이 마치 격려를 하듯이 씩 웃음을 지어 보였다. 왠지 웃는 모습에 삼봉의 지략이 숨어 있는 듯 보였다.

삼봉은 나에게 "어명을 받들어 출정은 하되 요동 땅은 밟지 말라고, 그곳에서 버티면서 사태의 추이를 살피라."고 했다. 남은의 저 웃음은 무엇을 뜻하는 것인가?

'아무 생각 말고 앞으로 그냥 나가다 보면 길이 보인다는 말인가?' 이럴 때는 여러 말을 해주는 것보다 말없이 그냥 웃음만 건네는 그 모습이 더 위로가 됐다.

4월 말 무진일, 요동정벌군이 출정한 지 며칠 되지 않아서 한낮인데도 태백성이 보였다.

"장군, 저기 하늘에 태백성이 떠 있는 것 보이십니까?"

남은이 이성계에게 다가와 하늘 동쪽 편을 가리키며 말했다.

장군을 따르던 제장들도 남은이 가리키는 방향을 같이 쳐다보았다. 정말로 동쪽 하늘에 희끄무레 별 하나가 보였다.

"태백성은 원래 초저녁에는 동쪽에, 새벽녘에는 서쪽에서 보여야 하는데 한낮에 떴다면?"

"예. 한낮에 태백성이 보인다는 것은 상스럽지 못한 징조입니다. 세상에 의로움이 무너지고 도리가 땅에 떨어진 것을 하늘이 인간에게 깨우치려고 낮에 비추는 것이라고 예로부터 전해 내려오고 있습니다."

남은이 이성계의 말을 받아서 말했다.

"어찌 하늘이 노할 만하지 않겠소? 백성의 원성은 아랑곳하지 않고 농번기에 병사들을 이렇게 징집하여 사지로 몰아넣고 승산 없는 전쟁을 치르려 하다니……"

곁에 섰던 배극렴이 이성계와 남은의 대화에 자조 섞인 말로 끼어들었다.

배극렴은 원래 이성계의 직계 장수는 아니었으나 이성계와 같이 황산 대첩 등 왜구 토벌에 참여한 인연으로 이번 정벌에 조전원수(助戰元帥)로 참여한 것이다. 조전원수는 전투를 독려하기 위해 임금이 직접 임명해 보낸 장수인데, 그조차도 이번 전쟁을 부정적으로 보고 있는 것이었다.

이성계는 배극렴의 말에 아무런 반응을 보이지 않고 딴청을 피우듯 하늘만을 쳐다보았다.

5월 9일, 평양을 떠난 지 21일째 되는 날, 이성계의 군대는 압록강 변에 다다랐다. 떠날 때부터 간간이 비치던 비는 줄기가 세차졌다. 곧 장마철로 접어들 조짐이었다. 강물이 많이 불어났다.

5만이 넘는 군사와 물자가 한꺼번에 강을 건너기란 쉬운 일이 아니었다. 뗏목을 만들에 배다리 띄우는 일을 먼저 했다.

배다리를 띄우다가 사고가 났다. 뗏목을 엮는 작업을 하다가 병사가 강에 빠져버린 것이었다. 강물에 빠진 병사는 허우적거리다 이내 물속으로 사라졌다. 이를 본 병사들이 아우성을 쳤지만 아무런 도움을 줄 수가 없었다. 출병 이후 첫 희생자를 낸 것이다. 다음의 사고는 병사들이 배다리를 건너다가 벌어졌다. 대형 사고였다. 흔들리는 배다리 위에서 물자를 운반하던 소가 겁을 집어먹고 몸부림을 치는 바람에 배다리가 끊어진 것이었다. 같이 소를 부리던 병사 다섯 명이 소와 함께 한꺼번에 물에 빠져버렸다. 곁에 있던 병사들이 우왕좌왕하다가 또 물에 빠졌다. 물에 빠진 병사들은 미처 손을 쓸 틈도 없이 세찬 물살에 휩쓸려 떠내려가 버렸다.

가까스로 여울 하나를 건너서 강 가운데 있는 위화도에 진을 쳤다. 비는 계속 쏟아졌다. 어느 때는 하늘에 구멍이 난 듯이 쏟아졌다. 강물은 점점 불어났다. 다음 여울만 건너면 바로 요동 땅이다. 여울을 건너는 것도 난관이었지만, 황제의 땅을 침공한다는 데 대한 부담감은 그 몇 배로 더했다. 물살을 헤치고 강을 건널 엄두가 나지 않았다.

이성계의 막사에 제장들이 모였다가 한숨만 내쉬다가 흩어졌다.

제장들이 흩어지고 홀로 남은 이성계에게 남은이 되돌아왔다.

"장군, 생각이 깊으십니다. 찾아뵙고 긴히 전해드려야 할 것이 있기에……"

"무엇이오?"

"개경을 떠날 때 삼봉 대감으로부터 받은 서찰인데, 장군께서 어려움에 처해 있을 때 전해드리라고 하였습니다."

남은은 기름종이로 여러 차례 동여 싼 봉서를 품속에서 꺼내 건넸다.

"삼봉이 내게 전해주라 하더라고?"

이성계는 봉투를 풀어서 펼쳐보았다. 서찰에는 '회(回)' 자가 적혀 있었다.

'돌아갈 회(回)? 이건 무얼 뜻하는 것인가?'

서찰을 펼쳐 든 이성계는 서찰의 글자와 남은의 얼굴을 번갈아 보았다.

"소장은 무슨 내용인지 모르옵니다. 다만, 장군께서 출정한 후에 분명 어려움이 있을 것이라고 하면서 그때 전해드리라고 하여서 때를 기다렸는데 이제 전하게 되었습니다."

'삼봉이 남은을 꼭 데려가도록 추천했던 이유가 바로 이것이었던가?'

삼봉은 돌아가라고 한다. 삼봉은 이 전쟁은 최영이 이성계 자신을 함정에 빠뜨리기 위하여 계획한 것이라 했다.

전쟁에 이기면 최영은 대국을 상대로 승리한 영웅이 되나, 이성계는 비록 승리한 장수라 하더라도 정치적인 입지는 최영에게 눌려서 좁아지

게 마련이다. 게다가 만약 패하게 되면 그때는 패장으로서 모든 책임을
져야 한다.

'강을 건너지 말고 삼봉의 의도대로 여기서 회군하게 되면 어떻게 될까?'

그러나 회군은 이성계의 군대만으로는 될 일이 아니다.

회군을 한다면 그것은 항명이 되고, 역모가 된다. 회군을 한다면 최영
과 일전을 벌여야 하는데 좌군의 협조 없이는 불가능한 일이다.

'좌군도통사 조민수의 생각은 어떤 것일까? 지금 나의 이러한 생각을
모르고 있을 것이다.'

조민수를 회군에 끌어들이려면 그에게도 불가피한 명분을 갖춰줘야
하는데 아직은 때가 아니라는 생각이 들었다. 기회를 봐서 조민수의 의
사를 떠보기로 했다. 그리고 동참하게 만들어야겠다고 생각했다.

회군

1
....

이성계는 현지의 어려운 사정을 조정에 다시 한 번 상소했다.

"강물이 불어 부교 설치가 어렵습니다. 벌써 강물에 빠져 죽은 병사가 수십 명에 이릅니다. 첫 여울을 지나는데도 이렇게 어려움이 따르고 희생이 큰데, 이곳을 건너더라도 또 다른 여울이 기다리고 있고, 병사들은 전투를 시작하기 전에 지쳐버립니다. 이러한 병사들로 승리한다는 것은 불가능한 일이옵니다. 다시 한 번 엎드려 청하옵건대 회군을 명하여 주시옵소서."

이성계는 장계를 띄워 보냈다. 그러나 최영은 완고했다.

"전투에 임하는 병사가 죽는 것은 다반사인데 죽음이 두려워 회군한다는 것은 있을 수 없는 일이다. 속히 강을 건널 것을 다시 명한다. 시간을 지체할수록 적에게 유리한 기회를 주는 것이니 지체하지 마라. 명을 신속히 이행치 않을 시에는 군율로 엄하게 다스릴 것이다."

예상했던 답이었다.

"이런 죽일 놈의 늙은이 이곳 사정은 아랑곳하지 않고, 앉아서 명령만 내리고 있네. 이는 병사들을 사지로 몰아넣는 처사야!"

내용을 전해 들은 이지란이 마치 앞에 사람을 세워 놓은 듯 팔까지 걷어붙이며 불같이 화를 냈다.

"형님! 이깟 놈의 전쟁 집어치우고 동북면으로 돌아갑시다. 우릴 잡으러 오면 차라리 그곳에서 농성을 합시다. 개죽음을 당하느니 그게 더 낫습니다."

이지란은 자리에서 일어나 왔다 갔다 하며 씩씩거렸다. 아무도 이지란을 진정시키려 하지 않았다. 모두가 같은 심정이었다.

그때 장수 하나가 들어와서 탈영하던 병졸 일곱 명을 붙잡아왔다는 보고를 했다.

"군율이 흐트러지고 있습니다. 전체에 대한 본보기로 병사들 앞에서 참수해야 합니다."

이성계의 처분을 받기 위해 온 것이었다.

이성계는 잠시 생각하다가 군막을 나왔다. 병사들이 도열해 있고 그 앞에 탈영병들이 무릎이 꿇린 채 엎어져 있었다. 죽음을 기다리는 그들이나 목이 베이는 것을 참관해야 하는 병사들이나 모두의 얼굴에 공포가 가득했다.

이성계가 그들에게 다가갔다. 그리고 장검을 빼들었다. 병사들은 기침 소리조차도 삼가며 조용했다. 꿇어앉아 있는 자는 말도 못하고 머리를 땅에 처박고 벌벌 떨기만 했다.

"왜 탈영을 하려 했느냐?"

"죽을죄를 지었습니다."

"여기 모인 병사들 중 누구도 목숨이 아깝지 않은 사람이 없다. 그런데도 네놈들은 제 목숨만 살겠다고 도망을 갔다. 그런데 어찌 살려달라고 빌 수 있느냐?"

"……"

"네놈들을 죽여서 병사들의 본보기로 삼아야 할 것이다. 할 말이 있느냐?"

한 자가 고개를 쳐들고 말을 했다.

"도망치다 붙잡혀온 놈, 죽어 마땅합니다. 그러나 장군께서도 저 잡아먹을 듯이 밀려드는 물결이 보이지 않습니까? 너무 무섭습니다. 저희 같은 놈의 목숨이 파리 목숨과 뭐가 다릅니까? 장군께서는 이 전쟁이 이길 수 있는 전쟁이라고 생각하십니까? 죽지 못해서 사지로 끌려가는 인생들, 차라리 도망이라도 쳐보고자 한 것입니다. 도망치다 붙잡혀 죽으나, 강물에 빠져 죽으나, 화살에 맞아 죽으나 매 한 가지입니다. 요행히 도망을 칠 수 있다면 식구들을 이끌고 산속으로 들어가서 짐승같이 살려고 하였습니다. 소박한 그런 뜻도 못 이루는 인생, 고통 없이 죽게나 해주십시오."

병사는 눈물이 범벅된 채 살아 있을 때 하고 싶은 말이나 해보고 죽자고 작심한 듯 항변을 했다.

"저놈이 죽을 때가 되니 못하는 말이 없구나! 어느 안전이라고 함부로 말을 지껄이느냐!"

이지란이 칼집에 손을 대며 고함을 쳤다.

이성계가 이를 제지했다.

"가만, 더 들어보자. 계속해 보거라."

"할 말이 더 뭣이 있겠습니까. 저희 같은 놈 죽여서 추상같이 군율을 세워 전쟁에 승리하시기 바랍니다. 여태껏 살아오면서 나라에서 시키는 건 꼬박꼬박 다해왔습니다만, 한 번도 인간답게 살아보지 못하고 죽는 것이 억울할 뿐이옵니다. 차라리 축생으로 태어났더라면 이런 억울함은 없을 것입니다. 어서 죽여주십시오."

"그래, 네 말을 듣고 보니 억울한 점이 없지 않겠구나. 네 말대로 죽여주마."

이성계의 칼이 높이 올라갔다. 그리고 한순간 아래로 내리쳤다.

"악!"

"아!"

칼을 맞은 병사의 비명과 참관하던 병사들의 비명 소리가 동시에 들렸다.

주위는 조용했다. 숙연했다. 칼을 맞은 병사는 미동도 하지 않았다. 아니, 칼을 맞고 즉살되었으니, 꼼짝할 수가 없는 것이었다.

그런데도 소리가 들렸다. 부스럭거리는 인기척, 바람 소리, 사람의 말소리. 고통도 없었다. 죽음이란 이런 것인가? 되새길 수 없는 여러 생각들이 한꺼번에 들었다. 그러다가 아직 죽지 않았다는 생각이 퍼뜩 들었다. 고개를 들어봤다. 사람의 다리가 커다랗게 눈앞에 버티고 서 있었다.

"죽었느냐?"

우람한 목소리가 들렸다. 장군의 목소리였다.

"예."

병사는 다시 납작 엎드렸다.

"이놈, 죽었다는 놈이 어떻게 말을 하느냐? 고개를 들라!"

고개를 쳐들고 이성계의 얼굴을 바라보았다. 이성계는 칼을 허공에다 베고 병사를 죽이는 시늉만 한 것이었다.

"너는 이미 죽었느니라. 이제 다시 살아났으니, 어떻게 할 것이냐?"

"감사합니다. 다시 산목숨, 죽은 셈치고 무슨 일인들 못 하겠습니까? 목숨을 바쳐 충성을 다하겠습니다."

"그래, 살려주었으니 이 전쟁에서도 살아남아서 나머지 인생을 인간답게 한번 살아 보아라!"

병사들은 감격 어린 눈길로 이 모습을 지켜보고 있었다.

누가 먼저랄 것도 없이 한꺼번에 박수가 터져 나왔다.

"만세!"

"우리 장군님, 만세!"

도망을 쳤던 병사나 이를 참관하던 병사나 모두가 같은 마음이었기에 이성계의 뜻밖의 배려에 목이 터지라 함성을 지르며 만세를 불렀다.

2

장대같이 쏟아지는 비는 그치지를 않았다.

비가 쏟아진다고 해서 병사들을 쉬게 하는 것은 아니었다.

숙영지로 물이 스며드는 것을 막기 위해 물꼬를 내고 장비가 젖지 않도록 덧씌우고……, 잡일이 더 많았다. 병사들은 젖은 옷을 말려 입을 여유도 없었다. 젖은 옷을 입은 채 그대로 잠을 잤다.

병사들이 하나둘 쓰러져 갔다. 설사하는 놈, 고열에 몸살을 앓는 놈, 매일 그 숫자가 늘어났다. 처음 몇 명이 병이 들었다는 보고를 받았을 때는 피로해서 고뿔 정도 걸린 줄 알았는데 그게 아니었다.

갑자기 그 숫자가 불어났고 죽어 나가는 자도 생겼다. 습한 날씨에 앓는 돌림병이었다. 거기다가 여기저기 자리를 옮겨 다니고 정화되지 않은 물을 마시다 보니 풍토병이 겹친 것이었다. 앓는 자를 격리해서 불을 피우고 몸을 데워서 안정을 시켜보았지만 별무소용이었다.

장비도 문제였다. 그중에도 활시위에 먹여 놓은 갖풀이 늘어나면서 탄력을 잃는 것이 제일 큰일이었다.

여기서 한 발짝 더 나아가면 요동 땅인데 천신만고 끝에 요동 땅으로 건너간다 해도 이렇게 약해진 전력으로 명나라 군사를 상대하는 것은 그 결과가 너무나 뻔한 일이었다. 여기까지는 어명을 받들어서 온 것이고 더 나아가면 명나라의 땅을 침범하는 것이 된다.

'이기지 못할 전쟁에 황제의 분노까지 산다면 어떻게 되겠는가?'

이성계는 고개를 가로저었다. 결심했다. 여기에서 회군하기로 한 것이다. 좌군을 설득할 때가 왔다고 생각했다.

'좌군 또한 우리와 같은 고통을 받고 있으리라.'

이성계의 예상은 적중했다. 좌군도통사 조민수가 찾아왔다.

"이 도통사, 내 궁리하다 못하여 이렇게 찾아왔소이다."

조민수의 얼굴은 죽을상이었다. 이성계는 출정할 때부터 앞으로 벌어질 일을 어느 정도 예상하고 있었고, 회군에 대한 생각도 하고 있었지만, 조민수로서는 이 모든 위기가 예기치 못한 것이어서 충격이 컸다.

"강물은 점점 불어나고 언제까지 여기 머물러 있어야 할지 모르는 일인데 병사들은 병에 걸려서 태반이 비실거리니 이 일을 어쩌면 좋겠소이까?"

조민수가 한숨을 내쉬면서 걱정을 털어놓았다.

"어디 그뿐이겠소. 활도 시위가 늘어나서 무기로 쓸 것이 얼마 되지 않으니 설혹 요동 땅을 밟더라도 어떻게 전투를 치를 것인가 걱정이오. 무엇보다도 식량이 걱정이오. 강물이 불어나니 보급이 제대로 안 되고 있소. 군사들을 먹이지 못한다면 폭동이 일어날 수도 있는 일이 아니오?”

조민수의 걱정은 이성계가 바라는 바였다. 이성계는 이참에 조민수를 설득하여 함께 회군하고자 했다.

“당초 이 전쟁은 잘못 시작된 것이외다. 나는 출정 전부터 여러 번 전하께 부당함을 아뢰었는데 문하시중 최영이 끝내 고집을 부려 일을 이 지경까지 끌고 온 것이오. 군사들이 이런 상태인데 요동 땅을 밟은들 어떻게 승리를 할 수 있겠소. 병사를 이끌고 사지로 들어가는 꼴이니 참으로 암담한 일이 아니오. 일시 승전을 하더라도 이는 잠깐의 일일 것이오. 명나라 황제의 보복이 이어질 텐데 이를 어떻게 감당하겠소이까?”

“그러나 전하의 명이 지엄한데 어쩔 도리가 없지 않소?”

“전하의 명이 지엄한 것은 전하의 측근에 악인이 있어서 그들의 말만 들어서 그러한 것이오. 나는 말머리를 돌려서 그 악인의 잘못됨을 꾸짖고 이 기회에 나라를 바로 세우고자 하오.”

임금 곁의 악인이라 함은 바로 최영을 일컫는 것이었다. 조민수는 이성계의 말을 듣고 화들짝 놀랐다.

“반역을 도모하자는 것이오? 최영만 제거한다고 우리가 무사하겠소? 임금이 보위에 앉아 있는데.”

“이렇게 된 마당에 임금도 갈아치워야지요.”

“예? 임금도요?”

조민수는 적잖이 당황했다.

“그렇소이다. 지금의 임금은 너무나 패덕한 일을 많이 저질러 백성의 신망을 잃고 있소이다. 지난 세월을 보면 나라가 어지러울 때 우리 무장이 나서서 조정의 사악한 무리를 제거하고 임금도 바꾼 예가 있지 않았소이까? 지금의 임금에 대해서는 보위에 오를 때부터 정통성에 대해서 이러쿵저러쿵 말들이 많지 않았소이까? 이 나라는 왕씨의 나라이니 적통으로 왕통을 잇게 하고 그 임금께서 나라를 잘 다스리도록 우리가 보필하여 백성들이 살기 편한 나라로 만들어봅시다."

"음──"

조민수는 무슨 말을 해야 할지 갈피를 못 잡고 깊은 신음 소리만 냈다.

"나는 이미 결심이 섰소이다. 조 원수가 동참하지 않으면 나는 동북면으로 돌아갈 것이오."

이성계는 이미 결심이 서 있는 터라 단호하게 말했다.

입 밖으로 발설한 이상, 이유야 어찌 됐든 이미 군령을 어기는 것이 됐고, 어명을 어겼으니 역모로 몰리는 것은 피할 수 없는 일이었다.

조민수의 참여가 일의 성공 여부를 점치는 가늠이 될 것이다. 이성계는 초강수를 둔 것이었다.

이성계 군사의 주력은 동북면을 지키던 사병들이었다. 그들은 이성계와 고락을 같이하며 여러 전투에 참가하여 혁혁한 공을 세웠고 훈련이 잘되어 있어서 무적으로 칭송을 받아왔다. 이성계가 이들과 함께 동북면으로 돌아간다는 것은 전투력에 엄청난 손실을 주는 것이다. 나머지 병사들의 사기에 크게 영향을 끼칠 수가 있다. 이성계는 이 점을 노려 조민수를 궁지로 몰아넣고자 한 것이었다.

"아니, 이 원수, 동북면으로 돌아가다니요? 그게 무슨 말이오? 나만 남아서 어떡하라고요?"

이성계의 예상대로 조민수는 기가 죽는 모습이었다.

"이래 죽으나 저래 죽으나 매한가지가 아니오? 여기서 버티는 것도 한계가 있을 것이고, 또 요동 땅을 쳐들어가 봤자 패전은 불 보듯 뻔한 일이고, 훗날 황제의 보복 또한 면하기 어려울 것이오. 전쟁에 패하여 돌아온다면 최영은 우리에게 패전의 책임을 물을 것이오. 잘하면 참수를 면할 것이고, 그리해도 삭탈관직에 유배는 면하지 못할 것이오."

"……"

이성계는 조민수의 손을 덥석 잡았다.

"조 원수, 우리 함께 돌아갑시다. 군사들도 돌아가기를 간절히 원하고 있소. 지금도 탈영하는 자가 있지만, 요동 땅을 건너면 이탈하는 자가 더 생길 것이오. 저 불쌍한 병사들을 방치한 채 어명만을 따를 수는 없는 일이지 않소?"

이성계의 말을 들으면서 조민수의 생각도 점차 바뀌어 갔다. 아니 조민수로서는 어쩔 수 없는 선택을 해야만 했다. 이성계가 동북면으로 돌아간다면 조민수 혼자서 요동 땅을 공략한다는 것은 불가능한 일이었다. 그렇다고 최영이 저렇듯 버티고 있는데 회군을 한다는 것도 목숨을 내놓고 해야 하는 일이다. 단안을 내릴 수가 없었다.

한참을 생각하던 조민수는 말했다.

"이 원수의 생각에 동참하겠소이다. 하나 내게 제장들을 설득할 시간을 좀 주시오."

조민수도 생각을 굳혔다. 조민수는 말미를 좀 달라고 했다.

조민수가 돌아간 직후에 조정에서 환관 김완이 과섭찰리사(過涉察里使)[1]

....

1) 전투 수행을 감독하기 위해 강을 건너서(過涉) 파견 나온 임시 관리.

로 임명되어 금과 비단, 말을 가지고 이성계의 군막을 방문했다.

찰리사 일행은 "전하께서 친히 선물을 내려주시면서 좌·우도통사를 위로한다는 말을 전하러 왔다."고 했지만, 실제는 어명의 실행 여부를 감시하고 요동정벌을 독려하기 위해 온 것이었다.

이성계는 이들이 도착했다는 보고를 받자 불같이 화를 내고는 이들을 억류시키고 조민수에게 연락했다. 조민수는 변안열 등 수하 제장들을 거느리고 급히 달려왔다. 조민수는 돌아간 즉시 제장들을 설득했고, 제장들도 이성계의 뜻에 동참하기로 결의했던 것이다.

이성계의 수하 장수들도 같이 모였다. 모두의 얼굴에서는 긴장감이 감돌았다. 이성계의 얼굴에도 긴장감이 역력했다.

"제장들은 잘 들으시오. 우리는 요동정벌의 명분 아래 출병을 하였으나 지금 여기에 이렇게 머물러 있소. 우리는 잘못된 전쟁을 치르려 하고 있소. 이번 전쟁이 잘못된 이유는 다음에 있소.

첫째로 요동정벌은 고려와 같은 소국이 명나라와 같은 큰 나라를 상대로 하는 것이어서 승산이 없는 것이오.

둘째로 여름에 출병하여 농번기에 장정들을 징발함으로써 일손을 빼앗겨 농사를 지을 수가 없소. 가을에 추수가 어려우면 출병한 우리에게 지급할 식량이 부족하여 군사들은 배고픔을 견뎌야 하오.

셋째, 전라도, 경상도, 양광도에는 왜구들이 수시로 출몰하여 해안 지방에는 사람이 살 수가 없을 지경이오. 왜구가 개경의 턱밑까지 침범하여 나라의 안위가 극도로 불안한 상태인데도 북쪽을 정벌한다 함은 내집 마당은 도둑에게 내주고 남의 땅을 탐하는 것과 같이 앞뒤가 맞지 않는 일이오.

넷째로 지금은 장마철이라 활시위에 먹인 갖풀이 늘어나서 우리의 자랑인 활을 효과적으로 사용할 수가 없고, 또 병사들에게 전염병이 돌아서 전력에 큰 차질을 빚고 있소. 나는 당초 이러한 이유를 들어 이번 정벌이 잘못된 전쟁이라고 몇 번이나 진언을 올리고 말렸던 사람이오. 나는 이제 전쟁이 불가한 이치를 대내외에 천명하고 회군하여서 주상의 귀를 먹게 하여 옳지 못한 어명을 내리게 한 조정의 악인을 제거하고 일을 바로잡을 것이오."

이성계는 이 자리에서 임금까지 바꾸겠다는 소리는 하지 않았다. 임금을 쫓아낸다 함은 역모를 하는 것이 되므로 임금을 잘못 보필한 간신배를 제거한다는 명분을 내세웠다.

아직 그는 내심을 감춘 채 '고려의 충신'이라는 소리를 듣고 싶었던 것이다.

이성계의 말은 계속 이어졌다.

"황제의 나라를 침범하게 되면 나중에 그 벌을 면치 못하게 될 것이오. 그러한 참화는 고스란히 백성의 피해로 돌아올 것이오. 백성의 곤궁을 살피지 않는 나라는 더 이상 나라가 아니오."

제장들은 기침 소리도 내지 못한 채 이성계의 말을 경청했다.

"나는 오늘 나의 결심을 공고히 하기 위하여 조정에서 보낸 과섭찰리사 일행을 억류하였소. 이제 우리의 결심이 역사의 물길을 돌릴 것이고, 용기 있는 자가 세상을 바꿀 것이오. 다행히 제장들이 나의 뜻에 동참하고자 하니, 나는 반가운 마음으로 반드시 이 일을 성공시키겠소."

이성계의 일장 훈시를 듣고 나니 제장들은 속이 다 후련했다. 이성계 휘하의 지용기, 심덕부, 정지 등은 물론이고 조민수 휘하의 변안열, 윤사

덕, 이무 등은 모두 이성계와 함께 왜구와 홍건적 토벌을 위해 여러 번 출전하여서 이성계의 지략과 지도력을 잘 알고 있었다. 그들 또한 요동 정벌이 부당하다는 것을 잘 알고 있었지만, 어명이라 어쩌지 못하고 출전했던 터라 적지 않게 불만을 가졌던 것이다.

조전원수로 참여했던 배극렴까지도 나섰다.

"장군, 나라의 안위가 장군의 한 몸에 달려 있는데 우리가 어찌 망설이겠소."

배극렴의 말이 있자, 다른 장수들도 동조하고 나섰다.

"회군합시다."

"빨리 회군하여 한시라도 빨리 임금의 귀를 막고 있는 악인을 몰아냅시다.

5월 을미일(5월 22일) 마침내 요동정벌을 위해 출정한 좌우군은 군사를 돌렸다. 4월 18일 평양성에서 출정한 지 한 달이 조금 넘은 날이었고, 이성계가 정월지주에 동참하여 조정에 입각한 지 여섯 달이 채 안 된 때였다.

역사는 이를 위화도 회군이라고 적고 있다. 그러나 이는 잘못된 기술이다. 회군이라 함은 임금의 허락을 받고 군사를 돌리는 것인데 이성계는 어명을 무시한 채 자신의 임의대로 한 것이기에 이는 명백히 반란이었다. 위화도 '회군'이 아니라 '반군(叛軍)'인 것이다.

반군의 소식은 서북면에 전운사(轉運使)[2]로 나와 있던 최유경의 급보로
조정에 알려졌다. 급보가 제일 먼저 전해진 곳은 팔도도통사(八道都統使)
가 있는 최영의 군영이었다.

보고를 받은 최영은 수하 장수들을 모아 불같이 화를 냈다.

"이성계! 이 역적 놈이 기어이 일을 저질렀구나. 내 일찍이 광평군(이인
임)이 '훗날 나라의 변란을 일으킬 자가 있으면 반드시 이성계가 될 것이
라고 하면서 역모의 기미를 찾아내서 죽이자!'고 할 때 전쟁에 공이 많다
고 하여 말렸었는데 이제야 그것이 후회되는구나!"

"목자득국(木子得國)이라는 소문도 있었소이다. 진작에 이성계에 대해서
방비를 해야 했는데 기어이 이런 일을 당하는구려."

곁에 있던 최영의 측근 인사 안소가 말했다.

군막 안에 모인 최영 수하의 장수들은 모두 이성계를 비방하며 용서
할 수 없다고 분노를 터뜨렸다.

이성계가 회군하고 있다는 소문은 삽시간에 군영 안에 퍼졌다. 군영에
는 긴장감이 감돌았다.

군영에 볼모로 잡혀 있는 이성계의 첫째 아들과 둘째 아들 방우와 방
과도 낌새를 눈치챘다.

"형님, 아버님이 회군하셨다는데, 이대로 있어서는 위험할 것 같습니다."

이방과가 걱정스레 말했다.

"회군하셨다면 역모를 도모했다는 것이 아니냐? 아닐 것이다. 나는 아

. . . .

2) 지방에서 징수한 공물을 개경으로 운송하기 위해 파견한 관리.

버님을 믿는다. 아버님은 역적질하실 분이 아니다."

방우는 동생의 말을 믿지 않으려 했다.

"형님, 그런 태평스런 마음을 가질 때가 아닙니다. 지금 우리는 볼모로 잡혀 있는 신세입니다. 어서 이곳을 탈출해야 합니다."

"아니다. 좀 더 기다려보자. 나는 아버님을 믿고 싶다."

"아니 됩니다. 형님, 자 가십시다."

이때 이들이 있는 곳으로 이지란의 아들 이화상이 급히 찾아왔다.

"형님들, 여기 계셨구려. 한참을 찾았습니다. 지금 이곳 군영에서는 출정하신 큰아버님께서 반란을 일으켰다고 난리입니다. 두 분 형님 이렇게 계시다가는 무슨 봉변을 당하실지 모르는 일이옵니다."

"큰형님께서 사실을 믿지 못하겠다고 저렇듯 고집을 부리고 있구나."

이방과가 난감해 하며 말했다.

"큰형님, 사실입니다. 이유야 나중에 따지고, 우선 몸부터 피하십시다."

이화상이 재촉했다.

"아니다. 나는 믿을 수 없다. 만약 아버님의 역모가 사실이라면 나는 죄인의 아들인데 어찌 살기를 바라겠느냐? 나는 붙잡혀 죽을지라도 이곳에 남으련다."

이방우는 완강했다.

"아니 됩니다. 형님, 밖에 도성을 빠져나갈 말들을 준비해놨습니다. 어서 일어나십시오."

이화상은 이방우를 안다시피 해서 일으켰다. 그리고 이방과와 함께 밖으로 끌고 나와서 말에 태웠다.

대동강변, 녹음 진 능수버들을 벗 삼아 여인들에 싸여서 기분 좋게

뱃놀이를 즐기고 있던 임금에게도 급보가 전해졌다. 왕은 요동정벌군이 출정하고 있는 와중에도 여전히 사냥과 기생놀이를 즐겼다.

"뭐라고? 이성계 그자가 회군한다고? 짐의 허락도 받지 않고서?"

임금은 술이 확 깼다.

"그러하옵니다. 지금 좌군도통사 조민수와 함께 이곳 평양성으로 회군하고 있다 하옵니다."

"좌군도 함께? 이자들이 반란을 일으켰구나. 어찌하여야 하누? 최영, 나의 장인은 어디 있느냐? 문하시중은 무엇을 하고 있느냐?"

임금은 당황하여 일어났다 앉기를 반복하며 갈피를 잡지 못했다.

"지금 군영에서 대책을 숙의하고 있습니다."

"안 되겠다. 내가 그곳으로 가야겠다. 속히 준비하라!"

"연을 준비해두었사옵니다."

"연은 필요 없다. 언제 그깟 것을 타고 가느냐? 말을 준비하라."

"말은 저편에 씻기고 있는 중이라……"

신하가 가리키는 강변을 보았다. 종자가 벌거벗고서 말을 씻기는 모습이 보였다.

"아니 저놈이? 저건 뭐하는 짓이냐?"

"말이 물을 많이 튀기는지라 옷이 젖는다고……"

"저놈이 나를 놀리고 있구나! 저놈을 당장 죽여라! 그리고 빨리 말을 끌고 오너라!"

임금은 불같이 화를 냈다. 임금이 화를 내는 이유는 자신이 가끔 신하들과 함께 강에서 벌거벗고 말 타는 놀이를 즐겼기에 마부가 이를 흉내 내며 조롱한다고 생각했기 때문이었다. 임금은 심란한 마음을 엉뚱한 데다 대고 화풀이를 했다.

"악!"

멀지 않은 숲 속에서 처절한 비명 소리가 들려왔다. 놀이에 호종했던 신하와 기생들은 임금의 포악한 성정에 기가 질려 몸을 움츠렸다.

4
· · · ·

이성계가 반란을 일으켰다는 소식은 백성들을 불안 속으로 몰아갔다.

소식을 전해 듣고 또다시 민심이 흉흉해졌다.

"나라에 변란이 일어났구나! 요동정벌에 나선 군사들이 반란을 일으켰다!"

"또 한 번 사람들이 죽어 나가겠구나. 이 나라에 살고 있는 우리네 목숨은 살아 있어도 산목숨이 아니다."

"전쟁이 아니어서 다행이다. 변란이야 어디 벼슬하는 제 놈들 욕심 채우자고 일으킨 것인데 우리 같은 미천한 목숨이야 무슨 소용이 있어 해하겠나?"

"아니다. 정작 몸으로 싸움하는 것은 우리 같은 조무래기가 아닌가? 욕심 없는 조무래기들을 제 놈들 싸움에 끌어다가 피를 흘리게 하니 이야말로 고래 싸움에 새우 등 터지는 격이 아닌가?"

백성들은 겹치는 전쟁과 변란으로 속절없이 죽어 나가는 목숨을 보았고 수많은 위기를 겪으면서 이제 나라의 운명은 상관없었다. 누가 왕위에 오르든 누가 권력을 잡든 상관없었다. 어느 놈이 되어도 권세를 잡은 놈들은 백성을 봉으로만 여겼기에 고달프기 그지없는 삶이었다. 제발 자신에게 더 이상 불행이 닥치지 않기만을 바랄 뿐이었다.

반란군은 임금이 머무르는 서경으로 향했다. 이성계는 서두르지 않았다. 군사들이 급하게 움직이면 백성이 불안해한다고 일부러 사냥을 하는 등 여유를 부리면서 천천히 움직였다. 그리고 민심을 다치게 하지 않으려고 부하들에게 엄명을 내렸다.

"우리는 반란군이 아니다. 다만 주상의 곁에서 보필을 잘못하는 사악한 무리를 쫓아내고자 회군을 하는 것일 뿐이다. 누구든 백성의 재물을 빼앗거나 해를 끼치는 자가 있으면 목숨을 부지하기가 어려울 것이다."

한편 우왕이 머무르는 서경은 이성계의 군대가 회군해온다는 소식에 걷잡을 수 없는 혼란에 빠져들었다. 우왕이 거느리고 있는 근왕병은 기백 명에 불과한데 이는 회군하는 병력에 비하면 한 줌 거리밖에 되지 않았다. 또한, 반란군은 정벌을 위해 출진한 군대이므로 기마, 활 등 막강한 공격 장비를 갖추고 있어서 전력상으로도 비교가 되지 않았다.

최영은 이성계에게 출정을 명할 때 만일을 대비해서 그의 장남과 차남을 볼모로 붙잡아 두어서 그들을 인질 삼아 협상을 하려 했으나 그들조차도 이미 군영을 탈영해버린 뒤였다.

"쥐새끼 같은 놈들! 어느 틈에 눈치를 채고 도주해버렸구나!"

최영은 화가 머리끝까지 뻗쳤다.

"기찰을 강화하라. 놈들을 붙잡으면 큰 상을 내리리라."

최영은 개경으로 파발을 띄웠다. 개경에 남아 있는 이성계의 처와 가족들을 붙잡아 두라고 급하게 명을 내렸던 것이다.

그러나 이도 또한 한발 늦어버렸다.

개경에서도 최영의 영이 닿기 전에 먼저 피신해버렸다.

"전하, 이곳에서는 역적 놈들을 상대하기 어렵겠사옵니다. 놈들이 도착하기 전에 속히 개경으로 이어(移御)하시어 옥체를 보존하시옵소서."

개경은 내·외성 등 여러 겹으로 둘러싸여 있으니 궁 안에서 농성을 하면서 전국에 영을 내려 토벌군을 동원하고 또 반란군을 회유하는 등 전략을 구사하고자 했다.

우왕은 믿고 의지할 사람이 최영밖에 없었다. 반란이 일어나면 측근의 신하들도 못 믿는 법이다. 임금은 모든 신하는 물리치고 최영만이 곁에 있도록 했다. 임금은 서경을 떠날 채비를 하면서 개경에서 가져왔던 재물을 모두 챙기도록 했다. 그리고 근왕병을 불러 모아서 그 재물들을 나누어 주었다.

"역적 놈들이 과인을 위협하므로 과인은 어쩔 수 없이 개경으로 돌아간다. 내, 개경으로 돌아가서 반드시 이 수모를 갚고자 하니, 그대들은 열성으로 나를 보필하라. 훗날 그대들에게 큰 공을 내릴 것이다."

왕은 근왕병 모두에게 자신을 호위하도록 하고 최영 등 일부 몇 명의 신하만 대동하여 급하게 평양성 대동문을 빠져나왔다.

대동문은 불과 한 달 전까지만 해도 자신의 명을 하늘같이 떠받들며 장도에 올랐던 요동정벌군이 나섰던 문인데 이제 그들은 도리어 적이 되어 칼을 겨누며 덤벼들고 자신은 그들에게 쫓겨서 같은 문으로 도망을 쳐야 하는 신세가 되니 생각할수록 분하고 억장이 무너졌다.

'이성계, 이 찢어 죽여도 시원치 않을 놈!'

왕은 입속으로 몇 번이나 되뇌었다. 그러나 어쩌겠는가? 이미 닻줄은 끊겼고 배는 풍랑 속에 휘말린 것을…….

왕은 기울어져 가는 배에서 돛대를 부여잡고 제발 난파만은 당하지 않기를 바랄 뿐이었다.

왕이 지름길을 밤낮으로 달려서 개경에 도달했을 때는 그나마 호종하던 근왕병들도 뿔뿔이 흩어져 도망을 쳐버리고 불과 50여 명밖에 남지 않았다.

5

"역적들이 한 놈도 못 들어오게 성문을 꼭꼭 걸어 잠가라!"

개경으로 돌아온 우왕은 마치 정신이 나간 사람처럼 허둥대며 지시를 하고 다녔다.

자다가도 몇 번씩이나 깨어서 자신을 호위하는 별감들의 근무를 확인하는가 하면 자신도 칼을 차고 다녔고 잘 때도 머리맡에 칼을 두고 잤다.

궁궐로 들어오는 곳곳에다 수레와 장애물을 설치하여 시가전에 대비했다. 백관들에게도 무장을 시켜서 경계하게 했다. 그러나 궁궐에서 동원할 수 있는 인원은 한정되어 있었다.

기껏 모아봐야 몇백 명이었다.

"이놈들, 백성들이 다 어디로 가버린 거야? 개경에 그렇게도 사람이 없단 말인가?"

"전하, 백성들이 모두 난리가 났다고 도망을 쳤다 하옵니다."

광분하여 날뛰는 임금의 모습을 안타깝게 바라보면서 환관이 아뢰었다.

"이놈들, 임금이 이렇듯 곤경에 빠졌는데도 저만 살겠다고 도망을 가? 죽일 놈들!"

임금은 백성들이 도망하여 동원하기가 어렵다는 말에 화를 벌컥 내면서도 한편으로는 민심이 자신에게서 멀어져 버렸다는 생각에 깊은 절망감에 빠졌다. 백성이 필요했다. 이 위급한 상황에서 자신을 위해 봉기해줄 백성들이 필요한데 그들마저 떠나버렸으니 이 일을 어찌해야 할꼬.

임금은 자신이 민심을 떠나보냈다고 생각하기보다는 자신을 버린 백성이 야속했다.

"어이할꼬? 어이할꼬?"

임금은 신하들이 보는 앞인데도 체면 불구하고 엉엉 울었다.

"상만고(常滿庫)[3] 문을 열어라! 그리고 재물을 풀어 나누어 주고서 과인을 돕게 하라!"

한참을 울다가 정신을 가다듬은 임금은 궁중 내수에 쓰기 위해서 보관하고 있던 재물까지 풀어서 백성을 사 모았다. 그렇게 하여 끌어모은 인원은 시정잡배들까지 포함해서 천여 명 남짓이었다. 그리고 지방 방백들에게 징집령을 내려서 개경으로 올라오게 했다.

징집령을 받아든 수령 방백들은 어찌해야 할지 난감했다. 불과 얼마 전에 요동정벌을 위하여 젊은 장정들을 훑다시피 해 갔는데 또다시 병사를 동원하라니?

옳은 장정이 남아 있을 리가 없었다. 그런데 이번에는 요동정벌에 나섰던 군사가 반란을 일으켜 이를 제압하기 위해 군사를 동원하라 하니 이 또한 혼란스러운 일이었다.

병사를 동원하라는 임금의 명을 거부하면 역적으로 벌을 받게 된다. 그러나 지금 지방에까지 군사 동원령을 내리는 것을 보면 형세가 몹시 다급한 편이라는 것을 짐작할 수 있는 일인데, 대세가 반군 쪽에 유리한데 섣불리 왕명을 따라 군사를 동원한다면 뒷일은 어떻게 감당할 것인

....

3) 고려 후기에 설치된 관부로 국용의 물품을 보관하던 창고 중의 하나.

가? 망설이지 않을 수가 없었다.

관리들이란 나라가 위기에 빠지면 현명한 판단을 하여 신속히 행동하기보다 우선 몸을 낮추고 눈치를 보며 유불리를 따지는 습성이 몸에 배어 있는 사람들이다. 동원령을 받은 수령 방백 중에 선뜻 병사를 몰고 개경으로 나서려 하는 자가 없었다.

임금은 지방으로부터 토벌군이 오기를 초조하게 기다렸으나 아무 소식이 없었다.

"전하, 이성계, 조민수 등 반란군을 이끄는 수괴들을 파직하소서. 저들은 역도들로서 이미 전하의 신하가 아니옵니다. 이로써 그들의 내부에서 위계질서가 파괴되어 동요가 있을 것이니 속히 시행하시옵소서."

"그렇지. 이 역적 놈들, 파직이 아니라, 보는 즉시 머리를 베도록 해야지요."

임금은 최영의 건의를 즉각 받아들였다. 이성계와 조민수를 삭탈관직하고 우현보를 수시중, 그 아들 우홍수를 사헌부 대사헌, 안소를 평리 등으로 인사를 단행했다.

그리고 "이성계와 조민수, 그 수하 장수의 수급을 베어 오거나 체포하여 오는 자는 관아나 개인의 노예라 할지라도 높은 벼슬과 큰 상을 내릴 것이다."라는 방을 써서 이성계가 진군해오는 각 고을의 길목에 붙이라 명했다.

이성계의 회군이 황해도 황주를 지나고 있을 때 저쪽에서 흙먼지를 일으키며 달려오는 한 떼의 군마가 있었다. 군사들은 한순간 긴장을 했다. 이성계도 이를 지켜보고 있었다.

군사의 수로 보아 도저히 회군에 대적할 정도가 못 되는데도 그들은 질풍처럼 달려왔다. 그들이 뭔가 이쪽을 향해서 소리를 질렀다. 흙먼지가 사라지고 군사들의 모습이 뚜렷했다.

"장군, 장군!"

그들은 이성계를 부르고 있는 것이었다.

"아니 저들은?"

이성계는 그들을 알아보았다. 그들은 다름 아닌 동북면을 지키던 가병들이었다.

"장군! 회군 소식을 듣고 이렇게 달려왔나이다."

달려온 지휘급의 군사가 말에서 내려서 이성계 앞에 엎드리며 고했다.

"어쩐 일인가?"

동북면의 군사가 예까지 급하게 말을 몰고 달려왔다니 반가움보다 때가 때인지라 걱정이 앞섰다.

"동북면의 주민들을 모아 장군의 회군 소식을 듣고 마중하러 나왔나이다. 말 탄 자들이 먼저 이렇게 달려왔습니다만, 저기를 보십시오."

군사는 자신이 달려왔던 방향을 손으로 가리켰다. 그곳에서도 한 떼의 사람들이 몰려오고 있었다. 북소리도 들리고 꽹과리 소리도 들리고 노랫소리도 점점 또렷이 들렸다.

서경성 밖에는 번쩍이는 불빛이요

안주성 밖에는 자욱한 연기라

그 사이를 오가시는 이 원수여

바라건대, 이 백성을 구하소서

그 소리는 동북면 일대의 주민들이 이성계의 영웅적인 활약상을 칭송하는 소리였다.

이성계의 귀에 익은 노래였다. 이성계는 가슴이 뭉클했다.

"어서 오게나, 나의 군사여. 먼 길을 마다치 않고 이곳까지 달려와 주다니······"

이성계는 엎드린 군사를 일으켜 세워 굳게 안으며 등을 두드려 주었다. 병사는 이성계가 안아주는 순간 핏줄과도 같은 진한 정을 느껴 눈물이 주르르 흘러나왔다. 그러다가 품속에서 뭔가를 꺼냈다.

"오는 길에 길거리에 포고문이 붙었길래 뭔가 하고 보았더니, 황송하게도······"

병사가 내미는 것은 임금의 명으로 각 고을에 붙여진 "이성계와 조민수를 죽이거나 체포하면 후한 상을 내리겠다."는 포고문이었다.

이성계는 그것을 읽으며 입가에 쓴웃음을 지었다. 임금과 최영이 자리를 지키기 위해 안간힘을 쓰고 있다는 생각이 들어서 측은함마저 느껴졌다.

누가 내 무덤에
침을 뱉으랴

1

6월 초하루, 요동정벌군이 개경으로 돌아왔다. 4월 18일 서경을 떠나서 한 달 보름째 되는 날 개경으로 회군한 것이었다. 반군은 도성 외곽에 진을 치고서 일단 진군을 멈췄다. 이성계와 조민수는 궁성이 보이는 산등성이로 올라가서 이야기를 나누었다.

"이 원수, 여기까지 왔지만 나는 아직 실감이 나지 않소. 우리가 한 일이 잘한 일인지 확신도 서지 않고, 이후에는 또 어떻게 해야 할지 모르겠소."

조민수는 얼떨결에 이성계의 결단에 묻혀서 예까지 행동을 같이 해왔지만 꿈에도 생각지 못한 일을 벌여놓고 아직도 벙벙했다. 도무지 무슨 일을 벌였는지 실감이 나지 않았고 앞으로 어떻게 일을 해나가야 할지도 갈피를 잡을 수가 없었다.

좌군은 서열상 우군에 앞선다. 그러나 좌군 원수 조민수는 이성계의 권유로 일을 벌였으므로 이성계가 결정하는 대로 따라가는 수밖에 없었다.

"걱정하지 마시오. 최영만 제거하면 끝나는 일이오."

이성계는 빙그레 웃으며 조민수에게 용기를 불어넣어 주었다. 이성계에게는 조민수와 달리 이미 복안이 서 있는 일이었다. 정도전 등 측근들과 출정 전에 많은 이야기를 나누었기에 그들이 사후의 일을 준비해두었으리라 믿기 때문이었다.

"우선 김완을 풀어주어 우리의 의도를 주상께 알리는 것이 순서인 것 같소이다."

이성계는 그때까지 과섭찰리사(過涉察里使), 독전관(督戰官)으로 왔다가 군영에 억류된 환관 김완을 풀어주면서 임금에게 회군하게 된 저간의 사정을 적은 글을 올렸다.

> "현릉(공민왕)께서 살아 계실 때는 명과의 관계가 돈독하였으나 최영이 총재(冢宰)가 되자 조종(祖宗) 이래로 큰 나라를 섬기고자 한 뜻을 망각하고 먼저 상국을 침범하려 하였습니다. 한여름에 군사를 동원하니 농사가 절단이 나고 나라의 수비가 허술해진 틈을 타서 왜구가 침입하여 백성을 살육하고 약탈을 자행하여 민심이 흉흉해졌습니다. 지금 최영을 제거하지 않으면 나중에 큰 화를 면치 못할 것입니다."

이성계는 어디까지나 나라와 백성을 생각하는 충정을 앞세웠다.

비록 반군을 이끌었으나 임금의 말 한마디로 정당화되기를 바랐고 소란 없이 무혈로 입성하기를 바랐다.

지금이라도 임금이 자기 뜻을 따라 최영을 제거해준다면 회군의 명분은 서는 것이었다.

그러나 임금은 이를 거절했다. 이성계가 내세우는 충정을 믿을 수 없을뿐더러 절대적인 보호자 최영을 제거한다는 것은 지금 자신의 자리를 내놓는 것과 다름이 없기 때문이었다.

임금은 전 밀직부사 진평중을 보내어 장수들을 회유했다.

"그대들은 어명을 받들어 출정했는데 어이하여 지시를 위반하고 궁궐을 범하려 하느냐? 이는 군신 간의 도리가 아니다. 더구나 조상으로부터 이어져 내려온 강토를 어찌 상국이라 해서 저들의 말 한마디에 쉽게 내어줄 수 있겠는가? 과인은 차라리 군사를 일으켜 저들에 대항하려 했다. 최영에 대해서 이러쿵저러쿵하지만 나는 여러 사람과 의논했다. 나의 앞에서 누구도 반대하지 않았다. 최영이 사심이 없이 과인을 보필하고 있다는 것을 경들도 잘 알고 있지 않으냐? 부디 개과천선하여 함께 부귀를 누릴 것을 생각하라."

이어서 설장수에게 술을 들려 진중으로 보내어 위로하면서 장수들의 의중을 파악하려 했다.

"이런 제길, 여기 있는 병사들과 그 가족들, 수많은 목숨이 걸린 일이오. 아직 사태 파악이 되지 않소이까?"

이성계의 곁에 있던 이지란이 화를 벌컥 내었다. 술잔을 내동댕이치려는 것을 이성계가 막았다.

"참으시오. 주상께서 내려주신 것이니 마다해서는 아니 되오. 정히 주상께서 최영을 감싸고도신다면 궁궐로 진입하여 억지로라도 최영을 주상의 곁에서 끌어내는 수밖에 없는 것이오."

이성계는 설장수를 돌려보내고 조민수와 도성 진입에 대해서 의논했다.

"조 원수가 먼저 택하시오. 어느 쪽으로 진입할 것인지?"

조민수는 순간 생각했다. 기왕에 좌·우군이 동시에 도성으로 진입한다면 역적 최영을 먼저 붙잡는 쪽이 더 체면이 서고 나중에 정국을 이끌어 가는 데 유리할 것 같았다.

"나는 선의문으로 진입하겠소이다."

선의문은 나성(羅城)의 서쪽, 국왕과 사신의 행차가 있을 때 이용하는 문이다. 조민수는 그곳으로 진입하면 왕의 소재를 빨리 파악할 수 있을 것이고 그러면 최영을 포함한 측근들을 체포하기가 쉬울 것 같아 그리했다.

"그럼 나는 숭인문으로 가겠소."

이성계는 조민수와 반대로 나성의 동문인 숭인문을 택했다.

2
....

성문을 지키는 군사들의 저항은 의외로 거셌다. 최영이 직접 친위병을 거느리고 싸웠기 때문이었다. 급한 김에 궁성 수비군을 이놈 저놈 잡졸로 모았으나 궁궐 수비의 중심은 어디까지나 우달치(迂達赤, 국왕의 근위병)였다. 그들은 평소 훈련이 잘된 군사였기에 백전노장인 최영의 지휘를 잘 받들어 온 힘을 다해 반군의 침공을 막아냈다.

이성계는 지문하성사 유만수를 앞세웠으나 1차 침공에 실패했다. 조민수의 좌군도 실패했다. 침공이 실패했다는 보고를 받은 이성계는 당황하는 기색이 없이 오히려 호탕하게 웃었다.

"유만수는 눈이 크고 광채가 없어, 담이 적은 사람이라 싸움에 이기지 못할 줄 알았다."

이성계는 유만수의 패배에 개의치 않고서 군막으로 들어가 동궁(彤弓,

붉은 활)과 백우전(白羽箭, 화살)⁴⁾을 들고 나왔다. 사방을 둘러보다가 100보쯤 떨어진 거리의 소나무를 발견하고 과녁으로 정했다. 이성계가 팽팽히 당긴 시위를 놓자 "쉥─" 바람을 끊는 듯 날카롭고 묵직한 소리를 내면서 화살이 소나무의 허리에 꽂혔다. 나무는 두 동강이 나서 부러졌다.

"와─!"

이를 지켜본 제장들은 일제히 탄성을 질렀다. 이성계는 결전에 앞서 병사들의 두려움을 없애기 위해 먼저 자신의 탁월한 무술 솜씨를 과시한 것이었다. 이는 자신의 능력과 용맹을 보여줌으로써 병사들의 사기를 돋우고 용기를 끌어내어 수많은 전장 터에서 승리를 해왔던 이성계 나름의 전술이었다.

장군 이언이 이성계 앞에 무릎을 꿇으며 결의를 다졌다.

"우리가 영공(令公)을 모시고 어디인들 못 가겠나이까!"

이어서 제장들이 무릎을 꿇었다.

"어디인들 못 가겠나이까!"

"와─!"

그 모습을 지켜보던 군사들이 우레와 같은 함성을 질렀다.

함성은 멀리 퍼져나가 숭인문을 수비하는 궁중 숙위 군사들도 들을 수 있었다.

이성계는 백마를 타고 앞장서서 궁궐 수비병을 향해 화살을 날렸다. 화살은 이성계의 손을 떠나는 즉시 빗나감이 없이 수비 병사를 하나씩 고꾸라뜨렸다.

이성계의 뒤를 따르는 병사는 동북면에서 온 가병들이 주축이었다. 그

···············

4) 동궁과 백우전은 이성계의 상징과 같다.

들은 이성계의 명령 한마디에 목숨을 아끼지 않는 용맹한 병사들이었다. 그 뒤로는 중앙군으로 요동정벌군에 편성된 병사들이 따랐다. 그 수가 엄청났다. 수비군은 겁에 질려서 제대로 싸워보지도 못하고 성문을 내주었다.

"와─"

성문이 열리자 물밀듯이 군사들이 들이닥쳤다.

수비군은 어디로 도망쳤는지 그림자도 찾아볼 수 없었다.

동문이 뚫렸다는 소식에 조민수가 이끄는 좌군도 서문으로 수월하게 진입할 수 있었다.

3
. . . .

"우리가 최영을 먼저 붙잡아야 한다."

조민수는 흑대기(黑大旗)를 세우고 서두르며 들어가다가 영의서교(永義署橋)에 이르러 최영이 지휘하는 군사와 맞닥뜨렸다.

최영은 비록 밀리고 있었지만 수많은 전쟁터에서 승리를 거듭해온 백전노장이다. 결코 만만치가 않았다. 얼마 되지 않는 병사지만 최영이 이끄는 우달치 또한 훈련이 잘된 병사들이다. 혼신을 다해서 조민수 군사에 대항했다. 조민수의 군사가 오히려 밀렸다.

이성계는 군사를 몰아 황룡대기(黃龍大旗)를 앞세우고 선죽교를 지나서 남산으로 진격했다. 남산에는 최영의 수하 안소가 이끄는 병사들이 대기하고 있었다. 이성계의 군사는 우레와 같은 외침과 함께 징과 꽹과리를 치면서 다가갔다. 안소의 군사들은 기가 질려서 대항할 생각도 못 하고

뿔뿔이 흩어져 도망을 쳐버렸다. 이성계는 그들을 구태여 쫓으려 하지 않았다.

이성계의 군사는 남산의 암방사(巖房寺) 북쪽 고개에서 대세를 알리는 대라를 불었다.

"붕, 붕, 부우-웅!"

고갯마루에서 부는 대라 소리는 궁내 어디에서도 들렸다. 최영은 이미 대세가 기울어 더 이상 버틸 수가 없다고 판단했다. 그가 몇 남지 않은 병사들을 데리고 피신해 들어간 곳은 임금이 숨어 있는 화원의 팔각전이었다.

"장인, 수고가 많구려. 이제 우리는 어떻게 해야 하오?"

왕은 영비와 함께 벌벌 떨면서 바깥 상황을 예의 주시하다가 최영이 나타나자 반가움과 함께 한편 절망하는 마음으로 맞았다. 72세의 노구를 이끌고 혼신을 다한 최영은 지쳐서 임금 앞에서 바로 서지도 못하고 꼬꾸라졌다. 임금은 그나마 의지하고 있었던 최영의 그런 모습에서 모든 것이 끝났음을 예감했다.

"어흐-흥, 전하…… 소신이 사력을…… 다했으나 어쩔 수가 없었사옵니다."

최영은 임금의 발밑에 쓰러져서 황소 같은 소리를 내며 울부짖었다. 감정이 앞서서 제대로 말도 잇지 못했다.

"내, 알고 있소이다. 공이 나를 위하여 얼마나 애를 썼는지를……. 자, 일어나 보오."

임금은 엎드려 있는 최영의 손을 잡았다. 최영은 꿈쩍도 하지 않고서 울기만 계속했다. 임금도 엎드려서 최영과 같이 울었다. 곁에 있는 영비도 이들을 부여잡고 울었다.

"아버님, 엉엉–"

밖이 소란스러웠다. 화원의 담장이 맥없이 무너지고 반군이 팔각전으로 몰려든 것이었다.

"역적 최영은 이제 그만 밖으로 나오시오. 나오지 않으면 우리가 쳐들어가서 붙잡아 나오리다."

거친 목소리가 들렸다.

"전하, 이제 저는 때가 다된 것 같사옵니다. 전하께서는 부디 옥체를 보존하시옵소서."

최영은 정신을 가다듬고 하직 인사를 올렸다.

"아니 되오. 장인, 나를 두고 어디 간단 말이오. 나는 누굴 믿고 이 자리를 지키란 말이오. 저 포악무도한 자들이 나라고 가만 놔두겠소? 장인은 내가 지키겠소. 장인을 붙잡으러 저놈들이 들어온다면 내 칼로 놈들의 목을 벨 것이오."

임금은 칼을 빼 들고 곧바로 밖으로 뛰쳐나갈 기세를 취했다.

"아니 되옵니다. 전하, 이미 대세는 기울어졌습니다. 전하께서는 부디 옥체를 보존하시고 때를 기다리시오소서. 소신은 이제 이런 모습으로 물러가지만, 어디에선가 오늘의 이 모습을 지켜보고 있는 충신이 있을 것이옵니다. 그들이 언젠가는 전하의 권위를 다시 찾아드릴 것이옵니다. 부디 옥체를 보존하시옵소서."

"아니 되오. 아니 되오."

"아버님, 저희를 두고 어디 가신단 말입니까? 이대로 못 보내옵니다."

영비도 울면서 몸부림을 쳤다.

"딸아, 이것이 너와 나의 이 세상에서 마지막 작별이 될지 모르겠구나. 부디 두 분 마마 오늘의 수모를 기억하시오소서. 그리고 천수를 누리소서."

4
· · · ·

이때, 전각의 문을 부수고 군사 몇 명이 들이닥쳤다.

"간적 최영은 이리 나오시오!"

이성계의 장수 곽충보가 이끈 군사들이었다. 최영은 임금과 영비에게 작별 인사로 두 번 절을 하고 군사들에게 끌려서 밖으로 나왔다. 최영은 하늘을 쳐다보았다.

'하늘이 저처럼 푸른 줄 이제야 알겠구나!'

조금 전까지도 피를 튀기며 사투를 벌였는데 이제 모든 것이 끝났다고 생각을 하니 오히려 마음은 평온해지는 듯했다.

'내 나이 일흔둘, 나는 무엇을 위해서 그동안 살아왔을꼬?'

자신이 살아온 평생이 일순간 주마등 같이 스쳐 지나갔다.

'나의 일평생은 임금과 고려를 위하여 오직 충성의 일념으로 목숨조차도 아끼지 않는 삶이었는데, 대체 무엇이 잘못되어 오늘 이런 일을 겪게 되는 것인가? 저들은 나를 간적이라고 부르는데 저 푸르디푸른 하늘 아래 내 삶 어디에 부끄러운 점이 있었던가? 아……, 정녕 500년 사직이 여기서 끝이 나야 하는가? 하늘이 나를 기어이 버리시는 것인가?'

이성계는 최영이 끌려 나오는 모습을 차마 똑바로 보지 못했다. 최영과 지내온 세월의 의리를 생각하면 인간적으로 못할 짓을 하고 있다는 생각이 들었다. 이성계에게 19년이나 연배인 최영은 아버지와 같은 존재였다. 그의 나라 위한 일념과 참무인으로서의 삶은 언제나 본받을 만한 것이었다.

자신이 변방의 장수로 지내다가 중앙의 요직에 자리 잡기까지 최영은 여러 가지 지원을 아끼지 않았고 한때 이인임의 견제를 받았을 때도 변명을 해주어 위기에서 벗어날 수가 있었다. 어쩌다 보니 서로가 칼을 겨누고 이렇듯 모진 짓을 해야 한다고 생각하니 회한에 젖지 않을 수 없었다.

'나의 이야기를 조금만 들어주었더라면 이런 일은 피할 수 있었을 것인데……'

이성계는 끌려온 최영에게 변명같이 말을 했다.

"이번 사태는 공과 나의 정리로 보아 내 본심에서 일으킨 일이 아닙니다. 요동정벌은 대의에 거역되는 일일뿐더러 나라가 불안해지고 백성들이 고통을 겪어 원한이 하늘에 이르렀기에 부득이 일어난 일입니다. 나를 원망 말고 부디 잘 가십시오."

최영은 이성계와 정면으로 눈길을 마주했다. 이성계는 눈길을 피했다.

"나를 한 번 똑바로 봐주시게. 나는 항간에 떠돌던 '목자득국(木子得國)의 소문'을 믿지 않았네. 하나 이렇게 당하고 보니 믿지 않을 수가 없네. 고려의 운세가 다하여 사직이 여기서 끊긴다고 생각하니 실로 통탄할 일이네. 자네는 뭐라고 변명을 하든, 왕명을 받들고서 출정을 한 군사일세. 장수는 오로지 나라와 백성을 위하여 그 힘을 써야 하거늘 자네는 왕명을 어기고 제 마음대로 말머리를 돌려서 왕명을 내린 임금에게 칼을 들이대어 이런 일을 만들었네.

고려가 500년 사직을 이어오다가 자네 같은 사람이 나타나서 맥이 끊긴다면 자네가 얻은 나라도 운이 좋으면 500년은 가겠지. 그러나 그때 자네 같은 마음을 품은 자가 또다시 나타나서 자네가 세운 그 나라를 무너뜨리고 자네의 후손을 내친다면 저승에서 그것을 보는 자네의 마음이 어떠하겠는가! 역사는 오늘의 일을 평가할 것일세. 자네는 후세 사람들에게 역적질의 빌미를 주고 있음을 알아야 할 것이야!"

최영의 목소리는 준엄했다. 곁에서 최영을 붙잡고 있는 병사들이 듣기에도 민망했다.

"그만 닥치시오! 그 말이 너무 듣기 거북하오."

곽충보가 최영의 팔을 잡아끌었다.

"나는 고려를 위하여 한평생을 바쳐왔으니, 내가 사사로운 욕심으로 일을 해왔다면 죽은 뒤 무덤에 풀이 돋을 것이고, 억울한 죽음을 맞았다면 풀이 돋지 않을 것이네."

최영은 끌려가면서도 기품을 흐트러뜨리지 않았다. 이성계는 끌려가는 최영의 등판이 유난히 크게 느껴졌다.

'역사는 오늘의 일을 평가할 것이야! 후세 사람에게 역적질의 빌미를 주고 있음을 알아야 할 것이야!'

최영의 준엄한 외침이 이성계의 귓전을 맴돌았다.

최영은 그 길로 고양현에 유배되었다가 다시 마산 합포로 옮겨졌고 다시 그해 12월 개경으로 압송되어 죽음을 맞이했다.

고려의 운명은 최영의 죽음을 계기로 급속하게 무너져 내렸다.

그동안 고려의 나날은 대책 없는 세월이었다. 왜적의 침입이 숱하게 반복되어도 묘책이 없었고 임금은 오직 향락하는 일에만 몰두해 나라의 경영은 뒷전이었으며 문란해진 국가 기강을 틈타 관리의 수탈은 극에 달해 백성의 고통은 더 이상 감내하기가 어려울 지경에 이르러 있었다. 여기에 불가분의 관계를 유지해야 하는 대륙의 변화, 원명 교체라는 격변기에 맞닥뜨렸는데도 적절히 대처를 못 하고 우왕좌왕하고 있는 고려의 운명은 격랑 속을 표류하는 배와 같았다.

이러한 고려의 상황에서 최영의 존재는 기울어져 가는 나라를 지탱하는 대들보였는데 이제 그 대들보가 무너져버렸으니 고려의 운명도 시각을 다투는 처지가 되어 버렸다.

이성계를 암살하라

1

최영이 체포된 것과 동시에 안소, 정승가, 송광미, 이원보 등 측근들도 체포되어서 원주, 안변, 영해, 함창 등 각지로 유배 보내졌다.

이제 왕을 보필하며 따르는 이는 아무도 없었다. 임금을 둘러싸고 있는 무리들은 눈이 부리부리하고 어깨가 떡 벌어진 불량스럽기 그지없는 무뢰배 같은 자들뿐이었다. 여전히 임금이 자리를 지키고 있는데도 그들은 불손한 짓을 서슴없이 했으며 험악한 인상을 쓰면서 행동의 자유조차도 막았다.

임금은 그들과 마주치는 것이 두려웠다.

'아 나의 충신들은 다 어디로 갔는가?'

바깥의 소식은 차단된 채 궐 안에 갇혀 지내야만 했다. 고립무원이라는 말이 실감 났다. 왕은 서러움과 두려움에 날마다 영비와 끌어안고 울며 지냈다.

그러던 어느 날, 왕은 정신을 차려서 대안을 찾았다. 이색과 같은 중신들이 아직 건재하니 그들에게 도움을 청하기로 한 것이다.

이색은 성격이 꼬장꼬장하고 바른말을 잘하곤 해서 왕은 그가 나라의 원로대신이긴 했지만 멀리해왔었다. 그러나 나라를 위한 충정은 어느 대신보다도 깊어서 문제가 있을 때는 언제나 그가 나섰다.

이색이 나서 준다면 오늘의 이 사태도 해결할 수 있을 것이라는 생각이 들었다. 왕은 은밀히 서찰을 써서 이색에게 전했다.

> "나라가 위기에 처했을 때 경은 언제나 대의를 내세워 어려움을 풀어 왔소. 지금 고려가 처한 운명은 백척간두의 위기라 해도 과언이 아니오. 신하가 임금의 말을 듣지 않으니 임금의 권위는 땅에 떨어지고 과인은 신하의 눈치를 보며 하루하루를 지내고 있소. 임금의 처소를 무뢰배 같은 자들이 겹겹이 싸고 있으니 행동이 부자유스럽고 즐기던 사냥도 못 하는 신세가 됐소이다. 이제 그 정도가 심하여 과인은 잠자리에 들면 다음 날 성한 몸으로 눈을 뜰 수가 있을까 하는 정도로 목숨의 위험까지도 느끼고 있소. 부디 경이 나서서 오늘의 이 사태를 수습해주시오."

임금의 서찰을 전해 받은 이색은 곰곰이 생각했다. 아무리 임금이 군왕의 도리를 잘못했다고 해도 신하가 임금을 감금하고 목숨까지 위협을 받아야 하는 상황까지 이르렀다면 이는 사직의 종말을 뜻하는 것이다. 이는 요동정벌군이 "임금의 곁에서 보필을 잘못하는 간적을 물리치고 나라를 바로 세우고자 부득이 회군을 했다."고 내세운 명분에도 어긋나는 일이었다. 간적은 다 제거되었는데도 도성 안에는 여전히 군사들이 주둔하여 백성이 불안해하고 임금조차도 목숨이 위협받을 정도라면 나라의 일이 크게 잘못되어가고 있는 것이다.

이색은 안극인 등 나라의 원로대신을 지냈던 사람들과 연통을 하여 그들의 협조를 구하기로 했다. 안극인은 대비 정비의 부친이기도 했다.

원로대신들은 이성계와 조민수를 면담하여 사태 수습이 원만히 되었으니 군사를 도성 밖으로 물리고 임금을 감금하다시피 하고 있는 것을 풀어달라고 요청했다.

이성계와 조민수는 그들의 요청을 받아들이면서 동시에 민생의 안정을 위해 원로들의 협조를 구했다. 그리고 국정쇄신을 위해 대규모 인사를 단행하기로 했다.

인사를 단행하기에 앞서 이성계는 측근 인사인 정도전을 남산 밑 사저로 불렀다.

"자, 내당으로 들어갑시다. 내 긴히 의논할 일이 있어서 삼봉을 불렀소이다."

두 사람은 내당으로 들어가서 주위를 물리친 채 독대하고 앉았다.

"할 일은 산적(山積) 같은데 무엇부터 해야 할지 도무지 분간이 서지 않는구려."

이성계가 난감한 표정을 지으며 말했다.

"숱한 전장에서 맹수와 같았던 분이 하실 말씀이 아닌 듯하옵니다."

정도전은 웃으면서 이성계를 치켜세웠다.

"아니오. 전장에서는 싸움에 이기는 일과 부하의 사기를 높이는 일 등 주어진 일에만 몰두하면 되지만, 정치는 다른 것 같소. 무엇이 중요한지 우선순위도 정하기 어렵고, 적도 아군도 구별되지 않고, 힘으로 다스려야 할지 부드러움으로 대해야 할지 도무지 구별되지 않는 일들이 끊임없이 일어나니 일순간도 편하게 지낼 수가 없소이다."

"그러하오이다. 나라와 백성을 위하는 생각과 방법이 각기 다르니 백가쟁명(百家爭鳴)의 소리가 나는 것입니다. 하나 그들은 적이 아니니 조화를 이루시고 완급을 조정하여 일을 처리하시면 무리가 없을 것입니다."

"그러하오? 허허, 나 같은 무장에게는 도무지 어려운 일이라서⋯⋯. 삼봉 같은 사람이 곁에서 많이 도와주시오."

"아니오이다. 널리 인재를 등용하소서."

"그래서 삼봉을 불렀소이다. 어떤 인재가 어디에 적합하고 또 누구를 써야 할지⋯⋯"

새로운 권력이 탄생하면 새롭게 질서가 재편되는 법이다. 이는 훌륭한 인재의 등용으로 이루어지는 일이기에 이성계는 정도전과 의논을 하고자 한 것이었다.

정도전은 먼저 자신의 의견을 말했다.

"조정의 수장 편제부터 바꾸시옵소서. 장군께서는 종전에 문하시중이었던 최영 밑의 수시중 자리에 있었습니다. 그러나 회군 이후 이 나라의 최고 권력자는 장군과 조민수 장군이시옵니다. 누가 문하시중이 되느냐 하는 여부에 따라서 상하관계가 설정될 것인바, 두 분 사이에 상하관계란 있을 수 없는 일이기에 이를 좌시중, 우시중으로 대등한 관계로 하소서. 굳이 서열을 논하자면 상좌(尚左)의 원칙에 따라 좌시중이 앞서겠지만, 실제로는 꼭 그렇지만은 않을 것입니다."

"그럼 누가 좌시중이 되고, 누가 우시중을 맡는다는 말이오?"

"죄시중은 조민수 장군에게 맡기시옵소서."

"어째서요?"

"조민수는 욕심이 많고 기회주의적인 성품이어서 이 기회에 일인자로 대우받기를 원할 것입니다."

"그렇다면 내가 그의 수하가 되라는 뜻이 아니오?"

"장군은 그에게 일인자 자리를 내주고 실리를 챙기시면 됩니다. 그러면 조민수의 자리는 허울일 뿐이고 실제 일인자는 장군이옵니다."

"어찌하면 되겠소이까?"

"장군은 그동안 준비를 많이 해왔습니다. 장군 밑에는 많은 인재들이 모여 있습니다. 그들은 고려의 개혁을 원하는 사람들입니다. 그들을 활용하여 개혁을 추진한다면 구신들은 물러나야 할 것입니다. 조민수는 과거 이인임의 밑에서 부정을 저지르면서 여러 요직을 지낸 사람이니 그도 개혁의 대상입니다."

"그렇다면 누구를 어떤 자리에 앉히면 좋겠소? 그리고 그 자리를 조민수와 의논해야 하지 않겠소?"

"실권이 없는 자리는 조민수 측에게 물려주고, 핵심이 되고 개혁의 바람을 불러일으키는 자리에 우군을 앉히시면 됩니다. 조민수는 나라를 경영할 준비를 해온 사람도 아니고, 또 능력도 없는 사람인데 장군의 회군에 동참하여 우연히 최고 권력의 자리에 올랐을 뿐입니다."

이성계는 정도전의 건의를 받아들여서 조민수와 협상을 했다. 조민수는 자신을 좌시중, 일인자의 자리에 앉히겠다는 말에 혹해서 넘어갔다. 조민수가 이성계의 안을 순순히 받아들이는 또 하나의 이유는 자신의 수하에는 몇몇 무장 외에는 딱히 요직에 앉힐 만한 인재가 없었기 때문이기도 했다.

대대적으로 인사가 단행되었다. 먼저 회군에 가담했다는 이유로 파직당했던 장수들을 복권시켰고 조정 백관의 인사가 이루어졌다. 우시중은 이성계가 되었고 정도전은 밀직사사, 조준은 대사헌, 정몽주가 삼사좌사로 앉았다. 밀직사사는 왕명을 출납하고 궁중의 숙위(宿衛)와 군기(軍機)를 단속하는 직책이고, 대사헌은 시정의 풍속과 관원에 대한 감찰을 하는 사헌부의 수장이다. 삼사좌사는 전곡(田穀)을 출납하며 국가의 재정을 담당하는 기관의 장이다.

이성계는 이들 핵심 부서에 자신과 가까운 인사를 배치함으로써 조정의 실권을 장악한 셈이었다. 이 중 정도전이 밀직사사의 직에 앉게 된 것은 특별한 의미가 있었다. 밀직사사란 형식상 왕이 자신의 뜻을 잘 헤아리는 충복을 앞혀서 보좌하게 하는 직책이지만, 정도전은 왕을 감시하는 역할을 맡아야 하기에 왕의 뜻과는 무관하게 그 자리에 앉은 것이었다.

2

군사들이 궁중에서 물러났지만, 임금은 여전히 감시를 피할 수 없는 처지였다. 정도전은 임금이 필시 어떤 일을 꾸밀 것이라고 생각했다. 현재는 회군한 장수들의 세에 눌려서 눈에 띄는 행동을 하지 않고 있지만 언젠가 은밀하게 일을 꾸미는 자가 나타나 임금을 추슬러서 일을 도모할지도 모르는 일이기에 주위를 면밀히 관찰할 필요가 있었다.

정도전은 보직을 받자마자 궁중을 숙위하는 군사들을 대폭 교체해버렸다.

근위병인 우달치와 순군을 교체하면서 만일에 일어날 수 있는 일에 주도면밀하게 대비했다.

정도전의 예상은 적중했다.

"대감, 잠시 여쭐 말씀이 있어서 찾아뵈었습니다."

왕의 숙소를 경호하는 별감 중의 한 놈이 찾아왔다. 사람이 짐승보다 확실히 나은 점은 눈치를 잘 본다는 것과 냄새를 기가 막히게 잘 맡는다는 것이다.

정도전이 권력의 핵심 인사라는 것은 궁중의 내수(內竪)들에게도 이미 널리 알려진 사실이어서 그들은 정도전이 등청을 하면 밤사이의 조그마한 일까지도 다투어 고해바치곤 했다.

"밤사이 무슨 일이 있었는가?"

"예."

별감은 행여 주위에 듣는 사람이 있을세라 목소리를 낮추었다.

"······?"

"주상께서 밤사이 별감을 시켜서 조민수 장군과 이성계 장군의 사저 경비 상태를 파악하셨습니다."

"그래? 동조하는 자들이 누구이던가?"

정도전이 예상하고 있던 일이 벌어지고 있는 것이었다. 은밀히 왕의 복권을 기도하는 인사를 색출할 좋은 기회였다.

그들의 움직임 여하에 따라 왕을 축출시킬 수도 있는 일이었다.

"환관을 시켜 칼 잘 쓰는 별감과 시정에서 무술을 잘하는 자들을 은밀히 모으고 있습니다. 재물을 풀어서 한 100명쯤 모으고 있습니다."

"음."

정도전은 짧게 신음 소리를 냈다. 생각보다는 왕이 빨리 움직였다.

"그래, 수고했네."

정도전은 서랍장에서 은병 몇 개를 집어주었다. 별감은 황송해하면서도 얼른 받아서 품속에 챙기고는 다른 사람이 볼세라 잽싸게 사라졌다.

'임금이 무술하는 자들을 데리고 조민수, 이성계 장군의 사저를 습격하겠다고?'

정도전은 당장 별감 몇 놈을 족쳐서 사태의 전말을 밝히고도 싶었지만 그렇게 되면 오히려 임금을 핍박한다고 역공을 당할 수도 있는 일이었다. 최영은 제거되었지만 아직은 그 추종자들이 여전히 잠복해서 기회를 노리고 있고, 또한 임금에 대한 충성파 원로대신들이 남아 있어서 섣불리 나설 상황이 아니었다. 무엇보다도 조민수와의 관계에서 병권도 확실히 장악이 안 된 상태였다.

정도전은 신중히 생각했다. 왕을 좀 더 궁지로 몰아넣을, 왕이 꼼짝없이 걸려들 방법을 모색했다.

정도전은 이성계를 찾아갔다.

"장군, 신변의 경계를 단단히 하소서."

"왜 무슨 일이 있소이까?"

이성계가 영문을 몰라 물었다. 정도전은 자신이 들었던 이야기를 전하고 대처하는 방법까지 일러주었다.

"장군께서는 모른 체하시고 평소대로 사저로 퇴청하시오소서. 그리고 앞문으로 들어갔다가 뒷문으로 곧장 나와 군영으로 향하십시오. 식솔들은 미리 군영으로 옮겨 놓으셔야 할 것입니다."

"왜 그렇게 해야지? 단번에 저들을 붙잡아서 문초하면 될 터인데?"

"그렇게 하면 여러 가지 문제가 생깁니다. 자칫 잘못하다가는 왕위를 찬탈하려 한다는 오해를 받아 백성의 지탄을 받게 됩니다. 아직은 임금이 자리를 지키고 있으니 예는 갖추어야지요. 덫을 쳐놓고 임금 스스로가 걸려들기를 기다려야 합니다."

정도전은 자신이 생각해두었던 바를 일러주고 조민수 장군에게도 전하라고 당부를 하고 물러 나왔다.

3

정도전이 다음 단계로 해야 할 일은 임금을 행동에 나서게 하는 일이었다.

'임금이 직접 행동에 나서도록 만들어서 스스로 물러나게 해야 한다.'

정도전은 시중에 은밀히 유포되고 있는 '우왕 가짜설'을 궁중 내에 퍼뜨리기로 했다. '우왕 가짜설'은 "우왕이 공민왕의 자식이 아니고 신돈의 자식이다."는 말이다. 이는 시중에 은밀히 유포되고 있었는데 우왕의 성정이 점점 포악해지자 이를 사실로 믿고서 우왕 제거 결사를 맺은 사람들도 나타났다. 조준, 윤소종, 조인옥, 백금령, 허금 등 인사들이 바로 그들이었다.

'평민이라 해도 자신의 혈통을 부정하는 소리를 듣는다면 이보다 더한 수모가 없을 터인데, 임금이 이 소리를 듣게 된다면 왕의 자리를 위협하는 소리로 들을 것이고, 그 근원을 없애기 위하여 반드시 행동에 나서게 될 것이다.'

정도전의 생각은 여기까지 미쳤다.

'가짜설'은 궁중 내에 퍼졌고 마침내 임금의 귀에까지 들어가게 되었다.

"뭣이라고? 내가 왕씨가 아니라고? 이런 벼락 맞아 죽을 놈들이 있나!"

영비를 통해서 소문을 전해 들은 왕은 끓어오르는 분함을 참지 못해 죽일 듯이 화를 냈다.

"고정하시옵소서. 전하 이런 말은 다 역적 놈들이 지어낸 말이옵니다. 다 아버님이 안 계시기에 이런 억울한 소리도 듣는 것이옵니다."

말을 전한 영비는 임금의 손을 부여잡고 같이 억울함을 토로했다.

아버지 최영의 빈자리가 너무 컸다. 간적으로 몰려서 반군에게 붙잡혀 간 것도 원통한 일인데 이제 와서 임금에게까지도 왕씨가 아니라는, 차마 들어 넘기지 못할 말을 만들어 퍼뜨리다니 이 억울함과 분함을 어찌 갚아야 할지…….

"이성계, 조민수, 이 역적 놈들! 네놈들이 나의 신하였음을 정녕 잊었단 말인가? 내가 오늘날까지 네놈들에게 베푼 은혜가 산과 같거늘 네놈들이 나의 눈이 퍼렇게 살아 있는데 이런 억울한 소리를 듣게 하다니!"

우왕은 허공에다 대고 미친 듯이 울부짖었다.

"영비, 내 이놈들에게 당한 수모를 기어이 갚아줄 것이오. 이놈들을 반드시 내 손으로 죽여서 간을 내먹을 것이오!"

한참 울부짖던 왕은 정신을 차렸다. 그리고는 은밀히 환관을 지밀로 불러서 그동안 준비해왔던 일을 점검했다.

"동원할 수 있는 인원이 얼마나 되느냐?"

"여든 명은 족히 됩니다."

"이성계, 조민수의 집을 감시하라. 그리고 밤이 이슥할 때를 기다려 습격을 할 것이다. 과인의 칼과 갑옷도 함께 챙기거라."

"전하께서도 같이 가실 것이옵니까?"

"내 손으로 직접 역적 놈의 목을 벨 것이다. 준비하거라!"

임금이 환관에게 지시하고 무사들을 준비시키고 있다는 내용은 정도전에게 그대로 전해졌다. 정도전은 예상한 대로 일이 전개되어 가고 있다고 생각하면서 회심의 미소를 지었다. 그리고는 이성계에게 사실을 알리고 평소와 다름없이 눈치채지 못하게 의연하게 대처하라고 일렀다.

이성계는 평소처럼 남산 사저로 퇴청했다. 그리고는 집 안을 환하게 밝혀두고 하인 몇 명에게만 집을 지키도록 하고는 자신은 뒷문으로 빠져나와서 도성 밖 군영으로 향했다.

밤이 이슥해지자 사저로 한 떼의 괴한들이 모여들었다. 은밀히, 풀벌레도 잠이 깰세라 소리 없이 움직였다. 왕도 갑옷을 챙겨 입고 그 속에 섞여 있었다. 그들은 이성계가 잠자리에 들기를 기다렸다.

이윽고 내당에 불이 꺼졌다. 밖에서 기색을 살피던 괴한들은 사저의 담을 타고 넘었다. 집 안은 조용했다. 일부는 마당에서 경계를 서고 왕이 지휘하는 자들은 내당으로 쳐들어갔다.

"우당탕!"

내당의 문을 박차고 들어갔다.

"꼼짝 마라! 이 역적 놈!"

어둠 속이었지만 흐릿하게 잠자리의 흔적이 보이는지라 베개 맡을 겨냥하고 소리를 질렀다. 그런데 이게 웬일인가? 인기척이 없는 것이 아닌가?

이불을 확 젖혔다. 빈 이부자리에 베개를 받쳐놓아 잠을 자는 것처럼 꾸며놓았을 뿐 잠자리의 주인은 온데간데없었다.

"이게 어쩐 일이냐? 방을 잘못 찾은 것이 아니냐?"

왕은 당황했다.

"다른 방에 있을지 모르니 뒤져 보거라! 창고든 뒷간이든 숨을 만한 곳을 구석구석 뒤져 보아라!"

침입자들은 집 안을 샅샅이 뒤졌으나 허탕이었다. 집을 지키던 하인들만 영문을 모른 채 끌려 나왔다.

"어떻게 된 일이냐?"

"쉰네들은 모르는 일이옵니다. 며칠 전부터 대감께서 퇴청하셨다가 이내 뒷문으로 나가시곤 했습니다. 마님과 도련님들도 얼마 전에 거처를 옮기셨습니다."

'아뿔싸!'

왕은 그제야 속았다는 생각이 들었다. 자신의 거사 계획이 이성계 쪽에 흘러들어 갔다는 의심이 퍼뜩 들었다. 왕은 정탐 보고를 한 별감에게 살벌한 눈길을 보냈다. 별감은 안절부절못하고서 변명을 했다.

"분명히 퇴청하는 것을 이놈 눈으로 확인하였습니다."

별감을 벌벌 떨면서 기어들어가는 소리를 냈다.

"네놈 탓에 일이 글러 버렸구나, 죽일 놈!"

왕은 손에 들고 있던 칼로 정탐 보냈던 별감을 베어버렸다.

"악!"

별감은 외마디 비명을 지르고 그 자리에 고꾸라졌다.

왕의 포악함에 무사들은 바짝 긴장했다.

"이성계는 다음에 처리하기로 하고, 조민수의 집으로 가자!"

왕은 허둥대며 조민수의 집으로 발길을 돌렸다. 그러나 조민수도 이성계의 말을 듣고 이미 몸을 피한 후였다. 왕은 이제 어찌해야 하는지 갈피를 잡지 못했다. 역적의 무리에 가담한 자는 누구라도 붙잡아 화풀이를 하려고 조민수의 수하 장수 변안열의 집도 습격했으나 그도 역시 집을 비운 후였다.

왕은 거사가 완전히 실패했다는 것을 깨닫고서 새벽녘이 되어서야 궁으로 돌아왔다. 일이 실패했다는 것은 일에 가담했던 무사들에게도 큰 일이었다. 당초 여든 명이었던 무리는 거의 도망을 쳐버리고 궁까지 임금을 수행한 자는 불과 수명밖에 되지 않았다.

'이 일을 어이해야 하나? 정녕 하늘이 나를 버리시는 것인가?'
날이 밝으면 밤사이에 일어난 일이 밝혀질 것이고, 그렇지 않아도 꼬투리를 잡으려고 혈안이 되어 있는 자들인데 빌미를 제공하고 말았으니 아무리 임금이라 해도 무사하지 못할 것이라는 생각이 들었다. 왕은 불안한 나머지 이제 새벽을 맞이하기도 두려웠다.
"술, 술, 술을 내오너라!"
왕은 미친 듯이 소리를 질렀다. 모든 것을 운명에 맡기고 술이나 퍼마시면서 불안한 마음을 달래고자 했다.

4

밤사이 일어난 일이 이성계에게 보고되었다. 이성계는 이미 예상하고 있었지만, 막상 일을 당하고 보니 가슴이 철렁 내려앉았다.
"장군, 더 이상 왕을 이대로 두어서는 아니 됩니다."
"이 길로 궁궐로 쳐들어가서 왕을 붙잡아 옵시다."
"이대로 넘어간다면 또 무슨 일을 저지를지 모르는 일입니다. 소장들의 목숨도 걸려 있는 일입니다."
밤사이의 일이 이성계의 제장들에게 알려지자 그들도 부글부글 끓었다.
이방원은 화를 참지 못하고 펄펄 뛰었다.
"아버님 속히 명하여주십시오. 저 무도한 임금을 당장 붙잡아 오라고!"

"아서라. 이미 일은 벌어졌는데 서두를 일이 아니다. 저들은 궁궐로 돌아갔고, 조민수 대감도 같은 일을 당하였으니, 그 사람들과도 의논을 해 보아야 하지 않겠느냐?"

제장들은 흥분하여 당장 일을 벌이려고 했으나 이성계는 침착했다. 일의 선후를 가린 후 돌다리를 두들기듯 신중을 기하려는 모습이었다. 정도전은 그러한 이성계의 모습에 깊은 신뢰를 받았다.

'이분은 행동은 범처럼 날렵하게 하지만 그 결정은 참으로 무겁게 하는 사람이구나. 과연 큰일을 하기에 손색이 없는 분이다.'

밤사이에 일어난 일을 의논하기 위해 조민수의 군영에 연락을 했다. 양측은 흥국사에 모였다. 조민수 측의 제장들도 흥분하기는 마찬가지였다.

"당장 궁궐로 쳐들어가서 왕을 쳐 죽입시다!"

"최영을 붙잡았을 때 임금도 같이 죽였어야 하는 건데……."

"임금은 우리를 역도로 취급하여 또다시 죽이려들 겁니다. 우리들의 목숨도 달린 일입니다."

모두 제각각으로 말을 했지만, 임금을 쫓아내자는 뜻은 같았다.

"제장들의 뜻은 알겠으나 임금을 바꾼다는 것은 깊이 생각해야 할 일이오. 누구를 후사로 해야 할 것인지를 정하는 것도 그렇고, 민심을 살펴야 하고, 명나라에 고해야 하는 절차도 있소. 성급히 결정할 일이 아닌 것 같소."

이성계는 여전히 신중했다. 조민수의 부하들도 위화도 회군 때부터 이성계의 탁월한 지도력을 인정했다. 그 이후 일의 전개 과정에서도 이성계의 결정이 옳았음을 쭉 보아왔다.

모두 이성계가 결정하는 대로 따르기로 했다.

당장은 임금을 감시하는 것부터 시작했다. 회군에 대해 불만을 가진 자들과 임금에게 충성하는 자들이 여전히 남아 있었으므로 이들이 부화뇌동하여 은밀히 공작을 펼칠 수도 있는 일이기에 일을 신중히 하면서도 엄하게 처리하기로 했다.

이화, 심덕부, 왕안덕, 조인벽 장수에게 명하여 우선 궁중 안의 무기와 말들을 압수했다. 그리고 거사에 가담했던 자들을 색출하여 왕이 보는 앞에서 참수를 해버렸다. 왕의 처소를 경호하는 별감들도 모두 이성계의 군사로 대치했다. 임금은 자신의 앞에서 별감들의 목이 떨어지는 것을 보고 섬뜩했다.

자신에게 곧 닥칠 운명도 저들과 다름이 없으리라…… 예감했다.

5

이튿날 일단의 군사들이 또 들이닥쳤다.

'이제는 내 차례인가!'

왕은 겁이 나서 벌벌 떨면서 이들을 맞았다.

"영비를 내놓으시오."

장수는 소리치듯 크게 말했다.

"무슨 소리인가? 영비는 나의 부인이니라."

왕은 기어들어가듯 조그마한 소리로 말했다.

"영비는 역적 최영의 딸이니 이곳에 머무를 자격이 없소."

"그럼 어디로 보낸단 말이냐?"

"강화부로 떠나야 하오. 속히 서두르시오."

"그렇게는 할 수 없다. 아직은 내가 왕인데, 내가 결정하지 않았는데 누가 그렇게 정하였다는 말이냐?"

왕은 최후의 몸부림을 쳐봤다. 그러나 목소리에는 맥이 없었다.

"그럼 소장들이 들어가서 끌어낼 것이오."

장수가 처소로 들어가려 했다. 왕은 더 이상 버티는 것이 무모하다는 생각을 했다.

'이미 놈들은 순서를 정해놓고 나를 압박하는 것이다. 영비를 떼어놓은 다음은 내 차례겠지!'

왕은 체념했다. 더 이상 이들의 말을 듣지 않는 것은 목숨을 재촉하는 일밖에 되지 않는다는 생각이 들었다. 왕은 모든 것을 포기하기로 마음먹었다.

"너희들의 마음을 알겠다. 나를 쫓아내는 것이 너희들의 바람이 아니냐? 나도 영비와 같이 떠나게 해다오."

왕이 스스로 자리에서 물러나겠다고 했다. 어차피 다음 차례는 왕을 쫓아내는 일인데 스스로 물러나겠다고 하니 잘된 일이었다.

"원하신다면 막지는 않겠소. 말을 대령하겠소이다."

"벌써 날이 저물었다."

"아니 되오. 속히 떠나시오."

장수는 이미 결정 난 일인데 지체할 것이 없다고 쫓아내듯이 윽박질렀다.

"그러마. 이 밤으로 떠나야 백성들의 눈을 피할 수 있겠지. 백성들이 나를 위해 울어 준들 무슨 소용이 있겠느냐? 나의 마음만 괴로울 뿐이지. 지금 떠나마."

왕이 떠나려고 하자 궁인들이 우르르 몰려나왔다.

"전하! 부디 옥체를 보존하소서. 만수무강하소서."

여기저기서 울음소리가 터져 나왔다. 이때 한 여인이 나타나서 임금이 타고 있는 말 앞을 가로막고 울부짖었다.

"전하, 소첩도 데려가 주시옵소서!"

명순옹주 연쌍비였다. 그녀는 기녀로 있다가 우왕의 마음을 사로잡아 옹주로 봉해졌는데 한때는 왕과 함께 나란히 연과 말을 타고 놀이를 다니는 등 총애를 받아왔던 여인이었다.

"같이 가면 안 되겠느냐? 나의 여인이니라. 내가 없이 궁중살이에 무슨 의미가 있겠느냐?"

장수는 허락했다. 왕과 영비와 연쌍비 세 사람은 병사가 끄는 말을 타고 배웅하는 사람도 없이 초라한 모습으로 회빈문(會賓門)⁵⁾을 나섰다.

백성이란 무지한 무리로 취급되어서 조정 대신들이 모여서 무엇을 논하는지, 구중궁궐(九重宮闕) 내에서 무슨 일이 벌어지는지, 생각이 미치지 못할 것이라 여겨지지만, 실상은 그렇지가 않았다.

은밀히 이루어지고 있는 일일수록 보지 않고 있어도, 듣지 않았어도 더 많이 알고 더 자세히 알고 있는 것이 민심이다. 왕이 폐위되고 새로운 임금이 들어앉는다는 것을 궁중에서보다도 먼저 알고 있는 것이 백성이었다.

연도의 백성들은 유배 길을 떠나고 있는 세 사람이 누구인지 모르는 사람이 없었다. 그러나 백성은 누구도 왕이 생각한 것처럼 울어주지 않았다. 지나는 길목의 사람들은 담 너머에서 그들의 몰락한 모습을 보면서 손가락질을 하며 수군대기만 할 뿐이었다.

....

5) 강화도 쪽으로 난 관문.

창왕

'임금의 자리가 비었으니 누구를 새로운 왕으로 맞이해야 할 것인가?'

이는 초미의 관심사가 아닐 수 없었다. 이것은 그동안 한 시대를 이끌었던 원로대신과 이성계를 중심으로 새롭게 권력의 핵심으로 떠오른 신진사대부 간에 첨예한 대립을 불러오게 하는 문제였으며, 회군파의 또 다른 세력인 조민수 세력과도 마찰을 일으킬 수 있는 문제였다.

이 문제를 토의하기 위해서 이성계의 측근 인사들이 만났다. 정도전을 비롯한 조준과 남은 배극렴 윤소종이 그 핵심이 되는 인사였다.

정도전은 새 왕으로 정창군 왕요(王瑤)를 점찍었다. 그는 성격이 나약하고 고집과 욕심이 없는 사람으로 평이 나 있었으나 정도전은 그러한 점에 개의치 않았다. 어차피 새로이 왕을 옹립한다는 것은 이성계와 함께 새로운 세상을 건설하기 위해 거치는 과정일 뿐이기에 상관없었다. 오히려 그런 사람을 왕좌에 앉혀 놓으면 입맛대로 주무르기가 편할 것이고 그다음의 일도 순탄할 거로 생각했다.

"다른 분의 생각은 어떠하시오?"

"......"

모두는 말없이 정도전의 얼굴만 쳐다보았다. 정도전이 저렇게 말하는 것으로 보아 거기에 이성계의 뜻이 담겨 있다고 생각했다. 정도전이 이성계의 복심이라는 것은 이미 알려진 사실이었다. 이성계의 뜻이 그러한데 거기에 다른 말을 섞는다는 것은 뒷날에 후환을 남기는 일이므로 말을 조심하고자 하는 것이었다.

다만, 조준이 조심스럽게 의견을 내놓았다.

"정창군 그분은 성격이 너무 유약하다는 것이 문제이지 않나요?"

"글쎄요. 조 대감은 그리 생각하시오? 우리에겐 바로 그러한 그분의 약점이 장점이라고 생각하는데……"

"어떤 뜻으로 그리 말씀을 하십니까?"

영문을 모르겠다는 물음에 정도전은 입가에 의미 있는 미소를 잠깐 짓다가 정색을 하고는 뜻한 바를 설명했다.

"지금 고려의 형편을 볼 것 같으면 이는 나라라고 할 수가 없는 지경에 이르러 있소이다. 왜구와 홍건적의 침입으로 전 국토가 절단이 나 있는 가운데도 벼슬아치들은 제 뱃속 채우는 데만 혈안이 되어 백성의 안위는 안중에도 없는 이 나라는 더 이상 백성의 나라라 할 수가 없소이다."

"그동안 정통성이 없는 임금을 끼고서 몇몇 권신들이 국정을 농단해 왔기에 그런 것이 아니겠습니까? 소신과 조준 대감은 일찍부터 폐왕 우를 신씨라 하였고, 이를 쫓아내자고 모의를 했던 사람입니다."

윤소종이 정도전의 말에 화답을 하듯 맞장구를 쳤다.

"임금만 바꾼다고 이 난국이 바로잡아지겠소이까? 지금은 난세입니다."

"......"

모두는 정도전의 입에서 무슨 말이 떨어질까 하고 기다렸다.

"맹자께서는 500년 순환 주기설을 말씀하셨소. 나라가 500년을 지탱하면 기를 다하여 혼란이 오고, 이때 세상을 구하기 위하여 성인이 나타난다 했소! 고려는 지금이 500년 주기를 맞은 때요. 이제 천기를 다하여고려가 망하고 새로운 세상이 펼쳐지는 것은 하늘의 순리오이다."

맹자는 "한 시대가 500년을 이어오면 세상이 어지러워지고 이때 반드시 새로운 왕이 나타나서 세상을 개혁한다."[6]고 했다. 정도전은 맹자의 말을 인용한 것이었다.

500년 순환 주기설!

좌중은 정도전이 무슨 뜻으로 그 말을 하는지 짐작을 하고 갑자기 얼굴의 표정이 팽팽하게 굳어졌다. 정도전은 지금 새로운 나라를 만들자고 역설하는 것이었다.

"목자득국."

남은이 정도전의 말을 받아 짧게 말했다.

"왕씨지망이씨지흥(王氏之亡李氏之興)에 목자득국(木子得國). 여러분들은 시중에 떠도는 이 말을 들어보셨을 것이오. 이는 왕씨의 나라는 망할 것이고, 이씨의 나라가 세워진다는 뜻이 아니겠소! 이러한 풍문이 떠도는 것은 바로 백성들의 여망이 그러하기 때문이 아니겠소이까? 500년 왕조 교체 주기에 성인이 우리 곁에 와 있소이다. 나는 오래전부터 이성계 장군을 흠모해왔소이다. 그분이야말로 난세의 이 나라를 구할 분이라고 생각하고 있소이다. 지금 우리가 대가 약한 정창군을 임금으로 앉히고자 하는 것은 장차 우리의 대업을 이루기 위한 수순에 불과한 것이외다.

....

6) 오백년필유왕자흥(五百年必有王者興) 기간필유명세자(其間必有名世者).

여러분들의 뜻은 어떠시오?"

정도전의 목소리는 낮았으나 그 우렁찬 기는 모두의 가슴을 울렸다. 이 순간 정도전이 말을 하고 있긴 하지만 그것은 이성계가 하는 말로 들렸다. 모두는 망설일 이유가 없었다.

어차피 임금을 갈아치우는 마당인데 한 발 더 나아가 나라 구실을 못 하는 고려를 엎어버리고 새 나라를 건설하지 못할 이유가 없었다.

"나는 삼봉의 뜻에 따르겠소이다."

"나도 그 뜻을 따르오리다."

"나와 윤소종은 진작부터 신씨, 우왕을 폐하자고 입을 모은 사람이외다. 우리도 이 장군을 주군으로 모실 것입니다."

누가 먼저랄 것도 없이 모두가 벅차오르는 감격으로 지지하고 나섰다. 자리에 모인 모두는 손을 맞잡았다. 이 순간부터 이들은 혁명의 동지로 뭉쳐서 본격적인 작업의 길로 들어서기로 결의를 했다.

한편 조민수는 이성계 측의 구상과는 별도로 다른 꿈을 꾸고 있었다. 조민수는 지금 좌시중으로서 일인자 자리에 올라 있지만, 조정의 요직은 모두 이성계를 따르는 사대부들이 차지하고 앉아서 이성계의 입맛에 맞추어 움직이고 있고, 자신은 허울만 좋을 뿐 실권이 없다고 불만을 품고 있었다.

조민수는 새로운 임금을 옹립하는 데에서 자신의 역할을 찾고 싶었다. 자신이 새 임금을 앉히는 데 주역이 된다면 과거 이인임이 누렸던 영화를 자신도 누릴 수 있다는 계산을 한 것이었다.

조민수는 이색을 찾았다. 이색의 명망을 등에 업고 왕을 내세운다면 그에게서 성리학을 배운 사대부들이 무시할 수가 없으리라는 생각에서였다.

"공은 누구를 새 임금으로 맞이했으면 좋겠소이까?"

조민수는 단도직입적으로 물었다.

"그야 당연히 전왕의 원자라야 하지 않겠소이까?"

이색은 망설이지 않고 전왕 우(禑)의 아들 창(昌)을 추천했다.

2

새로운 임금을 모시기 위해 도당회의가 열렸다.

새로운 임금을 정하는 자리이므로 조정의 재추들이 모두 참여했다.

회의에 참석한 대신들은 모두 이성계와 조민수의 눈치를 살폈다. 이 자리에서 자칫 말을 잘못하거나 누구 편을 들었다가는 만고의 역적으로 몰릴 수도 있는 일이기에 무척 조심스러워 했다. 그러나 조정 내에서는 이성계의 세가 더 강하니 조민수보다는 이성계의 눈치를 보는 사람이 더 많았다. 정도전은 그러한 분위기를 감지하고 회의를 끌고 나갔다.

"우는 여러 가지 패악을 저질렀고 또 대신들이 만류했는데도 최영을 가까이하여 상국과의 전쟁을 벌이려 군사를 동원하였는바 이는 모두 백성에게 화가 전가되는 일입니다. 이제 최영이 제거되고 우가 스스로 잘못을 인정하고 임금의 자리에서 물러남에 여기 모인 중신들께서 의논하여 새로운 임금을 맞이하고자 합니다."

중신들은 입을 다물고 정도전의 말을 듣고 있을 뿐이었다. 정도전이 저렇게 나설 때는 분명 뭔가 복안을 정해놓고 하는 말일 것이다. 괜히 섣불리 나섰다가 미운털이라도 박히면 가문이 멸족을 당할 수도 있는 일이기에 분위기 파악부터 먼저 하려 했다.

정도전의 말에 이어 윤소종이 치고 나갔다.

"우가 신돈의 자식이라는 것은 이미 평이 나 있는 것이므로 여기에서 우가 신씨라 하는 사람은 충신이고 왕씨라고 하는 사람은 역적이 될 것입니다. 후사는 왕씨 중에서 택하여야 할 것입니다."

그는 정도전과 의논했던 수순을 밟고 있었다.

'아하, 벌써 왕씨 중에서 새로운 임금을 정해놓고 명분만을 갖추려고 하는 것이구나! 과연 누구를 왕으로 추대할 것인가?'

중신들은 의견을 내지 않고 다음 말을 기다렸다.

그러나 조민수만은 정도전과 윤소종의 말을 들으면서 얼굴을 찌푸렸다. 저대로 그냥 두어서는 안 되겠다는 표정이었다.

"꼭 그렇게만 생각할 일이 아닌 것 같소. 우가 신씨라는 사실이 밝혀진 바도 없거니와 누구를 새 임금으로 정할지는 원로대신의 의견을 들어서 정하여야 할 것이오."

조민수는 이성계가 계획하는 대로 호락호락하게 넘어가지 않겠다는 뜻을 밝히고 나섰다.

"누구에게 묻겠다는 말이오?"

"후사를 정하는 것은 마땅히 종실의 문제이나 사정이 그렇지 못하여 부득이 대신들이 중론으로 정하게 되었는바 조정의 원로대신이신 목은 대감의 생각을 들어보지 않을 수가 없는 일이오."

조민수는 이색과 눈길을 마주쳤다. 이색에게 한마디 해달라는 뜻이었다. 이색이 나섰다.

"무릇 유가(儒家)의 가르침에 충신은 불사이군(不事二君)이라 하였소이다. 신하가 되어 어찌 두 임금을 모시려는 사특한 마음을 품을 수가 있겠소? 작금의 사태가 나라의 형편을 이렇게까지 끌어온 전왕 우의 잘못이 커서 일어난 일이라 해도 이는 그가 스스로 물러난 것이므로 다음 보위는 원자에게 잇게 하는 것이 순리라고 생각하오이다."

이색이 한마디에 회의 분위기가 반전되었다. 이야기를 듣는 동안 정도전의 낯빛이 변했다. 자칫 계획한 일이 수포로 돌아가게 생긴 것이다.

"우는 왕씨가 아닌 신돈의 자식인데 어찌 그 자식에게 다음 보위를 잇게 한단 말입니까?"

정도전은 정면으로 반박했다.

"그것은 어불성설에 불과하오. 우가 현릉(공민왕)의 자식이 아니라는 것은 밝혀진 바가 없소. 또 그가 왕씨가 아니라 해도 현릉께서는 그를 이미 자식으로 인정하여 천하에 공표하였고, 우리는 그를 임금으로 십수 년 동안 모셔왔는데, 이제 와서 허황된 이유를 내세워 임금으로 여기지 않는다면 이는 천만부당한 일이오."

이색의 뜻은 완강했다. 이색이 이렇듯 강력하게 주장하고 나서는 이유는 유학을 한 학자로서 배운 바를 충실히 이행하여 후학에게 본을 보여야겠다는 생각도 있었지마는, 한편으로 지금 와서 우를 배척한다면 이는 공민왕과 우왕 대를 거치면서 중신과 국가의 원로로서 지내온 자신의 삶을 부정하는 셈이 되는 것이어서 절대 양보를 할 수 없는 일이었다.

모임에 참석한 중신들의 분위기가 차츰 이색과 조민수 쪽으로 변해갔다. 이는 만약 이제 와서 우를 신돈의 자식이라 말하고 왕이라 여기지 않는다면, 우의 시대에 중책을 맡았던 그들로서는 그 순간부터 역적이 되는 것이므로 이색의 말에 동조하지 않을 수가 없는 일이었다.

사람들은 어려운 일이 닥쳤을 때 옳고 그름에 따라 행동하는 것이 아니라 어느 편을 들어야 자신에게 유리한가에 따라 선택을 하는 법이다. 나랏일에 중책을 맡은 이들 또한 일반의 생각과 다를 리가 없었다.

　이색의 말은 그대로 정론이 되었다. 이색의 의견에 정도전을 비롯한 이성계를 따르는 사대부들이 반대를 했지만 그들 또한 이색의 밑에서 수학한 학자들이었기에 유학의 태두로 존경받고 있는 스승에 대해 드러내 놓고 반론을 제기할 수가 없었다.

　정몽주도 할 말은 있는 듯했으나 겉으로 내뱉지 못했고, '신씨로 대를 잇게 하는 사람은 역적'이라고 당당히 주장하던 윤소종조차도 뒷말을 잇지 못했다. 윤소종은 이색의 문하에서 수학했을 뿐 아니라 이색이 주관한 과거에 장원 급제를 하여 좌수와 문생의 관계를 이루고 있기에 그러했다. 결론이 나는 동안 불만스러운 표정으로 판을 지켜보고 있던 이성계가 조민수를 향해 일갈했다.

　"오늘의 일은 조 시중의 뜻이 반영된 것이라 생각되오이다. 이는 우리가 회군을 하면서 약속했던 것과는 크게 어긋나는 것이외다."

　조민수는 이성계가 말하는 동안 일부러 그의 눈길을 피했다. 회군할 때 두 사람은 약속한 바가 있었다. 우가 신돈의 자식이라는 이야기가 공공연하고 그가 이미 여러 패덕한 일을 저질렀으니 왕씨 성을 가진 사람에게 후사를 잇게 하여 왕통을 바로 세우자고 했는데 조민수가 이를 배신한 것이었다.

　"이 시대의 유종(儒宗)[7]이신 목은 대감의 뜻이 그러한데 내가 어떻게 하겠소."

....

7)　유가(儒家)의 태두(泰斗) 또는 유학의 선비들이 존경하는 대학자.

조민수는 구차하게 변명만 늘어놓았다.

도당의 정론을 받들어서 조민수와 원로대신들은 대비전을 찾았다. 곧바로 대비전에서 교서가 내려졌다.

> "창(昌)의 부친이 원래 영민하였으나 최영과 같은 무리에게 오도되어 포악한 짓을 함부로 저지르게 되었다. 심지어는 군사를 일으켜 상국과 전쟁을 일으켜 하마터면 나라와 백성에게 큰 화를 끼칠 뻔했다. 다행히 최영을 물리치고 왕 또한 잘못을 뉘우쳐서 스스로 왕좌에서 물러났으므로 이제 우의 아들로 하여금 후사를 잇게 한다. 임금이 된 자는 책임이 중대하다. 하여서 천명과 인심을 두렵게 여겨야 할 것이다. 임금 되기가 결코 쉬운 일이 아니니 힘써 경외(敬畏)하라."

이로써 고려 제33대 왕이 정해졌다. 이때 창의 나이 불과 아홉 살이었다. 우의 아들 창이 새 왕으로 등극하자마자 조정의 인사가 단행되었다. 문하시중 자리가 부활되어 그 자리에 이색이 앉았고 그 밑자리 수시중을 조민수가 맡았다. 임금의 자리에 앉혀준 일종의 보은 인사인 셈이었다.

3

이성계는 조민수에게 배신을 당했다고 생각하니 분해서 견딜 수가 없었다. 조정에서 그와 마주치기조차도 싫었다.

그래서 이성계는 병을 핑계로 정무를 거부하다가 아예 사직서를 내버렸다. 하지만 사직서는 곧 반려되었다. 조민수가 주동이 되어 새 왕을 옹립했지만, 실권은 여전히 이성계가 쥐고 있었기 때문이었다.

이성계의 편에 서 있는 사대부들이 여전히 요직을 점하고 있을 뿐만 아니라 그가 거느린 군사력 또한 막강하므로 어린 임금은 그를 함부로 대할 수가 없었다. 이성계는 사직서가 반려되었음에도 여전히 등청을 하지 않았다. 나름대로 자신의 실력을 가늠해보기 위해서 일종의 시위를 하는 것이었다.

이성계의 뜻은 배극렴, 심덕부, 지용기, 박위, 정지 등 조정 내에 뿌리 내리고 있는 무장들의 지지를 받았다. 그뿐만 아니라 요동정벌에 나섰던 조민수의 부하 장수들에게까지 영향을 끼쳤다.

"좌시중이 회군의 본뜻을 망각했다."

"우왕을 왕좌에서 쫓아낸 것은 그가 왕씨가 아니고 신돈의 자식이기 때문인데, 그 아들을 후사로 정한 것은 납득할 수 없는 일이다."

"그 아들이 장성한 후에 아비의 억울함을 풀어주기 위해 반드시 복수하려 들 것이다."

"조민수가 훗날 일어날 일은 망각한 채 지금 자신의 영달만을 생각하고 벌인 일이다. 우리는 살아 있어도 죽은 목숨이나 다를 바 없다."

새로운 왕이 우왕의 아들 창이 된 데 대해 회군에 참여한 장수들은 자못 위기감을 느꼈다. 그것은 조민수에게는 비난이 되었지만, 이성계에게는 '왕실의 정통을 바로 세우겠다고 한 의지가 비록 실패로 돌아가긴 했지만, 회군의 명분에는 부합한 것'이어서 지지를 얻어낸 셈이 되었다. 이성계는 그런 여론을 귀담아들으면서 속으로 쾌재를 불렀다.

'조민수, 신의를 저버리는 믿을 수 없는 사람. 두고 보아라. 너의 자리가 얼마나 오래가는지.'

새 왕이 우의 아들로 계승된 데 대해 정도전 또한 이성계 못지않게 분하게 생각했다. 그의 분함은 조민수보다는 스승 이색에 대한 것이었다.

'도대체 스승님은 왜 조민수를 지지한 것일까? 나라의 사정이 안팎으로 이렇듯 어려운 지경에 처해 있는데 아홉 살짜리 어린애를 임금의 자리에 앉혀놓고서 어떻게 하겠다는 뜻인가?'

정도전은 이색의 선택이 원망스러워 도저히 혼자서 삭일 수가 없었다. 이색을 찾아가서 따져보고자 했다.

"진정 스승님은 대의(大義)에서 조민수를 지지하신 것입니까? 아니면 조민수의 회유에 넘어가신 것입니까? 그것이 궁금합니다."

정도전은 대들 듯이 눈을 정면으로 하고 격앙되어 말했다.

"나의 생각이었다. 삼봉의 생각에는 내가 누구의 회유에 넘어갈 정도로 가볍게 보이느냐?"

이색도 스승에 대한 예의를 갖추지 않는 정도전이 불쾌했다.

"우가 잘못을 저질러 폐위되었는데 그 아들에게 대를 잇게 한다는 것이 말이 됩니까? 훗날 일어날 일들은 생각이나 해보셨습니까? 지금의 임금이 장성하였을 때 그 아비가 쫓겨난 것을 안다면 가만히 있겠습니까? 피의 숙청이 일어난다는 것은 불을 보듯 뻔한 일입니다. 그렇게 되면 회군의 뜻은 또 어찌 되겠습니까? 그때는 회군에 참여한 모든 군사들이 역적이 될 것입니다. 스승님께서 그것을 모르지는 않았을 터인데 어찌 그리하셨습니까?"

"나의 소신이니라. 어찌 신하가 임금이 잘못한다고 하여 보위에서 물러나게 한단 말이냐? 유생의 눈으로 보면 그것이야말로 불학무도한 일인 것이다. 나는 이 나라의 유종으로, 또 나라의 원로대신으로서 배운 바 양심대로 그리하였다."

"그러면 아홉 살짜리를 보위에 앉혀서 어찌하실 요량이십니까? 일찍이 나라의 사정이 지금처럼 어려운 때가 없었습니다. 어린 왕이 이런 사정을 헤쳐나갈 수 있으리라고 보십니까?"

"그것은 전하가 비록 나이가 어리시지만, 전왕 우의 아들이기에 그렇게 한 것이다. 그대들이 신씨 운운하는 것을 나는 믿지 않는다. 임금이 물러나면 그 아들이 대를 잇는 것은 당연한 일이 아니냐? 왕씨로 정통을 잇는다고? 전왕의 핏줄이 아닌 다른 사람으로 보위를 잇게 한다면 그 또한 시빗거리가 되는 일이니, 나는 그것을 염려하였다."

"지난날 현릉께서 갑자기 승하하시고 이인임 등은 어린 우를 보위에 앉히고 그 공로로 정권을 틀어쥐고 온갖 만행을 저지르다가 무진정변(戊辰政變)을 맞았습니다. 조민수와 스승님은 진정 이인임과 같이 되기를 원하십니까? 진정 한때의 권세를 쫓아서 대의를 저버리시겠다는 것입니까?"

"말이 지나치구나! 내 지난날 너에게 가르침을 줄 때 너의 특별난 생각을 염려하였었는데, 이제 네가 하는 요량을 보니 불손하기 짝이 없구나!"

"스승님의 눈에는 저의 불손함만 보이시고 저 고통받는 백성의 아우성은 들리지 않으십니까? 소생의 생각으로는, 스승님의 대의는 책 속에만 있는 것입니다. 책을 덮고 하루라도 저 백성들과 함께 지내보십시오. 백성의 비참한 모습을 보시고, 진정 그들을 위하여 조정의 대신으로서 무엇을 해야 하는지 깨닫는다면, 그런 한가한 말씀을 하지는 않으실 것입니다."

"무엇이 어째? 이제 네가 나를 가르치려 드느냐?"

이색은 더는 못 견딜 만큼 화가 치솟았다. 손이 부들부들 떨렸다. 그래도 정도전은 그치지 않고 말을 이어갔다.

"책을 가까이 한 자가 윤리에 통달하고 박식하여 후진을 가르치고 책을 쓰면서 진유(眞儒, 진짜 선비)임을 자처하더라도 백성을 생각하는 마음을 갖지 못한다면 그가 책 속에서 얻은 것은 모두 허사인 것입니다. 그러한 자일수록 습득한 지식을 다만 자신의 입신양명을 위하여 쓰면서도 겉으로는 항상 대의를 운운합니다. 백성은 결코 어리석지 않습니다. 백성을 저버리는 자는 반드시 화를 입게 마련입니다."

"뭐라고? 썩 물러가지 못할까! 보자 보자 하니까 못하는 소리가 없구나!"

마침내 이색은 분통을 터뜨리고 말았다.

이색의 집을 물러 나오면서 정도전은 생각했다.

'이제는 더 이상 목은의 제자로 살아가지 않으련다. 스승님은 유가의 가르침을 입으로 외면서도 몸으로 실천하려는 의지가 없다. 실천의 의지가 없는 학문은 허황된 것일 뿐이다. 이는 지식을 이용하여 남의 마음을 속이는 것과 무엇이 다르겠는가?'

자신은 목은과 세상을 보는 눈이 다르다고 생각했다. 각자가 추구하는 세상이 다른 바에야 구태여 인연을 이어갈 필요도 없다고 생각했다.

그러나 정도전의 그러한 생각과는 달리 그가 스승인 목은을 찾아가서 모욕적인 언사로 다툼을 벌였다는 사실이 알려지자 목은 밑에서 함께 수학했던 유가(儒家)의 동문들은 그를 "천한 핏줄을 타고나서 그렇다."는 소리까지 해가면서 크게 비난을 해댔다.

정도전과 막역한 사이로 지내온 정몽주는 그 소리를 듣고 생각했다.

'확실히 스승님도 그렇고, 삼봉도 그렇고 변한 것은 사실이다.'

스승님은 재야에 계실 때는 과감히 시무책을 내놓는 등 백성을 배려하고 나라의 잘못을 지적하는 일에 서슴없었는데 벼슬이 높아가면서 풍파를 겪어서인지, 삶의 요령을 터득해서인지 많이 무뎌지셨다. 자신의 명성에 취해 남의 말은 들으려 하지 않고 무엇이 옳은지를 따지기보다는 자신의 보신을 먼저 생각한다.

새 임금을 맞이하는 문제도 그렇다. 아홉 살배기 어린애를 보위에 앉혀서 어쩌겠다는 말인가? 정녕 삼봉의 말대로 우를 왕으로 옹립해놓고 권세를 휘둘렀던 이인임의 전철을 밟으시겠다는 뜻인가……?

삼봉 또한 마찬가지다. 이성계와 가까이하며 실세로 떠오르니 안하무인이 되어버렸다. 독단이 심해졌다. 자신과 의견을 달리한다고 다 적일 수는 없는데 옛날 벗들과의 인연은 멀리하고 뜻이 맞는다고 새로운 무리들을 규합해서 새 세상을 만든다고 설치고 다니고 있다. 영 마뜩지가 않았다.

'아! 이 모든 일이 벼슬에 집착해서 일어나는 일이 아니겠는가! 벼슬이 올라가다 보니 보신에 신경을 쓰지 않을 수가 없게 되고, 권세를 휘두르다 보니 독단에 빠지게 된 것이 아니겠는가? 권력을 독점하기 위해서는 부자간, 형제간에도 피를 흘리며 투쟁을 해온 것이 고금의 역사가 아니던가!'

정몽주는 스승과 삼봉 두 사람의 대립을 생각하면서 자신 또한 언제까지나 그들과 손을 잡고 지낼 수 있을지 회의를 느꼈다. 지금은 나라의 운명을 점칠 수 없는 백척간두의 난세다. 벼슬살이를 하고 있는 자 누구도 앞일을 예측할 수 없는 세상이다.

불현듯, 자신과 저들과는 현재는 사제지간이고 동문수학한 벗으로 깊은 정을 주고받고 있지만, 장차 상황에 따라서는 적으로 대하고 목숨까지 걸고 다투는 일까지 벌어질 수도 있지 않을까 하는 불길한 생각까지도 들었다.

'아! 만백성을 편히 하라고 다스리는 자에게 부득이 주어진 것이 권력인데 그 앞에서는 어찌하여 인륜지정(人倫之情)이 이렇듯 삭막하게 되어버려야 한단 말인가!'

4

조민수의 반대로 새 임금이 폐왕 우의 아들 창으로 정해진 데 대해서 이성계의 측근들이 모여서 회의를 했다. 이대로는 갈 수가 없는 문제였다.

창왕으로 체제가 굳혀지면 훗날 자신들에게 미칠 화는 너무나 명약관화한 것이었다.

어찌하든지 임금을 바꾸어야 했다. 그런데 조민수가 문제였다.

"우리 장군께서 회군을 한 것은 풍전등화와 같은 위기를 겪는 이 나라와 도탄에 빠진 백성을 구하고자 한 충정에서 한 일이었소. 한데 조민수의 배신으로 뜻을 다 이루지 못했소이다."

회의는 정도전의 주도로 이어졌다.

"분하오이다. 기선을 빼앗긴 듯하오이다."

남은이 분노가 차서 말했다.

"그러나 우리가 하고자 하는 일은 여기가 끝이 아니오. 잠시 시간이 지체됐을 뿐이지 회군의 목적이 퇴색된 것이 아니오이다."

"……."

말을 이어가는 정도전도 그렇고 모두는 침울했다.

"회군에는 성공하여 간적 최영과 폐정을 저질러온 무도한 우를 왕위에서 쫓아내긴 했지만, 이는 절반의 성공에 불과하오. 아직은 백성에게 돌아가는 것은 아무것도 없소이다."

정도전은 토지개혁을 하자는 뜻으로 이야기하는 것이었다.

고려의 토지는 그 소유권이 원칙적으로 국왕에게 속하는 것으로서, 이를 곡물을 수확할 수 있는 전지(田地)와 땔감을 얻을 수 있는 시지(柴地)로 나누어 직역에 따라 분급해주는 전시과(田柴科) 제도였다.

분급된 토지에 대해서는 국가가 직접 10분의 1을 수조하고 사유화를 금지했다. 그러나 계속되는 외침과 문란한 정치로 국가의 기강이 해이해진 틈을 타 권문세족들은 갖가지 명목으로 토지를 점탈하여 산과 강을 경계할 정도로 거대한 땅을 소유하였으나 정작 전민은 한 뼘의 땅뙈기조차도 갖기가 힘들어 많은 부작용을 초래했다.

이렇게 문란해진 토지제도가 국가 경영에 여러 가지로 해를 끼치고 있음을 역대의 왕들도 잘 알고 있었지만, 권문세족의 반발에 묶여서 개혁은 엄두를 내지 못하고 유야무야 지냈던 것이다. 무신정권을 지나 원나라의 지배를 거치면서 왕권은 무력해지고 상대적으로 권문세가의 세력이 커지면서 이러한 현상은 더욱 심해졌다.

한때 공민왕은 이러한 폐단을 알고 벌족(閥族)과 관계가 없는 시골 승려 출신인 신돈을 기용, 전민변정도감을 설치하여 토지개혁을 하고자 했으나 이 또한 권문세가의 반발과 개혁을 자처한 신돈의 부패로 인해 실패로 끝나버렸던 것이다.

"권문세가들이 소유하고 있는 토지는 산천을 경계할 정도인데 정작 농사짓는 백성들의 형편은 송곳 꽂을 땅 한 조각 갖지 못하고 해마다 늘어나는 소작료를 감당하지 못해 농사를 포기하고 유리걸식하든가 권문세가에서 종살이하는 처지로 전락해 있소이다. 권문세가 소유의 토지를 환수하여 백성에게 돌려주어야 할 것이오.”

“그리하면 백성들은 쌍수를 들고 박수를 칠 일이네요.”

조준이 환영의 의사를 밝혔다.

“백성의 배고픔을 헤아려주지 못하는 군주는 만민에게 오히려 해악이 될 뿐이오. 토지개혁에 반드시 성공하여 백성의 마음을 얻게 된다면 우리가 바라는 대업도 완성될 수 있을 것이오.”

“권문세가들이 저렇게 버티고 있는데 그게 어디 쉬운 일이겠소이까?”

배극렴은 회의적으로 말했다.

“어렵더라도 해내야지요. 많은 반발이 있을 것이오. 토지제도와 노비 문제 개혁은 국초부터 줄기차게 제기되어 온 것인데 언제나 권문세족을 자처하는 자들에 의해서 좌초되었소이다. 이번에는 기필코 성공하여 백성의 숙원을 풀어주어야 할 것이오.”

정도전은 단호했다.

정도전은 백성의 민심을 등에 업고 조민수를 비롯한 지금의 임금을 떠받치고 있는 세력과 또 한판의 전쟁을 벌여보고자 하는 것이었다.

토지개혁 문제는 대사헌을 맡고 있는 조준이 맡아서 하기로 정했다.

5
. . . .

조준이 마련한 토지개혁안이 도당회의에 상정되었다.

“지금 나라가 시급히 해야 할 일은 토지제도의 개혁입니다. 조업전(祖業

田)은 물론이고, 일체의 사전을 모두 없이 하고 새로 재분배해야 합니다."

조준이 정도전과 함께 마련한 토지개혁안은 계민수전(計民授田)이었다. 이는 국가가 모든 토지를 환수하여 백성의 수에 맞추어 골고루 나누어 주는 획기적인 방식인 것이었다.

"그게 무슨 말이오? 조상으로부터 물려받은 조업전을 몰수하다니. 그리고 사전은 예로부터 그 나름대로 소유권을 인정받아 개인에게 주어진 것인데 무슨 근거로 나라에서 회수한다는 것이오?"

예상했던 대로 반발이 거셌다.

"사전으로 인한 폐해가 극에 달해 있다는 사실을 알고도 그런 말씀들을 하시오이까? 농사를 짓는 자가 농토를 가져야 하는 것은 당연한 일인데, 지금은 세가(勢家)에서 산과 임야를 독차지하고, 농민은 그들의 소작농으로 전락한 데다가 갖가지 명목으로 세금을 거둬들이니 농사를 지어서 입에 풀칠도 하기 어려워 전국을 유리걸식하며 떠돌며 지내고 있는데, 그러한 참상이 대감들의 눈에는 보이지도 않소이까?"

"그것은 백성이 제 못난 탓이지요. 권문세가가 어디 하루아침에 이루어진 것이오이까? 명문가는 나라에서 인정해준 가문이외다. 나라가 이들에 의해서 유지되니 이를 가볍게 봐서는 아니 되오. 넓은 땅과 노비의 숫자는 명문가의 위신과도 관계되는 것이니 이를 몰수하여 재분배한다는 것은 천부당만부당한 일이오."

반발하는 측의 주요 인사로는 조민수를 정점으로 이림, 우현보, 변안열 등 권문세족을 자처하는 이들이었다.

이색 또한 "시류에 편승하여 옛 법을 가벼이 고칠 수는 없다."며 조민수의 편을 들었다. 이색은 성리학을 체계적으로 배우고 반포한 선비로서 당대의 최고 학자로 불리며 신진사류의 태두로 대우받고 있었으므로 누구도 그의 말을 가벼이 할 수 없었다. 정몽주를 비롯한 신진사대부 대부분도 그의 제자들이어서 그의 말 한마디는 영향력이 컸다.

토지제도의 문란으로 인한 문제가 곳곳에 미쳐서 사회체제가 붕괴 직전에 있는데도 전국의 토지를 독차지하고 있는 세가들은 제 배 불리는 맛에 남의 처지는 모른 척하려는 것이었다.

이에 대해 이성계를 중심으로 한 새로 권력을 쥔 인사들은 전제 개혁을 통해 전국의 토지를 대부분 차지하고 있는 권문세가 소유의 조업전(祖業田)[8]을 나라에서 모두 회수해서 전민에게 나누어 주어 농사를 짓게 하고 국가는 전민으로부터 직접 수조권을 행사하여 재정의 건전성도 함께 도모하겠다는 것이었다. 그로서 궁극적으로는 임금을 떠받치고 있는 측근의 세력을 약화시키겠다는 데에 목적을 두었다.

전제 개혁은 이성계를 받들어 새로운 세상을 열고자 하는 인사들에게는 꼭 해결해야 할 절체절명의 문제였다. 그러나 조준이 내놓은 토지개혁에 대한 상소는 실패하고 말았다.

토지개혁 문제를 시발로 하여 조정 대신은 노비와 군제, 조세, 인사 행정관리체계 전반에 걸쳐 보수파와 개혁파로 나뉘게 되었다. 정몽주, 권근 등은 이 가운데에서 중립을 지키는 인사들이었다.

사전혁파에 대한 권문세가의 반발이 워낙 거세지자 정도전과 조준이 작전을 달리하고자 다시 만났다.

....

8) 조상으로부터 물려받은 토지.

"세가들이 저렇듯 반발하고 있으니, 그들이 토지를 정당하게 소유하게 된 것인지부터 논하는 것이 일의 순서일 것 같소. 그중에서 부정하게 남의 토지를 탈점한 자들을 골라내어 본보기로 쳐내면 남은 사람들은 불만이 있어도 따라올 것이 아니겠소?"

헌부에서 토지 문제로 탄핵을 할 만한 인사를 골라내어 탄핵을 해야 한다는 뜻으로 말했다.

"조민수에 대해서 탄핵소가 여러 차례 들어와 있소이다. 그는 지난 정월지주로 염흥방, 임견미 일파를 숙청할 때 잘못을 뉘우치고 자신이 거둬들였던 재산을 모두 바치면서 최영에게 애걸하여 간신히 화를 면했는데, 지금 권력을 쥐게 되자 과거에 내어준 재물들을 다시 거둬들인다는 상소가 빗발치고 있소이다. 조민수를 탄핵한다면 세가들에게 끼치는 영향이 커서 반발을 재울 수가 있으리라 생각됩니다."

"그렇지. 적은 벼슬아치 몇을 쳐내는 것보다야 조민수 한 사람을 쳐내는 것이 더 효과적이겠구먼."

"그렇지만 조민수는 지금 조정에서 막강한 권한을 휘두르는 실세인데 만만치가 않을 것이오. 그가 거느린 군사만 해도 상당한데……"

조준은 다소 걱정이 되는 듯이 말했다.

"반발이야 거세겠지요. 그렇지만 이제는 조민수와 한 판 겨뤄야 할 때가 되었다고 생각하오이다. 조민수는 기회주의자요. 그는 당초 우리 주군과 '왕씨를 왕좌에 올리기'로 약조해놓고 그것을 한순간에 파기하고서 과거 이인임과의 정리를 생각하여 이림(李林)의 외손자인 창을 왕위에 앉혔소. 이림으로 말하면, 이인임의 이복동생이 아니오이까? 이인임이 이림의 딸을 폐왕 우의 비(妃)로 천거하였고, 거기서 낳은 자식이 지금의 주상(昌)이 아니오?

조민수는 이인임이 권세를 부릴 때 그의 비위를 맞추어 여러 요직을 지냈던 사람이오. 이제 이림과 배를 맞추어 그는 과거 이인임이 누렸던 권세를 자신이 누리려고 하오. 그리되면 우리의 대업은 물 건너가는 것이 되오이다.”

“반발에 대한 대책을 강구해놓아야 할 것입니다.”

“그에 대해서는 우달치를 장악하고 있는 배극렴 장군에게 맡겨놓아 처리하면 될 것입니다.”

두 사람은 즉시 배극렴을 만나서 숙의를 했다.

6
. . . .

조민수를 탄핵하는 일은 회군 이후 권력의 주도권 쟁탈을 위한 최대의 격전이었다. 얼마나 주도면밀하게 계획을 세우고 상대편에 손쓸 틈을 주지 않고 신속히 해치우느냐 하는 것이 일의 성패를 좌우하는 관건이었다. 이 일을 주도한 정도전과 조준뿐 아니라 이성계까지도 긴장을 하며 하루를 넘겼다.

다음 날 도평의사사(都評議使司, 종전의 도당회의)에 대사헌 조준이 올린 수시중 조민수에 대한 탄핵안이 전격적으로 상정되었다.

“정월지주 이후 국정을 어지럽히고 나라의 살림을 마치 제 것인 양 사복을 채우던 인사들이 대거 숙청되었습니다. 하나 아직도 그 뿌리가 여전히 남아 있소이다. 나무가 추운 겨울이 지나자 기운을 추스르고 땅 밑에서 솟아나듯이 근자에 흉측한 무리들이 또다시 옛날의 나쁜 일을 반복하고 있소이다."

조준의 갑작스러운 발언에 도당의 대신들은 모두 긴장을 했다. 말하는 사람이 대사헌 직책에 있고 모두(冒頭)의 내용이 심상치 않았기 때문이었다.

"한때 역신 이인임의 밑에서 여러 요직을 지내면서 백성들의 재물을 갈퀴처럼 긁어모았다가 세상이 바뀌자 이를 토해놓고 용서를 구하여 간신히 살아남았던 자가 이제는 나라의 권세를 움켜쥐자 옛날의 버릇을 못 버리고 내주었던 재물을 다시 거둬들이는 횡포를 저질러 원망이 하늘을 찌르고 있소이다. 그자를 탄핵하는 소(訴)가 끊이지 않으니 여기 이것이 모두 그자에 대한 것입니다."

조준은 말을 하면서 준비해온 여러 통의 두루마리를 탁자 위에 던져보였다.

"누구? 누구를 지칭하는 것이오?"

"우리 중에 그런 사람이 있다는 말이오?"

대신들은 자신이 지목되지 않기를 바라며 그 상대가 누구인지 웅성거리면서 궁금해했다.

"그러한 자가 자신이 수탈한 토지를 내놓는 것이 아까워서 토지개혁을 반대하고 있소이다. 그러한 자와 어찌 토지개혁의 문제를 함께 논할 수가 있겠소이까?"

조준이 이야기를 해나가는 동안에 조민수의 얼굴이 벌게졌다. 지금 하고 있는 탄핵은 바로 자신을 겨냥하고 있는 것이라는 생각이 들어서였다.

"대사헌, 지금 그 말은 누구를 지칭해서 하는 말인지 알 수 없으나 명백한 증좌(證左)도 없이 이 자리에서 하는 것은 무리라고 생각하오."

조민수는 일단 자리를 모면하고 시간을 갖고서 수습을 해야겠다고 생각했다. 그러나 이를 계획했던 정도전을 비롯한 조인옥, 윤소종 등 소장파 인사들이 물러설 리가 만무했다.

"누구요? 이 자리에서 밝히시오."

"쇠뿔은 단숨에 빼야지 뜸 들일 일이 아니라고 보오."

윤소종, 조인옥이 조준을 지원했다.

"그 사람은 바로 방금 이 자리에서 말하는 것이 옳지 않다고 지적한 수시중 조민수 대감이외다."

조준은 조민수를 손가락으로 가리켰다.

"뭐라고? 수시중이?"

"그게 정말이오? 확실한 증좌라도 있소?"

당사자가 조민수라고 지목되자 회의장이 시끄러웠다. 얘기를 들은 사람은 모두 놀라워했다. 그도 그럴 것이 조민수가 지금 쥐고 있는 권력이 어디 예사로운 것인가? 그는 문하시중 이색의 바로 밑 이인자의 자리에 앉아 있지만 실제로는 문하시중보다 더 막강한 권한을 행사하고 있다. 현재 이성계와 함께 양대 축으로 나라의 권력을 움켜쥐고 있는 막강한 실세인데 그를 이인임, 임견미와 같은 부정축재자로 지목했으니 참으로 대단한 일이 아닐 수가 없었다.

"대사헌! 정녕 그대가 나에게 원한을 갖지 않고서야 이럴 수가……"

당사자로 지목된 조민수는 충격으로 말을 잇지 못했다.

"원한은 없소이다. 증좌를 대라면 여기에 있는 상소장이라 할 수 있지요. 지금 당장 국청을 열라고 전하께 진언을 올리오리까?"

"뭐라고? 이 자가 보자보자 하니까 점점 못하는 소리가 없구나!"

조민수는 화가 머리끝까지 돋았다. 그는 고래고래 고함을 질러댔다. 그러면서 누군가의 도움을 기대했다. 그러나 이런 분위기에서 그를 해명해 주고자 선뜻 나서려는 사람은 아무도 없었다.

이 일은 이인임 일파의 숙청과 연관되는 문제였다. 도당회의에 참석해 있는 재추(宰樞)들치고 지난 시절 이인임, 임견미 세력과 연고를 짓지 않으며 지내온 이가 아무도 없었다. 자칫 잘못 꼬리를 잡히기라도 한다면 이인임 역적 패거리와 한 묶음이 되어서 가문이 풍비박산이 날 수도 있는 일이기에 누구도 함부로 나서지 못했다.

그러한 사정은 문하시중 이색의 경우도 마찬가지였다. 이색은 지난번 폐왕의 후사를 정하고자 할 때는 명분이 있어서 조민수의 편을 들어 우의 아들 창을 신왕으로 옹립했지만, 지금은 그때와는 사정이 달랐다. 자칫 편을 들고 나섰다가 젊은 간관들로부터 간적 이인임과 한 패거리라는 공격을 받을 수 있는 일이기에 몸조심을 했다. 이색은 조민수의 간절한 눈길을 애써 외면했다.

일은 일사천리로 진행되었다. 조민수의 편을 드는 인사들이 침묵하는 사이 간관들이 다투어서 비행을 간했다.

어린 임금으로부터 명을 받아내기란 그다지 어려운 일이 아니었다.

마침내 정도전이 밀직사사 자리를 이용하여 임금으로부터 조민수를 치죄하라는 명을 받아냈다. 회의장 밖은 이러한 사태를 대비해서 벌써부터 배극렴이 지휘하는 궁중 숙위군이 대기하고 있었다. 임금의 재가가 나자마자 숙위군이 회의장으로 들이닥쳐서 조민수를 낚아채어 순군옥에 가두었다.

"이놈들아, 내가 수시중이니라! 이럴 수는 없다. 내가 전하를 보위에 모셨느니라. 내가 이성계와 함께 위화도 회군을 하여 오늘을 만들었느니라!"

순군옥에 갇힌 채 울부짖는 노(老) 장군의 고함 소리는 우리 속 맹수의 그것처럼 처량하고 공허하게 들릴 뿐이었다.

이제 고려를 지탱하는 또 하나의 기둥이 제거되었다. 임금과 대비는 어쩔 수 없이 명을 내리면서도 하늘이 무너져 내리는 절망감을 느껴야 했다. 조민수가 누구이던가? 임금을 보위에 앉혀주고 아직 보령 어린 임금을 대신하여 여러 정무를 보살피면서 보위를 든든히 지켜주던 버팀목이 아니던가?

임금과 대비는 전왕 대에 어린 우를 보위에 앉혀놓고 보위를 반석 위로 떠받치고 뒤를 봐주던 이인임을 생각하면서 조민수를 더할 수 없는 후원자로 여겼었다. 그랬는데 하루아침에 역적으로 몰려서 순군옥에 갇히는 신세로 만들다니……. 신하들의 성화에 못 이겨 어쩔 수 없이 명을 내리긴 했지만 억장이 무너지는 심정이었다.

이제 이성계를 따르는 저 무리들의 요구가 태풍처럼 몰아칠 터였다. 그동안 문하시중 이색이 방풍막이가 되고 군사적 실력자인 조민수가 이를 바치는 기둥 역할을 하면서 근근이 지탱해왔는데 이제 그 기둥이 제거되니 방풍막이는 바람에 날아가 버릴 것이고 그렇게 되면 나이 어린 임금이 이를 어떻게 감당할 수가 있다는 말인가?

철모르는 임금보다도 대비인 근비와 그 아비 되는 이림의 걱정이 더 컸다.

왕은 어쩔 수 없이 조민수를 유배 보냈지만, 그가 임금에게 보여준 의리를 생각지 않을 수가 없었다. 임금은 그에게 매를 치지 말고 고향 땅 창녕으로 유배를 보내라 일렀다.

유배 보내기 전날, 왕은 좌대언 권근을 불러서 은밀히 위로의 술을 전하면서 "경이 비록 죄를 지었다고 하나 나라를 위한 공이 더 크므로 유배함이 옳지 않다. 다만, 지금이 즉위 초기이므로 간신(諫臣)의 말을 듣지 않을 수 없다."는 말로 애틋한 마음을 전하면서 훗날을 기약하고자 하는 뜻을 전했다. 그 뒤 얼마 지나지 않아 왕은 생일을 맞아 조민수를 사면하고 고향 땅에서 살게 허락해주었다.

암투

조민수 탄핵 사건이 있은 직후 집에서 칩거해온 이색은 이 며칠 사이에 일어난 일이 현실처럼 느껴지지 않았다. 마치 꿈을 꾼 듯이 어느 한순간에 세상이 변하는 것을 목격했다.

이색은 세상이 뒤집혀 버렸다고 생각했다. 조민수마저 저항 한번 제대로 못 해보고 당하다니…….

조민수가 누구인가. 이성계와 쌍벽을 이루는 군사적 실력자가 아니던가? 그리고 지금의 임금을 주동하여 옹립한 사람이 아닌가? 그런 사람을 이인임 시대의 비리 연루자로 몰아붙여서 한순간에 역신으로 만들어 벼슬에서 내쫓아버리다니……

앞으로의 정국이 어떻게 전개될지 벌린 입이 다물어지지 않고 오싹하니 전율마저 느껴졌다.

'드디어 이성계의 세상이 되고 말았구나!'

이제 누가 나서서 저 세력을 막을 것인가? 이성계는 당초 지금의 왕을 임금으로 세우는 것을 반대하지 않았던가? 저들은 끝내 임금도 바꾸려고 들 것이다.

이색은 이런저런 생각에 젖어서 저녁도 제대로 못 들고 있던 참에 찬성사 우현보의 방문을 받았다. 단양 우씨, 우현보 집안은 누대에 걸쳐서 조정의 높은 벼슬을 해온 대표적인 명문세가다.

"후―, 장차의 일이 걱정입니다."

우현보는 자리에 앉자마자 바닥이 꺼지라 한숨부터 내쉬었다.

"앞으로는 이성계의 세상이 되겠지요?"

우현보도 이색과 마찬가지 생각을 하고 있음이 분명했다.

"누가 나서서 막을 수가 있겠소? 조민수 장군도 저렇듯 속절없이 당했는데."

이색도 힘없는 말로 건성으로 답을 했다.

"근본도 없는 것들의 세상이 되었소이다. 목은 대감이나 우리네나 다 고려가 알아주는 명문가문인데 저자들이 단번에 거덜을 내려 하니 이것을 어디에다 하소연해야 할지 답답한 마음에 이렇게 찾아왔소이다."

우현보의 입에서 막말이 나왔다. 우현보가 "근본이 없다."고 한 것은 일을 주도하는 세력들이 별 볼 일 없는 가문 출신들이라는 것을 싸잡아 하는 소리였다. 우현보가 생각할 때 자신의 가문과 비교하여 정도전, 남은, 조준 등 날뛰는 자들의 집안은 하나같이 보잘것없는 것인데, 세상이 저들이 큰소리치는 판으로 바뀌었다고 생각하니 쌍소리가 입에서 절로 나왔다.

그들이 받드는 이성계 또한 변방지기 장수에 불과하고 지방 호족이었을 뿐인데 이제 세상을 바꾼답시고 저렇듯 설치는 꼴이 아니꼽기 짝이 없는 노릇이었다. 우현보는 그중에서도 정도전이 날뛰는 것이 더욱 눈에 거슬렸고 자랄 때부터의 품성으로 보아 무슨 일을 더 저지를지 두렵기까지 했다.

따지고 보면 우현보는 정도전과는 영 몰라라 하고 지내야 할 처지는 아니었다. 그러나 지난 세월을 살아오면서 정도전의 집안과 이런저런 연으로 엮이는 것이 영 마땅치가 않았다.

그것은 정도전의 아버지 되는 정운경으로부터 비롯된 일이었다. 정운경이 단양 우씨 집안으로 장가를 듦으로 해서 일족으로 연이 맺어진 것인데 그 아내 되는 사람이 천한 핏줄을 타고났는데도 우씨 집안에 양녀로 들어왔고, 그리하여 반쪽짜리 양반이 되어, 엄밀히 따지면 단양 우씨와는 상관이 없는 천한 노비의 핏줄을 타고났는데도, 우씨 집안의 규수로 행세하는 것이 더할 수 없이 수치스럽고 불쾌한 일이었다.

우현보는 우씨(운경의 부인)를 양녀로 들인 우연(禹淵)을 가문의 사람으로 취급하지 않았다. 그래서 우씨와 결혼한 정운경을 멀리했고 그 아들인 도전에 대해서도 하찮게 대했던 것이었다. 우현보는 정운경의 아들 도전이 벼슬살이하는 것도 싫어했다. 그래서 자신이 사헌부 장령으로 있을 때 도전이 과거에 급제한 것을 시기하여 고신을 해주지 않고서 관리로 임명되는 것을 방해한 적도 있었다.

"목은 대감께서는 일찍이 삼봉을 가르쳤고 이성계와 교류를 가져왔으니, 그들의 성품을 잘 알고 계셨을 것이 아닙니까?"

"그렇지요. 내 일찍이 삼봉을 가르칠 때도 그 사람의 생각이 남과 같지 않아서 나중에 같은 하늘을 마주할 수 있을까 염려했었는데 오늘날 일을 당하고 보니까 나의 예측이 틀리지 않은 것 같소이다."

"두고 보시오. 삼봉은 나라에 두려운 큰 적이 될 것이오. 오늘날의 일들이 모두 삼봉과 조준의 머리에서 나온 것들이오. 이성계 또한 삼봉과 그를 따르는 자들이 하자는 대로 움직이고 있어요."

"내 일찍이 이성계 장군을 만났을 때는 그가 여느 무장과는 달리 예의가 바르고 학문을 숭상하여 나라를 이끌 좋은 재목으로 여기고 정몽주와 같은 인재를 추천하여 사귀기를 바랐는데, 이제 보니 다른 꿍꿍이셈이 있었다는 것을 알게 되었어요."

두 사람은 답답함을 쓸어내리기라도 하듯 앞에 놓인 찻잔을 비웠다.

"아무튼, 이대로 당하고만 있어서는 안 될 일입니다. 저자들이 물 만난 고기처럼 설치게 놔둔다면 종래에는 임금까지도 갈아치우려고 할 겁니다."

"나도 그 생각을 하고 있었소이다. 이성계는 당초부터 지금의 전하가 보위에 앉는 것을 반대하지 않았습니까?"

"맞소이다. 저들의 말대로 왕씨 중에서 새로운 인물을 정하여 보위에 앉힌다면 우, 창 2대에 걸쳐서 전하를 모셔온 우리는 바로 역적이 되는 것입니다. 저들이 하는 짓거리로 보면 그것을 빌미로 충분히 우리를 역적으로 몰아가려 할 겁니다."

"전하의 보위를 지켜드리는 것이 바로 우리 가문을 지키는 일입니다."

"이렇게 하면 어떻겠습니까?"

우현보는 좋은 생각이 떠올랐다는 듯 눈을 깜빡이더니 이색의 얼굴 가까이에 입을 가져갔다.

"……?"

"전하께서 명나라에 직접 입조를 하시는 것입니다. 앞서서 황제의 고명(誥命)을 기다리는 것이 아니라 전하께서 직접 입조를 하시어 황제께 신하되기를 청한다면 황제에 대한 예는 더욱 극진한 것이 되고, 이에 황제가 고명을 내려주시면 전하는 명나라 황제의 신하가 되시는 것이오니, 이렇게 하면 이성계인들 함부로 임금을 바꾸려 들겠습니까?"

"……"

이색은 별다른 의견이 없이 우현보의 말을 잠자코 듣고 있었다. 우현보의 생각이 옳아서 그런 것이 아니라 별다른 대안이 생각이 나지 않아서였다.

생각해보면 아무리 제후국이지만 왕이 직접 황제를 알현하여 신하되기를 조아린다는 것은 나라가 망하기 직전 황제에게 몸을 의탁해야 할 절체절명의 때가 아니면 나라의 체면을 위해 할 수 없는 일이었지만 임금을 위해서 또 자신들의 가문을 지키기 위해서라면 어쩔 수 없는 일로 받아들여야 할 일이었다.

"이 일은 문하시중 대감께서 대비마마를 설득하여야 할 일입니다. 잘 상의해주세요."

우현보는 조정의 수장인 이색에게 짐을 지우듯 말하고 자리를 털고 일어섰다.

2

왕이 입조하기에 앞서 먼저 고명사절단을 보내기로 했다. 윤승순을 정사로 하고 권근을 부사로 삼아서 급하게 명나라로 출발시켰다.

조정에서는 고위층의 인사가 단행되었다. 조민수가 탄핵을 받고 쫓겨난 수문하시중 자리에는 물러나 있던 이성계가 앉았다. 이성계는 이제 자신에 대한 지지가 확고하고 지지층도 확산되어 있다는 것을 확인하고

라이벌이었던 조민수가 제거된 마당에 더 이상 뒷짐을 지고 있을 필요가 없다고 생각했다. 이제 본격적으로 전면에 나서서 자신이 구상하고 있는 개혁 정책을 강하게 추진하고자 했다.

이성계는 자신이 수문하시중으로 복귀하는 것을 계기로 보다 강력하고 효과적인 개혁을 단행하기 위해 정도전 등 측근 인사들을 재배치했다. 윤소종을 대사헌에, 대사헌이었던 조준을 예문관 대제학으로 추천했고, 밀직사사였던 정도전은 "조민수를 파직한다."는 임금의 명을 받아내는 데 큰 역할을 한 후 성균관 대사성으로 옮겨 앉았다.

성균관은 유생들의 핵심적인 활동 공간일뿐더러 우수한 젊은 학도들이 수업하는 곳이어서 새로운 정권의 기반을 조성하는 데 필요한 인재를 길러내는 중추적인 기관이다. 따라서 정도전 같은 새 정권의 핵심인사가 대사성으로 앉아서 회군과 개혁 업무의 정당성에 대해 피력하는 것이 필요했다.

이때에 이르러 임금은 원로재상인 이색과 이림, 이성계에 대한 예우를 반포했다.

"이들이 비록 신하이긴 하나 국가에 대한 공로가 크므로 전각(殿閣)[9]에 오를 때 칼을 차고 신을 신은 채 오를 수 있게 하고, 찬배(贊拜)[10] 시에는 호명을 하지 않도록 하라."고 특전을 부여했던 것이다.

이는 이성계에 대한 파격적인 대우였다. 이색이 국가의 원로재상이고 이림이 임금의 외조부이므로 명분을 내세워 일견 같이 예우를 한다는

....

9) 임금이 거처하는 곳.

10) 임금을 배알하는 예식.

형식을 갖추긴 했으나 이들은 어디까지나 이성계의 위상을 높이는 데 이용된 들러리일 뿐이었고 실상은 이성계에 대한 특별한 예우였다. 임금은 더 이상 이성계를 신하로 하대(下待)할 수가 없었다.

이성계의 힘은 이제 임금의 자리조차도 위협할 수 있을 정도로 막강해져 있기에 임금은 자신의 생존을 위해 어쩔 수 없이 그에게 힘에 걸맞은 예우를 해주면서 공존하고자 하는 생각에서 취한 부득이한 조치였다. 이러한 조치는 개혁파 인사들이 정몽주를 앞세워 임금에게 고해 이루어지게 된 것이었다.

명나라로 갔던 고명사절단은 끝내 황제로부터 책인(冊印)[11]을 받지 못하고 돌아왔다.

사절단은 황제를 배알하여 고려 조정의 어려운 사정을 고하고 충성을 다지는 맹세를 올리고자 간곡히 청을 넣었으나 황제는 만나주지도 않았고 고명도 내려주지 않았다. 대신 명나라 예부에서 '황제의 명'이라 전하라면서 고려 조정의 도평의사사로 보내는 공문을 내려주었다. 공문을 받아본 정사 윤승순은 깜짝 놀랐다.

"이를 어찌하면 좋겠소? 왕실에서는 고명을 받아오기를 학수고대하고 있을 터인데……"

정사 윤승순은 부사 권근에게 공문을 보이며 심각하게 말했다.

> "고려에서는 왕씨(王氏)가 시해를 당하고 난 이후 후손이 끊기는 바람에 다른 성씨(辛氏)가 왕위를 이어받았는데 이는 삼한(三韓)이 대대로 지켜온 좋은 전통이 아니다. 하나 만일 지금 역모로 권력을 잡은

11) 중국이 제후국 왕의 지위를 인정해서 내리는 문서와 인장.

신하가 있다면 이는 옛일에서 배운 것일 것이니 누구를 탓하겠는가? 현명하고 지혜로운 신하가 있어 임금과 신하의 명분을 바로잡고 백성을 평안히 다스린다면 수십 년을 입조하지 아니하여도 된다. 고려의 어린 왕에게는 대국의 수도로 올 필요가 없다고 전하라."

"아니, 이것은 황제가 우리의 임금을 왕씨로 인정하지 않는다는 말이 아니오?"

공문을 읽어본 권근도 놀라서 눈을 똥그랗게 뜨며 말했다.

"그런 셈이지요. 그리고 지금 이성계가 전왕의 폭정을 몰아내고 권력을 잡은 것을 인정한다는 것이고."

"게다가 임금을 어리다고 하면서 입조할 필요가 없다고 한 것을 보면 지금의 주상을 상대하지 않겠다는 뜻인데 이를 어찌하면 좋겠소?"

"황실과 조정에서는 일각(一刻)이 여삼추(如三秋)와 같은 심정으로 우리 사절단을 기다리고 있을 터인데, 책인을 받기는커녕 오히려 화를 불러서 가는 꼴이 되었으니 참으로 큰일이 아니오?"

"이렇게 넋 놓고 있을 일이 아닌 것 같소. 속히 돌아가서 문하시중 대감과 의논하는 것이 좋을 듯하오."

사절단 일행은 즉시 행장을 꾸려서 귀국길에 올랐다.

3

정사 윤승순과 부사 권근은 이색과 자리를 마주하고 앉았다. 사안이 중대하므로 임금과 조정에 보고하기 전에 도평의사사의 수장인 문하시중을 먼저 만난 것이었다.

"……"

공문을 몇 번이나 읽어본 이색은 눈을 감고 아무 말도 하지 않았다. 그 모습이 너무나 무거워서 곁에 앉은 윤승순과 권근은 아무 말도 못 하고 지켜보았다. 뭐라고 한마디 해주었으면 했으나 도무지 내색하지 않고 깊은 생각에만 잠겨 있었다.

"대감……"

기다리다 못해 윤승순이 낮은 목소리로 불렀다.

"어찌하면 좋겠습니까? 이대로 도평사에 보고하기도 그렇고."

이번에는 권근이 이색의 안색을 살피며 조용히 물었다.

"휴―"

이색은 한숨을 길게 내쉬다 말을 이었다.

"내 아무리 생각해도 묘안이 생각나지 않는구려. 조정에 보고가 되면 그렇지 않아도 주상의 혈통을 문제 삼으려는 이성계의 무리들이 당장에라도 임금의 자리를 내놓으라고 아우성칠 텐데 그리하면 조정인들 무슨 대책이 있겠소? 고려는 이제 저들의 손으로 넘어가서 그들의 입맛대로 주물릴 것이 뻔한데……. 차라리 고명사절을 보내지 않는 것이 좋을 뻔했소."

"그래도 사절단이 다녀왔으니, 내용은 알려야 할 것이 아닙니까?"

"나로서는 대안이 없는 일이고……, 공문을 이림 대감에게 가져다주고 의논을 해보시오. 아무래도 왕실의 일이니 종친 어른인 이 대감의 답을 받아보는 것이 상책일 것 같소."

이색은 묘안이 떠오르지 않으니 임금의 외조부인 이림과 상의해보라고 하면서 자신은 뒤로 빠졌다. 이 일로 인해서 뭔가 큰일이 일어날 것만 같았다. 어쩌면 고려의 운명을 바꾸는 일이 일어날지도 모른다는 생각이 들었다. 뒷일을 생각해서 자신이 책임지는 일을 피하고자 하였다.

윤승순과 권근은 이림을 찾아갔다. 이림 또한 별다른 묘안이 있을 리가 없었다. 세 사람은 의논만 하다가 말았다.

공문은 일단 이림에게 전달하고 윤승순과 권근은 도평사에 "황제가 고명을 미루고 있다."고 얼버무리는 식으로 간단히 보고하고서 그들도 사절로서 소임을 다한 것으로 일을 마무리 지었다. 훗날 일이 밝혀지면 일의 파장으로 보아 크게 화를 당할 수 있는 일이므로 임금의 외조부인 이림에게 공을 던져놓고 일은 미봉인 채로 넘어가고자 하는 얕은 술수를 쓴 것이었다. 그러나 개혁파의 기세로 봐서 황제의 고명을 받지 않은 채 왕위를 유지한다는 것은 매우 위태로운 일이었다.

개혁파 인사들은 반대파 인사를 더욱 옥죄었다. 이번에는 좌사의(左司議) 문익점을 탄핵했다. 문익점이 탄핵을 받은 것은 오사충, 이서 등 간관(諫官)이 사전(私田)의 폐단을 논할 때 문익점이 이색, 우현보, 이림 등 중신들과 친밀하게 지내왔기에 문서에 서명하지 않고 병을 핑계로 출근하지 않은 일이 있었기 때문이었다.

> "삼우당(三憂堂, 문익점의 호)은 원래 시골에서 농사를 짓던 사람인데 그가 인품이 어질고 착하다는 천거가 있어 전하의 측근에 두고 훌륭히 정치를 하고자 간대부(諫大夫)로 임명했던 것입니다. 그러나 소문과 달리 그는 진실된 충언과 치도(治道)에 대한 바른말은 하지 않은 채, 간쟁하는 일은 없고 비굴하게 남의 비위나 맞추고 몸을 낮추어 굽실거리면서 손발을 묶은 듯 순종하기만 하고 있습니다.
> 지난번 동료 관원인 오사충과 이서가 각기 소를 올려 시국의 문제(전제 개혁)를 주청할 때 그는 직을 잃을까 눈치를 보며 한마디의 말도

없었습니다. 더하여 동료 관원들이 연명 상소를 하는데도 그는 병을 핑계로 출근도 하지 않으며 참여하지 않았습니다."

문익점은 결국 탄핵을 받고 파직되었다. 삼우당 문익점은 공민왕 시절 원나라에 사신으로 간 일이 있는데 이때 반출이 금지되어 있던 목화씨를 몰래 가지고 들어와 고향인 진주 강성현(지금의 경남 산청)에서 장인 정천익과 시배를 하여 성공을 거두었고 그 뒤 이를 전국에 걸쳐 보급함으로써 그때까지 삼베로 주로 의복을 지어 입던 백성의 의생활에 획기적인 변화를 가져오게 했다. 목화씨는 문익점에 의해서 들여왔으나 재배에 성공한 이는 그의 장인 정천익이었고 정천익은 재배뿐만 아니라 씨를 발라서 실을 뽑아내는 씨아와 물레도 발명하여 함께 보급했다.

4
. . . .

우현보가 이색을 찾아왔다. 이번에는 임금의 외조부인 이림과 같이 온 것이다.

"목은 대감, 이대로 가만히 있다가는 정말로 큰일이 나겠소이다. 저자들이 구신(舊臣)들을 말려 죽일 작정을 하고 있는 것 같구려."

우현보는 흥분을 억누르지 못해 목소리가 떨렸다.

"이 일을 어찌하면 좋겠소이까? 이제는 터무니없는 이유를 달아 탄핵을 하고 있으니 말이오."

이림도 흥분하기는 마찬가지였다.

"삼우당이 탄핵당한 이유는 정말 말 같지 않은 이유이외다. 세상에 말하지 않았다는 이유로 탄핵을 받는다면 지난 세월 살아온 우리 중에 탄핵당하지 않을 사람이 어디 있겠소? 저들이 자신들의 정책에 동조하지 않는다고 나라의 원로대신을 하나씩 죄인으로 몰아서 내칠 작정을 하고 있는 것이외다. 이게 다 삼봉 그자가 뒤에서 꾸미는 수작이지 뭐겠소?"

우현보는 앞으로 닥칠 보복이 자신에게도 미치지 않을까 크게 두려웠다.

"삼우당이 어질고 욕심이 없고 효심이 깊은 것은 다 아는 사실이지. 삼우당이 죄가 없음은 세상이 아는 일이지만, 그 또한 현릉(공민왕)의 대에 과거에 급제하여 우왕 대를 거쳐 오늘에 이르기까지 재상 자리에 머무르며 나라의 은혜를 여러 가지로 입어왔고, 특히 우리와 친히 지내면서 이성계의 세력에 협조하지 않는다고 저들로부터 눈엣가시 같은 존재로 여겨지다가 이런 변을 당한 것이 아니겠소?"

이색은 자신이 재상의 최고 수장자리에 앉아 있으면서도 문익점의 억울함을 풀어주지 못하는 것이 못내 안타까워서 궁색하게 변명을 했다.

"그나저나 무슨 대책이 있어야 할 것이 아닙니까? 이대로 있다가는 우리 중에도 또 누군가가 터무니없는 모함을 당하여 변을 당하게 될지 모르는 일인데."

우현보는 조급증을 냈다. 세 사람 중에 당한다면 다음번에는 두 원로대신보다도 자신이 먼저일 것이라 생각이 들었다.

"그래서 문하시중께 의논 차 이렇게 왔소이다."

이림의 심정도 마찬가지였다.

"무슨 뾰족한 수가 있겠소이까? 황제가 고명을 내려주지 않고 있는 터에."

"그래서 말인데 주상이 친히 입조를 하면 어떨까 해서요."

"주상께서 친히요?"

이색이 반문을 했다.

"그 일은 황제께서 우리 주상이 입조할 필요가 없다고 지난번 고명사절 편에 공문으로 보내오지 않았소이까?"

"황제가 비록 어린 주상이 친조를 할 필요가 없다고 하였으나 그래도 주상이 직접 명나라에 입국하여 황제를 뵈옵기를 주청 드린다면 황제의 마음이 달라질 것이 아니오? 가만히 앉아서 당하느니 그렇게라도 해보는 것이 낫지 않겠소?"

이림은 황제의 고명을 받지 못하는 한 이성계의 무리들이 언제까지 창을 보위에 앉혀두지 않을 것이라는 염려가 들어서 고육지책으로 지난번 우현보가 이색을 찾아와서 의논했던 말을 다시금 꺼낸 것이었다.

"그렇게라도 해봅시다. 그것이 주상을 보위하고, 우리 모두가 살 수 있는 길이 아니오이까?"

우현보가 거들었다.

"주상께서 친조를 하시려면 대비마마의 허락이 있어야 할 터인데?"

"문하시중과 이림 대감이 함께 청을 넣어보시지요. 아무려면 부친이신 이림 대감까지 청을 넣는데 대비마마도 생각이 없으시겠습니까?"

"과연 대비마마가 승낙을 하실지……"

이색은 확신이 서지 않았지만 별다른 묘수가 없기에 의견에 따르기로 했다. 이색과 이림은 이내 대비전으로 찾아갔다. 그러나 대비의 생각은 달랐다.

"주상의 보령이 이제 겨우 아홉인데, 어찌 그런 말씀을 하십니까?"

대비는 단호히 거절했다.

"황제가 계시는 남경까지는 지금 떠난다 해도 한겨울에 다다를 것이고, 가는 길도 뱃길을 가야 하는 등 평탄치 않아 태풍이라도 맞닥뜨린다면 옥체가 무사할 수 있을는지 장담조차 할 수 없는 일인데, 어찌 주상을 보낸단 말이오?"

대비는 완강했다. 두 재상은 조급한 마음에서 청을 넣긴 했으나 대비 말에 무리가 있는 것은 아니었다. 또한, 임금이 자리를 비운 사이에 기회만 노리고 있는 이성계 일파가 무슨 흉계를 꾸밀지도 모르는 일이었다. 어쩌면 반란을 일으켜 용상을 탈취하는 일이 벌어질 수도 있는 일이다.

임금이 친조하는 일은 결국 무산되었다. 대신 문하시중 이색이 가기로 결정했다. 이색은 사절단을 꾸리면서 자신이 없는 동안에 이성계 일파가 더 이상 계책을 부리지 못하도록 이성계의 아들 이방원도 함께 데리고 들어갔다.

5
····

황제가 머물고 있는 남경(南京)은 신흥제국의 수도답게 활기가 넘쳐났다. 거리는 토목과 건축공사로 나날이 새로 단장되고 저잣거리에는 전국의 물산들이 새벽부터 밤늦게까지 왁자하니 거래되고 있었다. 인근의 제후국에서는 제국의 조정과 관계를 맺기 위해 사신과 그 일행들이 연일 출입하고 머무르면서 행사를 하느라 번창했다.

이색 일행은 그 속에 섞여서 새로운 세상을 구경하게 되었으나 마음은 여유롭지가 못했다. 벌써 여러 날을 기다리고 있었으나 황제로부터 아무런 기별을 받지 못했기 때문이었다.

이색은 과거 원나라 시절 한림원에서 같이 지냈던 인사들을 찾아다니면서 황제의 배알을 청했으나 기다리라는 말밖에 듣지 못했다. 고국에서는 임금 이하 하루하루 황제의 고명에 명을 매고 있는 신하가 한둘이 아닌데 과연 황제는 주청을 들어주기나 할 것인가?

이색은 입이 마르고 애가 탔다.

한편 부사로 온 이숭인은 남경에 머무르는 동안 일행들이 소요하는 경비를 마련해야 했다. 공식으로 꾸린 사신단 만 해도 30여 명이다. 여기에 그들을 따라온 종자까지 합하면 하루 사용하는 경비가 만만치 않았다. 국내 재정도 부족한 판에 사절단의 여비가 충분할 리가 없었다. 거기에다가 명나라 조정에 힘 있는 관리를 만나 청탁을 넣으려면 뇌물은 필수적이었다.

이숭인은 현지에서 사용되는 경비 조달을 위해 밀무역에 손을 댔다. 이는 이숭인뿐만 아니라 역대 모든 사신들이 부족한 경비 마련을 위해 관행적으로 해오던 방법이었다.

인삼이나 호피 등은 중국에서 큰 인기가 있지만, 고려에서는 이를 금수품으로 지정하여 국외 반출을 금지하거나 수량을 엄격히 제한하고 있었다. 사신 일행에게는 반출품 검열을 하지 않는 제도를 이용하여 이를 가져다 팔아 큰 이문을 남겨 경비를 충당해왔던 것이다. 이숭인도 이 방법을 이용했는데 이 일로 그는 훗날 크게 곤욕을 치르게 된다.

드디어 황실로부터 입궐하라는 허락이 떨어졌다. 사신 일행은 긴장을 하고 황제 앞으로 나아갔다.

"신, 고려국 문하시중 이색, 황제 폐하 뵈옵기를 고대하였는데, 이렇듯 용안을 뵈오니 영광이옵니다."

이색은 감히 황제의 얼굴을 올려다보지도 못하고 아뢰었다.

"고려국 문하시중이라, 그 나라의 왕은 어린아이라지?"

황제는 시큰둥하여 물었다. 황제는 일부러 일국의 임금을 어린아이라 칭하면서 무시하려 했다.

"예. 보령은 아직 어리오나, 본시 영민하신지라 국정을 다스리는 데는 어려움이 없사옵니다."

"국정을 다스리는 데 어려움이 없다고? 그것 다행한 일이구나. 내 지난번 교서에서 신하들이 모시던 임금을 쫓아내고 그 아들인 어린아이로 하여금 대를 잇게 하고서 새 왕의 친조를 허락해달라고 청하였을 때, 고려의 왕은 원래 왕씨였는데 왕씨 왕이 역신에게 갑자기 죽임을 당하여 그 후사가 끊기고 이성(異姓) 받이를 후계 왕으로 삼은 터라 이는 좋은 예법이 아니라 하면서도 고려는 지리적으로 바다와 산으로 막혀 있고 수천 리 떨어져 있으므로 대국의 옛 법을 따르지 않더라도 국정을 안정시키고 인민을 잘 다스린다면 굳이 간섭하지 않겠다고 하였거늘, 문하시중은 바쁜 국사를 놔두고 어찌 입조를 하였느냐?"

황제는 고려의 사정을 잘 알고 있는 듯했다. 고려가 요동정벌을 위해 출병을 하였고 그로 인하여 임금이 바뀌었다는 것도 잘 알고 있는 듯했다.

황제의 말은 고려에서 저간에 일어나고 있는 일을 잘 알고 있지만 두고 보고 있겠다는 뜻이었다.

그런데 황제의 말 중에 고려의 왕이 타성받이로 이어졌다는 것은 무슨 말인가?

황제는 지난번 사신단이 왔을 때도 그러한 뜻과 함께 고려왕에 대해서 친조할 필요가 없다고 교서를 작성하여 고려 조정에 보냈다고 말을 하고 있지 않은가?

이방원은 황제의 말을 듣고는 귀가 번쩍 띄었다.

이는 황제가 지금 고려왕의 정통성을 인정하지 않는다는 뜻으로 말하는 것이다.

그래서 일부러 고려의 왕의 격을 낮추어 어린아이라 부르면서 상대 하지 않겠다고 하는 것이다……. 이방원은 고려 왕실에서 뭔가 숨기는 사실이 있다는 것을 직감적으로 느꼈다.

이방원은 황제로부터 직접 그 말을 듣게 되니 이번 사행길에 종사관으로 참여하게 된 것이 참으로 잘된 일이라는 생각이 들었다.

이색 또한 황제의 그러한 뜻을 감지하고서 한껏 몸을 낮추어 변명하려 애를 썼다.

"우리나라가 태산 같은 황제의 은혜를 입고 있으면서도 변방에 위치하여 미처 그 뜻을 헤아리지 못한 잘못이 많사옵니다. 황제 폐하께 노여움을 끼쳐드린 일이 있다면 이는 임금을 모시는 신하들이 불민하여 저질러진 일이오니 너그러운 마음으로 용서를 구합니다."

이색의 말은 역관을 통해서 황제에게 전해졌다.

황제는 딴청을 부리면서 이색의 변명을 귀담아들으려 하지 않았다.

그러다가 불현듯 생각나는 일이 있다는 듯 이색의 말문을 막고는 뜬금없는 질문을 했다.

"그대는 일찍이 원나라에서 과거에 급제하고서 한림원 학사까지 지냈다지?"

황제는 말을 하면서 상대를 놀리기라도 하려는 듯 짓궂은 표정을 지었다.

"예. 소신, 젊어 한때 그러한 적이 있었습니다."

이색은 황제의 의도를 모른 채 대답을 했다.

"그렇다면 중국말에 능통하겠구나. 이제부터 내가 바로 알아들을 수 있도록 통역을 거치지 말고 직접 하고 싶은 말을 해보거라."

"예. 그리하겠습니다."

이색은 유창하게 중국말로 아뢰었다.

"고려국은 지금 새로 국왕이 바뀐 지가 얼마 되지 않고, 또 새 임금이 나이가 어린지라 아직은 국정이 안정되어 있지 않습니다. 저희 나라는 한때 간신들이 득세하여 임금의 눈과 귀를 막아 정치를 어지럽히고 상국의 노여움을 산 일이 있사오나, 이제 나라를 어지럽혔던 간신들은 하늘의 뜻을 저버린 죄로 모두 처단된지라 이에 새 임금께서 황제 폐하께 충성을 다하고자 친조를 주청하오니 윤허하여주시옵소서.

그에 앞서 황제 폐하의 신하됨을 인정하는 고명을 받고자 소신을 보냈사온데, 자고로 작은 나라가 존속하기 위해서는 큰 나라를 섬겨야 하는 것이 법도이거늘, 부디 변방의 작은 나라가 폐하의 밝으신 교화를 받을 수 있도록 신하로 받아들이시어 감국(監國)[12]하게 하여주시옵기를 간곡히 청하옵니다."

이색이 말하는 것은 황제가 고려왕을 신하로 임명하여 황제 대신 나라를 다스리게 해달라는 것이었다. 이는 대국과의 관계에서 전에 없었던, 자진해서 올리는 굴욕(屈辱)하는 예(禮)이긴 하지만 그리해야만 왕의 자리를 보존할 수 있겠기에 정성을 다해서 하는 읍소였다. 그러나 이를 듣고 있는 황제의 반응은 냉담했다. 황제는 이색이 아뢰는 동안 듣는 둥 마는 둥 하다가 귀찮다는 듯 말문을 막았다.

....

12) 황제의 대행으로 일시적으로 신하가 나라를 다스리도록 하는 것.

"내 고려의 신하가 중국말에 능통하다 하여 직접 그 뜻을 듣고자 하였으나, 그가 하는 말을 도통 못 알아듣겠구나. 그가 비록 원나라에서 한림원 학사까지 지내며 높은 벼슬을 하였다고는 하나 중국말이 신통치 않구나. 꼭 나하추가 말하는 것과 같구나."

나하추(納哈出)는 원나라 승상으로서 요동 땅을 다스리며 명나라에 강하게 저항하다가 항복하여 명나라에서 재상을 지내고 있는 사람이었다. 그는 본시 몽골 사람이므로 중국말이 서툴러 때로는 명나라 관리들로부터 놀림을 당하곤 했는데 황제가 이색이 말하는 것을 보고 나하추에 빗댄 것은 말하는 의도를 무시하겠다는 뜻이었다.

"그대는 그만 돌아가라. 짐의 뜻은 이미 그대의 조정에 공문으로 전했거늘 그대로 시행하라. 그리고 내 듣자 하니 그대의 나라에 최영이라는 자가 10만 병졸을 양성하여 짐의 땅 요동을 정벌하려 하자 이씨 성을 가진 자가 그것이 부당하다 하여 한순간 최영을 체포하고 임금조차도 바꾸었다고 하는데 이는 잘한 일이라고 본다. 그는 대국을 어떻게 모셔야 하는지 그 법도를 아는 자이니 그대 나라 백성들은 그 은혜에 보답하여야 할 것이다."

황제는 처음부터 이색의 주청을 들어줄 의향이 없었다. 그리하여 이색의 의도와는 달리 오히려 이성계를 격려하는 말을 하는 것이었다.

이색은 크게 실망을 했고 사절단은 어쩔 수 없이 빈손으로 돌아와야만 했다. 그러나 서장관으로 참여한 이방원은 이 말을 듣고서 크게 기뻐했다.

'황제는 아버님을 지지하시는구나! 황제의 입에서 아버님을 칭찬하는 말을 듣게 되다니!'

이색은 빈손으로 돌아가는 것이 민망했다. 고려의 대학자이며 원나라에서 과거에 우수한 성적으로 급제를 하고 한림원 학사까지 지낸 그로서는 크게 자존심을 구겼다. 그는 돌아가는 길에 일행들과 의논하면서 다음과 같이 변명을 하며 황제를 비난했다.

"황제는 그 마음을 종잡을 수가 없는 사람이다. 나는 황제가 반드시 물을 일에 대해서 준비를 했는데 황제는 엉뚱한 말만 물었다. 황제가 물었던 것은 모두 내가 생각해두었던 것이 아니었다."

폐가입진廢假立眞

1

이성계에 맞서는 세력은 이색과 이림, 우현보처럼 임금을 옹위하면서 자신들의 지위를 지켜나가다가 역공의 기회를 잡고자 하는, 소극적으로 저항하는 세력이 있는가 하면, 보다 적극적으로 행동에 나서 이성계를 직접 제거하고자 하는 인사들도 있었다.

전 대호군 김저와 전 부령 정득후는 그러한 사람이었다. 김저는 최영의 생질이었고 정득후 또한 최영과는 인척 관계로 이들은 최영의 배려로 권세를 누려왔는데 이성계에 의해 하루아침에 역적을 추종하는 세력으로 몰려서 벼슬에서 쫓겨나고 가산이 박살 났으니 원한이 없을 수 없었다. 김저와 정득후는 은밀히 만나서 이성계를 제거할 방법을 의논했다.

"저 역적 놈들을 갈아먹어도 시원치 않은데 저놈들이 저토록 득세를 하고 있으니 어찌하면 이 원한을 갚을 수가 있겠소?"

김저는 손을 허공에다 휘두르며 분함을 토로했다.

"누가 아니라오. 그러나 우리에게 힘이 없으니 어떡하겠소? 돌아가신 최영 장군께서 지하에서 저놈들이 설쳐대는 꼴을 보고 계신다면 통곡을 하실 것이외다."

분하고 억울하기는 정득후도 마찬가지였다.

"방법이 없겠소이까? 내 살아생전에 장군의 원한을 갚고 죽어도 죽어야지. 이대로는 도저히 죽을 수가 없소이다."

김저는 주먹을 꽉 쥔 채 부르르 떨었다.

"방법을 한번 찾아봅시다. 우선 우리 둘만의 힘으로는 부족하니 우리와 뜻을 같이해줄 사람을 찾아봅시다."

"뜻을 같이해줄 사람이야 많지만, 저놈들의 눈이 무서워 누가 선뜻 나서겠소이까? 목숨까지 내놓아야 하는 일인데."

"조정에는 아직도 전 임금께서 재위하실 때 은혜를 입은 사람들이 다수 자리를 지키고 있고, 그들 또한 이성계 일당들이 벌이는 개혁인가 뭔가 하는 일에 불만을 많이 가지고 있으니, 그분들과 손을 잡으면 혹 무슨 수가 있을지 모를 일이오."

두 사람은 은밀히 자신들의 뜻을 지지해줄 사람을 물색하다가 변안열을 만났다.

변안열은 홍건적이 개경을 침략했을 때 안우와 함께 활약하며 이름을 날렸고 제주도 목호의 난 때는 최영을 도와 이를 진압했다. 이성계와 함께 황산대첩에도 참여하여 왜구를 일망타진하는 데 혁혁한 공을 세웠다. 그러한 공으로 그는 나라로부터 공신 작호를 받았고 백성들로부터도 당대에 활약한 여느 장수 못지않게 크게 존경을 받았다. 그는 또한 위화도 회군 때에 조민수의 휘하에 있으면서 이성계를 도와 회군의 대열에도 참여했다. 그러나 이성계 일파가 득세하면서 전제 개혁을 주도하자 그 역시 대대로 혜택을 누려온 권신가문 출신이라 기득권을 뺏기는 것에 대해 불만이 컸으므로 이색, 이림, 우현보와 함께 반대편으로 돌아섰던 것이다.

김저와 정득후를 만난 변안열은 그렇지 않아도 은밀히 동지를 규합하는 중이라며 반갑게 맞았다. 그리고 당부를 했다.

"이 일은 섣불리 나서서는 안 되고, 반드시 상왕 전하를 찾아뵙고 말씀을 전한 후에 추진하는 것이 좋겠네."

변안열을 만난 두 사람은 한결 고무되었다.

두 사람은 황려부(지금의 경기도 여주)로 안치되어 있는 우왕을 찾아 나섰다.

그때 나라에서는 우가 비록 왕위에서 축출되긴 했지만, 임금인 창의 아비인지라 언제까지 홀대할 수가 없어서 상왕으로 봉하고 섬에서 나와 육지에서 살 수 있도록 배려를 해주었던 것이다.

2
....

명나라로 갔던 사신 일행이 돌아왔다. 이방원은 명나라에서 있었던 일을 아버지 이성계와 측근 인사들이 있는 곳에서 보고를 했다.

"황제께서는 고려왕은 원래 왕씨였는데 역신에 의해서 죽임을 당하고 타성 받이가 왕위를 계승하였다고 하였습니다. 그리고 고려가 10만 대군을 동원하여 요동 땅을 침략하려 할 때 이씨 성을 가진 자가 이것이 부당하다며 맞서서 왕을 갈아 치우게 되었는데 이는 옛일로부터 배운 것이라며 그가 국정을 안정시키고 민심을 잘 다스린다면 굳이 간섭하지 않겠다고 하였습니다."

"황제께서 지금의 새 임금이 타성 받이라고 했다는 말이지요?"

정도전이 이를 확인하듯이 물었다.

"예. 왕씨로 임금 자리를 이어오다가 역신에 의해서 죽임을 당하고 이성(異姓)을 가진 자가 그 뒤를 잇게 되었다고 말했습니다."

"그 이성이 신씨를 말하는군요."

옆에 있는 사람 조준, 남은, 배극렴도 들떠서 참견을 했다.

"맞고말고 신씨 아니면 또 누구겠습니까?"

그들은 자기들끼리 이야기를 주고받으면서 이방원이 말한 진위를 확인했다.

"그리고 전 임금이 군사 10만을 양성하여 황제의 나라를 정벌하려 했는데 이씨 성을 가진 사람이 부당하다고 하여 왕을 폐위시켰다는 말도 하더란 말이지요?"

"그 이씨 성을 가진 사람은 바로 시중 대감을 말하는 것이고."

"잘한 일이라고 칭찬도 하더란 말이지요?"

"이제 고려왕을 왕씨로 인정하지 않는다고 하는 황제의 의중을 파악했으니, 우리로서는 어떻게 하는 것이 좋겠소?"

좌중의 이야기를 듣고 있던 이성계가 정도전에게 물었다.

"황제가 고려왕을 신씨라 하고 이를 인정하지 않는다 하였으니, 임금을 내칠 명분이 생긴 것입니다. 그러나 황제가 내린 교지가 어디 있는지 행방을 찾아야 하고, 또 물증이 드러난다 해도 저들의 반발이 만만치 않을 것이니, 우선은 조심스레 저들의 동태를 살피는 것이 중요합니다."

"당장 교지를 가져온 사신단을 족쳐서 물증을 찾아내면 될 게 아니요? 그리고 임금을 보위에서 내리고 새 임금을 세우면 될 게 아니오?"

배극렴이 무장답게 거칠게 말했다.

"그렇게 무리하게 서두를 일이 아닙니다. 우리는 아직 토지개혁도 못해서 민심의 지지를 못 받고 있는 상태입니다. 권력은 창칼로는 획득할 수 있어도 이를 유지하는 것은 민심입니다. 민심을 얻지 못한 권력은 나무가 뿌리를 내리지 못하고 자라는 것과 같습니다. 나무가 땅에다 뿌리를 박고 그 자양분으로 자라야 열매를 맺고 튼튼히 자랄 수 있는 것과 마찬가지로, 권력도 백성 속에 뿌리를 박고 그 백성들이 지지해줄 때에 오래가는 것입니다."

"아무튼, 좋은 기회를 얻은 것 같소이다. 우선은 삼봉의 말대로 은밀히 교서의 행방을 알아보면서 기회를 엿보기로 합시다."

이성계가 이야기의 끝을 정리해주었다. 모두는 그 말에 수긍하며 고개를 끄덕였다.

3

한편 이색이 명나라에 가서도 임금의 고명을 받지 못하고 돌아왔다는 사실이 도평의사사[都堂]에 알려지자 구신들은 적잖게 실망해서 동요했다. 그나마 황제의 칙령이라도 받아왔다면 보위를 보존할 수 있고 자신들의 가문도 지켜낼 수 있을 것인데 일이 점점 불리해져 가고 있는 것이었다. 반면 이성계를 추종하는 개혁파 인사들은 자신들에게 점점 유리하게 변해가는 그러한 분위기에 고무되었다.

간관 오사충은 개혁에 동참하지 않는 인사들의 약점거리를 찾고 있던 중에 이색을 따라갔던 사절단에게서 탄핵할 구실을 찾아냈다. 바로 사절단의 부사로 갔던 이숭인이 밀무역을 했다는 제보를 받았던 것이다.

오사충은 즉시 탄핵 상소를 올렸다.

"이숭인은 성품이 간사하고 탐욕스러우며 언행이 사악하고 아첨을 잘하는 자이옵니다. 또한, 나라를 경영할 재주가 없고 사려가 깊지 못함에도 하찮은 글재주로 출세하여 오랫동안 요직을 차지했습니다. 근자에 이르러 흉악한 무리들이 탐욕을 부려서 상국(上國, 명나라)의 미움을 받아 나라가 어려움이 처해 있는지라 시중(侍中) 이색이 천하에 명망이 있다 하여 황제의 신하되기를 주청하러 명나라에 입조했습니다. 그때 이숭인은 종사관으로 수행했는데 그때도 탐욕스런 본심을 감추지 못하고 장사치처럼 몸소 물건을 파는 등 염치없는 짓을 하여 사절단의 길을 더럽혔고 명나라 관리들로 하여금 우리나라 사대부에게 침을 뱉도록 했습니다."

그러나 이숭인의 비행은 크게 문제 삼을 일이 아니었다.

사절단의 밀무역은 소요되는 부족한 경비 마련을 위해 관행적으로 해오던 일이어서 부사인 이숭인에게 책임 지울 일이 아니었다. 잘못을 묻는다면 그것을 문제로 만든, 정사로 갔던 이색이 책임져야 할 일이었다. 그러나 이색에 대해서 책임을 묻고자 하였으나 직접 탄핵하기는 비위 내용이 약하고 또 벼슬로 보나 학식으로 보나 그를 함부로 대할 수가 없기에 수하로 데려간 이숭인에게 책임을 물으면서 이색도 같이 비난을 하고자 하는 것이었다.

예상한 데로 반발이 컸다.

"이런 억울한 노릇이 있나? 도은을 벌주려면 차라리 내가 그 벌을 받겠다."

이숭인을 벌주자는 데 제일 반발하고 나선 이는 이색이었다. 이색은 사직 상소까지 내면서 이숭인의 탄핵을 극렬 저지했다. 뒤이어서 권근도 이숭인을 구원하기 위해 소를 올렸다.

　상소를 받아든 임금은 이숭인의 죄를 도평의사사에서 논해보라 했는데 도평의사사에서는 이를 문하부로 넘겼고 거기에서는 또 헌부로 넘겨서 처리하게 했다. 이는 이숭인에 대한 탄핵이 죄를 줄 만한 것이 아니라는 것을 알고 있지만, 이성계를 비롯한 개혁파의 눈치를 봐야 하는 것이 임금 이하 중신들의 입장이었으므로 서로 미루는 탓에 그렇게 한 것이었다.

　여러 논란을 거친 끝에 임금은 어정쩡한 결론을 내려주었다.

　"이숭인에 대하여 비록 큰 죄는 아니라고 하더라도 이를 그냥 넘어간다는 것은 아름다운 전통을 해하는 것이니 그 죄를 주는 것이 마땅하다. 그러나 중죄가 아니니 매를 치지 말고 유배를 보내는 것으로 하고, 이색은 이미 사직소를 올렸으니 그리하게 하라. 권근은 다만 붕우를 생각하여서 한 아름다운 변명이라 하나 그 속에 남들이 오해할 수 있는 내용이 들어 있어 이를 가볍게 넘어갈 수가 없는 일이니 삭탈관직하는 것이 옳다."

　임금은 일을 부드럽게 마무리 지었으나 이색이 사직한 것에 대해서는 너무나 가슴 아팠다. 이색은 조정 대신뿐 아니라 백성들로부터도 크게 존경을 받는 대학자이고 원로대신이다. 어린 임금에게는 사부(師傅)로서 할아버지와 같은 존재였다.

　'그가 있어서 무너져가는 왕권이 그나마 간신히 지탱할 수 있었는데 이제 그가 떠나버렸으니 앞으로 닥칠 비바람을 누가 몸을 던져 막아줄 것인가?'

　임금은 너무나 애석한 마음에서 이색이 칩거하고 있는 장단현의 별업

(別業, 별장)으로 여러 차례 환관을 보내어 안부를 물었다. 또 위로의 술을 보내며 돌아오기를 간곡히 청했으나 이색은 끝내 벼슬을 고사했다.

이색은 장단현의 별업 외에도 한산(韓山, 충남 서천군 한산면), 면주(沔州, 충남 당진군 면천면), 이천(伊川, 강원도 이천군), 여흥(驪興, 경기도 여흥), 광주(廣州, 경기도 광주), 덕수(德水, 개성 개풍군), 개경(開京), 유포(柳浦), 적제촌(赤堤村) 등지에 수많은 토지와 함께 별업을 소유하고 있었다. 특히 개경과 가까운 전장(田莊)[13]에서 생산된 곡식은 인근 백성이 먹을 수 있는 수개월 분의 식량이었다.[14]

이렇듯 많은 부동산을 소유한 이색은 자신의 재산을 충실히 지키기 위해서라도 정도전의 전제 개혁에 맞서 싸워야 했다.

4

폐왕 우는 보위에서 쫓겨난 뒤 분기가 차서 매일 잠을 이루지 못했다. 이성계의 칼끝을 피해 쫓겨 다니며 악몽을 꾸다 밤을 지새우는 때도 있었다.

"까악— 까악—."

울타리 너머 정자나무 가지에 까치가 날아와 홰를 치며 울어댔다. 전날도 악몽에 시달리며 잠을 이루지 못하다가 새벽녘에 잠시 눈을 붙였는데 까치 소리에 잠을 깼다.

까치가 찾아와서 짖는 것을 보니 오늘은 누가 찾아오려는 것인가? 얼

....

13) 개인이 소유한 논밭.

14) 홍승기, 『고려귀족사회와 노비』, 일조각, 212쪽.

마 전 이색이 찾아왔을 때 너무나 반가운 나머지 신도 신지 않은 채 마당까지 쫓아 내려와 맞았다.

우왕은 이색에게 심중을 털어놓고 설움에 겨워서 체통도 내려놓고 엉엉 울었다.

이색은 "이성계가 점점 더 득세하여 이제 세상을 제 입맛대로 요리하려고 든다."고 전했다. 명나라에서는 새 임금이 친조하여 신하의 작호를 받겠다는데도 거절을 하고 있다 하니 그나마 어린 아들로 이어진 보위조차도 유지하기가 어려울 것 아닌가 하는 생각마저 들었다. 이색은 걱정되는 이야기만 늘어놓고 돌아갔다.

'오늘은 아침부터 까치가 저렇게 짖어대니 행여 좋은 소식을 갖고 누가 오려나?'

우왕은 기대에 차서 종일을 사립문 밖의 기척을 살폈다.

저녁나절이 다 되어서 건장한 사내 둘이 찾아왔다.

"상왕 마마, 소인들 이제야 찾아뵙고 인사를 여쭙습니다."

두 사람은 넙죽 큰절을 올리고는 통곡을 했다.

"귀하신 몸께서 이런 궁벽한 시골구석에 계시니 얼마나 답답하시옵니까?"

두 사람은 자신들을 소개했다. 한 사람은 이름이 김저고, 또 한 사람은 정득후라 했다.

"소신은 전 문하시중 최영의 족질 되는 사람으로 최영 장군의 밑에서 대호군을 지냈고, 이 사람은 역시 최영 장군의 밑에서 부령을 지냈습니다."

"어서 오시게나. 최 문하시중이 살아 있었다면 내가 오늘날 이런 수모를 당하지 않을 터인데 새삼 최시중이 그립구나."

우왕은 마치 피붙이를 만난 양, 반가움에 두 사람의 손을 꼭 잡았다.

"정말 억울하게 목숨을 잃으신 분이십니다. 이성계가 그분의 음덕을 입었음에도 은혜를 모르고 결국 목숨마저도 거두었으니 그 죗값을 어떻게 치러주어야 할지 모르겠사옵니다."

"이성계 그놈! 내가 죽여서 간을 내먹어도 시원치 않다. 내가 요즘도 밤마다 그놈의 꿈을 꾸느라 잠을 이루지 못하고 있다. 나라에 충신, 지사가 많다고 하나 어느 누구도 나의 원한을 갚아주려는 자가 없구나. 참으로 슬픈 일이다."

김저와 정득후는 우왕의 속마음을 확인하고 찾아온 용건을 말했다.

우왕 또한 자신이 속내를 드러내자 두 사람이 적극적으로 호응하는 것을 보고 고무되었다. 세 사람은 더욱 내밀한 이야기를 나누면서 일을 꾸몄다.

"조정에는 아직도 전하를 지지하는 사람들이 많이 남아 있습니다. 저희들은 이곳으로 오기 전 변안열 장군을 만나보고 왔습니다. 변안열 장군은 나름대로 상왕 전하를 복위시키려고 동지를 규합하겠다고 하였습니다. 전하의 결심만 서시면 됩니다."

"그렇구나. 아직도 짐의 은혜를 잊지 않고 있는 신하가 있다니 여간 고마운 일이 아니구나. 목은 대감과 왕안덕도 여기를 다녀갔다. 일이 성사되기만 한다면 짐의 옛 신하들이 그대들을 도울 것이다. 정말 너희들이 나의 뜻대로 해주겠느냐?"

"예. 명을 내려주십시오."

"많은 사람은 필요 없다. 힘쓰는 자 한두 명만을 구해서 이성계의 목숨만 끊어놓으면 된다. 곽충보를 찾아보거라. 그는 내가 보위에 있을 때 여러 가지로 보살펴주어 아직도 그 은혜를 잊지 않고 있을 것이다."

그러면서 칼 한 자루를 내어주었다.

"곽충보에게 이 칼을 전해주고 이성계의 목숨을 도모하라고 전하라. 그리고 거사 일은 팔관일로 하는 것이 좋겠다."

우왕은 날짜까지 정해주었다.

"거사가 성공하면 내 왕비의 여동생을 너희 집안과 혼사를 시키겠다. 우리 함께 친족의 연을 맺어 대대로 같이 영화를 누리며 살자꾸나."

두 사람에게 달콤한 미끼도 던져주었다.

5

두 사람은 칼을 들고 곽충보를 찾아갔다. 우왕의 뜻을 전해 들은 곽충보는 깜짝 놀랐다.

자신은 이미 이성계의 사람인데 우왕이 자신더러 이성계를 도모하라고 칼까지 내려주다니……

우왕이 한때 왜구를 물리친 그의 공을 인정해주는 등 아껴준 것은 사실이지만 자신은 이성계 장군과 뜻을 같이하여 회군에 동참했고 최영을 축출하는 데 앞장을 섰던 사람이다. 최영이 회군파에 쫓겨서 왕이 있는 팔각전으로 도망쳤을 때 자신이 최영을 끌어냈고 임금도 그 모습을 똑똑히 보지 않았던가?

그러함에도 우왕은 자기편이라고 칼까지 내려주며 이성계를 죽이라 하니, 어리석어도 이러한 노릇이 없었다. 그러나 일단은 두 사람의 뜻에 수긍을 하는 체했다.

속내를 감추고서 두 사람의 이야기를 들어주었다. 공손히 무릎을 꿇는 예를 갖추어 칼도 받았고 구체적인 계획도 나누면서 두 사람을 안심시켰다.

"그런데 어떻게 행동을 해야 하겠소? 이성계가 병권을 장악하고 있으니 군사를 동원하기는 어려울 테고."

"그것은 아니 되오. 믿을 수 있는 수하 몇 명만 데리고 일을 도모해야 하오."

"그렇다면 자객을 보내야 할 것이 아니오?"

"우리가 직접 이성계의 집으로 잠입해 들어가서 놈을 죽입시다."

"음—"

곽충보는 내색은 감추고 있었지만 의논할수록 숨이 탁탁 막히는 두려움이 느껴졌다. 등골에는 식은땀이 주르르 흘러내렸다.

"팔관일에 일을 도모하라는 상왕 전하의 명이니 그날 밤에 쳐들어갑시다."

세 사람은 굳게 손을 잡고 결의를 다졌다.

두 사람이 돌아간 뒤 곽충보는 곰곰이 생각했다.

'이것은 아무리 생각해도 성공할 수 없는 일이야. 이성계의 곁에는 항상 사람이 들끓고 있는데 어떻게 접근할 수가 있단 말인가? 그의 집에도 경호병들이 철통같이 경계를 서고 있을 텐데……'

곽충보는 겁이 나서 견딜 수가 없었다. 잘못하면 집안이 박살 나는 일이었다.

'상왕이 판단을 잘못하는 것이야. 이성계 일파가 정권을 잡고 왕위까지 위협하고 있는 판에 다시 보위에 앉겠다는 것은 망상일 뿐이야.'

곽충보는 괜히 망설이며 어정거리다가 나중에 큰일을 당하기보다는 이성계 편에 이를 빨리 알리는 것이 살길이라고 생각했다. 잘하면 공도 세울 수 있는 기회이기도 했다.

곽충보는 날이 채 새기도 전에 이성계의 실세인 정도전의 집으로 말을 몰아 달려갔다.

정도전은 아직 기침도 하기 전이었다.

"대감 큰일이 있어서 이렇게 날이 밝기 전인데도 찾았나이다."

정도전은 때가 때인지라 무슨 급변이 일어날지 몰라 항상 긴장하고 있었다. 옷매무시도 제대로 고치지 못하고 겉옷만 급하게 걸치고 곽충보를 맞았다.

"무슨 일이오?"

"이 시중의 신변에 중대한 문제가 생길 것 같아서 급히 대감께 달려온 것입니다."

"뭣이라? 이 시중의 신변에 변고가 생겨?"

정도전은 깜짝 놀랐다.

"아직은 일이 벌어진 것이 아니고 그러한 조짐이 있기에 고하려고 합니다."

"아직은 벌어지지 않았단 말이지?"

정도전은 진정하고 곽충보의 고변을 들었다. 곽충보는 밤사이 김저와 정득후가 찾아와서 나누었던 이야기를 상세히 고했다.

"당장 저들을 잡아들여서 문초하셔야 합니다."

이야기를 마친 곽충보는 자신은 이 일과 무관하다는 것을 강조하기 위하여 듣고 있는 정도전보다 더 흥분하고 서둘렀다. 이야기를 듣는 정도전은 오히려 차분해져 가고 있었다. 일의 해결책을 생각하고 있었던 것이다. 그는 신중히 생각하다 입을 열었다.

"계획대로 하시오."

정도전은 무겁게 입을 떼었다.

"예? 그게 무슨 말씀이오?"

"모른 척하고 계획했던 대로 추진을 하란 말이오. 그들과 행동을 같이하면서 동향을 살피고 또 동조 세력이 누군가도 파악해주시오. 나머지는 우리가 알아서 할 테니. 여기에 왔던 것을 누구도 눈치채지 못하게 하시오."

중대하고 다급한 것으로 보아서는 정도전도 곧바로 연루자들을 붙잡아 들여서 문초하고 싶었지만 일의 성질로 보아 서두를 일이 아니었다. 이것은 기득권을 지키려고 안간힘을 쓰고 있는 권문세가들에 일대 타격을 가할 수 있는 절호의 기회였다.

폐위된 우왕이 직접 독려를 하였다 하니 그도 중죄로 처단해야 한다고 생각했다. 그러나 사건이 중대한 만큼 저들의 반발도 격할 것을 예상해야 했다. 어쩌면 이쪽에서 조작한 것이라고 역공을 펼칠 수도 있는 일이었다. 꼼짝 못 할 증거를 잡아야 했다.

그러기 위해서는 저들이 행동으로 나서기를 기다렸다가 현장을 잡을 필요가 있었다.

'이보다 더 확실한 증거는 없다!'

정도전은 저들이 걸려들 그물을 쳐놓고 기다리기로 했다.

정도전은 곽충보를 보내놓고 이후에 일어날 일을 머릿속에 그리면서 서둘러서 정장을 차려입고 이성계의 집으로 달려갔다.

6
· · · ·

"어찌하면 좋겠소?"

이성계가 아무리 전쟁터를 누비고 다닌 맹장이라 해도 자신의 목숨을 노리는 일이라 긴장하지 않을 수가 없었다. 두려운 기색을 애써 감추며 물었다.

"폐왕 우가 아버님의 목숨을 노리고 직접 행동에 나선 것이 이번이 두 번째입니다. 이번에는 아무리 그가 상왕이라 해도 목숨을 거두어야 합니다."

이성계의 곁에 앉아 있는 이방원이 이마에 핏대를 세워가며 흥분했다.

"상왕의 목숨을 거두는 일은 그리 쉽게 결정할 일이 아닌 것 같습니다."

중대한 일을 결정해야 함에도 정도전은 의외로 차분히 말했다. 그는 이곳으로 오는 동안 여러 번 곱씹어 생각했다.

"아니, 아버님의 목숨을 노린 일인데 그것도 두 번씩이나 벌이는 일인데 그대로 살려두잔 말입니까?"

이방원은 정도전에게 대들 듯 말했다.

"내 말은 우를 마냥 살려두자는 것이 아니네. 그가 살아 있다면 이런 일이 또 벌어질 수 있으니 그 목숨을 거두는 것은 당연지사네."

"그런데 어찌 두고 보자는 것이오?"

"지금 임금이 누구인가? 우의 아들이 보위에 앉아 있는데 그 아들이 어리다고는 하지만 제 아비를 죽이라고 명을 내리겠는가? 또 지난 세월 동안 우를 옹위하면서 온갖 영화를 누렸던 구신들 또한 상왕의 목숨을 거두는 일에 팔을 걷어붙이고 반대를 할 것인데 우리가 상왕을 죽이자고 하면 가만히 있겠는가?"

"……?"

이방원은 무슨 다른 복안이 있는가 하고 흥분을 가라앉히고 정도전의 말을 경청했다.

"그럼 살려두자는 말이오?"

이성계가 물었다.

"우리에게는 이것이 구세력을 내칠 수 있는, 지금 임금까지도 함께 내칠 수 있는 절호의 기회가 생긴 겁니다. 줄탁동기(崒啄同機)!"

"줄탁동기요?"

"병아리가 알을 깨고 나오려고 할 때 어미 닭이 계란의 껍질을 쪼아서 새끼가 쉽게 세상 밖으로 나오도록 돕는 것을 말합니다. 우리가 이루고자 하는 일을 지금 저들이 도와주고 있다는 말이지요."

정도전은 의미심장한 표정을 지으며 말을 이었다.

"지난번 방원 공이 명나라에 갔을 때 황제는 지금 고려의 왕이 왕씨가 아니라는 내용의 교지를 고려 조정에 보냈다고 했습니다."

"그랬지요. 제가 두 귀로 똑똑히 들었습니다. 지금 그 교지의 행방을 은밀히 찾고 있습니다."

이방원이 말했다.

"황제의 그 말 한마디로 지금의 임금을 내칠 수 있는 구실은 생긴 겁니다. 그러한 중에 저들이 일을 꾸미고 있는 것이 발각되었으니 우리의 일이 훨씬 수월해진 셈이지. 이것이야말로 저들이 스스로 우리 일을 돕는 격이지 않습니까? 시중 대감, 우리가 대업을 이루고자 하는데 언제까지 고려의 권문세족을 자처하는 자들에게 발목이 잡혀서야 되겠습니까? 이 기회를 빌려 우리 일에 방해를 놓는 자를 철저히 가려내어 걸림돌을 제거해놓아야 앞으로의 일이 수월해집니다. 그런 연후에 상왕의 목숨을 거두어도 된다는 말입니다."

정도전은 이성계와 이방원의 얼굴을 번갈아 보면서 동의를 구하듯 말했다.

"……"

"······!"

"시중께서는 팔관일에 병을 핑계로 사찰에 가지 마십시오. 집에서 요양한다는 말을 퍼뜨리십시오. 그리고 저들을 기다리기만 하시면 됩니다."

"내 그리하리다."

이성계가 군말 없이 정도전의 말을 따르겠다고 한 것은 그에 대한 무한한 신뢰가 있었기 때문이었다. 이로써 정도전에 의해서 자신은 두 번이나 암살을 모면하게 되는 셈이었다. 또한, 앞으로 어떤 위기가 더 닥칠지 모르는데 앞일에 대해서도 정도전의 활약이 기대되는 바였다.

이방원은 이성계를 경호하는 일을 자처하고 나섰다.

정도전은 앞으로 만들어갈 정국을 구상하면서 이성계의 집을 나섰다.

7

칠흑의 밤이다. 멀리 남산에서 간간이 짖어대던 산짐승 울음소리도 그쳤다. 동네 개들도 한잠이 들었는지 기척이 없다. 사방이 고요했다.

이성계의 집으로 들어가는 한 길가. 어둠 속에서 날렵하게 몸을 움직이며 한 떼의 괴한들이 모여들었다. 그들은 소리 없이 몸짓으로만 서로 의사를 통했다. 그 무리를 향해 다가오는 또 한 사람은 곽충보였다. 현장에 모인 사람은 김저와 정득후 그리고 그들을 따르는 종자들이었다.

"이성계의 집을 둘러보고 오는 길이오. 집 안에는 불이 훤히 켜져 있으나 뒷담 쪽은 어둑하고 경계가 허술해 보이더이다."

곽충보는 방금 이성계의 집 안을 염탐하고 오는 길이라는 것을 알려주었다. 그의 손에는 우왕에게서 하사받은 검이 들려 있었다.

"그럼 곽 장군이 앞장을 서시오. 우리는 준비가 다 되어 있으니."

김저가 옆구리에 차고 있는 검을 단단히 움켜쥐고는 낮은 음성으로 말했다.

일행은 곽충보가 이끄는 대로 소리 없이 신속하게 움직였다. 칠흑의 어둠은 그들의 움직임을 완벽하게 감싸주었다.

이성계의 집 뒤 담장.

불이 훤히 밝혀져 있는 다른 곳과는 달리 어둑하고 경계가 허술했다. 괴한들은 곽충보의 지시를 받고 한 사람씩 담장을 넘었다.

괴한들은 모두 담장을 넘었으나 곽충보는 넘지 않았다.

그의 임무는 여기까지였다.

그는 유인책으로 김저가 이끄는 괴한들을 여기까지 데려와서 함정에 빠뜨리는 것으로 임무를 다한 것이었다. 잔뜩 긴장한 나머지 그의 얼굴에는 겨울인데도 땀이 맺혔다.

그는 한 손으로 얼굴을 문질렀다.

그때였다. 담장 안에 갑자기 불이 훤하게 켜졌다. 소란스러운 소리가 들렸다.

"속았다! 도망쳐라!" 하는 소리가 들렸다. 쨍그랑거리는 쇳소리는 칼이 부딪치는 소리였다. 비명 소리도 들리고, "곽충보! 이놈 어딨느냐!"는 욕지거리도 들려왔다. 곽충보는 그런 소리를 들으면서 현장을 신속히 벗어났다.

담장 안에서는 이방원의 지휘 하에 병사들이 정원 곳곳에 숨어서 대기하고 있었다. 이방원은 곽충보의 연락을 받고 뒤 담장 쪽의 경계를 허술히 해두고 괴한들이 침입하기를 기다리며 경계 병사들과 함께 매복하고 있었던 것이다. 이윽고 괴한들의 침범이 다 끝났다고 보았을 때 사방에서 불을 밝혔다.

김저 일행은 갑자기 사방에 불이 켜지자 놀라서 어리둥절했으나 이내 곧 속았음을 눈치챘다. 그제야 곽충보를 찾았으나 그는 담장을 넘지 않았기에 보이지가 않았다.

완벽하게 곽충보의 꾐에 넘어간 것을 알았지만 이미 엎질러진 물이었다.

대항을 하고 도망을 치고자 했지만, 이미 포위되었고 중과부적이었다. 이내 일망타진이 되었다. 정득후는 사세가 막다르다는 생각에 이르자 스스로 목을 찔러 자결을 해버렸다.

김저와 그를 따르던 종자들은 현장에서 사로잡히고 말았다.

김저에 대한 혹독한 고문이 계속되었다.

"이놈! 전모를 대거라. 그렇지 않으면 더 가혹하게 다룰 것이다."

심문관은 표독스럽게 추궁을 해댔다.

"그대들이 알고 있는 그대로다. 우리는 상왕 전하께 은혜를 입었던 사람이다. 사람으로 살아가면서 어찌 은혜를 저버릴 수가 있겠느냐? 은혜를 모르고 사는 것은 금수와 다름이 없다. 유배나 다름없이 지내시는 상왕 전하께 안부를 여쭈러 가서 보니 초라하게 지내시는 모습이 너무 안 돼 보였고, 이 모든 일의 사단이 이성계로부터 비롯된 것이라는 생각이 들어서 이성계를 죽이기로 작정했던 것이다."

"이놈이 거짓말을 하는구나! 주리를 더 틀어야겠다."

김저는 이미 사람의 형상이 아니었다. 온몸은 피투성이였다. 말을 하는 것을 보아 사람이라 할 수 있을 뿐이지 도살장의 가축처럼 살점이 짓무르고 발라진 흉물스런 몰골이었다.

좀처럼 실토를 받아내기가 어려웠다. 좀 더 가혹한 고문이 가해졌다.

발바닥을 찢어내고 단근질을 해댔다. 드디어 고문에 못 이긴 김저의 입에서 관련자들에 대한 진술이 실토 되었다.

"변안열과 만나서 모의를 했다. 이성계를 죽이면 그가 재상들을 규합해서 상왕 전하를 복위시키자고 했다. 곽충보에 관해서는 너희가 잘 알지 않느냐? 그자는 배은망덕한 놈이다. 그자의 배신으로 일이 이렇게 되고 말았다. 금수보다 못한 놈! 내 죽어서도 그놈을 잊지 않을 것이다."

"저 죽일 놈이, 아직도 자기의 죄상을 모른단 말이냐? 저놈을 더 단근질 하라! 변안열은 누구와 모의를 했다더냐? 연루된 자를 모두 실토하거라!"

이미 실성을 하여 다 죽어가는 김저에게 찬물이 부어졌다. 얼음과도 같은 물을 맞고 겨우 정신을 차리는 김저의 허벅지에 벌겋게 달군 인두를 다시 갖다 댔다.

뿌지직 살이 타는 소리와 함께 누린내가 사방으로 퍼져나갔다. 심문관은 코를 막으며 심문을 계속했다.

"이색과 왕안덕이 상왕을 만났다고 하던데 그들과도 모의를 했던 것이 아니냐?"

"그에 대해서는 잘 모른다. 다만 상왕 전하께서 그들이 찾아주었다고 말씀하신 것을 들었을 뿐이다."

"변안열이 누구누구를 만나서 의논을 한다고 하질 않더냐? 바른대로 말해라!"

"변안열이 말하기를, 이림, 우현보, 우인열, 왕안덕, 우홍수가 자신들의 편이라 하였다."

김저를 심문한 내용은 수시로 그때그때 이성계의 진영에 보고되었다.

그리고 김저의 입에 오르내린 자는 모조리 체포되어 옥에 갇혔다. 연루자가 매일같이 늘어났다.

김저의 입에 오르내렸던 자들은 물론이고 직접 토설하지 않았다 하더라도 그들과 가까이 지내거나 평소 이성계의 집권에 불만을 토로하던 자들이 모두 붙잡혀와서 고문을 당했다.

김저는 변안열만을 직접 접촉했다 했으나 어느 틈에 붙잡혀 온 자 대부분이 김저를 직접 만났거나 격려의 말을 전한 자로 둔갑이 되어 심문을 받았다. 그러나 그들은 모두 상왕 복위 사건에 연루된 자들은 아니었다. 정국(政局)은 온통 옥에 갇혀 있는 김저의 입에 쏠린 형국이 되어버렸다. 조정 대신들의 관심은 행여 김저의 입에서 자신들의 이름이 오르지나 않을까 불안해서 모든 귀가 심문장으로 향해 있었다.

그런데 심문을 받던 김저가 갑자기 옥에서 죽어버렸다. 김저의 갑작스러운 죽음으로 사건은 더 확대되지 못했다. 하나 그 연루자는 무려 스물일곱 명으로 불어났다.

8

이성계가 편전에서 연루된 인사들의 죄상을 보고하자 임금은 대경실색했다. 임금 뒤에 발을 치고 앉아 있는 대비도 놀라기는 마찬가지였다.

그럴 수밖에 없는 것이 거명된 인사 중에는 아무리 임금이라 해도 함부로 할 수 없는 인물이 상당수 포함되어 있었기 때문이었다. 그중 이림은 외조부이고 이색과 우현보는 아버지인 우왕 대부터 나라의 원로대신 대우를 받으며 조정과 재야로부터 존경을 받는 중신이다. 변안열은 홍건적과 왜구의 침략에 대적해서 여러 번 공을 세워 공신의 반열에 올라 있는 인물이었다.

무엇보다도 그들로 인해 지금 자신의 왕위가 그나마 유지되고 있는데 그들을 모조리 내치고 벌을 주라 하니 이를 어찌 받아들이란 말인가? 또한, 연루된 주동자 중에는 상왕도 포함되어 있는데 아비의 죄가 아무리 크다 한들 아들 된 자의 입으로 어찌 벌을 주라 할 수 있단 말인가?

아무리 임금이 나이가 어리다고 해도 그런 분간을 하지 못할 정도는 아니었다. 도저히 그에 따를 수가 없는 일이었다. 임금은 용상 뒤에 앉아 있는 대비의 눈치를 살폈으나 난감하기는 대비도 마찬가지였다. 암담한 심정으로 눈물만 흘리고 있을 뿐이었다.

누구라도 임금의 편을 들어서 충언이라도 해주었으면 좋으련만 지금이 순간 임금의 곁에는 그러한 인사가 아무도 없었다. 임금의 편에서 여러 가지 간언을 하며 보호를 해주던 기라성 같은 신하들이 모두 사건에 연루되어 조사를 받는 처지가 되어 버렸으니 임금은 그야말로 고립무원의 상태에 놓인 것이었다.

임금의 앞에는 이성계만이 버티고 섰다. 부리부리한 눈매를 치뜨고서 한 치의 흐트러짐을 보이지 않는, 허리조차도 숙이지 않고 꼿꼿이 서 있는 그 모습에 어린 임금은 잔뜩 주눅이 들었다. 일찍이 임금은 이성계가 두려워 그가 전각(殿閣)에 나아갈 때는 신을 신고 칼을 차고 오를 수 있도록 특별한 예우를 허락한 일이 있었기에 그의 모습은 한층 위세가 등등했다.

그러나 아무리 어려도 임금은 임금이었다. 임금은 이성계의 눈길을 피하면서도 필요한 답은 내려주지 않았다. 임금도 자신의 말 한마디가 최후의 보루임을 잘 알고 있었다. 버티는 데까지 버텨보고자 했다.

"이들이 모두 가담한 것은 아니지 않소? 확실하게 증좌가 나온 것이 있나요?"

임금은 어린아이답지 않게 당차게 물었다. 아무리 이성계가 무서운 얼굴을 하고 서 있다 해도 그 뜻대로 따를 수 없다는 의지를 내비친 것이다.

"직접 가담한 자는 김저와 정득후인데 두 사람은 모두 죽었습니다. 그러나 거명된 자들은 모두 그에 가담한 것이 서로의 진술로 밝혀졌습니다. 벌을 받기에 충분합니다."

이성계도 강하게 밀어붙였다.

"과인의 생각으로는 모두 다 벌을 주기는 어렵다고 보오. 무엇보다도 증좌가 확실치 않으니 도평사에 의논을 붙여서 죄상을 가리는 게 좋겠소."

임금의 목소리는 떨리고 있었다. 그러나 자신의 측근들을 보호하려는 의지는 강했다. 이것은 이성계와 임금과의 기 싸움이기도 했다. 이성계는 결국 임금의 재가를 받지 못하고 편전을 물러 나왔다.

이성계는 정도전과 마주했다.

두 사람을 비추는 황촉 불은 밝은 데 비해 그림자는 짙었다. 음침하고 둔중한 분위기가 두 사람을 감싸고돌았다. 두 사람은 편전에서 임금과 독대했던 이야기와 향후의 일을 의논하는 중이었다.

궁중에서 있었던 말을 마친 이성계는 앞에 놓인 찻잔을 들어 한 모금 마셨다. 찻물은 부어 놓은 지 오래되어 싸늘히 식어 있었다.

정도전도 같이 따라서 식은 찻물을 마셨다. 갈증에는 차라리 찬 맛이 좋았다. 타들어 가듯 하던 입술에 단맛이 돌았다. 정도전은 무겁게 입을 떼었다.

"임금을 보위에서 내려야 합니다."

문틈으로 새어 들어온 바람에 황촉 불이 '펄럭' 흔들렸다.

"기어이 역모를 꾀하란 말이오?"

이성계의 목소리도 똑같이 무거웠다.

"역모는 아닙니다. 왕통을 바로 세우자는 것입니다."

"……"

"지금의 임금이 보위에 앉아 있는 한은 우리의 뜻대로 일을 처리하지 못할 것입니다."

"저항이 만만치 않을 터인데……"

"포섭을 해야지요. 우리의 일에 관망하는 자들도 많으니 그들을 우리 편으로 끌어들이고 반대를 하는 자들은 가혹하게 다루어야 합니다. 우리에게는 힘이 있습니다."

"힘으로 밀어붙인다고 되는 일이 아니지 않소?"

"소신의 생각도 그렇습니다. 힘으로 임금을 쫓아내고 그 자리를 차지한다면 그것은 찬탈(簒奪)입니다. 그것은 필연코 피를 불러옵니다. 그렇게 되면 명분도 사라지고 백성의 지지도 받지 못하게 됩니다. 그것은 일이 성사되더라도 사상의 누각입니다.

시중께서는 선양(禪讓)을 받으셔야 합니다. 신라가 당나라의 힘을 빌려서 백제와 고려를 무력으로 멸망시켰을 때 백제의 백성은 중국으로, 왜로 유민이 되어 흘러들어 갔고, 고구려는 발해라는 새로운 나라를 건국하여 끝없이 신라를 괴롭혔습니다.

그러나 그 500년 뒤 고구려의 뒤를 이은 고려가 신라를 복속시켰을 때에는 신라왕 김부(金傅)가 백성과 함께 스스로 고려의 신민이 되고자 하여 나라를 바쳤습니다. 김부의 선양으로 두 나라의 백성은 평화롭게 지낼 수가 있었습니다.

지금의 고려 왕조는 망해가는 중입니다. 이 왕조는 스스로 지탱할 능력을 잃어버리고 표류하고 있으며 이제 더 이상 존속할 가치가 없습니다. 백성은 나날이 고통 속에서 헤매는데 몇몇 권신들만이 자신들의 기득권을 뺏기지 않으려고 몸부림치며 버티고 있을 뿐입니다.

임금의 곁에 있는 이 간신의 무리만 제거한다면 임금은 자신의 능력에 한계를 느끼고 분명히 선양할 것입니다. 우리는 그렇게 만들어 가야 합니다. 지금의 왕은 역적의 후손임이 이미 밝혀졌기에 이를 폐해야 하는 것은 당연한 이치이고 새로 왕이 될 인물은 왕씨 중에서 고르되 욕심을 부리지 않고 잠시 보위에 앉았다가 때가 되면 선양을 할 수 있는 자가 되어야 할 것입니다. 시중 대감께서는 그때까지 기다리셨다가 대임을 받으셔야 할 것입니다."

정도전은 마음속에 준비하고 있던 말들을 줄줄이 이어갔다. 이성계는 정도전의 말을 들으며 긴장을 더해 갔다. 일찍이 정도전은 함주 막사로 찾아왔을 때도 선양으로 보위를 물려받아야 한다고 장황하게 설명을 했었다. 그의 말대로 때가 무르익기를 기다리는 것이 좋겠다는 생각이 들었다.

"우리의 뜻을 이해시키고 편으로 끌어들일 만한 인물을 어떤 자로 하면 좋겠소?"

이성계는 정도전이 말하는 것을 알아들었다는 뜻으로 물었다.

"포은 정몽주 같은 사람을 포섭하여야 합니다. 포은은 차세대를 대표하는 유종이고 나라에 공로가 많은 대신입니다. 그의 말은 '이치에 맞지 않는 것이 없다.'고 칭찬을 들을 만큼 유생들로부터 존경을 받고 있는 사람이므로 그를 우리 편으로 끌어안는다면 크게 득을 볼 수 있을 것입니다."

"그렇지! 포은이야말로 우리가 삼고초려를 해서라도 모셔야 할 사람이지. 내 일찍부터 그 사람을 눈여겨 보아왔는데 참으로 학식이 풍부하고 굽힐 줄 모르는 소신을 가진 사람이란 것을 알고서 진작부터 그와 교우하였는데 어째서 그 사람은 여태껏 우리 일에 적극적인 지지를 않고 있는지 궁금하던 차였소."

"포은 나름대로 생각이 있겠지요. 제가 한번 만나보겠습니다."

"꼭 설득을 하여 우리 일에 동참하게 하시오."

9

다음 날, 날이 밝자 정도전은 정몽주를 찾아갔다.

"형님, 그동안 격조했소이다."

"어쩐 일인가? 바쁜 삼봉께서 말미가 있던가? 내 집을 다 찾아주시고?"

정몽주는 전에 같지 않게 정도전을 서먹하게 맞았다.

"허허, 요사이 형님을 찾아보지 않았다고 서운해 하시는 것 같군요."

"세상이 온통 삼봉 세상인데 나 같은 인사를 찾아서 무얼 하겠나? 아무튼, 안으로 들어가세."

정몽주는 정도전이 이른 아침에 찾아온 거로 봐서 긴한 이야기가 있을 줄 알고 주위의 사람을 물리쳤다. 정도전은 몇 마디 더 인사를 나누고는 찾아온 목적을 말했다.

"형님께서는 왜 이 시중을 지지하지 않으시는 겝니까?"

"왜 내가 꼭 이 시중을 지지해야 할 이유가 있는가? 이렇게 가만히 있으니 나도 어떻게 할 참이던가?"

정몽주의 말투가 곱지가 않았다.

"무슨 말씀을 그리하십니까?"

"일 처리하는 것을 보니 섭섭해서 그런 것이네. 이숭인의 일은 그리 처리해서는 아니 되네. 그리고 스승님을 대하는 태도도 그렇고."

"허허, 형님 맘이 단단히 틀어지신 것 같소이다."

"삼봉이 이 시중을 끼고서 여러 가지 개혁 조치를 취하는 것, 내 이해 못 하는 바는 아니네. 그러나 일이 너무 성급하고 반대하는 세력을 너무 심하게 다루니 하는 말일세."

"개혁이라는 것이 원래 그런 것이 아닙니까? 시작과 함께 강하게 몰아붙이지 않으면 반대에 부딪혀 실패할지도 모르는 것이니 서두르는 것입니다. 스승님과 도은, 그분들은 우리와는 너무 멀리 떨어져 있습니다. 우리의 일에 앞장서서 반대하고 있으니 부득불 내치는 수밖에 없었습니다."

정도전은 정몽주를 만나면서 제일 마음에 쓰이는 일이 목은 스승과 대립하고 이숭인을 유배 보냈던 일이었기에 구차하게 변명을 했다.

"아무리 그렇더라도 일을 그리 처리해서는 안 되는 것이네. 우리는 목은 스승님 밑에서 도은과 함께 동문으로 수학을 한 사이이네. 스승은 부모와 다름이 없는 것인데 스승의 흠을 어찌 제자가 들추어내어 벌하라 할 수가 있는가? 도은 또한 형제나 다름없는데 어찌 작은 허물을 들추어내어서 크게 벌을 준다는 것인가?"

"물론 형님의 말씀은 옳습니다. 그러나 스승과 동문 간의 정은 작은 것입니다. '정'은 개인적인 이(利)를 쫓아 하는 것이지만, '대의'는 여러 사람에게 이로운 공리(公利)를 추구하는 것을 말하는 것입니다. 대의를 이루고자 하는 자는 때로는 사사로운 것을 물리쳐야 하기에 저는 대의멸친(大義滅親)의 길을 택하고자 한 것입니다."

"대의멸친이라······ 자네는 속에 큰 뜻을 품고 있다는 것이구먼."

"그렇습니다. 언젠가 제 부모님의 상중에 형님이 다녀가시면서 주고 간 『맹자』를 저는 아직도 소중히 간직하고 있습니다. 맹자는 백성을 나라의 근본으로 여겼습니다. 백성이 있기에 나라도 있고 임금도 있다고 하였습니다. 임금은 백성을 제 몸과 같이 여기고 보살펴야 하는데 지금 이 나라에서 백성은 임금과 벼슬아치의 착취 대상이고 그들의 욕망을 채우는 데 소용되는 도구에 지나지 않습니다.

학정(虐政)에 시달린 백성의 원망이 하늘에 닿고 그들의 고통이 천지를 진동하는데 임금도 조정도 나 몰라라 하고 있습니다. 저는 그 백성들의 한을 풀어주는 정치를 하고 싶습니다. 백성이 제자리에서 열심히 일한 대가로 배불리 먹고 평안히 지낼 수 있는 그런 세상을 만들고자 하는 것이 제가 생각하는 '대의(大義)'인 것입니다."

정도전은 가슴속에서 뜨거운 것이 치솟아 올라와 목이 메어오는 것을 느꼈다. 앞에 놓인 찻잔을 들어 잠시 목을 식혔다.

"자네의 생각은 이상이 아닌가?"

듣고 있던 정몽주가 정도전이 말하는 것을 가로채어 말했다.

"백성의 아픔은 어느 시대에나 있었던 것이 아닌가? 군주가 백성을 위하는 정치를 펼친다는 것은 한낱 허구에 불과할 뿐이고, 실제는 군주를 둘러싼 몇몇 권신들이 세를 이루어 영합하고서 자신들의 욕심에 맞추어 세상을 꾸려가는 것이 현실의 정치가 아니던가? 삼봉이 생각하는 태평성대는 책 속에서나 이루어지는 이상일 뿐인데 현실에서 이루어질 수 있다고 보는가?"

"형님의 생각이 그리 하다면 지금의 조정이 이대로 굴러가도 상관이 없다는 말입니까? 형님의 귀에는 백성들의 원성이 들리지도 않습니까?

형님의 생각이 그러한데 제게 왜 『맹자』를 주고 갔습니까? 형님도 백성을 생각하고 나라를 생각하는 마음이 저랑 틀리지는 않을 것 아닙니까? 이 시중을 도와주십시오."

"내 생각도 삼봉과 다르지는 않다네. 하나 나라를 바로 세우고자 하는 방법은 다를 수가 있네. 내 일찍이 이 장군과 교우 관계를 맺어왔고 여러 전쟁터에 조전원수로 참여해서 그분의 인품을 잘 알고 있네.

그분은 무인이면서도 겸손한 성품을 지녔고 전쟁터에서도 부하와 백성을 생각하는 마음이 지극하여 존경을 받아온 것도 잘 아네. 그러나 그분은 회군하고부터는 종전의 그가 아니었네. 이 장군이 많이 달라졌더군. 회군 이후에 그의 행보를 보면 욕심이 드러나는 것 같아서 그의 욕심이 어디까지 갈지 염려스럽고 두렵네.

임금도 마음대로 갈아치우고 자신과 뜻을 같이하지 않는 조정 중신을 유배 보내고 심지어 목숨을 빼앗는 것도 서슴지 않고 마치 어린 임금을 수중에 넣고서 권력을 전횡하던 이인임의 시대가 다시 반복되고 있다는 생각이 들어서 지지하지 않는 것이라네."

정몽주도 그동안 쌓여 있는 앙금이 많았다. 지금 하는 말은 이성계에 대한 불만이었으나 정도전이 이성계의 최측근이라는 사실은 세상이 다 아는 사실이고 모든 일이 정도전이 뒷받침해서 일어나고 있으므로 도전에게 하는 말이었다. 정도전도 정몽주가 자신에 대해서 서운함을 토로하고 있다는 것을 잘 알고 있었다.

정도전은 정몽주의 곁으로 다가앉으며 손을 덥석 잡았다.
"형님, 이 시중도, 저도, 형님도 백성을 생각하고 나라를 걱정하는 마음은 다 같은 것이 아닙니까? 다른 것은 놔두고 백성과 나라를 생각하는 마음으로 같이 갑시다. 오늘날 나라가 이 지경이 된 것은 임금의 자리를 간신배들이 도둑질하여 신씨로 하여금 왕통을 잇게 한 데서 비롯된 것이 아니오이까? 간신 이인임이 신씨를 왕씨로 둔갑시켜 임금의 자리를 빼앗아 국정을 농락한 지가 15년이었고, 그것도 모자라 그 아들에게 대를 잇게 하고 있습니다. 이제 아홉 살배기를 앞혀놓고 임금이라 하고 있으니 세상은 나아진 것이 하나도 없습니다.

명나라 황제도 지금 고려의 왕통이 잘못 이어져 왔다고 인정하고 있습니다. 임금의 외조부라는 자는 이것이 밝혀지면 혼란이 올까 봐 공문을 숨겨두고 있다가 이번에 밝혀진 것입니다.

나라의 근본이 서 있지 않은데 어찌 나라가 부강해지기를 바랄 것이며 백성이 평안해지기를 바라겠습니까? 저들은 호시탐탐 권토중래 기회를 엿보고 있습니다. 이 시중 암살 사건 같은 것은 언제든 또 일어날 수 있습니다. 저들은 정적을 제거하기 위해서는 무슨 일이든 벌일 수 있는 무도한 자들입니다.

이번 기회가 수렁에 빠진 이 나라를 구할 수 있는 절호의 기회입니다. 형님, 다른 생각일랑 접어두고 오직 나라와 백성을 생각하는 마음으로 이 기회에 정통성 없는 임금을 갈아치우고 나라를 바로 세워서 우리가 꿈꾸었던 진정 백성이 근본인 나라를 세워봅시다."

정도전은 간곡한 마음으로 정몽주를 설득했다. 정도전이 이렇게까지 하는 이유는 자신이 만들고자 하는 세상에 정몽주와 같은 인재가 꼭 필요해서이기도 했지만, 만약 강직한 그의 성품으로 보아 거절을 한다면 스승과 이숭인에 이어 또 한 명의 절친을 내치는 모진 짓을 해야겠기에 이를 피하고 싶었기 때문이었다.

정도전이 설득하는 동안에 정몽주는 생각했다.

정도전의 말이 틀린 것은 아니었다. 다만 자신이 경계하는 것은 이성계의 야심이 어디까지인지 믿지 못해서였다. 권력이란 야수와 같은 것이어서 처음 출발할 때는 유약해서 겸손하더라도 그것에 세가 붙으면 걷잡을 수 없이 변하는 것이므로 권력을 잡은 이성계가 나중에 다른 마음을 먹지 않을까 하는 염려에서 그를 지지하지 않고 있는 것이었다.

그것은 이성계의 곁에서 그것을 부추기는 정도전에 대한 경계이기도 했다. 그러나 당장의 불의를 보고 나중의 일을 염려하는 것 또한 비겁한 일이라는 생각도 들었다.

'불의를 보고 논하지 않는 것은 군자의 할 짓이 아니다.'

마침내 정몽주는 이성계를 지지하기로 마음을 먹었다. 정몽주는 정도전의 손을 굳게 잡아주었다.

10

성안에 군졸들이 쫙 깔렸다. 사대문에서는 일상으로 오가는 사람들 외에는 출입을 금지했다. 궁궐 내에도 군사들의 순시가 배가되었고 대갓집 사병들의 움직임도 금지되었다. 백성들도 몇 사람만 모이면 여지없이 군사들이 나타나서 헤어지도록 종용받거나 관청으로 끌려가서 문초를 받았다.

경비 병사들이 흥국사에도 겹겹으로 배치되었다. 흥국사는 궁궐에서 벗어나 있는 송악산 기슭에 있는 사찰이다. 태조 때 창건되었고 190년 전 무신정권의 실력자 최충헌의 노복 만적이 난을 일으키고자 했을 때 본거지로 삼은 곳이기도 했다.

정도전은 은밀하게 포섭해둔 재상들을 이곳으로 모이게 했다. 이곳에서 폐가입진(廢假立眞), 즉 신돈의 핏줄을 이은 창왕을 몰아내고 왕씨로 대를 잇기 위한 대책회의를 하기 위해서였다.

미리 연통을 해둔 참석자는 수문하시중 이성계, 판삼사사 심덕부, 찬성사 지용기, 정당문학 설장수, 평리 성석린, 지문하부사 조준, 판사 박위 그리고 정몽주, 정도전 아홉 사람이었다.

벌써 와 있던 사람들은 오늘의 회의 내용이 무엇인지 미리 눈치를 채고 있었기에 잔뜩 긴장해서 농담조차도 삼가고 말들이 없었다. 이윽고 이성계가 맨 마지막에 수십 명 사병의 호위를 받으며 도착했다. 기다리고 있던 재상들은 정도전의 주제로 회의를 시작했다.

"현릉께서 갑자기 승하하신 이후 간적 이인임이 간계를 부려 우를 왕위에 앉혔고, 이제 그 아들 창이 보위를 이어받아서 16년의 세월이 지났소이다. 우와 창은 본시 신돈의 씨를 받고 태어났는데 어찌 왕실의 제사를 받들게 할 수 있겠습니까?

이제 와서 이를 논하는 것은 만시지탄의 일이나 때마침 황제로부터 온 공문에 현릉 이후 신씨가 왕씨로 가탁하여 왕위를 도적질했다고 지적한 사실이 밝혀졌으므로 더 이상 이를 바로잡지 않는다는 것은 신하된 도리가 아니라고 생각되오이다."

정도전은 모임의 목적을 설명했다.

"그렇지. 진작이 바로 세워졌어야 하는 일이오."

"우가 재위하는 동안에 저질러진 패악이 많았으므로 백성들로부터도 환영을 받을 일이오."

"신우가 폐위되었을 때 왕통을 바로 세웠어야 했는데 조민수가 이인임의 간계를 이어받아 자신이 권력을 움켜쥐려고 창을 왕으로 옹립한 것이 잘못된 일이오."

"신우는 자신이 지은 죄가 큰데도 이를 반성함 없이 복위를 꿈꾸며 이시중을 암살하려 하였소. 더는 두고 볼 수 없는 일이오."

모여 있는 재상들은 정도전의 말을 들으며 이구동성으로 창을 폐위시키는 데 찬성하는 의견을 내놓았다.

오늘 회의가 가짜 왕 신 씨를 폐하고 왕 씨의 나라로 복위시키고자 하는 데 목적을 두고 있었으므로 모두는 조정의 실권자이며 회의의 주제자인 이성계의 뜻에 맞는 말을 내놓았다. 그러나 폐위 이후 누구를 왕좌에 올리는가 하는 문제는 그리 간단치가 않았다.

자칫 함부로 말을 했다가는 나중에 무슨 고역을 당할지 모를 일이기에 신중을 기해야 했다. 아니 본인들의 뜻보다는 전적으로 이성계의 의중에 달렸으므로 눈치를 보지 않을 수가 없었다. 이 일의 결론은 아무래도 이성계가 쥐고 있으므로 그가 어떤 인물을 점찍고 있는지에 따라야 하는 일이었다.

"정창군 왕요(王瑤)가 어떨지요? 지난번 우가 폐위되었을 때 후사로 거론된 적이 있었는데 조민수가 간계를 부려 뜻을 이루지 못했습니다만⋯⋯."

정도전이 바람을 잡았다. 이는 사전에 이성계와 충분히 논의해 이미 정해진 일이란 것을 모여 있는 재상 중에 눈치채지 못하는 사람은 아무도 없었다. 모두는 이성계의 얼굴을 바라보았다. 그때까지 회의 진행 상황을 묵묵히 지켜보고 있던 이성계가 입을 열었다.

"정창군 요로 말할 것 같으면 고려 왕실에 몽골의 피가 섞이기 이전의 임금이신 신종의 7대손이오이다. 그의 혈통이 순수한 왕가의 혈통임이 명백하니 그를 새 임금으로 모신다면 왕실의 존엄이 크게 올라가리라 생각되오."

　고려는 원나라의 지배를 받게 되면서 충렬왕 이후 임금은 모두 원나라 황실의 여인을 왕후로 맞아들였다. 따라서 그 후손인 왕들은 고려 왕실의 순수한 혈통이라 할 수 없고 몽골 혈통이 섞였다. 공민왕도 명덕태후 남양 홍씨의 소생이었으나 그 할아버지인 충선왕, 아버지인 충숙왕이 원나라 공주의 소생이었으므로 몽골 혈통을 이은 셈이었다. 그러한 면에서 순수한 고려 왕실의 혈통을 타고난 인물을 고려왕으로 앉히자는 주장은 충분히 명분이 있는 일이었다. 그러나 이성계가 왕요를 후사 임금으로 추천한 실제 이유는 따로 있었다.

　왕요는 종친 중에서 권력에 대한 욕심이 없고 소심하고 줏대 없는 인사로 알려졌었다. 그를 보위에 앉힌다면 이성계 자신이 마음대로 조정을 주무를 수 있으리라는 판단을 했기에 추천한 것이었다. 종친 중에 권력욕이 강하고 심지가 굳은 인물을 왕위에 올린다면 뜻대로 할 수가 없을 뿐 아니라 왕위에 오른 뒤의 일도 기약할 수 없기에 정도전과 함께 진작부터 숙고해서 왕요를 점찍어 두었던 것이다.

　여기서 이성계의 의견은 곧 결정이었다. 이설이 있을 수가 없었다.

　회의에서 정창군 왕요가 만장일치로 새 임금으로 추대되었다. 결정된 내용은 곧바로 대비인 정비에게 보고되었다. 정비 안(安)씨는 승하한 공민왕의 후궁으로 명덕태후 이후 대비의 자리를 잇고 있었으므로 왕실의 제일 어른이었기에 형식적인 재가가 필요했던 것이다.

정비는 교지를 내려주었다.

"우와 창은 본래 신씨인데 그동안 왕씨로 가탁하여 임금의 행세를 해왔다. 이제 뜻있는 충신들이 이를 문제 삼고 나서서 왕통을 바로잡고자 하니 우와 창을 폐하여 서인으로 삼고, 새로운 임금 정창군 왕요에게 500년 대업을 잇게 하라."

이로써 고려 제33대 왕 '창'은 아홉 살에 생각지도 않게 임금의 자리 앉았다가 1년도 못 되어 타의에 의해서 갑자기 쫓겨나 버렸다.

대신들은 어보를 받들고서 정창군의 집을 찾았다. 정창군은 뜻밖의 일을 접하고서 깜짝 놀랐다.
"아니 이게 무슨 일이오? 나는, 나는 임금이 될 생각이 추호도 없는 사람인데 어찌하여 이런 일을 벌였단 말이오?"
정창군은 절을 올리고 있는 이성계에게 다가와 손을 맞잡으며 사양의 의사를 비쳤다.
"전하, 어서 어보를 받으시옵소서. 한 나라의 임금이 된다는 것은 하늘의 뜻이기도 합니다. 부디 용상에 오르셔서 성군이 되시옵소서."
이성계는 정창군의 무릎 앞에 엎드려 공손히 어보를 올렸다.
"나는 평생 먹을 것과 시중들 사람이 풍족하여 어려움이 없는 사람인데 무엇이 부족하여 임금의 자리를 탐하겠소? 이러한 중책은 나에게 가당치가 않소이다. 참으로 어찌할 바를 모르겠구려."
정창군은 거듭 사양을 하다가 억지로 끌리다시피 하여 왕위에 오르게 되었는데 이가 바로 고려의 마지막 왕인 공양왕이었다. 왕요는 1389년

11월 기묘일 수창궁에서 즉위식을 가졌다. 왕요는 왕으로 점지될 때부터 자신의 운명을 예견하고 있었을 것이다. 그러했기에 임금의 자리에 앉는 것을 극구 사양했던 것이 아니겠는가.

공양왕

1
....

공양왕은 즉위식은 무사히 치렀지만, 왕으로서 나라를 이끌어 나갈 자신과 능력이 없었다.

최영과 이성계가 주도하여 임견미, 염흥방 일당을 제거한 무진피화(戊 辰被禍)와 그 후 이성계의 위화도 회군으로 촉발된 최영과의 대립과 격전, 그로 인한 우왕의 폐위와 복위 운동 등으로 피의 숙청이 반복되어온 살벌한 정국을 보아왔기에, 그 결과로 자신에게까지 오게 된 임금의 자리이기에, 이를 지켜나갈 자신이 없었고 불안하기 짝이 없었다. 소용돌이치는 정변 속에서 자신 또한 언제든지 희생양이 될 수 있기에 불안하지 않을 수가 없었다.

공양왕은 우선은 이성계에게 모든 일을 의탁하고 그들이 시키는 대로 고분고분한다면 자리는 유지할 수 있겠다는 생각을 했다. 그러나 이성계의 마음을 어디까지 믿어야 할지 알 수가 없었다.

그를 떠받들고 있는 사대부와 장수들은 이성계를 마치 왕을 대하듯

하고 있다. 이는 그가 언젠가는 임금의 자리도 넘볼 수 있다는 것이기도 했다. 그가 거느리고 있는 수하들을 보면 그럴 가능성이 충분했다.

무엇보다도 자신을 곁에서 충심으로 보좌하는 신하가 없다는 것이 그를 더욱 불안하게 만들었다. 공양왕은 노심초사 근심과 두려움으로 잠을 이루지 못하다가 이성계와 심덕부를 불렀다. 그리고 당부했다.

"내가 본래 덕이 없어서 왕이 되는 것이 두려워 재차 사양하였는데도 뜻대로 되지 못하고 대위(大位)에 오르게 되었소. 부디 경들이 욕되지 않게 일을 잘 도모해주기를 바라오."

임금은 스스로 용상에서 내려와 두 신하의 손을 부여잡고 눈물을 흘리면서 간곡히 부탁했다.

아울러 이성계를 포함한 자신을 보위에 오르게 한 아홉 재상에게 공신 작호를 내리고 포상을 했다.

이성계에게는 충성을 다해 난을 평정하고 나라를 바로잡게 한 공이 크다는 뜻의 '분충정난광복섭리좌명공신(奮忠定難匡復燮理佐命功臣)'이란 공신호(功臣號)와 고향인 함경도 화령군개국충의백(和寧郡開國忠義伯)'으로 임명한다는 작위를 내리고 포상으로 식읍 1,000호, 토지 200결, 노비 20명을 하사했다. 나머지 재상들에게도 충의백(忠義伯) 시호를 내려서 '중흥공신(中興功臣)'이라 칭하고 포상을 했다. 정도전도 공신호와 함께 공신전 100결과 노비 10명을 받았다. 또 임금은 아홉 공신과 함께 종묘에 가서 서약식을 치렀다.

"이성계를 비롯한 아홉 공신의 공을 비석에 새기어 쎄게토록 선조의 묘에 간수할 것을 맹세합니다. 비록 아홉 공신의 자손이 왕가에 반역하는 죄를 범하여도 그 작록을 삭감하지 않고 후계자를 구하여 작위를 승계케 하고 제사를 받들어서 대를 잇게 함으로써 공에 보답하겠습니다."

공양왕은 '중흥공신'의 마음을 사려고 그들을 최상의 예로써 대우했다. 그러나 다른 한편으로 안심이 되지 않는 것이 또 있었다. 그것은 이성계 일파에 의해서 밀려난 권문세가, 구세력을 어떻게 다룰 것인가 하는 고민이었다.

우왕 부자가 왕가의 혈통이 아니라고 하여 자리에서 쫓겨나긴 했지만 지난 16년간은 이 나라는 그들의 나라였다. 이 나라의 고관대작들이 모두 우와 창의 은혜를 입어왔는데 하루아침에 그를 배신할 리가 없었다. 지금은 구세력들이 이성계의 세에 밀려서 잠시 힘을 잃고 있을 뿐이다. 이번 이성계 암살 사건도 구세력들이 이성계의 세력에 대항해서 벌인 일이 아니던가? 언제 또 이와 유사한 일이 벌어지지 않으리라고 장담할 수 없는 일이었다.

만약 그러한 일이 성공해서 구세력이 복귀하는 일이 벌어진다면 지금 우와 창이 겪고 있는 일을 자신도 겪지 않으리라고는 할 수 없는 일이었다. 소심하고 겁 많은 공양왕에게는 이성계에 대한 두려움 못지않게 구세력의 반발 또한 크나큰 걱정거리가 아닐 수 없었다.

공양왕은 구세력을 이끌고 있는 이색과 우현보를 껴안고 가기로 했다. 우현보의 가문은 단양 우씨, 뿌리 깊은 명문가여서 중앙은 물론이고 지방에까지 영향력이 컸다. 무엇보다도 공양왕은 우현보와는 사돈 간이 되는 사이였기에 그를 믿을 수가 있었다. 우현보의 손자 우성범이 바로 공양왕의 둘째 사위였던 것이다.

이색은 두말하기 어려운 이 나라 최고의 학자이며 유종으로 예우를 받고 있는 사람이다. 조정 관료와 백성들 중 많은 사람이 그를 존경하며 따르고 있다. 이성계 측의 젊은 사대부 중에도 그의 가르침을 받은 제자가 많고 이성계조차도 비록 정적이지만 그 명성을 존경하여 그에게 예를 갖추어 대하고 있다.

공양왕은 은밀히 이색이 칩거하고 있는 장단현으로 사람을 보내 궁궐로 들게 했다. 전갈을 받은 이색은 새 임금의 즉위를 축하한다는 명목으로 새 옷으로 갈아입고 입궐하여 임금을 배알했다.

"전하, 보위에 오르시게 된 것을 하례 드리옵니다."

이색의 얼굴에는 이미 쫓겨나간 우, 창 부자에 대한 미련이나 동정은 없었다. 이색은 고개를 푹 수그려 축하 인사를 올렸다.

"어서 오시오, 목은 대감. 초야에 묻혀 지내느라 얼마나 적적하였소. 내 그대를 기다리고 있었소이다."

임금은 반가이 맞았다.

"성은이 하해와 같사옵니다."

"과인이 늘 한가하게 지내다가 오늘날 뜻하지 않게 이 자리에 오르게 되었소. 과인에게 여러 가지 부족한 점이 많으니 경은 하루속히 관직에 복귀하여 나를 돕도록 하시오."

공양왕은 이성계에게 한 것처럼 이색에게도 간곡히 부탁했다. 이색은 이를 감읍하여 받아들였다.

. . . .

공양왕은 이색을 재등용하기로 밀약한 후 개각을 단행했다. 개각을 단행하기에 앞서 임금은 먼저 이성계를 불러 관직의 최고 자리인 문하시중 자리를 제의하면서 개각에 포함시킬 인사들의 명단을 추천하게 했다.

이성계는 자신의 자리는 기꺼이 사양했다. 문하시중 자리에는 심덕부를 추천했고 또 다른 자리에는 공양왕 옹립에 앞장을 섰던 인사들을 추천했다. 정몽주, 설장수, 성석린, 지용기, 박위, 조준 등의 인사를 추천했고 정도전은 삼사우사(三司右使)[15]로 옮기게 했다. 그러나 그 자신은 여전히 수문하시중으로 머물기를 원했다. 이성계는 조정의 권력이 이미 손안에 들어와 있는 마당에 구태여 벼슬자리까지 높여서 남들의 눈총을 받고 싶지가 않았다.

임금은 이성계가 추천한 인사들을 모두 앉혔다.

하지만 임금은 이성계가 예상치 못한 인사도 개각 명단에 포함시켜서 교지를 발표했다.

이색을 판문하부사로, 변안열을 영삼사사로, 왕안덕을 판삼사사로 그리고 사돈인 우현보를 삼사좌사로 포함하여 발표한 것이었다. 이들이 개각 인사에 포함된 것은 대단히 파격적인 것이었다.

공양왕이 이들을 중용한 것은 이성계 측 인사들의 독주를 막으려는 조치였는데 이성계 측에서는 이들 인사가 개각에 포함되리라고는 전혀 예상하지 못한 일이었다.

이성계를 지원하는 신진사대부들은 고려 사회의 주류 계층에서 소외

....

15) 국가의 재정을 담당하는 정2품 벼슬.

되었던 인사들이 대부분이었는데 이들은 고려가 겪고 있는 여러 문제가 주류 인사들이 누리는 기득권 때문이라 생각하고 이를 개혁하고자 하는 반면, 명문가 출신이 대종을 이루고 있는 구세력은 그동안 정치·경제·사회적으로 안정적인 혜택을 누려온 계층이었으므로 자신들이 향유하는 기득권을 빼앗기지 않으려면 필사적으로 개혁 세력에 맞서야 했기에 서로 간의 충돌은 피할 수 없게 되어 있었다. 구세력을 대표하는 인사들이 바로 이색, 우현보, 왕안덕, 이림 등이었다.

조정 내에 기반이 없는 공양왕으로서는 이 두 세력을 조정에 섞어놓고 상호 대립하게 하여 자신은 유리한 쪽의 편을 든다면 임금의 자리도 보존할 수 있고 또 입지도 강화할 수 있으리라고 생각했기에 묘수를 짠 것이었다. 어느 편도 자신에게는 부담이 되는 세력이었으므로 부득이 양쪽을 다 안고 가고자 하는 고육지책인 셈이기도 했다.

공양왕은 인사 개편과 함께 우와 창을 유배 보냈다. 창은 강화부로 유배를 보냈고 우는 황려부(경기도 여주)에서 강릉으로 이배했다.

그리고 황제가 고려 조정에 보낸 공문에 "우와 창이 왕씨가 아니다."라고 했는데도 이를 숨기고 공표를 하지 않은 이림에게도 책임을 물어서 함께 귀양을 보냈다. 이로써 공양왕은 '가짜 왕 신씨'의 일을 일단락 지었다.

3

공양왕의 개각 인사에 이색 등 구세력 인사들이 중용된 것은 당연히 이성계 진영에 불만을 가져왔다. 개각 교서가 발표되자 임금에 대한 비난의 목소리가 높았다.

"흥, 전하께서 뭔가 착각하고 있는 모양이야. 우리가 밀어서 임금의 자리에 앉게 된 것을 모를 리가 없을 텐데……"

"임금 자리에 오르더니 마음이 바뀌었나 보지? 은혜도 모르고."

"이색과 변안열, 우현보 이자들은 벌을 받아 파직되어 근신하는 자들인데 불러서 벼슬을 주다니, 전하가 지금 누구 편을 드는 것인지 모르겠네? 세상이 또 한 번 바뀌어야 하는가?"

임금에 대해 할 소리가 아니었다. 이성계의 측근들은 위세를 믿고 함부로 말을 해댔다. 그만큼 인사로 인해 임금에게 섭섭한 마음이 컸던 것이다.

유약하고 줏대가 없다고 생각해서 허울뿐인 왕으로 앉혀놓고 이쪽의 뜻대로 정사를 주무르려 했는데 정작 왕위에 앉아서 인사를 하는 것을 보니 그렇지가 않은 것이었다.

개각 소식은 이방원도 전해 들었다. 그는 격한 성격을 참지 못하고 씩씩거리면서 단걸음에 아버지 이성계의 집으로 달려갔다.

"삼봉 대감과 함께 말씀을 나누고 계십니다."

집 안을 들어서자 종자가 일러주었다. 안방으로 들어서니 이성계가 정도전과 이야기를 나누고 있었다.

"아버님, 이게 말이 되는 인사이옵니까? 전하께서 무슨 마음으로 신씨의 신하를 내치지 않고 저렇듯 중용을 하시는 것입니까?"

"그렇지 않아도 그 일 때문에 내가 아버님과 의논 중이네. 방원 공도 여기 앉아서 이야기를 들어보게나."

정도전이 자신의 옆자리를 내주면서 이야기를 계속했다.

"이 일은 절대 그냥 넘어가서는 아니 됩니다. 저들은 우왕을 복위시키려 하면서 시중 대감의 목숨을 노렸던 사건에 연루되었던 자들인데 벌을 받기는커녕 오히려 조정의 중신으로 재기용되었으니 잘못되어도 크게 잘못된 인사입니다."

"임금을 잘못 앉혔습니다. 우리가 생각했던 것처럼 녹녹치가 않습니다."

이방원이 흥분을 가라앉히지 못하고 참견했다.

"우리는 당초 정창군이 유약하여 자기 앞가림도 제대로 못 할 것이라고 여겨서 왕위에 앉혔습니다. 그러나 생각보다 그는 자기 계산이 빠른 사람입니다."

"자기 계산이 빠르다고?"

듣고 있던 이성계가 반문했다.

"정창군은 우리와 구세력 사이에서 눈치를 보는 것입니다. 그는 자리 유지가 급급한 사람입니다. 조정에 우리와 구세력 인사를 같이 기용함으로써 서로를 견제하게 하고 자신은 양다리를 걸치고서 어느 편을 들어야 유리한지를 계산하면서 왕의 자리를 지켜나가고자 하는 것입니다."

"우리는 개혁을 하자는 편이고 저쪽은 구법을 지키자는 편인데 그렇다면 대립이 불가피한 것이 아니오?"

"개혁과 보수 양측을 섞어놓아 서로 견제를 시키겠다는 생각이겠지요. 그것은 우리에게 대단히 위험한 일입니다. 이는 결과적으로 임금이 자신의 권한을 강화하겠다는 속셈입니다. 정창군은 성품으로 보아 원래 개혁을 반대하는 쪽입니다. 만약 임금이 구세력과 손을 잡게 놔둔다면 언젠가는 기회를 엿보아 우리를 내칠 수도 있습니다."

"그렇다면 저대로 두고 보아서는 안 되는 것이 아닙니까? 손을 잡기 전에 무슨 대처를 해야 하지 않겠습니까? 임금을 자리에서 끌어내리고 차라리 아버님이……"

이방원이 급한 성격을 참지 못했다.

"그건 아니 되네."

정도전이 이방원의 말을 잘라 말했다.

"그리하면 크나큰 저항을 받게 될 것일세. 아직 시간이 필요하네. 우리는 백성을 위한 정책을 펴면서 민심이 우리 편으로 기울기를 기다려야 하는데 지금은 우리가 잠시 득세를 하였다뿐이지 무엇 하나 백성을 위한 것을 해주지 못하고 있네.

백성의 먹고사는 문제인 전제 개혁도 지지부진한데 지금 이 시중께서 보위에 오르시면 찬탈했다고 민심이 등을 돌릴 것이 뻔한 일이지 않은가. 그뿐만 아니라 아직은 구세력의 저항도 만만치 않네."

"개혁을 반대하는 자들은 모두 신씨의 그늘에서 은혜를 입어왔던 자들입니다. 그들이 다시 복원한 왕씨의 정권에서 요직을 차지한다는 것은 말이 되지 않습니다."

정도전은 방원에게 말을 하다가 이성계에게 말머리를 돌려 말했다.

"이색, 우현보, 변안열, 왕안덕 모두 그러한 자들이지요……"

이성계도 정도전의 말에 동조했다.

"그자들은 겉으로는 두 왕을 섬기지 않는다고 하면서도 우가 현릉의 친아들이 아님에도 이인임의 눈치를 보며 우를 왕으로 앉히고 그에 붙어서 호사를 누렸고, 또 회군 이후 우를 폐하고 신왕을 세우고자 할 때도 그전의 잘못에 대한 뉘우침도 없이 조민수와 더불어 우의 아들 창으로 하여금 후사를 잇게 했습니다.

그런데 이번에 지난날의 잘못을 고치고 새 임금으로 왕씨로 맞이한 마당에 그들은 낯빛 하나 변하지 않고 새 임금에게서 벼슬을 받고 신하되기를 자청하고 있습니다. 그들의 행적은 왕씨에서 보나 신씨에서 보나 모두 역적이온데 어찌 이들과 조정 일을 함께 논한단 말입니까? 저들은 입으로는 그럴듯하게 말을 하고 있으나 마음속으로는 두 마음을 먹고 있는 사악한 자들입니다."

정도전의 말은 거침이 없었다

"이들은 또한 아버님의 목숨을 노렸던 김저의 입에 오르내렸던 자들입니다. 비록 김저의 일당이 죽어서 더 이상 추궁하기 어려워 벼슬을 그만두게 하는 데 그쳤지만, 이들을 심문하여 죄상을 낱낱이 밝혀야 하는 자들입니다."

이방원이 정도전의 의견을 거들었다.

"삼봉은 목은의 제자가 아니었소?"

이야기를 듣고 있던 이성계가 정도전의 말을 잠시 끊으며 정도전이 이색의 문하에서 배웠던 인연을 상기시켰다. 이성계는 제자인 삼봉의 입장에서 아무리 정적으로 갈라서긴 했지만, 스승인데 감히 벌을 주자고 말할 용기가 있느냐는 뜻으로 물은 것이었다. 그것은 이색을 탄핵해도 원망이 없겠느냐는 다짐이기도 했다.

"대의멸친입니다. 스승과 제자였던 인연으로 봐서는 할 수 없는 일이긴 하나 나라와 백성을 구하려는 마음에서는 어쩔 수 없는 일입니다. 목은 스승님은 학문으로는 큰 존경을 받는 분입니다. 그러나 그분은 학문의 깊은 뜻을 실천에 옮기지 않고 자신의 이득을 위하여 이용하고 있습니다. 그분은 학문을 이용하여 높은 벼슬에 올랐으나 그 명성을 자신의 자리를 유지하려는 데 이용하고 있습니다.

관리가 마땅히 해야 할 일을 하지 않고 자신의 이익되는 일을 돌보는 것은 재물을 탐하여 국사를 그르치는 탐관오리와 다를 바가 없습니다.

전제 개혁이 부진한 것도 목은과 같은 구신들이 자신들이 가지고 있는 재산을 잃을까 봐 반대하기 때문입니다. 또한, 신씨와 왕씨 사이를 오가면서 벼슬을 하여 스승님은 이미 정도를 잃은 행동을 보였습니다. 그분에게서는 대의를 찾을 수가 없습니다. 소신은 대의멸친(大義滅親), 대의를 위해서 과감히 스승과의 인연을 끊으려 합니다."

정도전의 말은 당당했다. 이성계는 정도전의 태도로 보아 그의 마음은 이미 굳어 있다고 생각했다.

"대의멸친이라!"

이성계는 정도전의 말을 의미심장하게 여겼다.

우·창,
부자 임금의 운명

1

이색을 탄핵하는 상소가 올라왔다. 간관 오사충, 조박이 상소문을 지어 올렸으나 이들은 정도전의 지시를 받았던 것이었다.

"판문하부사 이색은 현릉(공민왕)을 섬기는 동안 유학의 종주로서 재상의 지위에까지 올랐습니다. 현릉이 후사를 두지 못하고 갑자기 승하하시자 간신 이인임이 탐욕에 눈이 어두워 어린 신돈의 자식을 현릉의 자식이라 속여 왕으로 세우고 권력을 농단하였는데 이때 이색은 이인임의 편에 붙어서 온갖 호사를 누려왔고 그 세월이 15년이나 흘렀습니다. 이색이 다른 마음이 없었다면 어찌 500년 가까이 이어온 왕통을 저버리고 신씨에게 충성을 하였겠습니까?
회군 이후 장수들이 앞서서 신우를 폐하고 다시 왕씨의 나라로 되돌리려 하자 이번에는 난적 조민수에게 붙어서 신우의 아들 창에게 왕위를 물려주는 것이 정당하다고 하였습니다.
이제 뜻있는 신하들이 우와 창이 신씨라는 것을 밝혀내고 천하께서 즉위하시게 되자 그는 공공연히 나타나서 판문하부사라는 높은 벼

술을 받고는 컷날의 죄에 대하여는 한 점도 부끄러워하지 않고 있나이다. 또 이색의 아들 이종학은 '아비의 공으로 창이 왕의 자리를 승계할 수 있었다'고 자랑하고 다녔으며, 조민수는 컷날 창이 왕위를 이을 때 이색의 지원을 받아서 일을 주도하였으므로 이들 모두의 죄는 같은 것입니다. 이들 모두를 엄히 벌하시어 후세에 신하의 몸으로 불충을 하려는 자에게 훈계가 되게 하옵소서."

상소에 대해서 임금은 아무런 답을 내려주지 않았다. 이성계 진영에서는 이 일로 대책회의를 열었다.

"전하께서 상소를 받고도 아무런 조치를 취하지 않고 있는 것은 문제가 있소."

"이색은 왕씨의 나라를 배반하고 거짓 혀를 놀려서 신씨가 왕이 되는 것을 도운 자요."

"현릉 이후 신씨에게 도둑맞았던 왕위를 바로 세운다는 명분으로 지금의 임금을 맞았는데 전하가 신씨 시대의 구신들을 감싼다는 것은 말이 되지 않소이다. 아무리 전하께서 나라의 원로라고 함부로 대할 수가 없다고 하시지만, 이는 명분이 서지 않는 일이오."

또다시 이색을 비롯하여 우와 창을 지지했던 신하들에 대한 성토와 임금에 대한 불만이 들끓었다. 상소를 계속하기로 했다. 이색뿐만이 아니라 우현보, 변안열, 왕안덕 등 '김저 사건'과 관련해서 이름이 오르내렸던 인사를 모두 탄핵하자는 데 의견이 모아졌다.

오사충이 이색에 대해서 다시 탄핵을 했다. 공양왕은 그제야 이색 부자를 파직했다. 그러나 이성계의 개혁파 인사들은 그에 만족하지 않고 계속 극형에 처하라고 탄원하는 한편 변안열, 우현보, 왕안덕에 대해서도 탄핵 상소문을 올렸다.

"김저의 사건이 났을 때 우현보와 변안열, 왕안덕의 이름도 토설이 되었는데 어찌 이들에 대해서는 아무런 말씀이 없으시옵니까? 이색 부자에 대해서도 벌이 부족합니다. 조민수 또한 신창을 옹립한 죄가 크니 함께 벌하소서."

낭사(郎舍)의 간원이 대궐 문 앞에까지 가서 엎드려 왕의 답을 구했다. 임금은 어쩔 수 없이 환관을 시켜서 비답을 내려보냈다.

"이색과 조민수가 협력해서 역적의 아들 창을 임금으로 앉힌 죄가 크고 이색의 아들 이종학은 아버지가 한 일에 대해서 자랑을 하고 다녔으므로 그 죄 또한 묻지 않을 수 없다. 이색은 장단현으로, 그 아들 이종학은 순천으로 유배 조치하고 조민수 또한 사면을 거두고 창녕으로 유배를 보내도록 하라. 변안열 또한 김저가 살아 있을 때 '변안열과 만나서 우의 복위를 논했다.'고 토설한 바 있으니 한양으로 유배하라. 그러나 우현보와 왕안덕에 대해서는 김저가 이미 죽었고 별다른 증좌가 없으므로 더 이상 죄를 묻지 않는 것이 좋을 듯하다."

공양왕은 이색 부자의 문제를 파직하는 선에서 수습하고 일을 덮고자 했으나 어쩔 수가 없었다. 이색 부자를 귀양 보내는 것과 같이 탄핵에 거명된 자들도 귀양을 보냈다. 조민수에 대해서도 창왕이 그의 덕에 임금의 자리에 앉을 수 있었기에 사면해주었는데 탄핵의 소가 빗발치므로 다시 유배를 보내지 않을 수가 없었다.

변안열은 한양으로 유배된 지 얼마 되지 않아 국문을 받다가 죽었다. 그러나 공양왕은 우현보와 왕안덕에 대해서는 끝내 벌을 주지 않고 감싸고돌았다.

이를 두고 이성계 측에서는 그 정도로 벌을 주는 것으로는 부족하다고 불평을 털어놓았다. 그중에서도 정도전이 가장 불만이 많았다. 그가 불만이 큰 것은 우현보가 벌을 받지 않은 데에 대한 것이었다.

"김저의 토설에 우현보와 우홍수의 이름도 같이 나왔거늘 같은 죄를 지었는데도 전하께서는 왜 그들에 대해서는 벌하지 않는 것인가? 우현보의 손자가 전하의 사위라고 그냥 넘어가시려 하는 것인가?"

정도전에게는 담양 우씨 가문에 양녀로 들어간 모친이 종의 피를 받았다고 우현보의 가문으로부터 멸시를 받아온 것을 생각하면 우현보 가문에 대한 미움은 끝이 없을 정도였다. 그들에게서 받은 설움은 부친 정운경이 벼슬길에 들어와서도 그치지 않았고 자신에게까지 대를 이어 왔기에 그 미움의 정도는 원한에 가까웠다. 그런데도 극형을 받을 역모죄를 저지른 그들 부자가 임금과 인척이라는 이유로 벌을 피해 나간다고 생각하니 정도전은 분해서 미칠 지경이었다.

'우현보, 홍수 부자는 오늘의 일을 다행이라 생각 말라. 내 생전에 너희가 내 앞에서 살려달라고 애걸하는 모습을 기어이 보고 말 것이다.'

정도전은 치밀어 오르는 화를 가까스로 참아냈다.

이번에는 좌상시 윤소종이 상소를 올렸다.

"우현보, 왕안덕, 홍영통, 우인열, 정희계가 신우를 맞아 다시 왕으로 세우기로 한 것이 김저의 진술로 이미 드러난 일인데 어찌 이들의 죄를 묻지 않으시는지요? 이들은 왕씨의 신하들과는 불공대천의 원수들이옵니다. 이들도 극형으로 다스리고 가산을 적몰하소서."

임금이 답이 없자 윤소종은 간관들과 함께 궐문 앞에 엎드려서 시위를 했다. 임금은 견디다 못해 이성계를 불렀다.

"지금 저들이 나의 비답을 듣고자 저렇듯 떼쓰듯이 하고 있으니 이것을 어떻게 해야 좋을지 모르겠소."

임금은 신하인 이성계를 앞혀놓고 답답한 마음을 토로하며 사정하듯 말했다.

"그 답은 전하께서 쥐고 계시는 것이 아니옵니까? 무릇 상벌은 공평해야 하는 법입니다. 공이 있는 자는 비록 벼슬이 가볍다 해도 그 공에 합당하게 상을 내려야 하며, 벌을 주어야 할 자는 아무리 벼슬이 높다 해도 죄에 상응하는 값을 치르게 해야 하는데, 지금 전하께서는 죄 있는 자에 대해서 사사로운 정에 얽매여 그 죄를 덮고자 하시니 대간들이 저렇듯 야단을 떠는 것입니다. 신하들의 마음이 대간들과 다르지 않고 죄인들의 역모는 이 나라 사람이라면 모르는 이가 없는데 어찌 전하께서는 대간들만 심하다고 하시는지요?"

이성계는 임금의 사정을 들으려 하지 않았다. 오히려 임금의 탓으로 돌렸다.

"내 일찍이 부덕하여 임금의 자리를 사양하다가 경을 포함한 공신들의 권(勸)에 못 이겨 이 자리에 올랐소. 그런데 나에게 이런 시련을 주다니 참으로 내 부덕을 탓할 수밖에 없구려. 경은 부디 나를 좀 도와주시오."

이성계 앞에서 임금의 권위란 찾아볼 수가 없었다. 이성계에 의해 왕위에 앉은 임금으로서는 이성계가 오히려 두려운 존재인 것이다.

자신이 옛 신하들을 싸고도는 것은 그들이 이성계의 세력을 견제하고 그럼으로써 왕의 자리를 온전히 지켜나가리라는 생각을 해서였는데 역부족이라 하지 않을 수 없었다.

임금은 교지를 발표했다.

"가짜 왕 신씨 일파에 의해 저질러진 신우 복위 사건은 이 나라가 왕씨의 나라라는 것을 망각한 역신들이 저지른 소행임이 여러 신하들의 간쟁으로 밝혀졌다. 이에 죄인 홍영통, 우인열, 왕안덕, 정희계에 대하여는 삭탈관직하고 유배형에 처하도록 하라. 그리고 이와 같은 일의 정점에는 우·창 부자가 있다. 이들은 현재 강화와 강릉에 각 유배되어 있으나, 이것으로 그 죗값을 치르게 하기는 부족하다. 이들이 살아 있는 한 이러한 일은 또다시 일어날 수 있는 일이므로 이들 부자에 대해서도 참수를 명하노라."

교지는 임금과 이성계가 합의한 것과 사뭇 다른 내용이었다. 이성계는 당초 우왕 복위를 논의한 역신들에 대해 중죄를 주자고 했는데 임금이 우, 창 부자가 일의 근원이라고 주장하면서 합의한 내용에다 두 부자를 죽여야 한다고 덧붙였던 것이다.

공양왕이 우와 창 부자를 이참에 죽이고자 한 것은 그들이 살아 있으면 우, 창 시대에 은혜를 입은 무리들이 그들을 등에 업고 언제 또 다른 역모를 꾸밀지도 모른다는 우려에서였다. 우와 창이 왕씨가 아닌 신씨라는 주장은 이성계를 지지하는 세력들이 회군 이후 자신들이 권력을 거머줘기 위해 내세운 명분에 불과한 것이고 이성계를 반대하는 인사들은 우와 창이 여전히 공민왕의 자식이라 믿고 지지하고 있다는 것을 공양왕이 모를 리가 없었다.

이색은 조민수가 누구를 왕으로 세우는 것이 좋겠냐고 물었을 때 의당 물러나는 왕의 아들을 세워야 한다고 하면서 "현릉(공민왕)이 우를 자신의 아들로 인정하고 궁궐로 데려와 키웠으니 이를 어찌 왕씨라 하지 않을 수 있겠느냐."라고 했고, 길재(吉再)와 같은 대가 곧은 젊은 선비도 공양왕이 즉위하자마자 곧바로 벼슬을 버리고 낙향해버린 것은 다 같은 맥락이었다.

그들의 눈으로 보면 공양왕이 비록 이성계 세력에 의해서 떠밀려서 왕위에 오르게 되었다 하더라도 그것은 임금의 자리를 찬탈한 것이고 역적이 되는 것이었다. 공양왕으로서는 이성계의 세도 겁이 났지만, 우와 창을 동정하는 세력 또한 무시할 수 없는 위협적인 존재였으므로 이참에 우환거리로 남아 있는 우, 창을 죽임으로써 그 근원을 없애고자 한 것이었다. 이성계는 공양왕이 우, 창 부자를 죽이고자 했을 때 반대를 했다.

"이미 우를 강릉 땅으로 유배하였고 명나라에도 고했는데 어찌 말을 바꾸겠습니까? 또한, 신들이 있는데 우가 반란을 일으키려 한들 무엇이 걱정이겠습니까?"

"아니오. 우는 재위 시절 학정을 저질러 백성으로부터 많은 원성을 샀고 또 무고한 사람들을 많이 죽였으니, 그 죗값을 받아야 하오. 그 아들 또한 역적의 자식이니 같이 죽여서 후환을 없애야 하오."

왕은 이성계의 말을 듣지 않았다. 기어이 두 사람을 죽여야 한다고 고집을 꺾지 않았다. 공양왕은 정당문학 서균형을 '우'가 유배된 강릉으로 보내고 예문관대제학 유구를 '창'이 안치되어 있는 강화로 보내서 이들을 참수했다.

혼인

1
....

신우 복위 사건은 우와 창 부자가 참수되고 관련된 신하들이 숙청됨으로써 일단락되었다. 한 시대를 풍미하던 내로라하던 인사들이 힘 한 번 써보지 못하고 제거된 것이었다.

불과 1년여 전까지만 해도 세상은 그들의 것이었고 그들의 권세는 영원할 것 같았다. 그러나 회군을 계기로 이들은 급격하게 나락으로 떨어져 버렸다. 지난 세월 이들과 관계를 맺어온 인척과 패거리가 전국 도처에 뿌리를 내리고 세상을 주물렀으나 이제는 간담을 쓸어내리면서 숨도 제대로 쉬지 못하는 세상으로 변해버린 것이었다.

이들이 제거됨으로써 개혁은 급물살을 탔다. 그동안 반대 세력의 강력한 저항에 부딪혀 불씨가 죽어가던 전제 개혁부터 활기를 띠었다.

외적의 잦은 침입으로 백성이 살기가 어려운 북방과 해안 지방을 제외한 6도에 대한 양전(量田) 사업이 본격적으로 실시되었다.

양전 사업이란 소유가 불분명하거나 지주들이 탈점하고 있던 토지를 환수해서 국유대장에 등록하는 토지조사 사업이었다. 이로써 토지는 국가 소유임을 명확히 할 수 있었고 또 이를 전민에게 나누어 줄 수 있게 되었다.

개혁은 토지제도뿐만 아니라 정책 전반에 걸쳐서 시행되었다. 개혁의 일환으로 경연(經筵)제도를 부활시켰다.

경연은 임금과 신하가 함께 참석해서 경서를 읽고 강론하면서 정치적 소양을 쌓고 또 중요한 정책을 결정하는 제도인데 중국 한나라 시대부터 유래했다. 고려 시대에는 학문을 좋아했던 예종이 궁중에 청연각(淸讌閣)을 설치해놓고 아침저녁으로 선비들과 경서를 토론하기 시작하면서 제도화되어 이어져 왔는데 우왕 대에 들어서 왕이 주색과 놀이에 빠지면서 신하들의 소리를 귀찮아하여 이를 그만두게 했던 것이다.

공양왕은 건의를 받아들여서 경연관(經筵官)[16]을 두게 하고 심덕부와 이성계를 영경연사(領經筵事)[17] 정몽주와 정도전을 지경연사(知經筵事)[18]로 삼았다. 경연에서는 여러 가지 문제가 토의되었다.

임금이 경연자리에서 정몽주에게 『정관정요(貞觀政要)』의 서문을 강독하도록 명하자 강독관 윤소종이 나서서 이의를 걸었다.

"전하께서는 중흥(中興)하셨으니 이제삼왕(二帝三王)의 법을 따라야지 당태종을 배워서는 아니 되옵니다. 『대학연의(大學衍義)』[19]를 읽으시어 제왕

....

16) 경연에 참여하는 벼슬. 주로 학문과 덕망이 높은 문관이 겸임한다.

17) 경연의 으뜸 벼슬.

18) 영경연사의 바로 아래 벼슬.

19) 중국 송나라의 진덕수가 『대학』의 세 강령과 여덟 조목을 부연한 경서(經書)로 43권으로 되어 있는데, 수신제가(修身齊家)를 역설했다.

의 도리를 넓히셔야 하옵니다."

이제(二帝)는 요순 두 황제를 말하고 삼왕(三王)은 은나라 탕왕과 주나라 문·무왕 부자를 뜻한다.

윤소종은 태평성대를 이룬 이제와 폭군을 몰아내고 왕에 올라 덕으로 어진 정치를 펼친 삼왕을 배워야지, 혈육 간에 피의 투쟁을 벌여 황제의 자리를 탈취하고 주변 국가를 힘으로 제압하는 등 폭군의 정치를 펼친 당 태종을 배워서는 안 된다는 뜻으로 말한 것이었다.

『대학연의(大學衍義)』는 옛 성현의 말씀을 따르고 어진 정치를 펼치는 임금의 덕목을 기록한 송나라 대학자 진덕수가 저술한 책을 말하며 수신제가(修身齊家)와 치국(治國)의 도(道)를 내용으로 하고 있다.

호랑이를 잡아 임금에게 바치는 자가 있었는데, 이 일이 경연 자리에서 논해졌다. 정도전이 나서서 말했다.

"각 도에서 나라에 바치는 공물은 정해져 있는데, 이것이 아니면 마땅히 물리쳐야 합니다. 그렇게 못한다면 공부(公府)에 넘겨서 나라의 경비로 쓰게 해야 합니다. 큰 호랑이라면 수십 명이 메고 오는 번거로운 폐단이 있사오니 제사상에도 오르지 못할 고기를 뭣 하러 받으시려는지요? 물리치오소서."

임금은 어쩔 수 없이 뜻을 받아들여 호랑이를 공부에 넘기게 했다. 또 임금이 불교에 빠져서 승려 찬영을 왕사로 맞아들이려 했는데 정몽주는 임금이 경연에 참석하자 이에 대해서도 진언을 했다.

"유자(儒者)의 도(道)는 음식을 먹고 남녀가 같이 생활하는 것과 같이 일상적인 것에서 이치를 찾는 것이며, 요순의 도 또한 거기에서 벗어나지 않습니다. 그러나 불씨(佛)의 교(敎)는 남녀 사이의 혼인을 끊고 부모와 자식을 버리고 출가를 해야 도를 얻는다고 하니 이를 어찌 보통의 도라 하겠습니까?"

경연 자리에서 임금이 뜻하는 바는 모두 제동이 걸려 제대로 반영되는 것이 없었다. 그러나 개혁 의제에 대해서는 방해를 놓던 구신들이 제거되었으므로 뜻한 바대로 일사천리였다. 임금은 경연을 거듭할수록 무력감을 느꼈다.

'저들이 정녕 나를 꼭두각시로 만들어놓고 자신들의 뜻한 바대로 국정을 주무르려 하는구나! 저들이 하는 것을 보면 임금인 나는 안중에도 없고 이성계에게만 온통 관심이 쏠려 있으니 이 일을 어이해야 할꼬?'

소심한 임금은 이대로 가다가는 언젠가 임금의 자리를 이성계에게 빼앗길지도 모른다는 생각이 들어 불안했다. 특히 이성계의 복심을 자처하는 정도전이 우왕 복위 사건에 대해 우현보와 우홍수의 죄를 묻지 않은 이유에 대해서 묻고 따질 때는 진땀이 날 지경이었다.

'아, 정말로 임금의 자리를 유지한다는 것이 이렇듯 힘이 든단 말인가? 이럴 때 이색과 같은 명재상이 있었으면 저들이 저토록 제 세상 만난 듯 설치지는 못할 텐데……'

공양왕은 자신의 주변에 믿을 만한 신하가 없음을 한탄했다. 이대로 가다가는 목숨조차도 부지하기가 어려울지 모른다는 위기감마저 들었다.

2

한밤중이었다. 왕은 침전에 들어서도 잠을 이루지 못했다.

궁중은 사위가 조용했다. 간혹 숙위하는 군사들이 움직이는 동태가 어른거리긴 했으나 무척 조심스러웠다. 멀리 송악산에서 들려오는 산짐승의 소리만 간간이 들려올 뿐이었다.

공양왕의 귀는 조용한 기척과 아련히 들려오는 짐승의 소리에도 예민해서 잠이 깨곤 했다. 아니 잠이 깬 것이 아니라 그때까지 뒤척이면서 잠을 이루지 못했던 것이다.

"전하, 잠이 오지 않으시옵니까? 걱정이 많으신 듯하옵니다."

곁에서 잠을 청하던 순비(順妃) 노씨가 같이 잠이 깨어 근심스럽게 물었다.

"왕비가 나 때문에 잠을 깨었구려. 앞일이 근심되어 잠이 잘 오지가 않는구려."

"나라의 일이 원래 근심이 많은 법인데 전하께서 이렇듯 잠을 못 이루고 계시니 큰일이옵니다. 소첩이 들어서 혹 도움이라도 될 수 있을는지요?"

"허허, 내가 공연히 왕비에게까지 걱정을 끼쳐드리는 것 같구려. 내가 말할 바는 못 되나 실은 이 시중이 마음에 걸려서 이렇듯 잠을 못 이루고 있소이다."

왕은 자신이 마음에 담고 있던 것을 소상히 왕비에게 이야기했다. 임금의 이야기를 듣고 난 왕비는 잠시 생각했다. 그리고는 말했다.

"이 시중과 인척 관계를 맺어보는 것이 어떠실는지요?"

순비는 조심스럽게 물었다.

"이 시중과 인척을 맺어요?"

뜻밖의 제안이었으나 참으로 무릎을 칠 묘안이었다.

"태조 대왕께서는 각지의 호족과 혼맥을 맺어 국초에 나라를 안정시키지 않으셨습니까? 어려울 때 믿을 수 있는 사람이 피붙이밖에 더 있겠습니까? 이 시중과도 혼맥을 맺어두면 사돈 간이 되는데 어려울 때는 돕지 않겠나이까?"

"아주 좋은 생각을 하셨소. 그런데 이 시중은 자식들이 다 장성하였을 터인데?"

"제가 듣기로는 향처인 한씨 부인과 사이에 난 소생들은 이미 결혼을 했고, 둘째 부인 강씨 소생이 아직 어리다는 말을 들었습니다."

"맞아. 거기서 난 두 아들이 아직은 어리다는 말을 들은 적이 있지. 그런데 우리가 이 시중의 자제와 혼사 시킬 여식이 없지 않소?"

"우리 슬하의 공주들은 모두 출가를 하였지만 귀의군에게 여식이 있지 않사옵니까?"

"그렇지! 귀의군에게 여식이 있지!"

귀의군은 임금의 동생 왕우를 말한다. 왕우의 여식을 이성계의 아들과 혼인시켜서 혼맥을 이어 둔다면 이성계를 한결 믿을 수 있겠다는 생각이 들었다. 이성계 아들과의 혼사는 왕비가 직접 나서서 부인 강씨를 만나 주선을 하기로 했다.

이성계의 부인 강씨는 기분이 좋았다. 비궁(妃宮)으로부터 입궐하라는 명을 받았을 때는 영문을 몰라 어리둥절했는데 이야기를 듣고 보니 기분이 으쓱하여 귀가하는 발걸음이 가벼웠다. 대감이 어서 퇴청하기를 기다렸다.

저녁 식사를 마치고 종자들을 물리고 난 후 내외가 모처럼 마주하고 앉았다. 생각해보면 무진년 정변을 계기로 개경으로 진출한 이후 하루도 편한 날이 없었다. 때로는 가족이 몰살을 당할 지경의 위험에 처할 만큼 살얼음판 같은 나날의 연속이었다. 부부간에 가정사에 대해서 이야기하는 것이 참으로 오랜만이었다.

강씨는 오늘 왕비전에 들어가서 들었던 이야기를 이성계에게 전했다.

강씨의 이야기를 다 듣고 난 뒤 이성계는 피식 웃었다.

"우리 방번이가 어느새 장가를 들일 만큼 컸던가?"

방번의 나이 이제 겨우 열 살을 넘겼다. 아직 제 어미 품에서 떨어질 줄 모르는 아이로 여기고 있었건만 어느새 색시를 맞아들인다고 하니 웃음이 나기도 하고 대견하기도 했다.

"우리가 망설일 이유가 없지 않소? 날을 잡아서 혼례를 치릅시다."

왕가와 혼맥을 맺는다는 것은 가문의 지위가 그만큼 격상이 되었다는 것을 뜻하는 것이다.

이성계의 허락이 떨어졌다. 이성계는 각지의 전쟁터에서 공을 세우면서 영웅으로 추앙을 받았지만, 자신이 동북면 변방 출신이었기에 권문세족이나 개경 출신에 비해 받는 홀대에 대해 늘 열등의식을 느껴왔다. 그는 이를 극복하기 위한 방편으로 중앙의 유력 가문과 혼맥을 맺어왔던 것이다.

우선 그 자신이 대표적인 권문세가인 신천 강씨 집안과 연을 맺어 부인을 맞아들였고 자제들 또한 충주 지씨, 경주 김씨, 철원 최씨, 성주 이씨 등 당대 권문세족의 자제들과 혼사를 맺었다. 5남 이방원의 부인은 충선왕 대 이후 대표적 재상 가문인 여흥 민씨, 민제의 여식이었다.

이제 이성계가 재상가를 넘어서 왕가와 혼맥을 맺는다면 이는 자신의 가문도 고려 사회를 쥐고 흔드는 여느 권문세가에 뒤지지 않는 최고의 명문 가문으로 인정받는 것이었다. 비록 지금은 임금이 힘을 잃어 신하가 이를 좌지우지하고 있긴 하지만 왕가는 이 나라 만백성이 우러러보는 가문이다. 그런 가문의 여식을 식구로 맞이한다는 것은 전례 없는 가문의 영광인 것이다.

3

이성계는 가족회의를 열어서 방번의 결혼 사실을 알리고자 했다. 둘째 방과부터 셋째 방간, 다섯째 방원까지 모였는데 첫째 방우가 오지 않았다. 기다리던 이성계가 재촉을 했다.

"방우는 아직 오지 않았느냐?"

집안의 큰일을 의논하려는데 장남이 참석하지 않았다는 것은 있을 수가 없는 일이었다.

"……"

형제들은 머뭇거렸다.

"무슨 일이 있는지 알아봤느냐?"

머뭇거리는 태도가 심상치 않자 이성계가 다그쳤다.

"저……, 형님은 오지 않을 것입니다."

둘째 방과가 대답했다.

"뭣이? 집안의 대사를 의논하고자 하는데, 맏이가 오지 않는다니……. 대체 무슨 일이냐?"

이성계의 언성이 높아졌다. 곧 불호령이 떨어질 모양이었다.

"큰형님의 근황을 다 말씀드리세요. 아버님도 알고 계셔야 하는 일입니다."

마음이 순해서 아버지의 마음을 거스르지 못하고 머뭇거리고 있는 둘째 형이 답답하여 다섯째 방원이 재촉하고 나섰다.

"그래, 말해보거라. 네 형에게 무슨 일이 있는지."

이성계는 마음을 가다듬으며 방우에 대한 이야기를 듣고자 했다.

심상치 않은 일이라는 짐작이 갔다.

"아버님께서 회군하고서 여러 일을 치르시는 동안 방우 형님은 타락한 모양으로 지내고 있습니다. 아버님을 보지 않겠다고도 합니다."

이성계는 장남 방우가 자신을 보지 않겠다고 하는 이유를 알고 있었다. 방우가 삐뚤어 나간 것은 이성계가 회군한 이후였다. 아버지가 임금의 명을 거역하고 회군을 하고서 임금조차도 갈아치운 대역죄를 저질렀다고 탓하면서 그 아들로서 살아가는 것이 부끄럽다며 벼슬을 버리고 집 안에 틀어박혀 지낸다는 이야기를 들은 적이 있었다.

그 이야기를 듣고서 이성계는 아이가 마음에 준비가 없이 큰일을 당해 일시적인 충격을 받았다고 대수롭지 않게 생각했다. 그런데 그 이후 연이어 벌어진 일로 이성계 자신이 경황이 없어 신경을 쓰지 못한 사이에 아들은 아비에 대해서 크게 실망을 했던 모양이었다.

"못난 녀석."

방과의 이야기를 들으면서 그 역시 아들에게 실망하기는 마찬가지다. 그때 방문이 벌컥 열리면서 첫째 아들 방우가 들어왔다.

"아버님, 못난 아들 방우가 왔습니다."

몸을 비틀거리는 것이 술을 많이 마신 듯했다. 그는 이성계의 맞은편 자리에 쓰러지듯 펄썩 주저앉았다.

"아버님, 전하와 사돈을 맺게 되신다고요? 집안이 축하를 받을 일이옵니다."

방우의 혀 꼬부라진 소리에 모두가 눈살을 찌푸렸다.

"형님, 아버님 앞인데 이러시면 안 되지요. 자중하세요!"

형의 추태를 못마땅하게 보고 있던 방원이 큰소리를 냈다.

"어, 그래? 너 방원이로구나. 그래 모두가 아버님을 모시고 잘들 지내고 있구나. 나만 괴로워서 매일 같이 이렇게 술에 취해 지내고 있고……."

방우의 말은 횡설수설이었다.

"형님, 자중하세요. 우리는 방번이의 혼사를 앞두고 의논하려고 모였습니다."

방과와 다른 형제들도 방우의 술주정을 말렸다.

"놔두거라. 무슨 말을 하려는지 들어나 보자."

이성계가 노기를 간신히 누르고서 자리를 진정시켰다.

"아버님, 임금의 자리가 아버님 의중에서 나오는데 전하와 사돈을 맺는 것이 뭐에 그리 대단하다고 하십니까? 세상 사람들이 뭐라 하는지 알고 계십니까? 임금의 자리에 아버님이 앉을 것인데 세상의 눈이 무서워 그렇게는 못하고 허수아비 임금을 세워놓고 대신들을 시켜서 나라를 좌지우지하고 있다 합니다. 아버님께서 회군하신 이유가 정녕 무엇이었습니까?"

"방우는 아버님이 진노하시기 전에 말을 삼가는 것이 좋겠다. 아버님께서 하신 일은 이미 나라와 백성들을 위해서 한 일이라고 세상 사람들에게 다 알려져 있거늘 어찌 그런 말을 할 수 있다는 말이냐?"

이성계의 곁에서 듣고 있던 강씨가 이성계를 대신해서 서슬이 퍼렇게 나왔다.

"나라와 백성, 좋은 말입니다. 하지만 그 과정에서 일어난 일들은 어떻게 설명하실 것입니까? 임금의 명을 무시하고 멋대로 회군을 해서 최영과 같은 충신을 죽이고 임금을 갈아치우고 또 나라의 공신들을 유배를 보내고……, 나는 아버님께서 정도전과 같은 난신적자들과 어울려서 그러한 일을 벌인 것이 부끄러워서……"

"형님, 말씀을 삼가세요. 아무리 취중이라 해도 어떻게 아버님을 난시적자와 어울린다고 하십니까?"

다섯째 방원이가 칠 듯이 주먹을 부르르 떨며 큰소리를 쳤다.

"그럼 아니란 말이냐? 우리 집안은 이미 역적의 오명을 쓰고 있다. 권세는 한때지만 오명은 만세에 가는 것이다. 대대손손 우리의 가문은 역적의 집안으로 손가락질을 받을 것이다."

"그럼 형님은 집안이 온통 역적으로 손가락질을 받더라도 혼자서만 독야청청하시겠다는 것입니까? 저들을 죽이고 물리치지 않았으면 우리 집안은 이미 풍비박산이 났을 터인데 당하고 가만히 있으란 말입니까? 눈을 들어 세상을 똑바로 보세요. 이 나라의 형편이 온전한 것인지, 백성이 제대로 살 수가 있는 나라인지? 장남으로서 아버님을 도와서 집안을 지킬 생각은 않고, 오히려 아버님을 난신적자에 비교하며 술타령이나 하다니!"

방원은 눈을 부릅뜨고서 준엄히 맏형을 나무랐다.

"아서라."

이성계가 형제간의 다툼을 말리고 나섰다. 그리고는 방우에게 말했다.

"그래 아비를 난신적자라 말하는 너는 앞으로 어떻게 할 셈이냐? 한심한 놈 같으니라고."

이성계의 목소리는 한껏 참고 있었지만, 노기가 잔뜩 묻어 있었다.

"저는 아버님이 힘으로 쟁취하신 권력이 싫습니다. 힘으로 빼앗은 권력은 그것을 쟁취하는 과정이 정당하지 못했으니 그것을 지켜내기 위해서 필시 많은 피 맛을 보아야 할 것이고, 그렇게 거머쥔 권력 또한 오래 갈 리가 없습니다.

또한, 누군가가 그 권력을 넘겨받게 되겠지요. 권력을 승계받는 자에게는 그 승계받는 절차 또한 쟁취인 것입니다. 그 과정에서 또 얼마나 많은 피를 흘려야 할지 모르는 일입니다. 그 피는 형제간, 부자간도 마다치 않습니다. 아버님을 뵈오니 옛날 최충헌이 생각나옵니다. 임금을 마음대로 바꾸고 나는 새도 떨어뜨리던 그 권력도 아들이 승계를 하면서 골육상잔으로 이어졌습니다. 소자는 훗날 그러한 일이 일어날까 두렵사옵니다."

"시끄럽다, 이놈!"

드디어 이성계의 분노가 폭발했다.

"뭣이 어쩌고 어째? 듣자 하니 못하는 소리가 없구나! 온 가족의 목숨이 달린 위기를 겪은 것이 한두 번이 아니거늘, 장남이 되어서 아비의 근심을 도울 생각은 않고 한가한 소리나 지껄이고 있다니 참으로 한심하다. 아비를 따르지 못하겠다면, 집안을 지켜내지 못하겠다면 너는 대체 어찌할 요량이냐?"

식구들은 이성계의 대갈일성에 아연 긴장을 했다.

"소자 부끄럽게도 아버님의 기대에 부응할 수가 없을 것 같사옵니다. 소자는 제 갈 길을 가겠습니다. 죄인의 심정으로 초야로 가서 묻혀 살겠습니다. 권력을 쥐고서 세상을 호령하면서 사는 자의 눈에는 이름 없는 백성의 삶이 무의미하게 보이겠지요. 그러나 산속에 난 들풀도 그 나름대로 자라나는 의미가 있는 것 아니겠습니까? 저는 속죄하는 마음으로 그렇게 살렵니다."

방우는 그 자리에서 엎드려 절을 올리고 일어섰다.

"형님, 형님!"

"방우야!"

형제들과 강씨가 말렸으나 소용없었다. 이성계는 아들을 붙잡지 않았다. 아들은 아버지에게 참기 어려운 말을 남기고 떠난 것이다. 남이었다면 단칼에 참수했을 것인데 아들이기에 끓어오르는 분노를 억지로 참았다.

한편 아들이 뱉은 말에서 느끼는 바도 컸다. 아들은 자신을 과거 무인 시대의 최고의 권력자 최충헌에 비교했다. 결코, 틀린 말은 아닌 것 같았다. 최충헌은 권력을 차지하기 위해 정적들을 무자비하게 숙청했다. 임금도 마음에 들지 않아 갈아치웠다. 하나 최충헌이 죽고 난 후 그 권력의 승계 과정이 어떠했던가? 아들 형제들 간에 골육상쟁을 거쳐서 권력이 이어지지 않았던가?

이성계 자신도 지금 최충헌이 겪었던 과정을 거치며 그에 못지않은 권력의 일인자가 되었다. 이후에 일어날 일들은 아직 장담할 수 없는 일이다. 자신의 아들들이라고 해서 최충헌의 아들과 다를 바가 무엇인가? 더군다나 나중에 대물림할 장남이 저렇듯 떠나버렸으니 나머지 아들놈들이 자신의 몫을 차지하기 위해서 무슨 일을 벌일지 생각하면 그 역시 걱정스러운 일이 아닐 수 없었다.

방우는 그 길로 아버지와의 대면을 끊고 지냈다. 훗날 조선이 건국되고 나서 그는 진안대군으로 책봉되었지만, 그는 개경을 떠나 해주 땅 산속으로 들어가서 생을 마감했다는 것 외에는 기록으로 남아 있는 것이 없다. 하지만 자신이 말한 것처럼 들풀같이 살다간 생이지만 그 나름으로는 의미가 없지는 않았을 것이다.

윤이·이초 사건

공양왕 즉위 2년, 5월 정국은 또다시 소용돌이에 휘말렸다. 명나라로 갔던 조반 등 사신 일행이 돌아오면서 일이 벌어졌다.

조반은 명나라 예부(禮部)에서 고려 조정에 전하라는 말이라고 하면서 도평사(都評司)에 다음과 같은 보고를 했다.

파평군 윤이(尹彝)와 중랑장 이초(李初)라는 자가 황제를 알현하고서 "고려국 시중 이성계가 왕요를 임금으로 세웠는데 실은 왕요는 종친이 아니고 이 시중의 친척이 되는 사람이다. 왕요는 등극하고서 이 시중의 꾐에 빠져 병마를 동원하여 상국(명나라)을 침범하려 했는데 이때 재상 이색 등이 나서서 말리다가 이색과 함께 조민수, 변중열, 이림, 권중화, 이숭인, 권근, 이종학, 이귀생은 살해되었고, 우현보, 우인열, 정지, 김종연, 윤유린, 홍인계 등은 멀리 귀양에 보내졌다. 자신들은 억울한 죄에 처한 재상들의 밀명을 받고서 먼 길을 달려와서 고하는 것이니 황제께서는 군사를 동원하여 이들을 토벌해주기를 바란다."고 호소를 했다는 것이다.

그러나 황제께서는 그 내용이 허황되다고 생각하시고 이들을 가두고서 고려의 사신을 불러 왕과 이 시중에게 이 사실을 알려 거명된 자들을 문초해보라고 했다는 것이다.

조정은 조반의 말을 듣고 들끓었다.

"아니 이게 무슨 소리인가? 이 시중이 전하를 꾀어 명나라를 침범하려 했다니? 이 시중은 요동정벌을 반대하여 회군을 주도한 사람이 아닌가?"

"이색과 조민수가 살해당했다고? 그 사람들 두 눈이 퍼렇게 살아 있는데 무슨 소리인가?"

조반이 전한 말은 모두 얼토당토않은 것이었으므로 믿을 수 없다는 분위기였다. 그래서 진위를 확인하기 위해서 추궁했다.

"진정 그대가 한 말이 사실인가? 무엇으로 증명할 수 있겠는가?"

"저는 명나라 예부에서 들은 말을 그대로 전했을 뿐이옵니다."

조반은 억울하다는 듯 항변을 했다.

"예부에서 고려 조정에 전하라 하면 말로만 할 것이 아니라 공문이라도 있어야 할 것이 아닌가? 공문은 왜 주지 않던가?"

"그것은 모르옵니다. 다만 윤이, 이초가 황제께 올린 호소문이 사실이라고 하면서 이색, 조민수 등이 서명한 서문을 보여주었습니다."

조정에서는 조반의 말을 믿어야 할지 종잡을 수 없어서 공론이 분분했다. 그러나 그대로 묻어두고 넘어갈 수는 없는 일이었다. 그대로 놔둔다면 임금과 이 시중이 상국에 불충한 죄를 짓는 것이 되고, 사실이 아니라면 무고를 밝혀야 하기에 넘어갈 수 없는 사안이었다.

임금에게 보고를 했으나 임금 또한 그 내용이 너무 허무맹랑한 것인지라 아무런 증좌도 없이 사신이 전한 말 한마디만으로 대신들을 함부로 붙잡아다 추국하라고 명할 수 없어서 미루고 있었다.

　그러나 정도전에게는 이것이 뿌리 깊이 박혀 있는 이색, 우현보를 대표하는 권신들의 세력을 척결할 수 있는 또 다른 절호의 기회였다.

　"이는 하늘이 우리에게 준 기회입니다. 이 기회에 옛 임금에 동조하는 자들을 모조리 제거해야 합니다. 저들이 건재하는 한 우리가 이루고자 하는 대업은 결코 쉽지 않습니다. 거명된 자들을 엄중히 국문을 해야 합니다."

　"내용이 하도 엉뚱하니 전하께서도 믿기지 않아 망설이는 것 같은데……"

　망설여지기는 이성계도 마찬가지였다.

　"황제께서도 그 내용이 거짓임을 알고 거명된 자들을 문초해보고 그 진상을 보고하라 하였는데 뭘 망설이십니까?"

　정도전은 이성계를 채근했다.

　임금과 이성계가 미적거리는 사이에 연루자로 지목된 장군 김종윤이 낌새를 알아채고 도주하는 일이 벌어졌다. 이 일을 계기로 간원들이 벌떼같이 들고 일어났다.

　윤소종과 오사충이 앞장을 섰다.

　"전하, 죄인을 문초하는 일을 미루시는 이유가 무엇인지요?"

　"김종연이 도주한 것은 연루된 자들이 자신들의 죄를 인정한 것이옵니다."

　"저들이 일시 도망을 했다가 또 무슨 흉계를 꾸밀지 모르는 것이오니 속히 연루된 자들을 붙잡아다가 추국하라는 명을 내리소서."

　임금은 더 이상 일을 미룰 수가 없게 되었다. 저들을 추국치 않는 것은 "자칫 다른 마음이 있어 죄인들을 옹호한다."고 이성계 측으로부터 오해를 살 수 있을 뿐 아니라 명나라로부터도 의심을 받을 우려가 있었기에 임금은 어쩔 수 없이 추국을 명했다.

임금의 명이 떨어지자 대기하고 있던 순군이 부리나케 움직였다.

일시에 귀양 가 있는 우현보를 위시해서 권중화, 경보, 장하, 최공철, 홍인계, 윤유린 등 거명된 자들을 붙잡아다가 국문을 했다.

"어이하여 그대들은 있지도 않은 사실을 황제께 고하여 군사를 동원해달라고 요청을 했단 말이냐?"

"우리들은 모르는 일이오. 그 내용을 보아도 그것이 허무맹랑하다는 것을 단박에 알 수 있는 일이 아니오? 참으로 억울한 일이오!"

붙잡혀온 자들은 엉덩이 살이 터지고 무릎뼈가 으스러지는 고문을 당하면서도 연루 사실을 부인했다.

"내가 이렇게 두 눈이 시퍼렇게 살아 있는데 어찌 죽었다고 지어내어 황제께 고하겠는가? 나뿐만 아니라 목은(이색) 대감도 그렇고, 살아 있는 사람을 어찌 죽었다고 거짓으로 고하겠는가? 누군가가 우리를 모함하려고 일부러 꾸민 짓이다!"

우현보가 거론된 내용이 거짓임을 조목조목 반박하며 무고함을 주장했다. 이색 또한 무사치 못했다. 유배되어 있는 장단현에서 체포되어 청주까지 끌려와 옥에 갇혔다.

이림, 우인열, 권근, 정지, 이종학, 이귀생 등도 유배지에서 혹은 집에 있다가 불시에 붙잡혀서 청주옥으로 압송되어 이색과 함께 국문을 당했다. 그러나 연루자들의 진술은 한결같았다. 아무리 숨이 끊어질 듯 고문을 받아도 자신들은 무고하다고 주장했다.

윤유린이 고문을 이기지 못하고 옥중에서 숨을 거뒀다. 윤유린은 황제에게 호소문을 올렸다는 윤이가 그의 사촌 아우이므로 사전 내통이 있지 않았나 하여 더욱 심한 고문을 받았던 것이다. 윤유린의 목은 잘려서 저잣거리에 효수되었다.

고문에 못 이겨 목숨을 버린 이들이 뒤따랐다. 최공철, 홍인계도 옥중에서 죽었다. 이들도 목이 잘려서 효수되었고 가산이 적몰되었다.

2

정몽주는 이러한 소식을 접할 때마다 가슴이 답답하고 마음이 아팠다.

'영문도 모르고 모진 고문을 당하다가 억울하게 죽임을 당하는구나!'

정몽주도 이 일은 누가 들어도 무고한 것이어서 처음부터 전모를 밝힐 수 없는 것인데도 무리하게 치죄를 한다는 생각을 하고 있었다.

"여보게, 삼봉!"

도평사(都評司) 회의를 마치고 나오다가 정몽주는 정도전을 불러 세웠다.

"도대체 얼마나 많은 사람이 죽어 나가야 일을 그칠 것인가?"

"……"

정몽주가 무슨 뜻으로 하는 말인지 정도전은 알고 있었지만, 대답을 하지 않았다.

"정녕 자네의 귀에는 저렇듯 죽어 나가는 사람들의 고통 소리가 들리지 않는가? 아니면 듣고도 모른 체하는 것인가?"

정도전이 대답이 없자 정몽주가 재우쳤다.

"일의 전모를 밝혀야 하지 않겠습니까? 이 일은 저의 소관이 아닌데 어찌 저에게 추궁하듯이 합니까?"

정도전은 정몽주의 질문을 비켜가고자 했다.

"추국을 당하는 자들이 자신들은 음해를 당했다고 일관되게 주장하고 있지 않은가? 그런 그들을 추국하여 일의 전모를 밝힌다는 것은 처음부터 무모한 일이었네."

정몽주는 정도전이 발뺌을 하는데 화가 나서 언성을 높였다.

"자네의 소관이 아니라고 발뺌을 하려는 생각일랑은 하지 말게. 이 일은 이 시중을 앞세워 자네가 주도하고 있다는 것을 세상이 다 아는 사실이네."

"허허, 그렇습니까? 그렇다면 이 삼봉이 없는 일을 만들어내기라도 하고 있다는 말씀입니까? 저들은 지금 전하와 이 시중을 모함하고 황제께 거짓을 아뢰어 상국의 군사를 끌어들이려는 대역죄의 조사를 받고 있는 자들인데 형님께서는 어찌 조사도 마치기 전에 무고하다고만 하십니까?"

정도전은 정몽주의 말을 들으려고 하지 않았다. 정몽주는 정도전의 대답을 들으면서, 일은 진실 여부에 상관없이 삼봉이 정해놓은 수순대로 가고 말 것이라는 생각이 들었다.

"자네의 생각이 나와는 다르니, 내 더 이상 이야기해봐야 무슨 소용이 있겠나? 그러나 세상은 자네가 마음먹은 대로 움직이지 않을 것이네. 나는 지난 세월 신씨에 의해서 왜곡되어 온 고려의 왕통을 바로 세우기 위하여 자네에게 협조했고, 이 시중의 뜻을 따라 전하를 임금으로 옹립하는 데 앞장을 섰네. 하나 지금 일이 되어 가는 모양을 보니 내가 생각했던 것과는 다른 길로 가고 있다는 것을 느끼게 되었네."

"다른 것이 무엇입니까?"

"그동안 정통성에 논란이 있는 어린 임금을 보위에 올려놓고 이인임 같은 노회한 신하가 정권을 잡고서 제 마음대로 나랏일을 좌지우지하였기에 나라 꼴이 말이 아니라고 생각하고서, 이제 왕통을 바로 세워서 장성하신 새 임금을 모시고 어지러웠던 질서를 바로잡고 백성들이 염원하는 바른 나라를 세우고자 했는데, 자네나 이 시중은 그런 뜻이 아닌 것 같으니 하는 말일세.”

“나라를 바로잡고자 하는 마음은 제 마음이나 형님의 마음이 같은 것이 아닙니까?”

“내가 보기에는 아닐세. 이 시중은 정권을 잡고서 개혁을 명분으로 구신들을 역신으로 몰아서 척결하고자 하네. 아니 개혁은 명분일 뿐이고 구신들을 숙청하고자 하는 것이 목적인 것 같네. ‘김저의 옥사’ 때도 그랬고, 이번 ‘윤이, 이초의 옥사’도 마찬가지고 구신들을 붙잡아다 고문을 하여 죄를 씌워 죽이고 귀양을 보내고 있으니 이를 어이 바른 일이라 할 수가 있겠는가?”

“형님은 그렇게 보십니까? 지금 고난을 당하는 인사들은 신우가 왕씨가 아님에도 그 정권에 붙어서 세도를 부렸던 자들입니다. 또 신우가 폐정을 저질러 왕위에서 쫓겨났는데도 아들 창으로 하여금 대를 잇게 하고서 자신들의 영화를 계속 누리고자 한 자들입니다.

이제 시대가 바뀌어 신씨가 대를 이어 이 나라의 왕위를 도둑질한 사실이 드러나서 쫓겨나고 새로이 왕씨 임금이 이 나라의 주상 자리에 앉았으면 이들은 지난날의 잘못을 뉘우치고 부끄러워해야 하는데 그들에게는 그러한 염치가 없습니다. 이들을 그대로 둔 채 새로운 질서를 잡아갈 수는 없습니다. 어찌 임금만 바뀌었다고 새로운 세상을 맞이했다고 할 수가 있겠습니까?”

“내가 듣기로는 삼봉의 말이 무슨 수를 써서라도 저들의 약점을 캐내어 꼭 내치고 말겠다는 뜻으로 들리는군.”

정몽주는 정도전 말을 받아 빈정거리는 투로 말했다.

"맹자는 패덕한 군주는 한낱 필부와 같아서 쫓아내도 상관이 없다고 했습니다. 신우가 쫓겨난 것은 하늘의 이치입니다. 그러나 패덕한 군주 신우가 쫓겨났는데도 군주를 떠받들던 간신의 무리들은 여전히 자리를 지키며 옛 영화를 누리고자 하고 있습니다. 군주의 패덕은 중신(重臣)에게도 군주를 바르게 보필하지 못한 책임이 있거늘 어이하여 그들이 무사하기를 바랄 수가 있겠습니까?"

'삼봉이 『맹자』를 열심히 읽었구나!'

정몽주는 지금 정도전이 하는 말은 역성혁명을 염두에 두고 하는 말이라고 생각했다.

'이자가 정녕 이성계를 앞세워 역성혁명(易姓革命)을 꿈꾸고 있단 말인가!'

역성혁명이란 임금을 바꾸는 것과는 비교도 안 되는 큰일이다. 나라를 훔치겠다는 말이다. 정몽주는 정도전이 하는 말의 의중을 짐작하고서 고개를 가로저었다.

'자네가 정녕 무슨 일을 꾸미고 있다는 말인가! 역성혁명은 아니 되네!'

정몽주는 하마터면 소리를 지를 뻔했다. 정몽주는 정도전이 큰 착각을 하고 있다는 생각이 들어서 이를 경고해주어야겠다고 생각했다.

"권력은 때로는 사람을 우둔하게 만드는 법이네. 권력을 움켜쥐면 세상만사 뜻한 바대로 안 되는 일이 없다고 터무니없는 욕심을 부리게 되고, 때로는 하늘이 자신에게 특별한 권능을 준 것이라고 착각하게 만들기도 하는 것이네. 신하가 임금을 갈아치울 정도로 권력이 막강해지면 그다음은 무엇을 더 바라겠는가? 그다음은 임금의 자리가 탐나지 않겠는가? 자네의 생각이 어디까지인지 알 수가 없으나 부디 사려 깊이 행동해주기를 바라네."

정몽주는 정도전의 마음을 간파했으나 우회적으로 말했다. 그러나 정도전은 정몽주의 경고쯤은 개의치 않았다.

"형님, 오늘날 고려가 처한 상황을 직시하십시오. 이 나라 앞에 놓인 운명은 가혹합니다. 낡은 배로는 모진 풍파와 격랑을 헤쳐나갈 수가 없습니다. 새 배를 띄워야 합니다. 그것이 이 나라를 구하는 유일한 방법입니다."

"자네의 생각은 그러한가? 나는 달리 생각하네. 지금 우리가 타고 있는 배는 침몰하지 않았네. 아니 결코 침몰하지 않을 것이야. 다만 배를 타고 있는 사람이 문제일 뿐이야. 풍랑이 치더라도 요동치지 말고 낡은 것은 수리하고 물이 새면 물을 퍼내고 합심하여 돛을 잡고 배를 저어나간다면 좋은 세상을 맞게 되리라 생각하네."

정몽주는 그렇게 말하면서 마음 한편으로는 허허로움을 감출 수가 없었다. 40년 지기 우정이 이 순간부터 적이 되어 피를 보아야 할지도 모른다는 생각이 들어서 안타깝기도 했다.

"내 지금부터 삼봉이 가는 길을 예의 주시해서 보겠네."

정몽주는 마지막으로 우정 어린 충고 겸 경고를 해주고 정도전과 헤어졌다. 그와 헤어져 오는 내내 머릿속에는 삼봉의 얼굴과 함께 '역성혁명' 네 글자가 떠나지 않았다.

'삼봉! 역성혁명은 아니 되네. 내가 몸을 던져서라도 막을 것이네. 500년 고려의 사직을 지켜내기 위해서뿐만 아니라 요동벌판을 호령하며 찬란한 문화를 이루었던 1,500년 고구려의 유구한 역사의 맥이 끊어져서도 안 되는 일이기에, 내 역성혁명은 기어이 막을 것이네!'

연루자의 혐의는 처음부터 밝힐 수 없는 일이라는 것을 심문관들도 알고 있는 일이었다. 조사는 지지부진했다. 진상이 밝혀지지 않자 조정 내 여론이 들끓었다.

때마침 청주 지방에 천둥 번개가 치고 큰비가 내렸다. 청주성 앞 내가 범람해서 남문을 무너뜨렸고 성내의 물길은 한길이 넘어서 관청과 민가가 거의 떠내려가거나 물에 잠겨버렸다. 죽은 사람도 수백 명을 헤아렸다. 높은 나무에 올라가서 겨우 생명을 구한 사람도 여럿 있었다. 옥에 갇힌 자들도 옥관이 급히 문을 열어주어 지붕에 올라가 겨우 목숨을 건졌다.

수재를 당한 청주지방에서는 "마을이 생긴 이래로 이 같은 일을 당한 일이 일찍이 없었다."며 탄식이 빗발쳤다.

"죄 없는 사람을 잡아다가 치죄를 하니 하늘이 노했다."

하늘에 대한 원망은 이내 치국자에 대한 원망으로 바뀌었다.

"이 일은 이성계와 삼봉이 무리수를 둔 것이야. 나라의 원로들에게 억울한 죄를 뒤집어씌우니 하늘이 노하고 민심이 요동을 하는 것이야."

정몽주는 마침내 민심 수습 차원에서 임금에게 진언을 했다.

"윤이·이초의 사건은 처음부터 연루자들의 혐의가 명백하지 않은 것인데 어찌 국문을 계속하시려 하는지요. 마침내 하늘이 노하였고 이로 인해 백성의 피해가 극심하니 죄상이 명확지 않은 자들을 사면하소서."

공양왕은 자신도 처음부터 이 일에 대한 국문을 반대했기에 정몽주의 진언이 있자 이를 받아들이기로 했다. 그러나 심문을 바로 중단하기에는 공신들의 눈치가 보이므로 먼저 문하시중 심덕부와 수문하시중 이성계에게 동의를 구했다. 이성계와 심덕부도 여론이 들끓으니 어쩔 수 없이 사면하는 데 동의를 했다.

임금은 이조판서 조온을 청주로 파견하여 다음과 같은 조서를 내리고 치죄를 멈추게 했다.

> "윤이, 이초와 연관된 자들의 일은 반역죄에 해당하므로 반드시 규명되어야 한다. 해서 연루된 자들에 대하여 철저히 국문을 한 결과 윤유린, 홍인계, 최공철이 이 일에 가담한 것이라고 자복을 했고, 김종연은 도주를 했다. 죄를 인정한 자들은 목을 잘라 저잣거리에 효수하였고 김종연은 전국에 체포령을 내렸다.
> 그러나 나머지 사람들은 범죄의 정황이 명백하지 않으니 이를 고문하여 자백을 받게 된다면 억울한 누명을 쓰게 되는 자가 나올까 심히 우려되는 바이다. 자복을 한 자를 제외하고는 각처에 안치를 해두고서 뒤에 범죄의 정황이 드러나면 엄격히 치죄하고자 한다."

이로써 윤이, 이초 사건은 일단락되었다. 이 소식을 들은 백성들은 크게 기뻐했다.

3

조사한 내용을 황제에게 보고해야 했다. 때마침 황제의 생일 축하를 하기 위해 떠나는 성절사(聖節使)에 정도전도 같이 가게 됐다.

정도전은 명나라 예부에 들러서 사건의 전말을 보고하고 기다렸다. 그러나 명나라에서는 별다른 반응이 없었다. 몇 날을 기다려도 황제의 비답이 없었다.

황제는 이 문제에 그다지 관심을 두지 않는 것이 아닐까?

중요한 일이었으면 직접 관리를 파견해서 진상을 파악하거나, 아니면 공문을 보내서 엄중히 경고했을 것인데 황제는 사신에게 그러한 정보를 전해주면서 고려왕이 직접 힐문(詰問)해보라고만 했다. 황제는 무슨 의도로 그리한 것일까?

정도전은 여러 곳을 찾아다니며 알아보았다. 결과 황제의 속내를 알 수 있을 듯했다.

짐작한 데로 명나라에서도 이를 믿지 않은 듯했다.

이는 당초 최영의 밑에서 중랑장을 지낸 윤이와 이초가 명나라의 군사를 동원하여 이성계를 몰아내려고 거짓으로 황제에게 고변했던 것인데, 황제는 이들에 속지 않고 오히려 이를 이용하여 고려에 새로운 권력자로 부상한 이성계의 충성심을 확인하려고 사실을 부풀려서 때마침 사신으로 와 있는 조반 일행에게 알려주었던 것이다. 믿을 수 없는 일이었기에 명나라가 나서서 직접 진상을 알아보기보다는 고려에서 자체적으로 처리하도록 구두로만 통보했던 것이다.

명나라에서는 황제를 평하기를 '성현과 호걸 그리고 도적이 합쳐진 인물'이라고 했다.

정도전은 이 말을 듣고는 참으로 적절한 표현이라고 생각했다.

황제 주원장은 예전에 먹고살기 위해 절에 들어가 탁발승이 되어 구걸하다가 홍건적 패거리가 되었다. 이때 홍건적의 소두 곽자흥 밑에 있었는데 주원장은 수완을 발휘하여 곽자흥의 수양딸과 혼인하게 되었고 이를 계기로 곽자흥이 죽자 그 자리를 물려받게 되었는데 이후 차츰 세력을 확장하여 마침내 원나라까지 쫓아내고 중원의 패자가 되어 황제의 자리에까지 올랐던 것이다.

황제 자리에 오른 주원장은 스스로 근검한 생활을 하면서 백성들에게는 너그러운 정치를 펼쳤으나 관리에 대해서는 법 적용을 철저히 하여 아무리 작은 부정이라도 용서하지 않았다. 신하들에 대해서는 엄격하게 다스렸다. 황제는 직속에 검교(檢校. 정보기관)를 두고서 관리들을 감시케 하고 무자비하게 숙청하여 공포의 대상이 되었던 것이다.

이는 자신이 민란을 일으켜 정권을 잡았기에 민심의 무서움을 알고 백성에게는 선정을 베풀고자 한 것이나 신하들은 자신을 위협하는 세력으로 보아 의심의 눈길을 떼지 않았기 때문이다. 그는 즉위 후 약 3만 명의 신하를 척결했다. 신하뿐만 아니라 주변 제후국에 대해서도 끊임없이 의심하면서 충성을 확인하고자 했던 것이다.

정도전은 황제에 대해서 여러 이야기를 듣고 나서 황제가 참으로 교활한 사람이라는 생각을 했다. 또 황제의 말 한마디에 놀아나서 수많은 사람이 죽어 나갔다고 생각하니 허탈한 마음도 들었다.

그러나 한편 이 일로 인해서 이성계가 한결 신임을 얻게 될 것이라고 생각하니 적이 안심되기도 했다. 정도전은 이 기회를 빌려서 구세력의 뿌리를 완전히 걷어내고 대업을 이루고자 하는 꿈을 반드시 실현하기로 마음을 다져 먹었다.

마침내 황제는 고려왕에게 전하라고 답을 내려주었다.

"윤이, 이초가 고한 것을 짐은 이미 믿지 않고 있었으나 너희 나라에서 이를 어찌 처리하는지 보고자 하였다. 짐이 이미 윤이, 이초를 붙잡아 처형하였으니 너희는 걱정하지 마라."

한편 고려 내에서는 정몽주가 윤이, 이초 사건에 억울한 점이 많다고 임금께 고해서 조사를 잠정 중단시켰지만 그에 대한 시비조차 수그러든 것은 아니었다. 조사를 지속하라는 상소가 계속 올라왔다.

'이자들은 삼봉의 수족처럼 움직이는 자들이다!'

정몽주는 이들 간원들을 교체해야겠다는 마음을 먹었다. 마침 삼봉이 명나라에 성절사로 가서 자리를 비웠기에 좋은 기회였다.

"전하! 윤소종, 오사충을 파직하소서. 이들은 간원으로서 바른말로 전하의 눈과 귀를 밝게 하는 것이 그들의 소임이나 근자에 이들은 함부로 남을 비방하는 소리를 하여 전하의 심기를 어지럽히고 있습니다. 그로 인해서 억울한 일을 당하고 있는 이가 한둘이 아니옵니다. 이들을 두고서 어찌 어질고 바른 정치를 할 수 있겠나이까."

정몽주의 상소를 받은 공양왕은 그렇지 않아도 두 사람이 김저와 윤이, 이초 사건에 대해서 중신들을 처벌하라고 틈만 나면 상소를 올리며 귀찮게 하고 부담을 주고 있어서 미운 감정이 많았는데 잘되었다 싶었다.

정도전을 대신해 개혁에 장애가 되는 구가세력들을 앞장서서 비판해 왔던 두 사람은 즉각 파직됐다. 그 자리에는 정몽주의 추천을 받은 김진양으로 교체됐다.

김진양은 이색, 우현보 등 구가세력들을 추종하는 인물로서 윤이, 이초 사건이 최초에 논해지던 시기에 "윤이, 이초의 고변은 세 살 먹은 아이가 들어도 조작되었다는 것을 알 수 있다. 거짓을 아뢴 조반을 벌주어야 한다."고 주장하다가 파직을 당했는데 그로부터 얼마 되지 않아 복직을 하게 된 것이다.

정몽주는 이 기회에 이성계 세력에 의해 추진되고 있던 전제 개혁을 비롯하여 사병 혁파와 인사 개혁 등에 대해서도 제동을 걸어야겠다고 마음먹었다. 그러나 이는 정몽주의 생각만으로 될 일이 아니었다.

정몽주는 문하시중 심덕부를 찾아갔다. 심덕부는 충숙왕 복위년에 음직으로 출사하여 문무 여러 관직을 거친 사람이다. 그는 문관보다는 무관으로 더 이름을 떨쳤는데, 왜구가 진포에 대규모로 침입했을 때 서해도원수로 있으면서 최무선과 함께 이를 격파함으로써 큰 공을 세웠다.

그는 또한 이성계가 요동정벌의 부당함을 주장하며 회군을 할 당시 서북면 도원수로 있으면서 이를 도왔고 이후 우왕과 창왕을 쫓아내고 공양왕을 옹립하는 데 공을 세워 아홉 공신의 반열에 올랐다. 그러나 그는 이성계와 함께 행동했음에도 그의 집안은 청송 심씨, 알아주는 명문가였기에 이성계 측 인사들이 벌이고 있는 일련의 개혁 정책에 대해서는 여러 가지로 불편해하고 있었다. 특히 전제 개혁과 사병혁파에 대해서는 정도전, 조준과 여러 차례 대립을 했다.

정몽주는 심덕부와 함께 공양왕을 은밀히 만났다. 그 후 왕은 별도로 이성계를 불렀다.

공양왕은 무리한 개혁으로 억울하게 피해를 입는 자가 생기고 재상들의 반발이 심하다는 심덕부와 정몽주의 건의를 받고서 이성계의 양해를 구하고자 한 것이었다. 공양왕으로서는 개혁 주체의 수장인 이성계의 눈치를 보지 않을 수가 없었기에 양측의 주장을 듣고 절충을 하고자 했다.

결국, 전제 개혁은 하되 내용이 완화되었다. 당초 정도전, 조준이 계획한 전제 개혁안은 세가에서 물려받은 조업전과 취득 과정이 불명확한 사전 모두를 국가에서 거둬들여 일률적으로 전민에게 나누어 주는 것을 골자로 했으나 조정안은 소유가 불명확한 토지에 대해서만 국가가 회수를 하여 이를 현직 관리나 왕자, 군인, 향리, 역을 지는 백성, 지방 수령 등 대상자를 선별해서 나누어 주게 했고 또 수탈을 금지하고 조세율을 10분의 1로 한정하도록 수정한 내용이었다.

세도가에서 부리는 사병도 그 수를 제한하는 수준으로 완화했다. 그리고 귀양 가 있는 이색, 우현보, 이숭인, 우인열, 권근 등 인사들에 대해서도 사면을 단행했다.

전제 개혁을 본격적으로 시행하는 행사를 가졌다. 임금과 신하들이 저잣거리로 나와 공사의 전적(田籍)을 쌓아놓고 불을 태웠다. 이를 지켜보는 구신들은 탄식과 눈물을 흘렸다. 임금 또한 원래부터 전제 개혁을 반대해왔던 터라 "조종(祖宗)께서 물려주신 사전의 법이 과인의 대에 와서 갑자기 개혁되었으니 참으로 애석한 일이로다." 하면서 눈물을 흘렸다. 그러나 이를 주도한 조준 등 개혁 인사들과 백성들은 기뻐 환호하면서 박수를 쳤다. 이러한 일들은 모두 정도전이 사절단으로 가 있는 동안에 벌어진 일이었다.

정도전은 인사차 이성계를 방문하고서 장차의 일을 의논했다.

"이러한 일은 모두가 포은이 주도한 것입니다. 우리는 또 다른 적을 맞게 된 것입니다."

정도전은 그동안 이색, 우현보 등 구가세력과 맞서 온 것도 만만치 않았는데 포은이라는 또 다른 거목을 맞게 되어 여간 부담스럽지 않았다.

"포은 같은 사람이 내 곁에 있었으면 얼마나 좋았을까 참으로 아까운 사람이오."

이성계도 아쉬워하며 말했다.

"아무튼, 포은은 신씨가 왕위에 있을 때 크게 세도를 부리지도 않았고 주변이 깨끗하여 흠 잡을 데가 없는 사람입니다. 또한, 학문에 깊이가 있고 인품이 고매하고 충효의 절개가 굳어서 따르는 사람이 많사옵니다. 그가 우리를 적대하니 앞으로의 일이 크게 걱정이 되지 않을 수가 없습니다. 전하께서 포은을 곁에 두고 중용할 듯하니 이 점 각별히 유념하셔야 합니다."

"허허, 그래야겠지요. 그러나 나에게는 장자방이 이렇듯 곁에 있지 않소?"

이성계는 정도전을 믿는다는 듯 너털웃음으로 여유를 보여주었다. 그때 방문이 열리고 이성계의 부인 강씨가 종자에게 술상을 들려서 들어왔다.

"두 분이 오랜만에 자리를 같이하는 것 같아서 작으나마 술상을 봐왔습니다."

"아이구, 그래요. 마침 목이 컬컬하던 참인데. 그래, 술은 무슨 술을 준비했나?"

이성계가 반갑게 맞았다.

"대감께서 즐기시던 아락주입니다. 안주는 부침개 몇 조각으로 대신했습니다."

아락주는 몽골 병사들이 이 땅에 들여와 마시기 시작했던 술이다. 우리나라에 들어온 소주의 기원으로 알려지고 있다.

"삼봉, 우리 오랜만에 한번 취해봅시다. 나는 추운 지방 태생이라 그런지 도수가 높은 아락주가 좋더이다."

"너희들 이분께 절을 올리거라. 아버님과 형제처럼 지내시는 분이시니라."

강씨는 뒤따라 들어온 사내아이 둘과 그보다 조금 성숙해 보이는 여자아이에게 말했다. 사내아이 둘은 방번과 방석 형제였고 뒤에 서 있는 여자아이는 이번에 새로 며느리로 맞은 공양왕의 동생 귀의군의 딸이었다.

"이번에 방번이 장가들어 맞이한 며늘아기입니다. 아이가 어찌나 참한지 왕가의 규수답습니다."

강씨는 왕가의 딸을 며느리로 맞은 것을 자랑하고 싶어서 얼굴에 환한 미소를 지으며 말을 덧붙였다. 정도전은 앞으로 주군으로 모셔야 할 분 내외와 정담을 나누며 오랜만에 술에 흠뻑 취했다.

내분

12

1
····

김종연의 거취가 확인되었다. 김종연은 윤이, 이초 사건의 고변이 있을
때 자신의 이름이 거명된 것을 눈치채고 도주하여 종적이 묘연했는데 서
경에 잠입을 한 것이었다.

서경의 천호(千戶) 윤구택을 찾아와서 "심덕부, 지용기 등과 함께 이성계
를 제거하기로 하였다."고 하면서 병력을 내어 동참할 것을 요청했는데,
윤구택이 중간에 겁을 먹고 마음이 변하여 이성계를 찾아와 고변했다.

"모의한 자가 누구누구라고 하더냐?"

"판사 조유와 모의하였고 문하시중 심덕부, 판삼사 지용기와 문하평리
박위, 전 판자혜부사 정희계, 한성부윤 이빈 등 조정의 전·현직 재상들
과 지방의 절제사(節制使) 여러 명이 군사를 동원하여 모의에 참가하기로
하였답니다. 김종연은 지금 개경에 숨어들어서 일을 꾸미고 있을 것이옵
니다."

이 중 정희계는 윤이 사건에 연루된 인물이고 절제사는 원수(元帥)로 불

리기도 하는 직책으로 지방의 군사를 동원할 수 있는 군 고위 지휘자다.

이성계는 급히 측근들을 불러 모았다. 정도전, 조준, 남은, 이지란, 이화, 그리고 방과를 비롯해 방원, 방간 형제들이 달려왔다. 이성계로부터 일의 전모를 듣고는 모두 바짝 긴장했다.

"당장 저들을 붙잡아서 심문을 해야지요?"

남은이 서둘고 나섰다.

"이 일은 신중히 해야 합니다. 문하시중 심덕부와 지용기 등 공신들도 관련되어 있다고 하고, 관련자들이 병사를 동원하여 저항을 한다면 자칫 내란으로 번질 우려도 있습니다."

정도전이 제지를 했다.

"어찌하면 좋겠소?"

이성계의 음성은 노기를 띠고 있었다.

"우선 고변 내용의 진위를 파악하여야 할 것입니다. 이 시중께서는 심덕부의 의중을 알아보십시오. 그는 명색이 문하시중, 임금의 다음 자리에 앉아 있으니 함부로 붙잡아 심문할 수 있는 일이 아니지 않습니까?"

"빨리 김종연을 잡아들여야 하지 않겠습니까?"

이방원이 나섰다.

"순군에 명해서 빨리 잡아들이도록 해야지요. 우선은 지방의 병사들이 움직이지 못하도록 해야 합니다. 군사를 움직이려면 절제사의 인장(印章)이 있어야 하니 만약을 위해 인장을 거둬들여 군사들의 움직임이 없도록 해야 할 것입니다."

정도전은 이성계를 대신해서 일사불란하게 지시했다.

이성계는 곧바로 임금을 찾아갔다. 공양왕은 이성계의 이야기를 듣고는 깜짝 놀랐다.

"그…… 그래. 또 이 시중의 목숨을 노리는 모의가 있었다는 말이오? 이 일을 어찌하면 좋겠소?"

임금은 떨려서 말까지 더듬었다. 이성계가 암살되는 것은 자신의 보위와도 직접 관계되는 일이었다. 비록 이성계의 힘이 임금을 위협할 정도이기는 하나, 그래도 공양왕 자신을 임금의 자리로 올려놓은 사람이다. 그가 자리를 지키고 있기에 자신도 임금 자리를 유지할 수 있는 것인데, 다른 누가 이성계를 제거하고 그 자리를 차지한다면 자신도 무사하지 못할 것이라는 생각이 들었다. 자신도 임금이 된 후에 우와 창 부자를 죽이라는 명을 내린 일이 있었기에 그것은 더욱 두려운 일이었다.

"성문을 굳게 닫아걸고 방비를 철저히 해야겠습니다. 수도권 일원은 소신이 직접 관할하는 군사가 있어 문제가 없으나 지방의 절제사들이 군사를 움직이면 자칫 내란으로 확대될 우려가 있습니다."

"내란이라니, 내란이라니? 어찌해야 하지요?"

그렇지 않아도 겁이 많은 임금이었는데 임금은 내란이라는 말에 혼겁을 먹고 허둥댔다.

"절제사가 병사를 움직이지 못하도록 소신이 인장을 회수하도록 하여 주소서."

"그래요. 그렇게 하오. 그렇게 하오."

이성계는 임금에게 잔뜩 겁을 주어서 원수들의 인장을 회수하여 군을 통수할 수 있는 비상 권한을 부여받았다.

"그리고 또 한 가지가 있사옵니다."

"무엇이오? 이 난국을 극복하기 위해서라면 내, 이 시중이 원하는 것이 무엇이든 들어주리다."

"이 일에는 문하시중도 관련되어 있습니다. 이는 소신이 직접 처리하는 것보다 전하께서 이 자리에 불러서 직접 하문하시옵소서."

"그리하리다. 내 지금 당장 문하시중 심덕부를 불러다가 직접 물어볼 것이오."

임금 앞에서 불려 온 심덕부는 펄펄 뛰었다.

"전하, 제가 어찌 이 시중을 죽이는 모의에 가담할 수가 있겠습니까? 저는 이 시중과 함께 신씨 부자를 폐하고 전하를 모신 일을 도모한 사람입니다. 그 덕분에 문하시중의 자리에 올라 오늘날 영광을 누리고 있습니다. 무엇이 부족하여 이 시중을 죽이라 하겠습니까? 이는 누군가가 소신을 모함하려는 의도에서 지어낸 말이옵니다."

심덕부는 임금과 이성계를 번갈아 쳐다보며 변명을 늘어놓았다. 그 모습은 옆에서 보기에도 애쓰는 것처럼 보였다. 그리고 그 말에 의심이 느껴지지 않았다.

"전하, 심 시중의 말을 듣고 보니 일리가 있습니다. 저는 심 시중과 더불어 마음을 같이하여 전하를 받들었으며 원래부터 서로 시기와 의심이 없었습니다. 그의 말을 듣고 보니 누군가가 모함을 한 듯합니다. 문하시중까지 올라 있는 그가 무엇이 부족하여 소신의 목숨을 도모하고 변란을 꾀하는 일에 동조를 하였겠습니까? 부디 저희 두 사람 정의(情誼)를 보전하여 전하를 시종하게 해주소서."

이성계는 심덕부를 안정시키기 위해 짐짓 변호를 해주었다. 심덕부는 과거 서북면 도원수를 지냈기에 그곳에 상당한 영향력을 미치는 사람이었다. 서북면은 이성계가 지키던 동북면 못지않게 군사적으로 중요시되는 지역이었다. 그곳의 토호들은 과거부터 중앙에 배타적이었고 주둔하는 군사력은 동북면에 맞설 수 있을 정도로 막강하여 섣불리 건드리기가 부담스러웠다. 이성계는 이 점을 고려하여 심덕부에게 뚜렷한 혐의가 드러나지 않는 이상 자극하지 않는 것이 좋겠다는 생각이 들어 변명을 해준 것이었다.

"전하, 소신이 이 시중을 해하는 변란에 가담했다는 것은 조유의 말에서 비롯된 것입니다. 소신은 이 길로 스스로 순군옥을 찾아가겠나이다. 소신을 가두고서 조유를 심문하소서. 그런 연후에 죄가 밝혀진다면 달게 받겠나이다."

임금은 두 중신 사이에서 눈치를 보다가 심덕부가 극구 변명을 하고 이를 이성계가 알아들은 듯 변명을 하니 잘된 일이라 생각하고 "행동을 신중히 하라."는 주의 정도만 주고서 돌려보냈다.

그러나 심덕부는 궁궐에서 나오는 길로 바로 순군옥을 찾아갔다. 그리고는 스스로 옥에 갇혀서 전모를 밝혀달라고 소를 올렸다.

"전하, 조유를 심문하소서. 그리고 부디 소신의 억울함을 밝혀주소서.
그리하여 이 시중과의 정의를 보존케 해주소서."

2
····

김종연이 곡주(황해도 곡산)의 산속에 숨어 있다가 붙잡혔다. 김종연은 곧바로 개경으로 압송되었는데, 동지섣달 추위에도 아랑곳하지 않고 주야 300리를 밥도 주지 않고 끌고 왔으므로 거의 죽은 목숨이었다.

그는 옥에 갇힌 지 하루 만에 죽어버렸다. 이를 두고 사람들은 일부러 죽게 만들었다고 의심했다.

김종연은 죽기 전에 실토하기를 '평소 친히 지내던 판삼사 지용기가 윤이 사건에 자신의 이름이 오르내리고 있다고 전해주어 겁을 먹고 도주하여 한양에 사는 박가흥에게 의탁해 숨어 지냈는데, 일이 이 지경에 이른 것은 조준, 정몽주, 설장수, 정도전 등이 이 시중을 꾀어서 벌어진 일이라는 생각이 들어서 지용구, 윤구택를 찾아가 의논을 했고, 이 시중과 정몽주를 죽이면 자신이 죽음을 면할 수 있을 것 같아서 한 일'이라고 했다.

토설한 내용에 따라 김종연이 의탁하여 지냈다는 박가흥을 붙잡아다 문초를 했다.

박가흥으로부터 "윤구택이 병사를 몰고 올 테니 그때까지 기다리면 된다는 말을 김종연으로부터 들었다."는 토설을 받아냈다.

또 윤구택이 "김종연이 최초로 조유와 만나 모의하였다."고 고변을 했으므로 윤구택과 조유에 대해서도 대질심문을 했다. 조유의 입에서 문하시중 심덕부의 이름이 발설되었으므로 이도 밝혀내야 하는 내용이었다.

조사에는 평리 박위가 대간들과 함께 참여했는데 박위가 윤구택을 먼저 추국하라고 지시를 내렸다.

이를 듣고 있던 대간 유정현이 박의의 지시에 반박을 했다.

"윤구택은 고발을 한 자인데 먼저 국문하려는 뜻이 무엇입니까?"

절차가 잘못되었다고 항의를 한 것이었다.

"……"

박위는 얼굴빛이 변해서 우물쭈물했다. 심문은 절차대로 조유를 먼저 고문하게 되었는데 이를 두고 박위가 수상하다는 말이 대간들 사이에서 오갔다.

조유는 심덕부와는 만난 사실은 없고 다만 심덕부의 수하 진무(鎭撫, 장수)로 있는 조언 등 몇 명과 만난 사실이 있다고 실토했다.

연루된 자들에 대한 처벌이 잇달았다. 김종연은 비록 옥중에서 죽었지만, 그의 사지를 찢어서 여러 도(道)에 돌렸다. 조유도 목을 베 죽였다. 그리고 조유가 심덕부의 수하 진무로 있는 조언 등을 만났다고 토설했으므로 그들에 대해서도 장(杖)을 쳐서 귀양을 보냈다. 김종연을 숨겨준 박가흥도 사전에 모의를 알고 있었으면서 고변을 하지 않았으므로 목을 베고 가산을 적몰했다.

그러나 윤구택과 조유의 말이 틀리고 김종연은 이미 죽었으므로 연루된 자들이 부인하는 마당에 더 이상 벌을 주는 것은 불가하다는 여론이 조정 내에 일었다.

임금도 더 이상 벌을 주는 것을 반대했다. 연루된 자 중에는 공양왕 옹립을 주도한 심덕부, 지용기, 박위 등 중흥공신도 다수 포함되어 있었다. 공양왕은 즉위 초 자신을 도운 아홉 공신과 함께 종묘에 나아가 "공신이 비록 반역죄를 짓더라도 후손들에게 공을 잇게 하겠다."고 맹약을 한 일이 있기에 그들을 처벌하는 것을 주저했다.

그러나 임금의 뜻을 전해 들은 정도전이 가만있지 않았다. 처리가 부당하다고 상소했다.

"이미 고변자가 그들의 이름을 실토했고, 그들의 행동에서 수상한 점이 발견되었습니다. 지용기는 김종연을 도망가게 도왔고 심덕부의 수하 조언 등이 조유를 만나 모의한 사실이 밝혀졌으며, 박위는 심문관이 되어서 대간들에게 납득할 수 없는 지시를 하였습니다. 유사한 일의 반복을 방지하기 위해서라도 이들을 그대로 놔두어서는 아니 됩니다."

정도전의 뜻을 전해 들은 헌부에서 다시 상소를 올렸다.

"이 시중의 목숨을 노리고 나라의 변란을 꾀한 자들을 어찌 그냥 놔두시려 하십니까?"

"비록 김종연은 죽었다고 하나 연루자들의 행적에 수상함이 드러나 있습니다. 그들이 비록 공신이라 할지라도 벌을 내려 나라의 기강을 바로 세우소서."

대간들이 날마다 궁궐 앞에 나가 엎드려서 논핵(論劾)을 했다. 마침내 임금의 교지가 내려졌다.

"공신이라 해도 더 높은 반열에 올라 있는 개국공신을 죽이려 한 것은 반역죄나 마찬가지이므로 이는 용서할 수 없는 죄를 지은 것이고 대간들이 밤낮으로 죄주기를 청하니 그에 따르기로 한다."

이성계는 나라를 구한 개국공신 충의백 작위에 올라 있고 다른 공신들은 품계가 낮은 충의백이기에, 품계가 낮은 공신이 높은 공신을 해하려 한 것은 임금을 해치려 한 것과 같다는 논리를 들어 벌을 주라고 한 것이었다. 이는 이제 이성계를 왕으로 대접한다는 것을 임금 스스로가 인정한다는 의미였다.

지용기를 삼척으로, 박위를 풍주에, 심덕부를 토산으로 귀양 보냈는데 지용기는 유배지에서 죽었다. 그러나 심덕부와 박위 두 사람은 줄곧 무고함을 주장했고 더 이상 벌을 줄 명분이 없었으므로 얼마 되지 않아서 사면해주었다.

이들은 모두 이성계에 못지않은 무공을 세운, 군사적으로 기반이 든 든한 사람들이었다. 좌상이 명백하게 드러나지 않았는데도 벌을 주고 관 직을 삭탈한 것은 이들을 지지하는 군사적 기반을 무력화시키려는 조치 였다는 말들이 돌았다.

지용기는 전라도·경상도·양광도 원수를 지내면서 왜적과의 전투에서 많은 공을 세웠고, 박위는 군함 100척을 동원, 대마도를 정벌하면서 적 선 300척을 격파하는 등 전과를 올려 왜구의 간담을 서늘하게 했다. 심 덕부는 서해도 도원수를 있을 때 도원수 나세와 화약을 만든 최무선과 함께 진포에 침입한 왜선 500척을 격파하는 등 혁혁한 공을 세웠고, 또 한 서북면 도원수로 있으면서 회군하는 이성계를 도운 든든한 지지자였 다. 하여 이들이 갖는 군사적 배경은 이성계에게는 부담이 아닐 수가 없 었다.

비록 이성계에게 군사적 실권이 주어졌다고는 하나 아직은 불안했다. 이들은 언제나 위협적인 세력이었다. 더군다나 이들은 이성계의 측근과 는 달리 개혁에 소극적이고 때로는 발목을 잡기도 했는데 특히 심덕부 가 정몽주와 어울리면서 그러한 기색이 더했다.

정도전은 자신이 주도하던 전제 개혁이 반쪽으로 졸아들고 사병혁파 등 개혁이 무산된 것이 자신이 명나라 사절단으로 간 사이에 심덕부 등 공신 중 반개혁 성향의 인사들이 정몽주와 손을 잡은 결과라고 생각했 다. 정도전을 비롯한 개혁파 인사들은 이 기회를 빌려서 심덕부, 지용기, 박위를 제거하고 이성계가 병권을 확실히 거머쥐게 해야 한다는 생각에 서 이들을 적극적으로 벌하라고 주장했던 것이다.

김종연 사건은 윤이 사건과 궤를 같이하는 것이었다. 당초 윤이 사건이 허무맹랑한 것이었기에 거기에 연루된 인사들의 죄란 있을 수 없었다. 억울하게 이름이 오른 김종연으로서는 가만히 당할 수 없었기에 구명운동을 하러 다녔던 것이고, 김종연과 접촉한 사람들은 그가 억울하게 당하고 있다는 것을 알기에 동정해서 신고하지 않았는데 이것이 조사 과정에서 김종연이 난을 일으키려 했다고 와전되었고 정도전은 이를 이용한 것이었다.

한편 정몽주는 그러한 정도전의 속내를 훤히 꿰뚫고 있었다. 그러함에도 그가 윤이 사건 때처럼 적극적으로 부당함을 주장하고 나서지 않는 것은 김종윤의 입에서 자신의 이름이 나왔고 또 근래에 심덕부와 가까이 지냈기 때문에 오해를 받을까 하는 우려 때문이었다. 그러나 그 일로 인해 고통을 받는 자를 생각해보면 그냥 지나칠 수는 없는 일이었다.

'삼봉, 억울함을 당하는 사람이 또 여럿 생겼네. 자네의 그 욕심이 어디까지 가려는지 내 결코 가만히 두고 보지만은 않을 것일세.'

정몽주에게는 이제 40년 지기의 우정이란 남아 있지 않았다. 그에게 '정도전'이란, 반드시 제거해야만 할 정적이었다.

공양왕은 서둘러 개각을 단행했다. 유배를 간 심덕부가 차지하고 있던 문하시중 자리에는 이성계가 임명되었다. 수문하시중에는 정몽주가 앉았다. 이 밖에 이성계의 측근인 배극렴, 설장수, 조준이 문하찬성사 등 요직의 자리를 차지했다. 개각에 이어서 곧바로 군사제도의 개편도 단행되었다.

헌부에서 아뢰었다.

"중앙과 지방 군사의 통솔은 모두 이 시중이 하게 하시옵소서."

군권 장악은 이성계가 대업을 이루기 위한 숙제였다. 군부의 지지를 받고 있는 핵심 인사인 심덕부, 지용기, 박위를 숙청했음에도 여전히 뿌리를 내리고 있는 그들의 잔당 세력마저 모조리 제거하고자 한 것이었다.

중앙과 지방으로 나뉘어 있는 군사 체제를 중앙군으로 통합하여 3군 체제로 만들었다. 이는 각도의 원수가 지휘하던 병권을 회수하여 중앙 통제를 강화한 편제였다.

최고 사령관인 도총제사에는 이성계가 앉고 중군 총제사에는 배극렴, 좌군 총제사에 조준, 우군 총제사에는 정도전이 앉았다.

이로써 이성계의 세력은 조정과 군권을 모두 장악한 셈이 되었다. 이제 이성계는 문하시중으로 조정의 일인자일 뿐 아니라 군 통수권까지 거머쥐게 되어 명실상부 최고의 권력자가 되었다. 이는 임금도 마음대로 갈아치웠던 무신 시대의 실권자 최충헌에 비견되는 막강한 권력이었다.

3

임금은 혼란한 정국을 수습하기 위해 신하들의 직언을 듣고자 했다. 이에 정몽주가 직언을 올렸다.

"지금 사람들은 중국의 고사(故事)는 알고 있으나 본조(本朝. 고려왕조)에 대해서는 잘 알지 못합니다. 청컨대 편수관(編修官)을 두어 역사를 편찬하여 식자들에게 널리 읽히고 교양을 쌓도록 하심이 어떠하신지요?"

"그것 좋은 생각이오. 편수관은 누구로 하여야겠소?"

"이색과 이숭인은 학문이 깊고 행동거지가 반듯해서 중국에서도 그 명성이 자자합니다. 전하께서는 지난날 이들을 사면하셨으나 아직 직첩은 내려주지 않았사옵니다. 이는 죄를 사하여 준 것일 뿐 인재를 중하게 여기는 일은 아니오니 이들에게 편수관 일을 맡겨 역사를 편찬하게 한다면 후세 사람들이 이를 열람하고 모두 전하의 덕으로 칭송할 것이옵니다."

"오, 그래? 그것참 잘된 일이오. 그리하도록 하오."

임금은 그 즉시 이색, 이숭인, 우현보에게 직첩을 내려주고 심덕부는 죄가 없다 하여 유배에서 풀어주고 공신록을 돌려주었다.

"또한, 전하께서 보위에 오르신 지가 3년이 되었사온데 아직 상국으로 부터 고신(告身)[20]을 받지 못했사옵니다. 빠른 시일 내에 우선 세자를 책 봉하시고 황제의 생신을 맞아 세자를 사절로 보내시어 축하를 드리도록 하시옵소서."

고신을 받는다는 것은 황제의 신하가 된다는 뜻이다. 그리되면 보위도 한결 든든해지는 것이다. 그러한 뜻에서 우왕, 창왕도 황제에게 고신 받 기를 그토록 원했던 것이다.

공양왕은 정몽주의 건의를 받아들였다. 그리하여 신하로부터 위협을 받는 자신의 자리를 한결 튼튼히 하고자 한 것이다. 서둘러 아들 석(王奭) 의 세자 책봉식도 거행했다.

"삼봉 형님, 이게 말이 되는 일이오이까? 역적들을 사면한 것도 부족해 서 이제는 그들에게 벼슬길까지 열어주다니 이게 어떻게 된 일입니까?"

이색, 우현보, 이숭인에게 직첩을 내린다는 교지가 내려지자 남은이 흥분해서 정도전을 찾아왔다.

"나도 그에 대해서 생각하고 있었네. 가만히 두고 볼일은 아닐세."

정도전도 그에 대해서 깊이 생각하고 있었던 듯 표정이 어두웠다.

....

20) 관리에게 주는 임명장. 즉 명 황제로부터 고려왕을 제후로 인정한다는 사령장을 말한다.

"이 일을 주도한 사람은 포은 대감이외다. 포은이 드디어 우리와 맞서자고 작정을 하고 나오는군요. 역적들에게 벼슬을 내려주도록 한 것은 저들과 손을 잡고 우리를 내칠 생각에서 벌이는 일이 아니겠소?"

"포은도 각오를 하고 벌이는 일이겠지. 나는 이미 포은과 일전을 각오하고 있네."

"만만치 않은 일이외다. 포은은 지난 세월 비방을 받을 만한 일은 한 적이 없고, 또 젊은 사대부 중에 따르는 이가 많으니 그를 탄핵하기가 쉬운 일이 아닐 터인데……"

"그렇다고 이대로 두고 볼 수도 없는 일이지 않은가? 소나무를 재목으로 쓰려면 가시덩굴을 모두 제거해야 하는 것이네."

정도전의 얼굴에는 이성계를 받들어 기어이 새 시대를 열고야 말겠다는 결연한 의지가 서렸다.

휘영청 떠오른 달빛이 뜰 안에 가득했다. 달이 이리도 밝은 걸 보니 보름이 가까운 모양이다. 이성계는 달의 모양새를 보고 날짜를 어림잡아 보았다. 바쁜 일상을 보내느라 세월이 가는 것조차 잊고 있었다. 이성계는 오랜만에 달빛에 취해서 뜰 안을 거닐며 이런저런 상념에 젖었다.

'정녕 포은이 나와 척을 질 것인가?'

무엇보다도 포은과의 일을 생각하니 마음이 무거웠다. 포은과 인연을 맺어온 지가 어언 20년 세월이다. 처음 만났던 곳이 강원도던가……? 경상도 어디였던가……?

이성계가 왜구를 토벌하러 출정하는 곳에 정몽주는 여러 번 조전원수로 참여했었다. 전쟁을 치르는 동안 여러 날을 함께 묵으면서 두 사람은 서로 깊은 애정과 신뢰를 쌓았다. 이성계는 정몽주의 학식과 능력 그리고 고고한 인품을 흠모했었다.

이성계가 조정에 진출했을 때도 정몽주는 지지를 아끼지 않았다. 회군해서 최영과 일전을 치르고 우왕을 쫓아낼 때도 그랬고 여러 번 정변을 거치면서 조정 내에 발판을 굳힐 때도 그렇고, 정몽주는 그때는 적어도 드러내 놓고 이성계를 반대하지는 않았었다. 신씨 임금을 몰아내고 지금의 임금을 세우고자 할 때도 정몽주는 이성계의 편이었다.

'그런데 최근 일련의 일들을 보면…… 그는 나에게서 등을 돌린 것이 분명하다.'

포은이 무슨 마음을 먹고 이색과 우현보를 편들고 나선 것일까? 이성계는 정몽주가 이들에게 직첩을 내려주도록 건의하여 임금이 이들을 재등용한 것에 대해서 깊이 생각해보았다.

이색과 우현보는 구세력을 대표하는 인물로서 자신의 목숨을 노리는 일에 여러 번 가담했던 인사들이 아니었던가? 이성계 자신도 측근을 시켜서 그들에게 중죄를 주라고 여러 번에 걸쳐서 참소했었다. 그들과는 이미 돌아올 수 없는 다리를 건넌 사이인데 포은이 그들을 감싸고 돌다니…….

야속하기 그지없는 일이었다. 이성계는 밝은 달을 다시 한 번 쳐다보았다.

'내 고향 화령 땅에도 저 달이 비치겠지?'

그러나 이성계가 지금 맞고 있는 달빛은 고향 땅에서 맞았던 그달이 아니다. 고향 땅의 달빛에는 따사로운 온기가 서려 있었다. 비치는 밝음도 더했다. 지금 개경 땅에서 맞는 달빛은 어떤가? 같은 달인 데도 사뭇 달랐다. 차가운 냉기가 감돌고 으스스한 살기마저 느끼게 하는 음산한 달빛이었다.

고향 땅 함흥에서는 모두가 한 가족처럼 끈끈한 유대를 맺었고 자신을 어버이처럼 섬기며 영웅으로 떠받들었다. 그때는 반목도 없었고 자신이 명을 내리면 모든 일이 무난했다. 그러나 지금은 동북면 변방 장수에서 그토록 열망하던 개경으로 진출하여 임금조차도 감히 어쩌지 못하는 최고의 권좌에까지 올랐건만 어깨에는 짐을 가득 얹어놓은 듯 가슴이 무겁기만 하다.

권력을 차지하면서 겪은 일들이 너무나 험난했다. 그 권력을 쟁취하는 과정에서 무수한 죄 없는 사람들이 죽어 나갔고 고통을 받았다. 전쟁터에서 마주친 적군의 목숨을 빼앗는 것은 내 강토를 지켜내고자 하는 일념에서 하는 일이고, 원수를 처벌해야 한다는 복수심에서 하는 일이어서 당당할 수 있었는데 권력 투쟁에서 일어난 참혹한 일들은 그와는 달랐다. 비록 정치적 견해가 달라 어쩔 수 없었다고는 하지만 당한 자들의 입장에서는 원한이 하늘에 닿는 일이고 그것은 대대손손 만세에 이어져 가는 일이지 않은가.

그러한 일을 당한 사람 중에는 최영과 조민수 장군 같은 이도 있다. 그들은 한때 목숨을 같이한 동지였고 여러 가지로 은혜를 베풀어준 대선배이기도 했다. 이색 또한 그의 훌륭한 학식을 존경하여 한때는 가르침을 받고자 흠모했던 사람이다. 그들은 이제 이성계를 불공대천의 원수로 생각할 것이다. 그중에서 무엇보다도 애석한 것은 장남 방우가 아비를 보지 않겠다고 종적을 감추어 버린 일이었다.

그런데 이제 또 벗이던 정몽주가 등을 돌리고 적으로 맞서려 하고 있다니……. 삼봉이 찾아와서 이색과 우현보를 죽여야 한다는 말을 하고 갔다. 때에 따라서는 포은도 죽여야 한다는 말을 했다.

'또 한 번 원치 않는 피를 이 손에 묻혀야 하는가? 언제까지 이런 일이 반복되어야 하는가. 진정 대업은 달성할 수 있기나 할 것인가? 지금이라도 멈출 수는 없는 일인가?'

이런저런 생각에 일순(一瞬), 회의(懷疑)하는 마음이 들기도 했다.

'아, 오늘 밤은 저 크고 둥근 달이 유난히 슬프게 보이는구나!'

이성계는 문득 고향으로 돌아가고 싶은 생각이 들었다. 부질없는 모든 일을 내던지고 시기와 질투가 없고 생목숨을 잡는 억울함이 없는 고향 땅으로 돌아가서 진정 자신을 믿고 따르는 사람들과 함께 마음 편하게 지내고 싶다는 생각이 들었다.

4

정도전은 정몽주가 직언했던 일을 정면으로 반박하고 나섰다.

황제가 생일을 맞아 사절을 접견하여 세자의 인사를 받는다는 것은 고려왕을 제후로 인정한다는 것이 되어, 추후 대업을 일으키는 데 지장을 주는 일이므로 이를 막고자 한 것이었다. 정도전에 이어서 밀직부사 남은이 상소했다.

> "지난날 신우 복위 사건에 연루된 자 중에는 어떤 자는 죽음에 이르는 벌을 받았는가 하면 어떤 이는 벼슬에 복귀하여 한 점 부끄러움 없이 개경 저잣거리를 활보하고 있습니다. 이들은 또한 윤이, 이초 사건에도 연루되었고 이로 인해서 나라가 큰 변고를 받을 지경에 이르기도 했습니다. 다행히 조반 등 사신이 이를 상국의 예부로부터 전해 듣고 조정에 알림으로써 일은 잘 처리가 되었습니다만, 전하께서는 벌을 주어야 할 자들에 대해서 망설이고 계십니다. 이색과 우현보

는 사건의 배후라는 것이 밝혀졌는데 어찌하여 벌을 주지 않으시는 지요? 극형에 처해도 마땅한 자들인데 어찌하여 벼슬을 내려주어 궁중으로 불러들이시는지요?"

임금은 빗발치는 상소를 궁중에 묵혀 둔 채 아무런 비답을 주지 않았다. 소심한 성정이기에 후유증을 생각하여 즉답을 피하며 혼자서 속앓이를 하고 있었다.

정도전이 이번에는 도당에다 글을 올려 이색과 우현보의 목을 벨 것을 청했다.

헌부에서도 정도전의 청을 받아 이색, 우현보, 이종학, 이을진, 왕안덕, 이경도에 대해 다시 치죄할 것을 건의했으나 왕은 여전히 아무런 답을 주지 않았다.

"이색, 우현보는 만난의 근원입니다. 그들이 살아 있는 한 윤이, 이초
의 변과 같은 일이 언제 또다시 생길지 모르는 일입니다."

대간에서도 번갈아 가며 상소했다. 정도전은 이색과 우현보를 두고서는 절대로 대업을 이룰 수가 없다고 보았기에 반드시 두 사람을 제거해야겠다는 마음이었다. 그러나 공양왕의 입장에서는 달랐다. 이색과 우현보가 비록 우왕과 창왕 대의 중신이었다고는 하나 그들이 사라지면 조정은 온통 이성계 천지가 되어 자신도 언제 보위에서 쫓겨날지 모를 일이기에 어떡하든지 그들을 붙잡아 두려는 마음이었다. 더군다나 우현보는 왕실의 외척이니 그러한 마음이 더했다.

정도전은 자신의 뜻을 관철시키기 위해서 다른 방법으로 시위를 했다. 병을 핑계로 입궐을 하지 않았다. 임금은 정도전이 입궐하지 않자 마음이 졸아들었다. 대언(代言) 안원을 보내 달래어 입궐시켰다.

임금과 정도전이 독대를 하고 앉았다. 정도전은 임금의 마음을 상하게 했기에 불충죄로 벌을 받을 수도 있었다. 그러나 전혀 주눅이 들지 않았다. 임금이 오히려 답답하여 사정을 하고 싶은 마음이었다.

"이색과 우현보의 죄는 덮어두기로 한 지가 이미 오래되었는데 지금에 와서 새삼 죄를 묻고자 하는 상소가 빗발치는 이유는 경이 뒤에서 부추기고 있기 때문이 아닌가? 또 병을 핑계 대어 과인을 보지 않겠다는 것도 그런 뜻이 아닌가?"

"전하께서 말씀하시는 것이 틀리지 않사옵니다."

정도전은 부인하지 않았다. 벌을 줄 테면 줘보라는 듯 당당하게 대답했다.

"그들의 죄가 무엇인가?"

"두 사람은 신우가 임금으로 있을 때 중신을 지냈던 사람입니다. 우는 재위 시절에 포악한 성정으로 죄 없는 많은 사람을 죽였고 백성을 돌보지 않아 원성을 사 왔는데 어리석게도 최영의 꼬임에 빠져 요동정벌을 추진하다가 보위에서 쫓겨났던 것입니다. 이에 이 시중을 비롯해 뜻있는 장수들이 왕씨로 왕통을 계승하고자 의론하였으나 역적 조민수가 욕심을 부려 우의 아들 창으로 하여금 대를 잇게 만들었습니다. 이때 이색은 우의 아들 창이 후사 임금이 되어야 한다고 주장했던 사람입니다. 전하의 입장에서는 크나큰 역적질을 한 사람입니다."

정도전은 막힘없이 이색의 죄를 주장했다.

정도전은 당당했다. 임금의 기색에도 조금도 흔들림이 없었다. 공양왕은 정도전을 설득하여 뜻을 무마시키고 또 임금의 권위로 그의 의지를 꺾어 보려고 불러들인 것이었지만 그러한 의도는 전혀 먹혀들지 않았다. 그러한 정도전의 태도는 임금을 오히려 질리게 만들었다. 두렵기조차 했다.

공양왕은 끝내 정도전의 뜻을 꺾지 못했다. 마침내 공양왕은 마지못해 이색 등을 벌주라는 명을 내렸다. 이색을 함창(경상북도 상주시 함창면)으로 유배 보냈고 아들 이종학과 이을진, 이경도를 먼 지방으로 유배를 보냈다. 그러나 우현보에 대해서는 여전히 아무런 조치를 하지 않았다.

공양왕은 정에 약한 사람이었다. 우현보를 끝까지 지켜주고자 하는 것은 딸 내외가 매일 찾아와 울면서 하소연을 하기에 죄상도 불분명하지만, 핏줄의 정에 못 이겨서 그리한 것이었다.

탄핵

1
....

'삼봉이 마치 제 세상을 만난 듯하구나. 삼봉, 네가 모시는 임금이 진정 누구더냐? 네 눈에는 이성계밖에 보이지 않는단 말이냐? 아직은 이 나라가 왕씨의 나라인 것을 정녕 네가 모르고 있다는 말이더냐!'

정몽주는 이 모든 일이 정도전이 임금과 독대하여 일어난 일이라는 것을 전해 듣고서 몹시 화가 났다. 임금이 사정하다시피 했는데도 요지부동으로 듣지 않고 기어이 이색, 우현보 등을 참형하라고 고집을 부리다니…….

"삼봉이 전하께 하는 어투는 불손하기 이를 데가 없어서 감히 신하로서 임금에게 예를 갖추었다고 말하기가 어려운 지경이었습니다."

환관이 당시의 상황을 전하면서 임금이 불쌍하다는 듯 눈물을 글썽였다. 정몽주는 두 주먹을 불끈 쥐었다.

'내 정녕코 너를 더 이상 이대로 두고 보지는 않을 것이다.'

정몽주는 자신을 지지하는 인사들을 불러 모았다.

대간 김진양을 비롯해 강회백, 정희, 서견, 왕당, 유백순 등이 그들이었다.

"삼봉이 설쳐대는 꼴을 더 이상 볼 수가 없소이다."

"세자를 세우는 일은 종실의 일이고 세자를 세웠으면 의당히 황제께 문안을 여쭙는 것이 당연한 일이거늘 어찌하여 그것까지도 문제로 삼는다는 말이오."

"이색과 우현보, 이을진, 정회계 등은 윤이, 이초 사건에서 혐의가 없다고 모두 풀려났던 사람들인데 왜 새삼 벌을 주어야 하는지 헌부에서 소를 올린 자들도 모두 마찬가지가 아니겠소? 밀직부사 남은은 또 어떻고요? 혐의도 뚜렷지 않은데 극형에 처하라니, 이게 말이나 될 법한 일이오?"

모두는 약속이나 한 듯이 부당함을 성토했다.

"이 모두는 여러 입을 거쳐서 나온 것이지만 실은 삼봉의 입에서 나온 것이 아니겠소? 모두가 삼봉의 비위를 맞추느라 올린 상소이니 삼봉이 문제인 것이오."

일행들의 성토를 듣고 있던 정몽주가 분노 가득한 목소리로 말했다.

"삼봉 그자가 미천한 곳에서부터 시작하여 재상의 반열에 오르니 마치 세상을 다 가진 듯이 기고만장하고 있소이다. 앞으로 이 나라가 어디로 갈는지가 걱정이오."

김진양이 맞장구를 쳤다.

"삼봉을 탄핵합시다."

"합시다."

정도전을 탄핵하자는 소리가 기다렸다는 듯이 터져 나왔다.

"삼봉이 저렇게 설치는 것은 뒤에 이 시중이 받치고 있기 때문이지 않소이까? 이 기회에 이 시중도 함께 탄핵합시다."

성균사예 유백순이 말했다. 하나 정몽주가 이를 말렸다.

"이 시중에게는 아직 탄핵할 만한 죄가 없소. 그를 직접 탄핵하는 것은 전하께 불충하는 짓이오. 이 시중이 요동정벌을 반대한 것은 상국에 대한 도리를 지키느라 한 일이고, 우와 창을 쫓아낸 것은 신씨에게 빼앗긴 왕위를 되찾고자 한 일로 그로 인하여 전하께서 보위에 오르게 되었으니 오히려 상을 받을 일이오. 이색과 우현보 등 구신들을 벌주고자 하는 데에 그의 속내가 포함되어 있다고 볼 수도 있으나 그는 직접 탄핵하지 않았고 측근들이 알아서 한 일이니 어쩔 도리가 없는 일이 아니겠소?"

"포은 대감, 지금 시중에 떠돌고 있는 소리를 못 들어보셨소이까? 참으로 듣기가 민망한 소리가 회자되고 있답니다."

"나도 들은 바가 있소. 목자득국(木子得國)은 이미 오래전부터 회자됐던 말이 아니오. 그것은 이 시중이 전쟁터에서 연전연승을 하니 백성들이 기대감에 차서 하는 소리겠지요. 또 목자(木子)가 이 시중을 꼭 지칭하였다고 볼 수도 없는 일이고……"

"이런 일도 있다고 들었소이다."

"또 다른 무슨 일이……?"

"의주에서는 말라 죽었던 고목이 살아나는 것을 보고 이 시중이 임금이 될 것이라는 소문이 퍼져 있다고 합니다."

정몽주는 유백순의 말을 일응 부인했으나 수긍이 가지 않는 바도 아니어서 고개를 끄덕였다. 이성계는 지금 신하로서 최고의 권력을 휘두르는 자리에 올라 있다. 그 권력은 임금조차도 어쩌지 못하는 무소불위한 것이다. 과거에도 신하가 임금 이상의 권력을 휘두른 때가 없지는 않았다.

또 그 권력을 이용하여 그 이상이 되려고 한 예도 있었다.

예종, 인종 때의 권력자 이자겸은 둘째 딸을 예종의 비로 바친 데 이어 셋째, 넷째 딸까지 예종의 아들인 인종의 비로 들여서 외척으로서 크나큰 권력을 행사했다. 이자겸에게 인종은 외손자인 동시에 사위가 되므로 왕실에 대한 예도 바치지 않았고 스스로 지국국사(知軍國事)[21]라 칭하면서 국정을 농단한 것도 모자라 인종을 암살하고 스스로 왕이 되고자 난을 일으켰다.

이자겸이 임금이 되고자 한 것은 『도선비기(道詵秘記)』에 전해 내려오는 십팔자득국설(十八子得國說)을 믿었기 때문이다. 十八子는 李의 파자(破字)이므로 이는 곧 이씨가 왕이 된다는 말이다. 이는 중국에서 전해 내려온 당나라의 건국을 예언했다는 풍설로 일종의 정치적 조작설인데 이를 도선비기에 옮겨놓았고, 권력을 움켜쥔 자가 이를 퍼뜨려 자신의 권력의 정당성을 인정받고자 이용한 것이었다.

이런 수법은 오늘날에도 정치적인 의도로 '지라시'라는 형태로 만들어져서 여전히 이용되고 있어서 실소하게 만든다.

'십팔자득국…… 목자득국이라…… 결국 이씨가 왕이 될 것이라는 말인데 이자겸의 꿈은 허황한 것으로 끝났지만, 지금의 이성계는 정녕 그 꿈을 실현시키기 위하여 이를 퍼트리고 있는 것인가?'

정몽주는 유백순의 이야기를 들으면서 이성계에 대한 의혹이 점점 커져갔다.

....

21) 나라의 모든 일을 맡고 있음을 뜻하는 관명.

"이 시중은 지금 군권을 쥐고서 군사를 사병 부리듯 제 마음대로 휘두르고 있고 군사에 쓸 물자를 자신의 사용(私用)으로 쓰고 있다는 말도 있답니다."

순녕군 왕담이 거들고 나섰다.

"이 시중과 장수들이 무진년 요동을 치라는 왕명을 거역하고 회군을 한 것은 공이 아닌데도 그 일로 여러 사람들이 상을 받았고 삼봉 등이 이성계를 떠받들고 권력을 마음대로 부리니 이는 지난날 무신정권 때의 일이 다시 되풀이되는 듯합니다……"

"이성계를 두고서 삼봉만을 제거하는 것은 뿌리는 놔둔 채 풀만 베는 것이 되니 뿌리까지 뽑아서 아예 근원을 없애야 합니다."

왕담과 유백순이 주거니 받거니 이성계를 험담했다.

"……그러나 이 시중과 그 일당을 한꺼번에 몰아내기는 아직 우리의 힘이 약하니……"

생각이 깊어 별말을 하지 않고 있던 정몽주가 이야기의 끝판을 정리했다.

"이 시중은 지금 문하시중에다 삼군도총제사를 맡아 조정 권력과 군권을 같이 쥐고 있어 이에 맞대응하기에는 우리의 힘이 너무 부족하오이다. 삼봉이 이 시중의 중요한 책사 노릇을 하고 있으니 삼봉과 함께 조준 등 측근 인사 몇몇을 제거한다면 이 시중의 세도 꺾일 것이니 그때 가서 이 시중도 도모한다면 일이 수월해질 것이오이다."

"그게 좋을 듯합니다. 그렇다면 삼봉을 탄핵하는 일은 제가 맡아서 하겠습니다."

김진양이 대간의 직책을 맡고 있으니 삼봉을 논핵(論劾)하겠다고 자청하고 나섰다.

'우현보를 벌받게 하지 않으면 내 이 일을 추진하지 않음만 못하다!'

정도전은 스승인 이색조차도 극형에 처하라고 상소를 올리고 유배를 가게 만든 마당에 우현보가 이번에도 벌에서 빠졌으니 그를 감싸고도는 공양왕에게 여간 서운한 감정이 아니었다.

정도전은 우현보에 대해 어렸을 때부터 품었던 원한이 골수에 사무친 듯 깊었는데 번번이 벌을 피해 나가는 것을 보니 분하지 않을 수가 없었다. 비록 우현보의 손자 우성범이 임금이 예뻐하는 사위라 하더라도 용서할 수가 없었다. 기어이 벌을 주고 말 것이라고 속으로 이를 갈았다.

임금이 더 이상 비호하지 못하도록 우현보에 대한 죄상을 낱낱이 조사해서 다시 소를 올렸다. 그 일에는 형조와 헌부에서 일하는 자파의 세력을 모두 동원했다.

상소는 거의 매일 계속되었다. 임금은 쌓이는 상소문을 앞에다 놓고 한숨을 쉬었다.

'정말로 끈질긴 자로고……'

상소가 더해 갈수록 임금의 정도전에 대한 미움도 더해 갔다. 그러나 정도전 뒤에 이성계라는 막강한 인물이 철벽처럼 받치고 있으니 행동으로 미움을 표시할 수가 없었다. 생각다 못해 묘안을 내었다. 우대언으로 있는 이방원을 조용히 불렀다.

"내, 그대에게 한 가지 청이 있어 이렇게 불렀노라."

"……?"

"정당문학 정도전이 헌부를 동원하여 연일 우현보의 죄상을 들춰내어 벌을 주라고 주청하는 것이 도를 넘어 과인이 정무를 볼 수가 없을 지경에 이르렀다. 그대가 가친에게 가서 상소를 멈추도록 간청을 해보라."

정도전이 상소한 것은 죄인을 벌주라는 것이었다. 벌을 주고 안 주고
는 임금 자신이 결정할 문제였으나 공양왕은 이를 이성계의 사주에 의
한 정쟁이라고 판단했기에 이성계의 눈치를 보며 무마하려고 한 것이다.

이성계는 아들에게서 임금의 뜻을 전해 들었다.

"전하께서 어찌하여 나에게 직접 하교하지 않고 너를 통해서 말을 하
였느냐?"

"그 뜻은 분명치 않으나 아버님께서 뒤에서 일을 주선하고 있다고 보는
것 같았사옵니다. 전하는 아버님을 의심하고 계시는 것 같았사옵니다."

"음⋯⋯!"

이성계는 임금이 자신을 삼봉의 배후라고 지목하고 있는 것이 개운치
않았다. 임금이 왕위에 오른 것은 자신의 주도로 된 일인데 이제 와서
자신의 의도를 의심하고 의혹 어린 시선으로 보고 있으니 그에 대한 실
망이 컸다. 또 임금에게 속내를 다 내보인 것 같아서 체면을 구겨버린 민
망함도 들었다. 자칫 빌미가 잡혀서 공격을 당할 우려도 걱정하지 않을
수 없었다.

그렇지 않아도 자신에 대해 이러쿵저러쿵 뒤에서 비방하는 소리를 듣
고도 못 들은 척해왔는데 임금조차도 자신을 불신하고 있으니 이대로
있어서는 안 되겠다는 생각이 들었다.

"너의 생각은 어떻게 하는 것이 좋으냐?"

"이는 삼봉 대감의 생각입니다. 전하께서 우현보를 싸고도는 정도가
지나치십니다. 아버님께서는 모른 척 두고 보십시오."

"그리 생각하느냐?"

임금은 한동안 이성계의 눈치를 보고 있었으나 이성계는 아무런 표를 내지 않았다. 이 사이에도 우현보를 벌주라는 상소는 계속되었다.

임금은 어쩔 수 없이 우현보에 대해 조치를 취했다. 우현보를 철원 땅으로 귀양 보내고 도평사에 명을 내렸다.

"윤이, 이초의 일로 한동안 어수선하여 정무를 볼 수 없었는데 이로써 죄인을 벌하였으니 더 이상 이 일에 대해서 논쟁을 하지 마라."

그러나 이 일은 정도전을 비롯한 이성계 일파가 역풍을 맞는 계기를 만들었다. 위기를 느낀 구세력들이 다시 뭉쳐서 이성계 일파를 공격하기 시작했다.

이색과 우현보, 구세력의 중심인물이 제거된 마당이라 정몽주가 새로운 인물로 부상하여 일을 추진했다. 정몽주는 이제 이성계의 속내가 무엇인지도 확실히 눈치를 챘다.

'고려를 위하여!'

정몽주는 아무리 어지럽고 구실을 못하는 나라이긴 하지만 고려라는 나라가 없어진다는 것은 상상할 수가 없었다. 신하가 임금을 배신하고 왕위를 찬탈한다 함은 있을 수 없는 일이었다. 자신은 고려의 신하로 남아 나라를 바로 세우는 일을 택하고자 결심을 한 것이었다.

'이 내 몸이 죽어서 백골이 진토가 되어서라도 내 기어이 고려를 지켜내리라!'

정몽주는 이성계를 부추기는 인물로 정도전과 조준, 남은을 꼽았다. 그들만 제거한다면 윤소종과 오사충 등 그를 따르는 무리들은 쉬운 상대이고, 그렇게 된다면 이성계의 꿈은 저절로 무산될 것이고, 고려도 무사할 것이라고 계산을 했다.

대간 김진양이 정도전을 탄핵하는 상소를 올렸다.

> "삼봉은 가풍이 바르지 못하고 족보가 밝혀지지 않은 한미한 가문
> 출신인데 과분하게도 큰 벼슬을 받고서 조정을 어지럽히고 있나이다.
> 이색과 우현보는 삼봉과는 사제간이며 척(戚) 간이 되는데 삼봉은 인
> 륜의 도를 무시하고 두 사람에 대하여 죄상도 분명치 않은 것을 들
> 추어내어서 중죄를 주라고 여러 차례 간하였습니다. 이는 유자(儒者)
> 의 도리가 아니어서 백성들이 본받을까 두려운 일이 오니 중벌을 주
> 어서 만백성으로 하여금 경계하게 하옵소서."

이 내용은 정도전에게도 전해졌다.

'비열한 놈들!'

정도전은 탄핵 내용에 출생에 대한 험담이 들어 있다는 것을 듣고는
당장에라도 달려가서 물고를 내고 싶은 마음이었으나 치밀어 오르는 분
노를 가까스로 참았다. 가문이 한미하고 족보가 밝혀지지 않았다는 것
은 치부를 들추어내어 창피를 주자는 것이 아닌가? 모친이 종의 여식이
었다는 사실은 그에게는 천형과 같은 것이었다. 자신에게뿐 아니라 그것
은 부친에게도 큰 짐이었기에 부자는 그에 대한 아픔이 유달리 컸다.

오늘날 우현보를 그리 줄기차게 극형에 처하라고 주장하는 이유도 우
현보 부자가 아버지 정운경과 자신 보기를 벌레 보듯 하며 미워했기에
그를 되갚아 주고자 하는 응어리가 컸기 때문이었다. 이제 그 아픈 상처
를 정몽주조차도 건드리고 있는 것이었다.

'그래, 이놈들! 종의 자식으로 태어나고 싶은 사람이 어디 있고, 명문
의 자손으로 태어나고 싶지 않은 사람이 어디 있더냐? 내 반드시 네놈
들이 내 앞에서 무릎을 꿇는 날을 만들고야 말 것이다. 왕후장상의 씨

가 어디 다르다더냐.'

임금은 정도전을 탄핵하는 상소를 앞에 놓고 망설였다. 생각 같아서는 참소가 있음을 핑계로 정도전을 내치고 싶은 마음이었으나 그 뒤에 서 있는 이성계를 생각지 않을 수가 없었다. 또 올라온 상소 내용을 보면 정도전의 죄라는 것은 실상이 없는 것이었다.

가풍이 바르지 못한 자가 높은 벼슬에 올랐다고? 스승과 집안의 어른을 모함했다고? 이는 다 그 나름의 이유가 있었던 일이고 임금 자신과 관계되는 일이 아닌가?

죄로 논하기에는 유치한 일이었다. 만약에 죄도 명확지 않은데 벌을 준다면 그의 편들이 벌떼같이 일어날 터인데……, 먼저 이성계부터 눈을 부라리고 덤벼들 터인데……. 임금은 그런 일을 당해내기가 쉽지 않겠다는 생각을 했다. 임금은 아무런 조치를 못 하고 눈치만 보며 어물쩍거렸다.

정도전은 자신이 받은 탄핵에 대해 구구절절 변명하기를 원하지 않았다. 그는 임금의 조처가 있기 전에 먼저 사직원을 내버렸다. '자신은 부당한 일을 하지 않았다. 하니 벌을 줄 테면 주어보라.'고 당당히 맞선 것이었다. 정도전은 자신이 비난을 받아야 할 이유가 없는데 모함을 받고 있다고 항변하면서 차라리 사직하겠노라 배짱을 부렸다. 결국, 임금은 정도전의 탄핵을 묻어두고 말았다.

3
....

정도전에 대한 탄핵 건이 마무리되고 얼마 되지 않아서 임금에게 익명의 투서가 올라왔다. 이를 받아 본 임금은 깜짝 놀랐다.

"무진년에 요동을 치라는 임금의 명을 거역하고 회군을 한 일은 장수들이 상을 받을 일이 아니온대 그 일로 상을 받았고, 또 신우를 몰아냈을 때 그 아들 창으로 하여금 대를 잇게 한 것은 당연한 일인데도 창을 세운 대신들이 옥에 갇히는 등 벌을 받았습니다.

이는 지난날 의종 때에 난을 일으킨 무인들이 정권을 획득하기 위하여 문신들을 탄압하는 등 법에도 없는 일을 저질러 나라를 어지럽힌 일과 다르지 않사옵니다. 난신적자들이 나랏일을 제멋대로 하고 있으니 이는 지난날 무신정권 때와 다름이 없는 일이라 여겨져서 나랏일이 심히 위태롭사옵니다."

투서의 내용은 이성계의 이름을 직접 명시하지 않았으나 이성계를 비롯하여 회군에 가담했던 장수들과 측근들을 비난하는 것이었다.

임금이 당황한 이유는 보위에 오른 이후 여태껏 여러 번의 상소를 받았지만 이처럼 노골적으로 이성계를 비난하는 내용이 없었기 때문이었다. 오늘날 임금이 보위에 오르게 된 것은 이성계의 주도로 된 일이기에 그를 비난하는 일은 곧 임금을 욕하는 것이 되어 누구도 이성계를 직접 대놓고 비난하지는 못했다. 뒤에서 수군거리며 일을 꾸민 일은 있었지만 적어도 상소문을 올려서 비난하지는 않았다.

임금은 상소문을 읽고서 한동안 망설였다. 어떻게 처리해야 할지 난감했던 것이다. 얼마 전 정도전이 사직원을 냈을 때도 이성계의 눈치를 보느라 이를 처리하지 못하고 반려했는데 이제는 그보다 더해 이성계를 직접 비난하는 상소를 접했으니 어떻게 처리해야 할지 판단이 서지 않았다. 비록 익명으로 올린 상소이기는 해도 누군가가 일의 추이를 내밀히 살피고 있을 터이니 묻어두고 있을 수도 없는 일이었다. 그렇다고 이성계를 문초하라는 명을 내릴 수는 더욱 없는 일이었다. 임금은 생각다 못해 도평사에 상소를 내려보내 의논을 해보라 했다.

도평사에서도 시끄러웠다. 내용이 도평사의 최고 수장인 이성계와 회군 이후 정국의 주도권을 쥐고 있는 장수들에 대한 비난이었으니 뜨겁기는 마찬가지였다. 도평사에서는 "내용이 익명으로 된 것이라 모함을 하려는 짓에 불과하다고 하여 익명의 투서자를 조사해야 한다."고 결론을 내렸다.

투서는 순녕군 왕담과 성균관서예 유백순이 모의하여 저지른 일로 밝혀졌다. 형조에서 두 사람을 붙잡아다 문초한 뒤 도평사에서 상소를 올렸다.

> "무릇 국가의 이해에 관계되는 일이나 군사 기무에 관한 중대한 일을 논하는 것과 간당(奸黨)의 죄상을 고발하는 것은 일월을 분명히 명시하고 죄상을 확실히 지적하여 진술해야 하는데 몰래 익명서를 투서하거나 말을 조작하여 비방하는 일은 국정을 교란케 한 것이므로 죄인이 비록 종친이나 귀척(貴戚)이라 하더라도 직첩을 회수하고 엄벌로 다스려야 할 것이옵니다."

임금은 아룀을 듣고서 고개를 숙이고 한참을 머뭇거리다가 마침내 허락을 내렸다. 왕담은 왕실 족보에서 삭제하여 견주로 귀양을 보내고 유백순은 곤장을 쳐서 귀주로 귀양을 보내 일을 마무리 지었다.

일은 마무리되었지만, 이성계의 마음은 편치 않았다. 이성계는 자신에 대한 비난이 노골적으로 거세지고 또한 임금조차도 불신하는 눈치이니 언젠가는 그 화가 자신에게 미칠지도 모른다는 생각을 했다.

이성계는 수많은 전쟁터를 누벼왔고 또 무진년 이후 간적을 물리치고 위화도 회군으로 정권의 핵심이 되어 임금조차도 갈아치우는 대범한 일을 한 것은 오로지 나라와 백성을 위한다는 대의에서 한 일이라고 자부해왔는데 세상인심이 자신을 그렇게 보지 않는다는 생각이 들었다.

세상인심은 자신을 무인시대에 권력을 탐했던 정상배 수준으로 보고 온갖 음해를 하고 있으니 참으로 견뎌내기가 어려웠다. 차라리 작지만 동북면을 지키며 영웅으로 지냈던 그 시절이 그리웠다.

고금의 역사에 등장하는 수많은 권력자들이 천하에 군림하며 세를 부렸지만 영원하지가 않았다. 권력이란 가볍고 간사한 것이어서 자칫 소홀히 다루면 언제 곁을 떠나가 버릴지 모르는 것이다. 권력은 허울과 같은 것이어서 그것이 벗겨지면 한낱 허망함만 남는 것인데……. 이성계는 문득 고향 땅 화령으로 돌아가고자 하는 생각이 들었다.

이성계는 측근들을 모아놓고 심경을 밝혔다.

"내가 그대들과 함께 왕실을 위해 힘을 다해왔는데 헐뜯는 말이 끊이지 않으니 가슴이 아파 견딜 수가 없소이다. 내가 이쯤에서 물러난다면 나를 더 이상 비난하지는 않을 것이고 나 스스로 물러났으니 나중의 화를 면할 수도 있을 것이 아니오. 나는 이제 다 내려놓고 고향 땅 화령으로 가서 편히 여생을 보내고자 하오."

"예?"

"갑자기 그게 무슨 말씀이옵니까?"

갑작스러운 부름을 받고 모여든 정도전, 조전, 남은, 조인옥, 배극렴 등 측근들은 뜻하지 않은 이성계의 말을 듣고 기겁을 했다.

"왜, 갑자기 그런 말씀을 하시는지요? 소신들이 들으니 놀라워서 입이 다물어지지 않사옵니다."

"전국시대 연나라 사람 채택은 어렵게 재상의 자리에 올랐지만 '1년 사

계절이 바뀌듯이 성공한 자는 그 자리를 떠나야 한다.'며 미련을 두지 않고 떠났소. 나도 변방을 지키던 장수에서 문하시중의 자리에까지 올랐으니 이제 그만 미련을 접고 떠나려는 것이오."

정도전도 기가 막히고 황당한 일이라 눈을 똥그랗게 치뜨며 물었다.

"무슨 그런 허망한 말씀을 하시옵니까? 우리가 시중 대감과 함께 이루고자 하는 일은 나라는 있되 나라 구실을 못하고, 백성은 있되 사람 취급을 못 받는 이 나라를 바로 세워서 만세에 물려주고자 함이 아니었습니까? 시중 대감의 귀에는 저 불쌍한 백성들의 비명 소리가 들리지 않으시옵니까? 채택은 재상 자리에 올라 성공했다 하여 물러난 것이지만, 시중께서는 아직 성공도 하지 않으셨는데 어찌 지금 물러나시려 하십니까?"

"허허, 동북면의 시골뜨기가 문하시중까지 올랐으면 성공한 것이 아니오? 나에게 성공이란 대체 무엇을 뜻한다는 말이오?"

"시중께서 이루시는 성공은 저 불쌍한 백성들이 희망을 갖는 나라를 만드시는 것입니다. 그때까지는 성공하였다고 할 수가 없습니다. 물러나신다는 말씀을 거두어 주소서."

"나라를 바로 세운다? 백성을 구한다? 나도 그런 일념으로 수많은 전쟁터를 누볐고, 임금의 명령조차도 어기고 말머리를 돌려 회군하여 신우와 창 부자를 쫓아내고 왕씨로 하여금 임금의 대를 잇게 하였소. 그러나 너무 힘이 드오. 나 자신은 사심이 없는데, 뒤에서 헐뜯는 소리가 너무 심하오.

나를 마치 옛날 무인정권 시대에 정권을 찬탈한 난신적자에 비유하는 것도 그렇고, 내 손으로 앉힌 전하마저도 나를 불신하고 있으니 이 어찌 견딜 노릇이겠소. 한나라를 세운 공신 장량(張良)은 나라를 세우고 난 뒤 신선을 따라가겠다고 낙향을 하였소. 그러한 장량을 유방은 한신과 영포, 팽월 등 여러 공신들을 죽이면서도 목숨은 살려주었소. 그 이유가 무엇이겠소? 장량이 더 이상 자신의 역할이 없음을 알고 벼슬에서 물러나는 겸양을 부렸기 때문이 아니겠소.

나도 이쯤에서 고향으로 물러나 여생을 보내고자 한다면 나를 헐뜯는 사람도 없을 것이고, 또한 죄도 뒤집어씌우지 않을 것이 아니오. 나는 고향으로 내려가 여생을 편하게 지내고 싶소."

"아니오이다. 그렇게 할 수는 없는 일이옵니다. 지금 종묘사직과 백성의 운명이 오직 시중 대감 한몸에 달려 있는데 어찌 가고 말고 하는 것을 경솔히 정할 수가 있습니까? 머물러 있으면서 왕실을 돕는 것이 좋습니다. 한구석에 물러나 있게 되면 헐뜯는 말이 더욱 거세어져서 종국에는 '다른 마음을 먹고 있다.'고 무고도 할 것이고, 그때 당하게 되는 화야말로 측량하기가 어려우니 생각을 바꾸어주소서."

정도전은 간곡히 설득했다. 모여 있는 일행 모두도 정도전과 같은 심정으로 이성계를 설득했다. 그러나 이성계는 이미 결심을 굳힌 듯 흔들리는 기색이 없었다. 같은 이야기가 결론을 내리지 못하고 밤이 이슥해지도록 되풀이되었다. 간간이 고성이 들리기도 하고 간절히 읍소하는 소리도 들렸다.

시련이 닥치다

1
····

이성계의 갑작스러운 사직 소동으로 정국은 일대 소용돌이를 쳤다. 이성계의 측근들은 큰 위기를 맞이하여 대책 마련에 부심한 반면에 정몽주 측에서는 이는 뜻밖에 맞는 호기였다.

공양왕에게도 혼란스러운 일이었다. 공양왕은 이성계의 저의가 어디에 있는지 살피느라 사직원을 처리하지 못하고 눈치를 살폈다.

이성계는 사직원을 제출했지만, 그의 측근들은 사직원을 반려하라고 궁궐 앞에서 연일 연좌 농성을 벌이고 있는 가운데 정몽주는 은밀히 찾아와서 사직을 수락하라고 부추기고 돌아갔다. 이런 와중인데도 이성계는 이렇다저렇다 말도 없이 입궐하지 않고 있으니 답답하기 짝이 없는 노릇이었다.

마음이 유약한 임금은 어떠한 결정도 못 내리고 있는데 정도전을 비롯해 조준, 남은, 배극렴이 뵙기를 요청했다.

"이 시중의 사직을 윤허하시면 아니 되옵니다. 지금 이 시중이 사직한다면 회군 이후 사직(社稷)을 바로 하고자 한 여러 조치들이 무위로 끝나는 것이옵니다. 이 시중은 신씨에게 도둑맞았던 이 나라의 왕위를 되찾아온 나라의 큰 공신입니다. 이 시중의 결단이 없었으면 아직도 이 나라는 여전히 신씨의 나라일 것입니다. 아직도 신씨의 신하들이 옛 임금에 대한 미련을 버리지 못하고 있는 가운데 이 시중이 사직을 한다면 나라가 또다시 크나큰 위기에 빠질 것입니다."

"이 시중은 전하를 보위에 올린 일등 공신입니다. 이 시중이 사직을 한다면 전하의 보위는 누가 지켜줄 것인지를 생각하소서."

정도전은 이성계가 물러나면 임금의 자리도 무사하지 못할 것이라고 아예 협박을 했다.

이들 이성계의 측근들이 물러가고 난 뒤에 이번에는 정몽주가 찾아왔다.

"지금 이 시중을 쫓아내지 않으면 나중에 큰 화를 당할 수가 있습니다. 이 시중은 지금 임금보다도 더한 권세를 누리고 있습니다. 이는 과거에 무신정권 때나 있었던 일입니다. 이 시중의 사직을 윤허하여 주시옵소서."

"이 시중은 신씨 왕을 폐하고 과인을 보위에 올린 사람이 아니오? 그런 공신인데 어찌 그 공을 모른 척할 수가 있겠소?"

"이 시중은 다른 마음을 먹고 있는 사람입니다. 겉으로는 전하의 신하인 척하지만, 그는 조정과 군부의 권세를 한 손에 쥐고서 나랏일을 마음대로 휘두르고 있습니다. 정도전과 조준, 남은 등은 이 시중의 세를 등에 업고 자신들에 반대하는 사람은 모두 적으로 여겨 죄를 덧씌워 조정에서 쫓아내고 있습니다. 소신은 이들이 장차 무슨 일을 도모할지 크게 의심스럽습니다. 이들은 나라의 큰 근심거리이오니 이참에 이 시중을 사직케 하고 그 패거리를 정리하여 이 나라를 전하의 나라로 반석 위에 올리셔야 하옵니다."

"이 시중의 사직을 받아준다면 그 후의 일은 어떻게 할 것이오?"

"그 자리에는 심덕부를 앉히십시오. 심덕부는 지난번 김종연의 역모에 가담하지 않았는데도 무리하게 죄를 씌워서 귀양을 보냈습니다. 지금도 그는 죄가 없다고 떳떳하게 주장을 하고 있습니다. 그를 문하시중으로 앉히시고, 장차 이색, 우현보 등 이 시중으로부터 탄압을 받았던 사람들을 궁궐로 다시 불러들이셔서 그들로 하여금 전하를 가까이서 보필하게 한다면 저들이 전하의 권위를 함부로 넘보지 못할 것이옵니다."

"그 사람들을 다시 불러들인다면 정도전 등 이 시중 측근들이 벌떼같이 일어날 터인데 그것은 또 어쩌고?"

"삼봉이 제일 문제입니다. 삼봉을 지방으로 내려보내소서. 먼저 삼봉을 개경에서 멀리 떨어져 있게 한 후 다른 사람들도 내치시면 전하의 입지는 반석에 올려놓은 듯 튼튼해질 것이옵니다."

정몽주는 이성계가 사직하면 구신들과 손을 잡고서 임금을 받들 것이라고 구구절절 건의하고 돌아갔다.

공양왕은 정몽주를 돌려보내고 깊이 생각했다.

정몽주의 말대로 이성계의 사직을 허락할 것인가…….

하지만 그것은 역시 쉽지 않은 일이었다. 어쨌든 이 시중은 자신을 왕으로 앉힌 일등 공신이다. 그런 의리를 생각한다면 이성계의 사직소를 기다렸다는 듯이 윤허할 수 없는 일이었다. 그러나 한편으로는 이 기회에 사직을 받아주어 그를 따르는 패거리들의 세를 꺾어 놓아야겠다는 생각도 들었다.

이성계는 지금 조정 내에서 최고의 권력을 누리고 있다. 삼봉 등 그를 따르는 무리들은 임금은 안중에도 없고 이성계의 의중만을 좇고서, 마치 이성계를 임금 떠받들 듯이 하고 있다. 이성계 또한 군권까지 움켜쥐고서 자신을 반대하는 세력들을 겁박하고 있다.

임금 자신도 그 세에 눌려서 뜻을 펼치지 못하고 눈치를 보아야 하는 처지이니 이 기회에 이성계의 사직을 허락하고 정몽주의 말대로 이색 우현보 등 원로인사들을 불러들여 조정을 꾸려나가는 것이 옳다는 생각도 들었다. 그러나 그것도 어려운 일이었다. 이색은 지난날 조민수가 신우를 폐하고 그 아들 창으로 하여금 대를 잇고자 할 때 그에 적극적으로 동조한 사람이고 우현보 또한 사돈 간이긴 하지만 창을 지지했고 우왕 복위 사건에 연루된 사람이다. 그들은 우왕과 창왕, 즉 전왕의 신하여서 그들의 눈으로 보면 지금 임금 자리를 차지하고 있는 자신은 역적인 셈인데 그들을 중용하면서 임금 자리를 유지한다는 것은 명분이 서지 않는 일이었다.

또한, 구세력을 재기용한다는 것은 필연적으로 이성계 일파의 반발을 불러오는 일인데 그들이 이를 핑계 삼아 어떤 일을 저지를지도 알 수가 없는 일이었다.

이성계는 문하시중 자리는 내놓는다고 하면서도 삼군도총제사, 군권에 대해서는 아무란 말이 없다. 자칫 빌미를 주어서 임금의 자리까지도 위태롭게 하는 일이 벌어질 수도 있다.

임금은 이런저런 고민을 하다가 마침내 이성계에게 사직을 허락하지 않는다는 비답을 내렸다.

그리고는 인사를 단행했다. 이성계가 문하시중을 사직했기에 그 자리에는 유배를 갔던 심덕부를 앉히고 대신 이성계는 판문하부사로 자리를 옮겨주었다.

정도전에 대해서는 일전의 탄핵 상소가 있었음을 이유로 평양부윤으로 발령을 냈다.

이는 이성계에게 명분을 주어 궁궐에 남게 하는 대신 더 이상 세력이 발호하지 못하도록 견제하고자 정몽주의 계책을 받아들인 것이었다.

정도전은 평양으로 떠나기 전 이성계를 찾아갔다.

"소신이 불민하여 제대로 모시지 못하고 먼 곳으로 떠나게 되었습니다. 부디 옥체를 보존하시옵소서."

"삼봉을 이렇게 보내게 되다니 내가 오히려 민망하오이다."

정도전이 함흥 땅 이성계의 군막을 찾아와 두 사람이 처음 만난 지가 엊그제 같은데 벌써 10년이란 세월이 흘렀다.

세태는 그때와는 천양지차로 변했다. 당시 초라하기 그지없는 행색을 하고 나타난 정도전이 세상을 바꾸자는 둥 엉뚱한 소리를 했을 때 이성계는 그를 이상에 치우친 젊은 선비가 일시적으로 혈기가 북받쳐 하는 소리 정도로 가볍게 보았었다. 그러나 뜻하지 않게 무진정변에 가담하게 되어 조정으로 진출했고 이후 수많은 고비를 맞이할 때마다 정도전이 지근으로 있으면서 수완을 발휘하여 위기를 넘겼고 오늘의 자리까지 오게 되었다.

그런데 이제 본의 아니게 헤어져야 하다니 여간 섭섭한 일이 아니었다.

이성계에게 정도전은 핵심 참모일 뿐 아니라 같은 핏줄이 흐르는 형제고 끈끈한 정이 통하는 친구와도 같은 존재였다.

"이렇게 헤어지는 세월이 어디 오래야 가겠소? 얼마간 바람이나 쐰다고 생각하고 가 있으시오. 이곳 일일랑은 걱정을 말고."

두 사람은 목이 메어 한동안 말을 못하고 손만 맞잡은 채 있다가 이성계가 위로의 말을 이었다. 그러나 정도전은 이성계의 말처럼 앞날을 낙관하지 않았다.

"주군, 포은을 가볍게 생각하시면 아니 됩니다. 포은은 우리를 적으로 생각하고 있습니다. 그로 인해서 우리가 큰 위기를 맞게 될지도 모릅니다."

정도전은 앞으로 닥칠 시련을 예견하기라도 하듯 정몽주를 경계해야 한다고 당부를 하고 헤어졌다.

2

이성계 진영의 시련은 정도전이 평양부윤으로 떠나면서부터 시작되었다. 정도전이 조정을 떠나자마자 기다렸다는 듯이 탄핵하는 상소가 올라왔다.

그 시작은 우현보의 아들 우홍득이 사헌부 집의(執義)로 발령을 받으면서부터 비롯됐다.

우홍득이 등청하는 날 사헌부의 관리들이 규정(糾正) 박자량의 주동으로 시위를 하며 예를 갖추어 우홍득을 맞기를 거부하는 일이 벌어진 것이다.

박자량이 우홍득을 예로써 맞기를 거부한 이유는 다음과 같았다.

"우홍득은 신우 복위 사건에 연루되어 귀양 가 있는 우현보의 아들로서, 역적의 자식으로 마땅히 벌을 받아야 하는데도 그의 아들 우성범이 임금의 사위였기에 오히려 벼슬이 높아져 영전을 하였다."

이 일은 의외의 반향(反響)을 일으키며 크게 번졌다. 박자량의 행동은 상사에 대해서 불손한 행동을 했다는 정도로 가볍게 벌하고 넘어갈 수도 있는 일이었으나 박자량이 정도전을 따르는 자라는 지목을 받으면서 정도전의 사주를 받아 일어난 일이라고 확대를 한 것이었다. 박자량은 국문을 당해서 곤장을 맞고 유배형에 처해졌고, 정몽주 측은 이를 빌미로 하여 정도전을 다시 탄핵하기 시작했다.

"지난날 신 등이 정도전의 죄를 간하였으나 전하께서 너그러운 마음으로 용서를 하셨습니다. 그런데도 정도전은 잘못을 깨닫지 못하고 있습니다. 미천한 출신이 조정의 높은 지위에 올라 함부로 권세를 휘두르며 조정을 혼란스럽게 하는 것도 부족하여 천한 뿌리를 감추려고 패거리를 사주해서 본주(本主)를 모함하고 있으니 이는 금수와도 같은 짓입니다. 이러한 자는 중벌로 다스려 다른 사람의 본보기로 삼아야 하는데도 전하께서는 침묵하고 계시니 신 등은 참으로 인류의 도를 걱정하지 않을 수가 없습니다."

여기서 본주를 모함하고 있다 함은 정도전이 외가인 담양 우씨를 부정하여 우현보, 홍득 부자를 헐뜯고 있다는 것으로 정도전이 이를 자신의 패거리인 박자량을 시켜서 한 짓이라고 트집을 잡은 것이었다.

"정도전은 공신이니 그만한 일을 가지고 벌을 줄 수는 없다. 이미 그는 지방으로 좌천하였으니 그대로 두라."

임금은 일응 정도전에게 벌을 주라고 하는 것을 거절했다. 임금도 정도전에 대해 미운 마음이 없지 않았으나 평양부윤으로 발령을 낸 지 얼마 되지 않아 뚜렷한 죄도 없는 일에 다시 벌을 준다는 것이 심하다는 생각이 들었고, 한편으로는 이 일로 이성계가 어떻게 반발할지 알 수 없는 일이기에 눈치를 살피느라 그렇게 한 것이었다.

그러나 헌부와 형조에서 벌을 주라는 상소가 계속 올라왔다. 헌부와 형조의 간원들은 한때 윤소종, 오사충이 윤이, 이초 사건에 연루된 이색 부자와 우현보, 이숭인 등을 탄핵할 때 정도전의 편에 섰던 자들이었으나 이성계가 물러나고 조정 내 세력을 정몽주가 장악하자 재빨리 정몽주의 편으로 돌아서서 정도전을 벌주고자 하는 데 앞장을 서고 나선 것이었다.

상소가 잇따르자 임금은 못이기는 척하며 벌주기를 허락했다.

정도전은 평양부윤으로 부임도 하기 전에 죄인의 신분으로 바뀌는 처지가 됐다. 그는 졸지에 죄인의 신세로 전락하여 봉화현으로 유배를 가게 되었다. 그러나 정몽주 편에서는 정도전을 유배 보내는 것으로는 부족했다. 이참에 아예 정도전을 죽여 없애자는 이야기까지 나왔다.

벼슬아치들이란 눈치가 빠른 자들이다. 소용돌이치는 정국에서 어느 편을 들어야 살아남는다는 것쯤은 동물적인 감각으로 알고 처신한다. 물길이 골을 따라 흐르듯 벼슬아치들도 권력의 세를 따르게 마련이다. 권력이 이성계에서 정몽주에게로 기우는 형국이 되자 엊그제까지도 이성계와 정도전의 눈치를 보던 이들이 급속히 정몽주 쪽으로 쏠렸다. 정몽주의 측근에게 잘 보이기 위해 너도나도 앞장서서 정도전을 헐뜯는 상소를 올렸다.

"삼봉의 죄는 유배를 보내는 것으로 부족하옵니다."

"과거 미천한 출신으로 큰 벼슬에 올라 권력을 농단했던 요승 신돈에 대해서는 그 죄를 물어서 사지를 찢어서 저잣거리에 내걸었습니다. 정도전의 죄가 그에 못지않으니 참수하소서!"

형조와 헌부에서 번갈아가면서 상소를 올렸다. 임금은 상소가 쌓여갈수록 차츰 정도전에 대한 형을 높였다. 처음에는 죄를 주되 배려하는 차원에서 고향 땅 봉화로 유배를 보내는 데 그치려 했으나 상소가 거듭됨에 따라 점점 그 강도를 높여갔다.

봉화에 온 지 얼마 되지 않아 유배지를 나주로 옮겼다. 나주 땅은 20년 전 정도전이 처음으로 귀양 가서 청춘을 보냈던 곳이다. 그리고는 정도전에 대한 공신록권을 박탈했다.

두 아들 진(津)과 담(澹)에 대해서도 벼슬에서 내쫓고 신분을 서인으로 강등시켜버렸다.

공신록권은 공신으로 책봉된 사람의 직함과 이름, 책봉된 경위와 그에 따른 제반 특권을 기록한 것으로 그 특혜는 자손에게도 전승되는 가문의 영예인데, 정도전에 대한 벌은 정도전 자신에게만 한하지 않고 자손에게도 미치도록 해서 가문이 파산하는 지경까지 만들어버린 것이었다.

3
.....

정도전이 탄핵을 받는 것은 이성계의 측근들에게도 큰 위협이었다. 조준과 남은, 조인옥, 윤소종, 배극렴 등은 연일 이성계의 집으로 드나들면서 대책을 숙의했다.

"삼봉은 공신록을 박탈당할 만큼 큰 죄를 짓지 않았소. 그런데도 마치 역신을 다루듯이 하고 있으니 이는 정몽주 일파가 일을 그렇게 꾸미고 있는 것이오."

남은이 분노에 차서 말했다.

"그러게 말이오. 평양부윤으로 보냈다가 며칠도 지나지 않아 유배라니? 그것도 부족하여 공신록까지 삭제하다니 이는 분명 정몽주의 계략이오이다."

조준도 거들었다. 그러나 이성계는 이들의 불평을 들으면서도 아무런 계책을 주지 않았다.

"이는 이 시중에 대한 무언의 압력입니다. 무슨 조치가 있어야 하지 않겠소이까?"

배극렴도 함께 나섰다. 배극렴은 중군총제사로, 이성계의 다음 서열로 군권을 쥐고 있는 군부의 실권자다.

"내가 스스로 시중 자리를 물러나 있는 마당에 무슨 말을 하겠소?"

이성계는 별 대책이 없다는 듯 말했다. 이는 배극렴이 말하는 뜻을 알고 있었기에 이에 반대를 한 것이기도 했다. 배극렴이 이성계에게 "무슨 조치가 있어야 한다."고 건의한 것은 다시 한 번 군사를 동원하여 조정을 싹쓸이하자는 것이었으므로 이는 받아들일 수 없다는 뜻이기도 했다.

"지금은 삼봉에 대한 죄를 논핵하지만 정몽주는 분명 그에 그치지를 않을 것입니다. 정몽주는 우리 모두를 겨냥하고 있습니다."

"이대로 당할 수는 없는 일이지요. 전하께서도 오늘이 있기까지 우리들이 해온 노력을 잊어서는 안 되는 것입니다."

모두 자신들의 앞날이 걱정되어 의견이 분분했지만, 조정의 실권이 이미 정몽주 쪽으로 기울어져 있고 이성계마저도 문하시중 자리에서 물러난 마당에 뚜렷한 대책이 있을 수가 없었다.

이성계가 어떤 특단의 결심을 해주기만을 바랐으나 그도 아무런 답을 주지 않으니 대책 없이 의논만 하다가 헤어지기가 일쑤였다.

"삼봉을 저대로 두게 해서는 안 되는 일입니다. 우리 모두 삼봉과 같은 처지이거늘 삼봉을 벌을 받게 놔둔다는 것은 우리도 같이 죄인이라는 것을 인정하게 되는 것입니다."

남은은 의논에서 삼봉에 대한 구제책을 주장했으나 행동으로 나설 아무런 대책이 없자 홀로 정도전에 대한 무죄 상소를 올렸다.

"삼봉은 죄가 없는데도 억울하게 유배를 갔습니다. 더하여『공신록』에서 삭제를 하고 자식들을 벼슬에서 쫓아내고 서인으로 강등시켰습니다. 이는 역적의 죄를 저지른 자에게나 내리는 가혹한 형벌입니다. 삼봉은 충의공신이옵니다. 하온데 지금 삼봉에 대한 칭송은 어디 가고 어찌 역적에 버금가는 벌을 주시려 하는지요?"

남은은 사직소를 올리고서 병을 핑계 대고 입궐을 하지 않았다.

4
····

휘—

한 줄기 바람이 스치자 스르르 바람결에 떨고 있던 나뭇잎 몇 장이 공중으로 흩날렸다. 그중 한 장이 이성계의 어깨 위를 맴돌다 발밑으로 뎅그러니 떨어졌다.

'가을이구나!'

이성계는 잎새가 떨어지는 것을 보고서야 비로소 가을이 깊었음을 느꼈다.

앞으로 어떻게 해야 할 것인가? 이성계는 깊은 생각에 잠겨서 정원을 거닐고 있었다. 임금은 몇 번에 걸쳐서 입궐을 종용했지만, 이성계는 계속 거부하며 집 안에 칩거하고 있었다.

삼봉이 핍박을 받고 조준과 남은, 윤소종 등 측근들이 탄핵의 대상이 된 마당인데 순순히 권유를 받아들일 수는 없었다. 자기 뜻으로 사직원을 낸 것이었지만 측근들이 논핵을 당하는 것을 보고 있자니 마음이 편치 않아 항의 표시로 임금의 부름을 거부하고 있는 것이었다. 한때 모든 것을 내려놓고 동북면으로 돌아갈까도 생각해보았지만 지금 돌아가는 형편으로 보아서는 그도 생각한 것처럼 무탈치 못하리라는 생각이 들었다.

동북으로 돌아가고자 했을 때 삼봉이 극구 말리면서 했던 말이 생각났다.

'한구석에 물러나 있으면 헐뜯는 말이 더욱 난무하여 종국에는 다른 마음을 먹고 있다고 무고를 하여 그때 당할 화는 실로 측량하기가 어려울 것이옵니다.'

어쩌면 삼봉의 말이 옳을지 모른다. 자신이 사직원을 내자마자 벌써 저렇듯 벌떼처럼 달려들고 있으니 앞으로의 일을 어떻게 감당을 해야 할지 대책이 서지 않았다.

조정에는 이미 자신의 측근들은 밀려나고 포은의 세력으로 들어찼다. 임금도 자신을 불신하고 포은에게 힘을 실어주고 있다. 조정에 다시 들어간들 허울만 쓰고 있는 모양새다.

배극렴의 말대로 무슨 조치를 해야 하는가? 그러나 자신이 쥐고 있는 군사적 실권을 이용한다면 일시 권력은 튼튼히 할 수 있을지라도 그것이 언제까지 이어질지는 모를 일이었다.

그 권력이 끝났을 때 난신적자로 찍혀서 손가락질을 당하며 역사에 길이 오명을 남기는 것이 두려웠다. 자신은 이미 두 명의 임금을 갈아치우지 않았던가…….

이성계는 계절을 재촉하는 늦가을 바람에 떨어지는 낙엽을 바라보면서 상념에서 빠져나오지 못하고 있었다. 가을바람에 흔들리다 땅바닥에 떨어진 낙엽은 누구나 밟고 지나게 마련이다. 계절이 바뀌면 한 때의 무성했던 푸르름도 낙엽으로 변하듯이 권력도 시간이 지나고 사람이 바뀌면 시들어지고 힘이 떨어진다. 그때는 뒹굴고 밟히는 낙엽의 신세와 무엇이 다르겠는가……

이때 집사가 귀한 손님이 찾아왔다고 전갈을 해주어 이성계는 하염없이 잠겨 있던 상념에서 벗어날 수 있었다. 찾아온 손님은 무학대사였다.

"어서 오시오, 대사. 이게 얼마 만이오?"

이성계는 대사에게 합장을 하고는 반가움에 다가가 손을 덥석 잡았다.

"나무관세음…… 소승이 미련하여 일찍 소식 전하지 못한 걸 용서하소서."

"이렇게 갑자기 찾아주니 반가움이 더하오이다. 그래, 무탈하시고? 어떻게 지내시었소이까? 어디에 머물다가 오시는 길이오?"

이성계는 반갑고 궁금한 나머지 상대의 대답도 기다리지 않고 그동안의 안부를 연이어서 물었다.

이성계가 무학대사를 만난 곳은 함주 막사에 있을 때였다. 세월로 치면 벌써 10년이 지났다. 그때 무학대사는 이성계의 막사에 머물면서 고려의 여러 사정과 백성들의 참상을 이야기했다. 그는 여느 정치가 못지않게 고려가 처한 현실을 신랄히 비판하면서 이성계가 나서서 어지러운 세상을 바로잡아주기를 은근히 부추기고는, 어느 날 홀연히 사라졌다가 이렇게 갑자기 나타난 것이다.

무학대사는 일정한 곳에 머무름이 없이 묘향산부터 해서 금강산과 지리산, 가야산 등지 전국의 명산과 사찰을 두루 다녔다고 했다. 때로는 산사에서 묵을 때도 있었지만, 산중 토굴에서 이슬을 피하며 노숙도 했고 운이 좋을 때는 인심 좋은 사람을 만나 민가에서 보리밥 한 그릇까지 얻어먹고 따뜻한 잠을 얻어 자기도 했다고 했다. 그는 세상을 돌아다니면서 겪고 보았던 일들을 이성계에게 생생하게 들려주었다.

무학대사의 이야기를 듣는 동안 이성계는 세월이 지났으나 그때나 지금이나 '변한 게 없구나!' 하는 생각을 했다.

왜구의 침구는 여전해서 삼남 해안 지방에서는 사람을 찾아보기가 힘들고, 주인 떠난 김해와 반성, 김제의 넓은 뜰은 황폐한 채 버려져 있고, 관리들의 토색질은 그치지 않고 있다고 했다.

세상을 바꿔 놓겠다고 회군을 했고 임금을 두 번씩이나 바꾸었지만, 그것은 개경에서의 일이고 몇몇 벼슬아치 주변에서만 일어난 변화였지 백성들의 참담한 삶은 전혀 나아지지 않았다.

"내친김에 나라의 끝까지 둘러보고 왔습니다."

"어디를 다녀오셨는데 그러오?"

"멀리 남해 섬도 다녀왔습니다."

"남해현까지? 그곳은 여기서 한참 먼 곳인데?"

"소승은 발길이 닿는 데로 옮겨 다닐 뿐입니다. 시작도 없고 끝도 없는 발길인데 먼 곳이 따로 있겠습니까?"

"그래, 그곳에서 무얼 보고 왔소이까?"

이성계는 무학이 말하는 것으로 보아 무언가 특별한 경험을 했을 것이라는 기대를 하면서 물었다.

"남해 그곳도 사람이 살지 못하기는 여느 지방과 다를 바 없지요. 남해 관아는 진주로 피신해버리고 주민들은 왜구의 눈에 띄지 않는 산속으로 도망해 있고…… 바다로 나가 생업을 해야 하는 백성이 산속으로 들어가 초근목피로 연명해야 하니 그곳이 어디 사람이 살 곳이겠습니까?"

남해 섬의 백성들의 삶도 고단하기는 여느 곳과 마찬가지였다.

"남해의 백성들은 황산대첩과 관음포대첩에서 큰 승리를 거둔 이 시중과 정지 장군을 영웅으로 받들고 있더이다. 황산과 관음포에서 왜구들이 대패하여 침략을 못 하였기에 한동안 살기가 편해졌다고 하면서 칭송이 자자합디다."

관음포는 지금의 남해군 고현면 앞바다를 말한다. 우왕 6년(1380년) 진포와 황산대첩에서 대패한 왜구들은 한동안 고려에 침략을 못 하다가 패전에 대한 보복이라도 하듯 우왕 9년(1386년) 5월 선단 120척을 꾸려 대규모로 다시 남해안 일대를 침략했는데 정지는 해도원수로서 목포에 주둔하고 있다가 남해 해안지방을 관할하던 합포원수 유만수의 원병 요청을 받고 곧바로 관음포 앞바다로 출정하여 적을 물리치고 대승리를 거두었던 것이다. 이로써 남해 지역 백성들은 살기가 나아졌다고 황산대첩에서 승리한 이성계와 함께 정지 장군의 업적을 기렸다.

관음포 앞바다는 그 200년 뒤 임진왜란 때 조선을 침략했던 왜군이 이순신 장군에 의해서 또 한 번의 곤욕을 치른 곳인데 이순신 장군이 도주하는 왜군을 맞아 노량해전의 격전을 벌인 곳이 바로 이곳이며 이곳에서 장군은 장렬히 전사했다.

5
. . . .

"남해 지방뿐 아니라 온 나라에 배꽃(李)이 피어 있는 것을 소승의 눈으로 확인하고 왔습니다."

무학은 농담처럼 이야기를 이었다.

"그게 무슨 소리요?"

이성계는 얼핏 못 알아듣고 물었다.

"소승이 전국을 돌아다니면서 숱한 백성들의 이야기를 듣자 하니 이

나라와 임금에게서는 더 이상 희망이 보이지 않는다며 차라리 나라가 망하고 새로운 영웅이 나타나기를 바라는 마음이 간절한데. 가는 곳마다 이 시중을 칭송하는 소리가 자자하여 드리는 말씀입니다."

"허허, 무슨 그런 농담의 말씀을……."

"농담이 아니오이다. 백성의 소리를 그대로 전해드리는 것입니다. 내 그리하여 남해의 보광사에 일부러 들렀습니다."

"보광사라? 그곳엔 왜요?"

"보광사는 신라 때 원효대사가 지은 절인데, 그곳에서 소원을 빌면 뜻이 이루어진다 하기에 그곳에서 소원을 빌었습니다."

"……?"

"백성의 뜻을 이루어주시라고 이 시중을 위해 기도를 올렸습니다. 그랬더니 밤에 부처님이 현몽하셔서 절이 터를 잡은 보광산을 비단으로 감싸면 소원이 이루어지리라 하시는 것이 아니겠습니까?"

"허허, 점점 어려운 말씀을 하시는구려. 산을 어떻게 비단으로 감싼단 말인지? 그것은 말이 되지 않지요. 헛된 꿈을 꾸지 말라고 부처님께서 경고하는 것이 아닐는지요?"

"아닙니다. 부처님의 뜻은 백성의 염원을 들어주시고 이 시중이 백성을 위하여 뜻을 펼칠 수 있도록 소원을 들어주시겠다는 것입니다."

"부처님의 뜻은 그렇다 치고 무슨 수로 비단으로 산을 감을 것이오? 그것부터가 불가능하지 않소이까?"

"하하, 그렇게 들으셨습니까? 소승, 꿈에서 깨어나 잠시 생각을 해봤는데 쉬운 방법이 생각이 났습니다."

"그래, 어떤 방법이오이까?"

"보광산의 산 이름을 '비단 산[錦山]'으로 바꾸는 것입니다. 이 시중께서 금산(錦山)이라고 한자를 적어주시면 소승이 다시 남해로 가서 그곳 산에다 붙여놓고 금산이라 바꾸어 부르겠습니다. 그러면 소원도 이루어 질 것이고, 부처님과의 약속도 지키는 것이 되지 않겠습니까?"

"하하하, 딴은 그런 방법도 있긴 있구려. 내 대사의 말을 농으로 알아 듣지만 나쁘지 않은 일이기에 그렇게 믿겠소이다."

"농처럼 들렸다면 용서하십시오. 그러나 소승 분명히 부처님과 약속했 습니다. 산에다 비단을 입혀드리겠다고."

"허허, 알았소이다. 내 대사의 성의를 고맙게 생각하고 그리하리라."

이성계는 무학대사의 말을 농담처럼 들으면서도 지금의 마음이 갈피 를 못 잡고 있기에 농으로 듣고 싶지 않았다.

그런 소원이 이루어지기나 할 것인가. 이성계는 잠시 생각하다가 자신 이 겪고 있는 갈등을 대사와 의논해보기로 했다.

자신의 측근들이 수난을 받고 있는 마당에 무언가 대사에게서 위로의 말이라도 듣고 싶었던 것이다. 대사와는 흉금을 털어놓을 수 있을 정도 였기에 생각하고 있는 바를 숨김없이 털어놓았다.

"내가 이 자리에 오르니 사람들이 예전 같지 않더이다. 앞에서는 아첨 하는 소리를 하다가도 돌아서서는 이러쿵저러쿵 헐뜯는 소리를 하고 내 손으로 보위에 앉힌 전하조차도 나를 불신하니 내 어찌 이 자리를 지탱 할 수가 있겠소. 그래서 나는 내 할 바를 다했다고 보고 고향으로 내려 가고자 하였소. 그러나 그것도 어려운 일이더이다.

내가 사직소를 올리자마자 헐뜯는 소리는 더 심해지고 무엇보다도 나 의 측근들이 난신적자인 양 음해를 받으니 이도 쉽게 결정을 내리지 못 하고 있소이다. 대사는 지금 나를 보고 나라를 구하라고 하지만 나에게는 지금 그럴 여력이 없는 것 같소.

삼봉 같은 이는 아무 잘못도 없는데 나의 측근이었다는 이유만으로 '미천한 출신이 고위직에 올라 함부로 권세를 부렸다.'는 죄 같지도 않은 죄를 씌워서 귀양을 보내버렸소. 그 외의 조준이나 남은 등 남아 있는 이들도 성치 못할 것 같소. 종래에는 나에게도 그 화가 미칠 것이 분명하오. 나는 어찌하는 것이 좋겠소?"

이성계는 말을 하면서 길게 한숨을 내쉬었다. 그 모습에서는 수많은 전쟁터를 누비며 맹위를 떨치던 전쟁 영웅의 모습은 찾아볼 수 없었다. 무학은 이성계의 그런 모습을 보면서 '이 사람도 자신의 안위와 작은 일에 고민을 하는 범부와 다를 바가 없구나!' 하는 생각을 했다. 이성계의 이야기를 다 듣고 난 뒤 무학대사는 무겁게 입을 열었다.

"천장강대임(天將降大任)이라는 말이 있지요. 하늘이 어떤 사람에게 큰일을 맡길 때는 반드시 역경과 시련을 주어서 시험에 들게 하고 단련을 시킨 연후에 능력을 발휘하게 한다는 뜻이지요. 시중 대감도 큰일을 맡기 전에 하늘이 시험에 들게 하신 것 같습니다."

"천장강대임어시인(天將降大任於是人)…… 필선고기심지(必先苦其心志)……"

이성계는 천천히 입속으로 읊조렸다.

"이 시중께서는 지난날 함주에서 꿈 이야기를 하신 적이 있습니다."

"있지요. 웬 동네에, 닭이 '꼬끼오' 하고 울어대고 꽃비가 내리는 곳인데 내가 등에 서까래 세 개를 지고 있는 꿈을 꾸었다고 대사에게 해몽을 부탁한 일이 있지요."

"등에 서까래 세 개를 짊어진 모습이 임금 왕(王) 자라 하여 장차 보위에 오르실 꿈이라 하였습니다. 서까래를 등에 진 모습이 임금 왕 자와 같다는 것은 임금의 자리가 그만큼 힘들다는 것이기도 합니다.

임금의 자리는 만인 위에 군림하거나 영화를 누리는 자리가 아니라 서까래를 등에 진 듯 나라의 안위와 만백성의 근심·걱정을 등에 지고 지내야 하는 자리인 것입니다. 장차 임금이 되실 분은 하루라도 편히 지내시기가 어렵고 시련과 역경에 끊임없이 시달리고 그것을 헤쳐나가야 하는데 지금 남이 헐뜯는 말에 무에 그리 마음을 쓰십니까?

장차의 일은 지금 어떻게 하느냐에 달린 것이니 현재에 충실하시다면 장차 걱정거리는 없을 것입니다. 지금에 일어나는 일들은 장차 큰일을 감당하는 능력을 키우는 시험이라 생각하시고 뜻한 바대로 하시옵소서."

무학은 설법을 하듯 차분하게 말을 이었다. 이성계는 대사의 이야기를 들으면서 마음의 갈피를 잡아나갔다. 조정에 들어가기로 마음먹었다. 우선 자신이 조정에 들어가야 자신을 따르는 측근들이 핍박에서 빠져나올 수 있고 그들이 있어야 자신이 뜻한 바를 펼칠 수 있을 것이라는 생각이 들었다.

무학대사는 며칠 머물다 가라는 이성계의 말을 물리치고 다시 길을 떠났다. 이성계로부터 금산(錦山)이라는 글씨를 받았으니 그의 발길은 남해 섬 보광산으로 떠난 것이 분명했다. 그 얼마 후부터 남해 섬의 보광산이란 이름은 사라지고 그곳이 금산이라고 불리게 되었다.

이성계, 복귀하다!

1

이성계가 조정에 복귀했다. 이성계의 입궐로 조정은 다시 술렁거렸다. 제일 긴장한 사람들은 정몽주의 편을 들어 정도전 등 이성계의 측근 인사를 귀양 보내자고 탄핵하던 이들이었다. 공양왕도 예외가 아니었다. 이성계의 눈치를 살폈다.

"생각해보니 삼봉을 나주로 유배 보낸 것이 너무 지나친 처사 같구려."

이성계와 마주했을 때 임금은 환심을 사려고 정도전에 대한 죄를 가볍게 해주겠다는 제안을 했다.

"삼봉이 비록 죄를 짓긴 했지만, 나주로 보낼 것까지는 없었는데……"

공양왕은 이성계의 최측근인 정도전을 귀양 보낸 것이 마치 자신의 뜻이 아니었다는 것을 변명하기라도 하듯 미안해했다.

이성계가 복귀한 지 얼마 되지 않아 정도전은 귀양에서 풀려났다. 고향 땅 영주에서 거주하게 해주었다.

그러면서 임금은 이성계의 반응을 살폈다. 그렇지만 이성계는 아무런 내색을 하지 않았다. 임금은 반응이 없는 이성계의 태도가 더 불안했다.

이성계를 위로하기 위해 수창궁에서 백관들을 모아놓고 성대히 잔치를 베풀었다. 이성계의 체면을 세워주고 자신에 대한 오해를 풀고자 하는 뜻에서였다. 참석한 대신들은 이성계의 위상이 여전함을 느꼈다. 임금은 이성계가 다시 벼슬로 돌아온 것을 나라와 임금을 위해서 지극히 다행한 일이라며 한껏 치켜세워줬다.

연회는 밤늦게까지 계속되었고 연회가 파할 즈음에는 모두가 술에 취해 있었다.

임금이 술에 취해 먼저 자리를 일어섰다.

그때 갑자기 밀직사 이염이 임금의 앞을 가로막으며 말했다.

"전하께서는 정창군 시절을 잊으셨는지요? 어찌하여 일부 간원의 말만 믿으시고 공신을 귀양을 보내셨는지요? 오늘 소신들은 전하의 덕으로 이렇게 맛난 음식을 먹으며 밤늦도록 흥에 취해 있는데 억울한 죄를 쓰고 이 자리에 참석지 못한 사람이 있습니다. 그 사람은 이 밤에도 억울함을 못 이겨 잠을 이루지 못하며 눈물을 흘리고 있을 것입니다."

이염은 공양왕이 임금에 오른 것이 이성계와 정도전 등 공신들의 추대에 의한 것인데도 정도전을 귀양을 보내는 등 홀대를 한 데 대해 불평을 한 것이었다.

"아니, 아니!"

"저 사람이?"

"이염이 술이 과했나?"

모두 갑작스럽게 벌어진 광경을 보고 놀라서 제지를 하고 나섰다. 이염은 제지를 뿌리치고 임금의 옷자락을 붙잡았다.

"전하! 은혜를 아셔야 하옵니다. 나랏일은 날로 그릇되어 가는데 왜

외면하시옵니까? 은혜를 잊으시면 아니 되옵니다."

갑작스럽게 벌어진 일에 임금은 일순간 당황하다가 화를 냈다.

"무엄하다. 누구의 안전에서 주사를 부리느냐? 목이 달아나고 싶은 게로구나?"

이염은 임금이 화가 나 있는데도 멈추지 않았다. 관모를 벗어서 임금 앞에 홱 내동댕이쳤다.

"원컨대 이 모자를 임금님께 돌려드립니다."

임금은 발 앞에 던져진 모자를 짓밟아버렸다.

"임금 앞에서 신하의 주사 부림이 이럴 수가 있느냐!"

이 일로 인해서 이염은 순군옥에 갇히고 국문을 받게 되었다. 순군 만호 유만수가 국문을 했다. 이염은 국문을 받는 처지이면서도 오히려 유만수에 대해 비난을 하면서 큰소리를 쳤다.

"너 같은 자가 어찌 내게 죄를 물을 수가 있단 말인가! 너는 부모에게 불효하고 형제간에는 우애가 없다고 평판이 나 있는 자이다. 내가 전날 전하께 고하고자 한 것은 지금 세상에 너 같이 은혜를 모르는 자가 부끄럼도 없이 살아가는 것을 깨우치기 위함인데 술이 과하여 말을 지나치게 한 것 같다."

유만수는 노모를 봉양하지 않고 아우들의 전민을 빼앗았다 하여 탄핵을 받고 있기에 한 말이었다. 이는 동시에 임금이 자리에 앉혀준 공도 모르고 정도전을 귀양 보낸 것을 은혜를 모르는 짓이라고 빗대어 한 말이기도 했다. 이염의 죄는 임금에게 보고되었다.

"이염이 전하께 행한 불경한 죄는 목숨을 바쳐서라도 면하기 어려운 것입니다."

간관들이 임금의 불편한 심기에 아부하느라 극형에 처하라고 소를 올렸다.

이염은 말이 헛되고 행동이 가벼운 사람이었다. 또 술을 먹으면 주사가 심해서 실수가 잦았다. 대신들은 이염의 행동이 주사에서 비롯된 일이라는 것을 알고 있었음에도 임금이 화가 많이 나 있다는 것을 알기에 아무도 간하지 않았다.

이때 이성계가 간했다.

"이염의 불경스러움은 극형에 처해야 마땅한 것이오나 그가 진심에서 한 말이 아니옵고 취중에서 한 주사이니 전하께서 너그러움을 보이소서."

이성계는 이염이 자신을 편들고자 한 말이었고, 또 자신을 위해 베풀어진 연회에서 벌어진 일이기에 뒷일이 시끄럽지 않게 마무리되기를 원했다.

이염의 죄는 아무리 취중에서 한 행동이었지만 임금을 면전에서 조롱하고 관모를 내동댕이치는 등 행패를 놓은 일로, 이로 인해 임금의 분노가 컸으므로 목숨을 부지하기 어려운 일이었지만 이성계의 간언으로 그는 목숨을 건질 수 있었다. 이성계의 한마디로 합포로 귀양 가는 것으로 그쳤다.

이 일로 이성계의 위상이 다시 돋보이게 되었다. 임금이 이성계를 두려워하여 그가 하는 말을 무시하지 못한다는 소문이 대신들 사이에서 돌았다. 정몽주를 비롯해서 이성계를 뒤에서 헐뜯고 측근들을 탄핵하던 이들은 이러한 상황을 눈치채고 행동을 자제했다.

임진년(1392년) 정월의 추위는 예년보다 더 추운 것 같았다. 송악산에서 불어오는 칼바람이 살가죽을 벗기는 듯했다.

권근은 눈발이 그친 틈을 보고 나들이에 나섰다. 소식이 뜸한 하륜을 찾아 나선 것이다.

권근과 하륜은 이색의 문하에서 동문수학한 사이였다.

권근은 창왕 시대에 이숭인이 사절단을 따라갔다가 밀무역을 했다는 이유로 탄핵을 받았을 때 이를 변명해주다가 파직을 당했고 하륜은 이인임의 조카사위로서 이인임의 시대에 잘나가다가 무진피화로 이인임의 일파가 된서리를 맞을 때 귀양을 갔다가 왔다. 두 사람은 모두 정도전의 눈 밖에 나서 벼슬길이 막혀 할 일 없이 집에만 박혀 지내는 신세였다.

마침 하륜은 집에 있었다.

"이리, 이리 앉으시지요."

하륜은 여태껏 끼고 앉았던 화롯가로 자리를 권했다.

"바깥 날씨가 여간 아닙니다. 칼바람이 불고 있어요."

권근은 귓불을 쓰다듬으며 하륜이 권하는 자리에 앉았다.

"칼바람이 부는 곳이 어디 바깥 날씨뿐이겠소이까. 조정에도 같은 바람이 불고 있지요."

하륜은 의미 있는 말로 인사를 받았다.

"조정에서 부는 바람은 날씨 따라 부는 바깥바람보다 더 매섭지요."

"그렇지. 바깥에 칼바람이 불 때는 이렇게 화롯불을 끼고 앉았노라면 추위를 피할 수나 있지만, 조정에서 몰아치는 바람은 피할 데가 없으니 더 무섭지요."

두 사람은 자리에 앉자마자 시국 이야기를 이어갔다. 그러다가 자신들의 신변에 관한 이야기로 화제를 옮겼다.

"근데 사형께서는 언제까지 이렇게 칩거만 하고 있을 것이오? 지금은 송헌(이성계)과 포은(정몽주) 어느 쪽에든 사람이 필요한 때인데 자리를 찾아 나서 보시지요."

"양촌(권근)은 자신에게 해야 할 걱정을 내게 하는 것 같구려."

하륜은 피식 웃으면서 말을 받았다.

"송헌과 포은이 저렇게 맞서 있으니 어느 쪽을 택했다가 힘이 기울면 나중에 화를 당할 것이 뻔한데……."

하륜이 농을 하는 것과는 달리 권근은 진지하게 말했다.

"그러기에 잘 판단을 하고 줄을 서야 하는 것이 아니겠소이까."

"사형께서는 지금의 정국이 누구에게 유리할 것 같소이까? 전하는 포은의 편을 들어주는 눈치인데……"

"지금 당장은 포은 쪽이 유리해 보이지요. 삼봉도 유배를 갔고 조준, 남은, 조인옥 등 송헌의 측근들이 모조리 탄핵을 받고 있는 처지이니 송헌이 복귀한들 지략에 한계가 있을 것이 아니겠소?"

"그럼 포은이 계속 정국의 주도권을 잡아나간다는 말씀이군요?"

"딴은 그렇게도 보이겠지만 종국에는 송헌 쪽이 이기겠지……"

"그건 무슨 소립니까? 이성계가 불리하다면서 종국에는 포은이 질 것이라니?"

"그것은 포은이 시대의 변화를 모르고 대처를 하기 때문이지요."

"시대의 변화……?"

하륜의 말은 듣기에 애매모호했다. 권근은 정확한 의미를 알고자 다시 물었다.

"지금은 시대가 변화를 요구하고 있는 때가 아니오? 500년 묵은 왕조의 때를 벗겨내고 새로운 세상을 만들고자 하는 바람이 불고 있다는 생각이 들지 않소이까?"

하륜은 마치 세상 일어나는 일을 다 꿰고 있다는 듯한 표정을 지으며 말했다.

"지금 이 나라 곳곳에 썩은 냄새가 나지 않는 곳이 없고 성한 곳이 없다는 것 양촌도 느끼지 않소이까?"

"딴은 그렇지요. 누구라도 그렇게 생각하지요."

"포은은 그것을 읽지 못하고 있어요. 아니, 알고 있으면서도 자신이 누려왔던 세상을 변화시켜 새로운 세상을 만드는 것을 두려워하는 것인지도 모르지. 문제가 많을지라도 기왕에 있는 것은 그대로 지키면서 부족한 것은 고쳐나가면 된다는 생각으로 말이오."

"그렇다면 송헌의 생각은?"

"이성계의 생각은 삼봉을 살펴보면 알 수 있지 않겠소이까?"

"삼봉을? 그 사람은 귀양 가 있는데 지금 무슨 힘이 있다고 그럽니까?"

"아니오이다. 송헌이 삼봉을 만나지 못했다면 오늘이 있다고 생각하시오?"

"딴은 그렇기도 합니다만……"

"삼봉은 낡고 부패하고, 나라가 있어도 무능하여 구실을 못하는 이 나라를 통째로 바꾸어버리겠다는 생각을 하고 있는 사람이오."

"나라를 통째로 바꿔요? 이미 두 번이나 임금을 바꾸지 않았습니까?"

하륜의 말을 들으며 권근은 점점 긴장했다.

"삼봉의 생각은 그 이상일 수 있어요."

하륜은 권근의 귀에다 입을 바짝 붙이고는 말했다.

"지금까지 없던 새로운 세상."

"예?"

권근은 화들짝 놀랐다. 지금까지 없던 새로운 세상이라니? 새로운 왕조, 새로운 나라를 만들겠다는 것이 아닌가!

"이해를 못 하시겠소이까?"

하륜은 말을 해놓고 자신도 긴장되는지 마른 침을 꼴깍 삼켰다. 그리고는 놀라는 얼굴을 하고 있는 권근의 얼굴을 빤히 보면서 말을 이었다.

"삼봉은 이성계를 앞세워 그러한 세상을 만들고자 하는 사람이오. 삼봉은 시대의 흐름을 알고 스스로 변화의 바람을 일으켜 제 뜻을 펼치고자 하는 사람인 반면, 포은은 그렇지가 않소이다. 포은은 절조와 충효를 큰 자랑으로 여기는 사람으로 변화를 요구하는 시대의 대세를 외면하고 무너져가는 왕조일지라도 충성으로 지탱하고자 공을 들이는 사람이오."

"……"

"시대의 변화를 좇아가지 못하는 사람은 결국은 실패하고 말 것이오. 나는 그러한 뜻에서 결국은 이성계가 이길 것이라고 한 말이오."

"딴은 사형의 말씀이 이해가 갑니다. 그럼 사형께서는 결국 송헌 쪽을 지지하시는군요?"

"허허, 그런 생각이 드오이까? 하긴 이기는 쪽이 정의가 아니오이까? 또 이제 세상은 변해야 할 때라고 생각하니 삼봉의 생각이 옳다는 것이지요."

"그럼 왜 송헌 쪽을 찾아가지 않으십니까?"

"아직은 아닌 것 같소이다. 비록 이성계가 시대의 요구를 내세워 변화를 대의명분으로 내세우고 있지만 500년을 이어온 고려가 한순간에 무너지지는 않을 것이오. 아직은 이색과 우현보, 정몽주 같은 고려의 충성파들이 여전히 세상에서 존경받고 있는 마당에 이성계가 뜻을 펼치기는 만만치가 않을 것이오.

양측은 서로 힘겨루기를 하며 부침을 계속할 것이오. 지금 이색, 우현보가 귀양 가고 삼봉이 귀양 가고, 정몽주가 득세하는 등 정국이 파동치고 있는 것은 그러한 것을 보여주고 있는 것이라 할 수 있지요. 결국은 이색, 정몽주 등 구세력이 크게 타격을 입고 이성계가 뜻을 이루겠지만, 그 과정에서 여러 사람들이 다칠 것이오. 나는 그러한 것을 관망하고 있는 것이오."

"사형은 싸움에 참전하여 피를 흘리지는 않고 이긴 쪽의 손만 들어주겠다는 뜻이군요."

듣고 있던 권근은 하륜의 속내를 알아차렸다는 듯 빙긋 웃어주며 말했다. 그 웃음의 의미는 권근도 하륜의 뜻에 동조한다는 뜻이기도 했다.

"허허, 양촌도 한쪽 편을 들다가 귀양살이를 해보더니 세상 살아가는 법을 배웠군요."

"하하, 그렇게 보입니까?"

하륜은 자신의 속내를 알아주는 권근이 한결 미더워졌다. 앞으로 자신에게 다가올 세상에서 좋은 동지가 될 것 같은 예감이 들었다. 두 사람은 오랜만에 속내를 털어놓으며 오래도록 이야기하다가 헤어졌다.

아! 정몽주

1
....

황제의 생일을 축하하러 갔던 세자 일행이 돌아온다는 소식이다. 통사(通事) 이현이 먼저 돌아와 아뢰었다.

"그래, 황제께서는 어찌 대접을 하더냐?"

공양왕은 아들이 길 떠난 지 반년여 만에 무사히 돌아온다는 것도 반가웠지만, 황제로부터 어떤 대우를 받았는지가 더 궁금했다. 황제가 세자를 어찌 대우했는지는 공양왕 자신을 어떻게 보느냐는 것과 같은 것이다. 공양왕은 아직 황제로부터 고신을 받지 못하고 있었기에 더욱 신경이 쓰였다.

"황제께서는 특별히 은총을 더하시어 세자의 서열을 공후(公侯)의 다음에 두시고 내전에서 연회를 베푼 것이 무려 다섯 차례나 되옵니다. 그리고 또⋯⋯."

"그리고 또 어찌하더냐?"

"신하에게 명하여 날마다 잔치를 베풀어 위로하게 하고 황금 2정(錠)과

백금 10정에 표리(表裏)[22] 100필을 하사하고 종관(從官) 이하에게도 은과 비단을 차등 있게 내려주셨습니다."

"오, 그랬단 말이냐? 황제께서 그렇게나 세자를 대접해주었단 말이지!"

임금은 통사가 전해주는 소식에 기쁨을 감추지 못했다. 즉시 도평사에다 세자를 성대히 맞을 준비를 하라고 일렀다. 도평사에서는 세자를 맞을 준비를 하는 한편 판문하부사 이성계에게 황주(黃州)로 나가서 세자를 영접하게 했다.

세자를 맞으러 황주로 가던 이성계 일행은 해주에 잠시 머물게 되었다.

때는 3월. 겨울 추위에 움츠려 있던 온갖 사물들이 기지개를 켜는 때였다. 개경을 벗어난 이성계는 오랜만에 싱그러운 산야의 냄새를 맡고 보니 고향에서 말을 타고 활을 쏘며 사냥을 하던 그 시절이 생각났다. 복잡한 머리도 식힐 겸 한바탕 사냥놀이에 빠져보고자 했다. 말을 타고 신나게 달리면서 달아나는 사슴도 쏘아 맞히고 멧돼지도 잡았다. 그러나 너무 놀이에 심취했던 나머지 뜻하지 않은 사고를 당하게 됐다. 그만 달리던 말에서 떨어져 크게 다치는 사고가 일어난 것이었다.

이성계가 다쳤다는 소식은 곧바로 개경으로 전해졌다. 뜻하지 않은 이성계의 부상 소식에 조정이 술렁거렸다. 공양왕은 환관을 보내서 이성계를 위문했다. 소식을 들은 정몽주가 긴히 여쭐 것이 있다고 내전으로 임금을 찾아왔다.

"전하, 소신도 이성계가 낙마하여 많이 다쳤다는 소식을 들었사옵니다."

"그래요. 이것 큰일이 나지 않았소? 판부사가 다치면 국사에 막중한

....

22) 임금이 신하에게 내리는 옷의 겉감과 안감.

차질이 있을 터인데……"

"걱정하실 일이 아닌 줄 아옵니다. 오히려 잘된 일이옵니다."

정몽주의 반응은 임금이 허둥대는 것과는 달리 매우 침착했다.

"수시중, 그 무슨 말이오? 판부사가 크게 다쳤다는데 잘됐다니?"

"제 말을 들어보면 이해를 하실 것입니다."

"……?"

"듣자 하니 판부사의 부상이 심하여 거동할 수 없고 목숨까지도 위태
롭다는 말을 들었습니다."

"그러니 큰일이 아니오?"

"전하, 제가 잘된 일이라고 한 것은 바로 판부사가 당분간 조정 일에
관여하지 못하게 된 것이 잘됐다는 뜻입니다. 죽기라도 한다면 더욱 잘
된 일이고."

"……?"

"전하, 판부사가 사직원을 냈다가 다시 복귀한 속내를 아셔야 할 것입
니다. 판부사는 지금 다른 마음을 먹고 있습니다."

정몽주는 조심스럽게 말을 이었다.

"다른 마음을? 어떤 마음?"

"지금 시중에서는 '목자득국'이니 '고목나무에 배꽃이 피니 이성계가
왕이 될 조짐이다.'라는 말들이 떠들고 있습니다."

"뭐라고? 왕인 내가 엄연히 살아 있는데 이성계가 왕이 되다니? 또 이
나라는 엄연히 왕씨의 나라인데 어찌 그런 기막힌 말이 떠돈단 말이오?"

"이는 필시 이성계를 왕으로 추대하기 위해서 퍼뜨리는 말이라고 보입
니다."

"그렇다면 그런 자들을 잡아들여야 할 것 아니오?"

"하오나, 그 말은 은밀히 회자되고 있어서 말을 퍼뜨리는 자를 찾아내기가 쉽지 않습니다."

"그렇다면 그대로 놔두어야 한단 말이오?"

임금은 정몽주의 이야기를 들을수록 점점 더 불안해졌다.

"그러나 짐작은 가는 데가 있습니다."

"그러면 그자를 붙잡아 추국하면 되지 않소. 대체 그들이 누구란 말이오?"

"바로 이성계를 추종하는 자들 아니겠사옵니까? 비록 이성계가 시키지는 않았다 하더라도 이성계의 측근에서 일을 성사시키기 위하여 퍼뜨린 것으로 짐작하기에 충분합니다. 그들이 바로 정도전을 비롯하여 조준, 조인옥, 남은, 남재, 윤소종, 오사충 등이옵니다."

임금은 등골이 오싹했다. 그들은 바로 이성계와 함께 정국을 이끌고 있는 핵심들인데 다루기가 만만치 않겠다는 생각이 들었다.

"저들을 먼저 극형에 다스려야 할 것입니다. 날개가 꺾이면 이성계도 속수무책일 것입니다. 그때 가서 이성계도 역모죄로 다스려야 할 것입니다."

"그들이 가만히 있겠소? 이성계는 임금의 명도 어기고 마음대로 군사를 돌려서 임금조차도 제 마음대로 갈아치운 사람인데?"

"쉽지는 않사옵니다. 그러나 이대로 놔두면 사직이 위험합니다. 이성계가 저렇게 뜻하지 않은 큰 부상을 당한 것은 하늘이 사직과 전하를 살피시어 기회를 주신 것입니다."

"딴은……"

공양왕은 정몽주의 말을 듣고 보니 미루어서는 안 될 일이라는 생각이 들었다. 그동안 이성계가 자신에게 위협적인 존재라고 막연히 두려워

하고는 있었지만, 이렇게 직접 그가 왕이 되리라는 말을 듣게 되니 그동안의 기우가 현실로 닥쳐온 것 같아 눈앞이 깜깜했다. 모골이 송연함을 느꼈다.

"전하, 소신을 믿으시고 소신의 뜻에 따라주옵소서."

정몽주는 간절한 눈빛으로 아뢰었다.

"그리하겠소. 내 그대의 충정을 믿겠소. 부디 수시중이 나를 도와주시오."

임금은 용상에서 내려와서 정몽주의 손을 부여잡으며 애절하게 말했다.

'포은은 본시 절조가 대쪽 같고 충성심이 강한 사람이다. 그는 양심에 바치는 일은 하지 않는 사람이다.'

임금은 이성계가 자신의 자리를 위협한다고 하니 정몽주를 믿고 일을 맡길 수밖에 없다는 생각을 했다.

"하오나 이 일은 소신 혼자의 힘만으로는 부족하옵니다."

"어떻게 할 작정이오?"

"이색과 우현보, 이숭인, 이종학 등 억울하게 유배를 가 있는 이들을 소환하여 관직에 복직시키시옵소서. 조정에는 아직도 이들을 따르는 이들이 적지 않거니와 재야의 인심 또한 이들을 존경하고 있으니 이 일을 도모하는 데 적지 않은 도움을 받을 수가 있습니다."

임금은 절박한 심정이 되어 정몽주의 건의를 받아들였다. 정몽주가 물러가자 즉시 문하시중 심덕부를 불러 의논했다. 그리고는 유배된 자들의 죄를 사면하고 권중화와 성석린을 삼사좌사, 삼사우사로 삼고, 안익을 판개성부사로, 조인경을 지밀직부사로, 강회백을 정당문학 겸 대사헌으로 발탁하는 등 대대적인 인사를 단행했다. 권중화는 윤이, 이초 사건에 연루되어 귀양을 갔는데 이때 복직되었다.

인사에는 이성계 측으로부터 핍박을 받았던 사람들이 대거 등용되었다. 문하시중 심덕부 또한 윤이, 이초 사건에 연루된 김종연의 모반과 관련이 있다 하여 귀양을 갔다가 복직을 한 사람이었다.

이색, 우현보, 이숭인, 우홍득, 이종학도 궁중에 불러들였다. 이색에게는 한산부원군, 우현보는 단천부원군의 작호를 내려 명예를 회복시켜 주었다.

2

정몽주는 별도로 일을 서둘렀다. 뜻을 같이하는 인사들을 불러 모았다. 대사헌 강회백, 사헌집의 정희, 사헌장령 서희, 대간 김진양 등 간관들이 모였다.

"지금이 이성계의 패당을 처단할 적기인 것 같소."

"하늘이 우리에게 기회를 준 것 같소. 두 번 다시 오기 어려운 기회이니 서두릅시다."

"먼저 정도전과 조준, 남은을 참형에 처하고 조박, 남재, 윤소종, 오사충을 탄핵한다면 이성계는 날개 떨어진 새가 되어 힘을 쓰지 못할 것이오. 그런 연후에 이성계를 쳐버립시다."

정몽주는 척결할 대상을 열거했다. 모두 굳은 결의를 다졌다. 목숨까지도 내놓으려는 듯 결연했다.

김진양이 즉시 탄핵 상소를 올렸다.

"정도전은 출생이 미천하고 파계가 불분명한 자인데 분수없이 높은 벼슬에 올라 권력을 농단하고 참소하는 말을 함부로 해서 여러 사람을 연좌하여 죄를 뒤집어씌워 벌을 받게 한 큰 죄인인데도 아직도 목숨을 부지하고 있으며, 조준과 남은 또한 정도전과 뜻을 같이하는 나라의 변란을 꾀한 자들이옵니다. 이들을 살려둔다면 훗날 크나큰 화근이 될 것이오니 극형에 처하소서."

정도전에 대한 죄는 종전과 마찬가지로 "미천한 출신이 벼슬이 높아 함부로 나대며 여러 사람에게 죄를 뒤집어씌웠다."는 막연한 내용뿐이었다. 조준이나 남은의 죄도 정도전에 동조했다는 내용의 반복이었다.

다른 간원들의 상소도 뒤따랐다. 정몽주는 일이 상소한 대로 처리될 것으로 믿고 정도전을 붙잡으러 형리를 미리 봉화로 보냈다. 그리고는 죄인을 예천의 감옥으로 압송하라 일렀다. 조준과 남은의 집에도 어명이 떨어지면 즉시 집행하도록 군사를 배치해두었다.

그러나 상소를 받아든 공양왕은 막상 이들을 죽이라는 데 선뜻 동의하지 못하고 망설였다. 이성계가 비록 중태에 빠져 있다고는 하나 여전히 살아 있는데 그 측근들을 모조리 도륙 낸다는 것이 부담스러웠던 것이다. 마음 약한 임금은 겁을 먹고 상소를 궁내에 쌓아두고서 결정을 내리지 못하고 있었다.

한편 영주에 머물고 있던 정도전도 사태가 심상치 않음을 눈치챘다. 이성계가 불의의 사고를 당했다는 소식과 유배를 갔던 구신들이 속속 벼슬에 복귀하고 있다는 소식이 들렸다.

'조준, 남은 등 측근의 인사들에게 곧 다시 화가 미치겠구나. 주군의 목숨도 위험하다!'

정도전은 바짝 긴장했다. 자신이 이성계의 곁을 지키지 못하고 있다는 사실이 더없이 안타까웠다.

'포은과도 이것으로 인연이 끝이다!'

자신도 이번에는 살아남기가 어렵다는 것을 느꼈다. 정도전은 사생결단으로 이들에 맞서기로 했다. 걱정되는 긴박한 상황을 이성계에게 빨리 알려서 대응하도록 해야겠다고 생각했다.

정도전은 이방원의 앞으로 서찰을 썼다.

> "속히 아버님을 개경으로 모셔야 하네. 아버님이 건재한 것을 알면 임금인들 함부로 못 할 것이고 저들의 모함도 잦아들 것일세. 일이 급박하게 생겼으니 서두르시게."

개경의 정몽주도 애가 타기는 마찬가지였다.

한시가 급하게 서둘러야 하는 일인데 임금이 결단을 내리지 못하고 머뭇거리고 있으니 입술이 바짝바짝 타들어 갔다. 밤에 잠이 오지가 않았다.

임금은 계속 이성계에게 환관을 보내서 용태를 살피는 중이었다.

정몽주는 다시 김진양을 시켜서 상소를 올리도록 했다.

> "소신 등이 지난번 정도전 등의 죄를 묻도록 상신하였는데도 전하께서는 아무런 비답이 없으십니다. 정도전과 조준은 악의 뿌리요 남은과 윤소종 등은 악의 뿌리를 돋우어서 덩굴을 자라게 하는 자들입니다. 이들을 살려두는 것은 크나큰 걱정거리 오니 거듭 청하옵건대 상신대로 윤허하여주옵소서."

임금은 환관으로부터 이성계의 용태가 점점 차도가 있어 보인다는 보고를 받고 있었다. 사람도 알아보고 대화도 나눈다고 했다.

그러한데 그의 측근인 정도전과 조준을 참수해버린다는 것은 그 뒤에 닥쳐올 일을 생각해본다면 여간 부담스러운 일이 아니었다. 임금은 당초 정몽주와의 약속한 대로 하지 못하고 나중에 일어날 일이 걱정되어 처결을 계속 미적거렸다.

"나는 정도전과 조준을 죽이라고 하지 않았다. 먼저 남은 등을 국문하여 정도전과 조준의 죄와 관련이 있을 때 국문하여도 늦지 않다."

임금은 핑계를 댔다. 그러나 대간의 상소가 멈출 리가 없었다. 정몽주는 사흘 밤낮을 잠을 자지 않고 일에 매달렸다. 김진양은 기어이 임금의 비답을 받고자 궁궐 앞에서 농성을 했다. 임금은 어쩔 수 없이 조준 등을 우선 유배를 보내라고 허락했다.

한편 이방원은 모든 사태가 불리하게 돌아가는 것을 직감하고 정도전이 권한 대로 이성계를 빠른 시간 내에 개경으로 옮기는 일부터 서둘렀다. 이성계는 해주에서 벽란도로 옮겨 머물고 있었다.

이방원은 한달음에 아버지에게로 쫓아갔다. 이성계가 머무는 곳은 병사 서넛이 보초를 서고 있을 뿐 경계가 허술했다. 이성계를 치료하는 자는 임금이 보내준 어의였다.

"아버님의 차도가 어떠하냐?"

이방원은 숙소에 들어서자마자 대뜸 어의에게 물었다.

"정신이 돌아와서 사람은 알아보고 있습니다. 더 이상 악화는 되지 않고 있어 지켜보고 있나이다. 안정이 중요한 때이니 오랜 대화는 삼가는 것이 좋겠습니다."

이방원은 어의의 말을 믿을 수가 없었다. 임금이 보낸 자라 혹시 병을 더 돋우지나 않을까 염려스러웠다. 치료를 구실로 아버지 곁에 머무르면서 용태를 임금께 보고하는 첩자 노릇을 하지 않을까 하는 의심이 들었다.

"만약에 어떤 일이 벌어지면 내 용서치 않을 것이다. 최선을 다하라!"

이방원은 눈을 부라리면서 오금을 박듯이 엄격하게 다짐을 했다. 이성계의 신변에 더 이상 문제가 생긴다면 당장에라도 목을 베어 버리겠다는 듯 협박이었다.

이성계는 오줌과 똥을 받아내는 수발을 받으며 자리보전을 하고 있었으나 다행히 대화는 가능했다.

"아버님, 이곳에서 머무르시기보다는 얼른 숭교리 집으로 가셔서 자리보전을 하셔야지요."

아들은 아버지에게 속히 개성의 집으로 가자고 채근을 했다.

"이 몸으로 더 먼 길 가는 것이 어렵겠다. 여기서 좀 정양을 하고 가는 것이 좋겠구나. 전하께서 여기서 치료를 받으라고 어의까지 보내지 않았느냐?"

"아버님, 지금 사태가 급하옵니다. 아버님의 부재로 여러 가지로 곤경에 몰리고 있습니다. 아버님께서 건재함을 보이셔야 합니다. 어의도 믿을 자가 못 되옵니다. 정몽주는 지금 아버님의 측근들을 모조리 극형에 처하라고 아우성입니다. 임금은 아버님의 쾌차를 바라고 어의를 보낸 것이 아니라 아버님의 용태를 살피려고 보낸 것이옵니다. 해코지라도 하지 않을는지 염려되옵니다."

"아니다. 이 몸으로 더 움직이기가 어려우니 거동을 할 때까지만이라도 이곳에 있으련다. 너도 그만 돌아가서 주위 단속을 하는 것이 좋겠다."

이성계는 고통에 지쳐 더 이상 말할 기력이 없다는 듯 손가락만 까딱이며 돌아가라고 했다. 이방원은 더 이상 졸라봐야 소용이 없겠다는 생각을 했다. 그렇다고 이성계의 부재로 한시가 급하게 돌아가고 있는 조정의 상황을 그대로 내버려 둘 수도 없는 일이었다.

이곳에 머물다가는 무슨 일을 더 당할지 안심할 수가 없는 일이었다.

이방원은 자신의 독단으로 일을 추진하는 수밖에 없다고 생각했다.

이방원은 이성계 곁에서 물러 나와 지시를 했다.

"이대로 이곳에 머무를 수가 없다. 즉시 개경으로 갈 준비를 차려라!"

이방원은 아래에다가 호령했다.

"이동 중에 아버님께서 불편하지 않도록 견여(肩輿, 들것)를 단단히 만들어서 힘세고 걸음 빠른 놈들을 골라서 메게 해라. 견여의 곁은 경계를 철저히 하여 잡인들의 근접을 금하라!"

이방원의 지시는 엄했다. 이곳에 더 머무르겠다는 이성계의 의사는 무시된 채 이방원의 지시대로 신속히 행장이 꾸려졌다. 장정 20여 명이 견여에 이성계를 태우고 발을 맞추어 달렸다. 견여 곁에는 상장군 황희석의 지휘 하에 겹겹이 둘러싼 호위병들이 함께 달렸다.

밤새워 개경까지 단숨에 달려왔다. 개경 백성들은 새벽을 찢는 군사들의 구령 소리에 무슨 일인가 하고 놀라 잠을 깨기도 했다. 이방원은 일부러 군사들에게 성내가 진동을 하도록 힘차게 구령을 붙이게 해서 이성계의 건재함을 알렸던 것이다.

3
. . . .

숭교리 집에 도착한 이방원은 우선 집 주위 보안을 이중 삼중으로 하며 경계를 엄하게 했다. 출입하는 사람을 엄격히 통제하고 어의도 돌려보내고 다른 명의를 구해 아버지의 병구완을 하는 등 누구도 함부로 이성계의 근황을 염탐할 수 없도록 했다. 그러면서 이성계의 건강이 하루가 다르게 쾌차하고 있다는 소문을 내외에 퍼뜨렸다.

한편 바깥 사정도 급박하게 돌아가고 있었다. 이성계가 개경에 도착하기 하루 전에 조준과 남은은 유배지로 보내졌다.

임금이 정도전, 조준을 죽이지 말고 먼저 남은 등 여러 사람을 국문한 뒤에 연관이 있을 경우에 국문하도록 지시를 했음에도 정몽주는 이에 개의치 않았다. 정몽주는 심문관으로 자신의 심복인 김귀련과 이반을 차출했다. 그리고 그들을 따로 불러서 밀명을 내렸다.

"국문을 가혹하게 하라. 국문을 받다가 죽어도 좋다."

정몽주는 정도전, 조준, 남은을 반드시 죽여야 하는 인물로 지목했다. 이성계가 신병이 낫더라도 이들을 먼저 죽인다면 이성계는 날개 떨어진 매의 꼴이 되어 더 이상 뜻을 펼치지 못할 것이기에 임금의 의견도 무시한 채 서둘러 지시를 내린 것이었다.

이성계가 개경에 돌아오고 쾌차하고 있다 하니 마음이 더 급했다.

이에 맞물려 이성계의 집에서도 사태의 심각함을 알고 연일 대책을 숙의하느라 부산했다. 이방원은 아버지의 곁에 붙어서 수발을 들며 졸랐다.

"아버님, 정몽주가 지금 사람을 보내어 삼봉, 송당(조준), 남은 대감을 국문한다고 하니 이것은 우리 집안과 관계되는 일이옵니다. 장차 이 일을 어떻게 해야 하겠습니까?"

"어찌하겠느냐, 내가 운신을 할 수가 없으니 어쩔 도리가 없다."

"정몽주가 삼봉 대감 등을 죽인다는 소문이 파다합니다. 대감들을 죽인 다음 그 칼은 아버님의 목숨을 노릴 것입니다."

"죽고 사는 것은 천명에 달렸다. 천명을 어찌 거스르겠느냐? 받아들여야 할 수밖에……"

이성계는 모든 일을 천운에 맡긴다 했다. 죽음의 문턱까지 갔다가 다시 목숨을 잇게 된 것도 천운이고 또다시 죽음을 맞게 되는 것도 피할 수 없는 운명이라면 받아들이겠다는 나약하고 허무함이 가득 배어 있는 말투로 말했다.

방원은 모든 것을 포기한 듯한 아버지에게서 이미 내려진 왕명을 거스르며 어떤 일을 도모해줄 것을 기대한다는 것이 더 이상 불가능하다고 생각했다.

아버지에게서 물러 나온 방원은 작은 아버지인 이화를 만나서 이지란과 둘째 형 방과, 매제 이제(李禔)를 모이게 하여 의논을 했다. 이화는 이성계의 이복동생이고 이지란은 이성계와 둘도 없이 지내는 의형제이며, 이제는 이성계의 사위이니 이방원과는 처남 매부 사이다.

"집안이 멸문지화를 당할 지경에 이르렀는데도 아버님께서는 어떤 단안도 내려주시지 않고 있습니다. 이대로 앉아서 당하고만 있을 수 없는 노릇입니다."

이방원은 가문의 일과 관계되는 것이므로 우선 집안사람들끼리 의논하여 일을 도모하고자 했다. 그러나 아무도 선뜻 나서지 않았다. 모두 이성계의 명을 하늘같이 떠받들어 온 터에 명이 없으니 어떤 결단을 내리기가 어려웠다.

"정몽주를 죽여야 우리 집안이 살아남습니다. 정몽주는 삼봉 대감 등을 죽인 후에 우리 집안을 박살 내고자 할 것입니다. 아버님의 목숨이 위험합니다."

다들 이성계의 뜻만 바라보고 우물쭈물하고 있으니 이방원은 답답한 마음에서 채근했다. 그러나 정몽주는 임금이 아끼는 중신이다. 그는 지금 왕명을 받아서 모든 일을 추진하고 있다. 그런 그를 죽인다는 것은 반역하는 것이나 다름이 없는 일이다. 일은 성공을 해도 그렇고 실패를 해도 감당하지 못할 화를 불러오는 것이니 누구도 선뜻 나설 수가 없었다.

"이 일은 여사로 큰일이 아닌데 어찌 형님 몰래 일을 추진할 수가 있겠는가?"

이지란이 걱정이 가득해서 물었다.

"아버지의 승낙은 받아내지 못했지만 우리는 정몽주를 죽이지 않을 수가 없습니다. 뒷일은 내가 책임지겠습니다."

이방원은 단호하게 말했다.

"이씨가 왕실에 공로가 있다는 것은 온 나라 사람들이 다 알고 있는데 지금 소인들이 모함을 하고 있습니다. 제대로 해명도 하지 않고 고스란히 앉아서 당한다면 저 소인들이 반드시 흉악한 이름을 이씨에게 뒤집어씌울 것입니다. 이래도 나서지 않겠습니까?"

이방원은 아버지의 결단이 없지만 여기 모인 사람들이라도 나서서 "정몽주를 죽여야 하지 않겠는가!"고 역설했다. 그러나 누구도 선뜻 행동으로 나서려 하지 않았다.

이방원은 아무런 결정을 내리지 못하고 집으로 돌아왔다.

"아, 우리에게 많은 사람들이 있건만 이씨 집안이 멸문지화를 당하게 생겼는데 집안사람조차도 선뜻 나서지 않으려 하는구나. 참으로 안타깝다."

이방원이 장탄식을 하고 있는데 뜻밖에 광흥창사(廣興倉使)[23] 정탁(鄭擢)이 찾아왔다. 정탁은 이방원과는 같은 시기에 과거에 급제한 동류여서 서로 가까이 지내는 사이였다. 그는 과거에 급제한 지 10년이 넘었어도 여전히 하급관리로 머무는 것에 불만을 품어왔는데 때마침 정권 실세인 아버지를 둔 이방원과 가까이 지내고 있었으므로 이방원의 환심을 사서 출세할 기회를 엿보고 있었다. 그는 이방원이 무엇을 고민하고 있는지 알고 있기에 속내를 털어놓았다.

"이 공, 마음을 정하였으면 행동으로 나서지 뭘 그렇게 망설이시오?"

"정 공이 내 속의 깊은 생각을 어떻게 알고서 그런 말을 하오?"

"포은 대감이 무엇은 노리는지 아는 사람은 다 아는 일이오이다. 백성의 이해가 시각에 달린 일인데 어찌 소인배들이 나서서 난을 꾸미고 있는데도 가만히 두고만 보고 있습니까? 대의를 생각하십시오. 누구라도 나서야 한다면 그 일에 이 공이 앞장서십시오. 이참에 확 쓸어버리고 새 세상을 열어보십시오. 왕후장상의 씨가 따로 있답니까?"

정탁은 방원의 감정을 북돋우려는 듯 서슴없이 직설을 쏟아냈다.

"새 세상을 열어? 왕후장상의 씨가 따로 없다고?"

이방원은 정탁의 말을 듣고는 가야 할 길이 눈앞에 확 드러나는 기분이었다.

'누군가가 나서야 할 일이라면 내가 먼저 나서야 한다고? 좋다! 내가 나서겠다.'

마침내 이방원은 정탁의 말을 듣고서 뜻을 굳혔다.

'그렇다! 이 기회에 확 쓸어버리고 새 세상을 여는 것이다. 이씨라고 왕

....

23) 관리의 녹봉에 관한 사무를 보는 곳의 정6품 관리.

씨의 신하로만 지내라는 법은 없는 것이다.'

다른 사람이 나서주기를 기다릴 것이 아니라 스스로 나서서 정몽주의 목숨을 거두고 나아가서 그 아버지가 했던 것처럼 임금도 갈아 치워버려야겠다는 결심을 했다. 즉시 심복인 조영규를 불러서 말했다.

"지금 아버님의 목숨이 경각에 달려 있고 집안이 멸문지화를 당하게 생겼다. 아버님의 덕을 입은 장수가 한둘이 아닌데 위급한 때에 이씨를 위하여 나서줄 사람이 찾아보기가 힘들구나."

조영규는 방원의 말을 듣고 대뜸 언성을 높였다.

"어찌하여 공은 소장을 믿지 못하고 그리 급박한 일을 다른 사람과 의논하셨는지요? 소장, 지금껏 장군께 입은 은혜를 생각하면 불 속인들 마다하오리까? 명령만 내려주십시오!"

조영규는 가슴을 쾅쾅 치면서 무슨 일이라도 시키는 대로 하겠다고 충성을 다짐했다.

이방원은 조영규라면 험한 일을 믿고 일을 맡길 수 있겠기에 그를 부른 것이었다.

이방원은 큰소리치는 조영규에게 믿음의 표시로 어깨를 툭툭 치고는 자신이 하고자 하는 일을 은밀히 일러주었다. 그리고는 못을 박듯 지시를 했다.

"내가 명을 내리면 즉시 행동을 개시해야 한다."

이방원은 이외에도 가병 중에서 자신을 따르는 조영무, 고여, 이부를 불러서 조영규를 도와서 일을 도모하도록 지시를 했다.

4

정몽주는 벌써 며칠째 밤잠을 설치고 있었다. 잠자리에 들면 이성계의 얼굴이 어른거리고, 그 모습은 거대한 괴물의 형상으로 변해서 자신에게 덤벼들어 목을 졸랐다. 고통에 겨워서 캑캑거리는데 이성계의 뒤에 한 무리가 나타나서 자신을 향해 조롱하듯 손가락질을 하며 통쾌하게 웃는 것이다. 그들의 무리는 정도전, 조준, 남은, 윤소종 등이었다.

"하, 하, 하."

"낄, 낄, 낄."

그들은 괴로워하는 자신의 모습을 보고 즐거운 듯, 놀리는 듯 웃고 있었다. 자세히 보니 모두 얼굴에 피 칠갑을 하고 있었다.

정도전이 충혈된 두 눈을 부릅뜨고 잡아먹을 듯이 입을 벌리고 확 달려들었다.

"악!"

정몽주는 가위에 눌려서 화들짝 잠이 깼다. 깨어났는데도 꿈속의 일들이 생생히 남아 있었다. 등골에서는 땀이 축축하게 배어났다.

"후–"

마음을 진정시키느라 호흡을 가다듬었다. 벌써 며칠째 비슷한 꿈을 계속 꾸었다.

'국문하러 간 일은 잘되고 있는 것인가? 이성계가 회복하게 되면 어떻게 나오려나? 앞으로 어떻게 해야 할꼬?'

머리가 복잡했다.

"대감마님, 주무시는지요?"

그때 밖에서 집사가 부르는 소리가 들렸다.

'몇 점이나 되었을꼬?'

새벽닭의 울음소리가 들리지 않았으니 아직은 한밤중인데 집사가 웬일로 잠을 깨우는 것일까? 불안한 생각이 들었다.

"흠, 흠."

가벼운 기침 소리를 내며 잠이 깨어 있음을 알렸다.

"손님이 찾아오셨기에……. 꼭 이 밤중에 드릴 말씀이 있다고 하시기에……."

"음, 누구라더냐?"

"변중량 대감이라고……."

'변중량이? 웬일로 이 밤에?'

변중량은 이성계의 이복형 이원계의 사위인데 지난해 정도전 등 이성계의 측근이 우현보를 탄핵해서 죽이려고 모의한다는 사실을 알고 사전에 임금에게 고해바침으로써 위기를 면하게 한 일이 있었다. 또 그는 정몽주의 문하에서 글을 배워서 벼슬길에 오른 문인이기도 했다. 정몽주는 제자가 한밤중에 찾아온 것으로 봐서 뭔가 대단히 중요한 일이라는 생각이 들었다.

"내, 나가마. 기다리고 있으라 해라."

정몽주는 자리에서 일어나 간단히 옷매무시를 고치고 방을 나왔다.

변중량은 긴장이 가득한 얼굴로 정몽주를 기다리고 있었다.

"스승님께 긴히 드릴 말씀이 있어서 남의 눈을 피하여 이 밤중에 찾아뵈었습니다."

"그래 무슨 일인가?"

"스승님의 신상에 큰 변고가 일어날 것 같아 알려 드리러 왔습니다."

"변고? 무슨 일이 일어나는가?"

정몽주는 잔뜩 긴장되어 물었다.

"스승님을 살해하고자 음모를 꾸미고 있다고 합니다. 이방원과 방과 형제, 이화, 이지란 등이 모여서 의논을 하였답니다."

변중량은 이방원 등이 모여서 의논했던 일을 가족을 통해 듣고서 스승의 신변을 염려하여 급히 찾아온 것이었다.

"음, 그러하냐?"

정몽주는 이성계의 측근들이 자신을 위해하려 한다고 항상 염려를 해왔으나 실제로 모여서 의논했다는 말을 전해 들으니 더 긴장되었다.

변중량이 돌아가고 정몽주는 잠시 생각했다. 이성계가 점점 나아지고 있다는 소문이 들리니 이를 눈으로 확인해봐야겠다는 생각이 들었다.

그가 몸이 나아지면 측근들이 다시 그를 등에 업고 반격을 가할 것이니 대비를 해야 한다. 지금 그들이 임금의 명을 받드는 자신을 죽이려고 모의를 한다는 것은 바로 역모를 꾀하는 것이니 이성계의 용태를 보아서 이 기회를 빌려 모조리 처단해버릴 수도 있는 일이다. 이성계까지도.

정몽주는 어쩔 수 없이 이성계와도 직접 일전을 벌여야겠다고 생각했다.

정몽주는 날이 밝으면 이성계의 집이 있는 숭교리를 찾아서 정탐을 해보고자 했다.

날이 밝자 정몽주는 말잡이 종자 한 명만 데리고 이성계의 집으로 향했다.

자신의 신변에 위험이 따르고 있다는 말을 들었음에도 그는 홀몸이다시피 하여 나선 것이었다. 여러 사람을 데리고 간다면 괜한 오해를 불러일으켜 경계할 것 같아서 일부러 병문안 가는 편안한 행색을 하고 나선 것이었다.

5

생각지도 못한 정몽주의 방문을 받고 이성계의 집 안에는 긴장감이 감돌았다.

'정몽주가 온 것은 분명 집 안의 동태를 살피러 온 것이리라!'

집 안 사람들은 모두 경계를 늦추지 않았다. 이화가 방과와 함께 정몽주를 이성계에게 안내하고 이성계와 성봉주가 이야기를 나누는 것을 보고 슬며시 빠져나와 밖에서 대기하고 있는 방원을 찾아와 일렀다.

"몽주를 죽인다면 지금이 좋은 기회이긴 한데……"

여전히 망설이기는 마찬가지였다. 이방원은 방 안 분위기부터 우선 살피고자 했다.

"방 안에서는 어떠한지요?"

"형님과는 반가이 이야기를 나누고 계시네. 몽주도 그냥 문병을 온 모습 외에 별다른 낌새를 보이지 않고 있네."

이방원은 잠시 생각했다. 좋은 기회가 왔다는 생각이 들었다. 호랑이 굴로 제 발로 걸어 들어왔으니 계획한 대로 쳐 죽이면 그만인 것이다. 그러나 특별한 낌새도 보이지 않고, 말잡이 종자 외에 동행인도 없이 부친을 문병 왔는데, 그런 사람을 집 안 내에서 개 잡듯 죽인다는 것은 모양새가 좋지 않았다.

이 일은 너무나 큰 일이었다. 후세에 자신이 한 일에 대해 무슨 변명거리라도 만들어놓아야겠다는 생각도 들었다. 이방원은 별도로 정몽주와 단둘이 만나 속마음을 확인하고 싶었다. 그래서 이화에게 부탁했다.

"포은 대감이 돌아가시기 전에 제가 한번 뵈었으면 합니다. 제가 먼저 사랑채에서 기다릴 터이니 숙부님께서 포은 대감을 좀 안내해주시지요."

두 사람은 찻상을 앞에다 두고 겨루듯이 마주앉았다. 이방원이 사냥감을 앞에 둔 매처럼 사납고 매서운 기를 품어내고 있는 데 비해 정몽주는 뿌리가 깊게 박힌 나무처럼 질기고 단단한 모습이었다. 방 안에는 두 사람이 겨루는 기가 충만하여 봄날인데도 냉기가 서렸다.

"이일 저일로 바쁘실 터인데도 이렇게 병문안까지 와주셔서 감사합니다."

이방원은 최근 자신들을 압박하고 있는 일들이 정몽주의 주도로 이루어지고 있는 것을 비꼬아서 말했다. 정몽주의 얼굴을 쏘아보면서 하는 날을 세운 인사였다.

"부친께서 그만하시기에 다행이네. 쾌차하시기를 바라네."

정몽주도 지지 않고 똑바로 바라보면서 속마음과는 다른 헛인사말로 답했다. 정몽주는 오래전 이성계의 부친 이자춘의 장례 때 함주에서 어린 이방원을 본 적이 있었다. 그리고 열여섯, 아직 풋풋한 나이에 소년급제하여 조정을 드나들면서 아버지를 돕는 모습을 보고 그 총명함에 대하여 칭찬을 아끼지 않는 등 친밀함을 보였었다.

그러나 오늘 이 자리에 마주하고 앉은 두 사람 사이에서는 이전에 느꼈던 옛정은 사라지고 긴장감만이 흘렀다. 오로지 서로에게 겁박을 주는 무겁고 차가운 바위와 같은 존재로 마주했다.

이방원은 품고 있던 종이를 정몽주에게 건네주었다.

"제가 시를 한 편 지었는데 대감께 평을 받아보고자 합니다."

종이에는 이방원이 직접 지은 시가 한 수 적혀 있었다. 정몽주는 그것을 펼쳐보았다.

이런들 어떠하리 저런들 어떠하리
성황당 뒷담이 무너진들 어떠하리
우리도 이같이 하여 안 죽고 살면 어떠하리

잘 알려진 이른바 「하여가(何如歌)」였다. 그런데 우리가 익히 알고 있는 「하여가」는 『해동악부(海東樂府)』와 『포은집(圃隱集)』에 실려 있는 한시와는 사뭇 다르다.

『해동악부』 등에는 둘째 연 이하가 "성황당 뒷담이 무너진들 어떠하리……"로 한역되어 있으나 이 부분이 "만수산 드렁칡이 얽어진들 어떠하리 우리도 이같이 얽혀져 백 년까지 누리면 어떠하리."로 변하여 민간에 회자되어 오늘날까지 전해오고 있다.

이는 "성황당 뒷담……"을 고려를 상징하는 "만수산……"으로 바꿔 넣음으로써 정몽주를 격살한 이유가 이방원의 정권 찬탈 야욕에서 비롯된 것이라는 것을 강조하기 위해 누군가가 의도적으로 조작한 것이라고 추측된다.

정몽주는 이방원의 시를 한참이나 뚫어지라 쳐다보고 있다가 곁에 있는 지필묵을 집어 들고 답시를 썼다. 그 답은 「단심가(丹心歌)」였다.

이 몸이 죽고 죽어 일백 번 고쳐 죽어
백골이 진토되어 넋이라도 있고 없고
임 향한 일편단심이야 가실 줄이 있으랴

이방원은 정몽주에게 자신의 편이 되지 않는다면 죽음도 각오하라고 협박을 한 것이었다. 이에 정몽주는 너희가 나를 죽여서 사지를 찢어 다시 죽인다 해도 일편단심 고려의 사직을 끝까지 지키겠다는 굳은 의지로 답을 한 것이다.

두 사람은 시를 주고받으면서 서로가 돌아올 수 없는 강을 건넜다는 마음을 확인하게 되었다. 이제 두 사람 간에는 굴복하지 않으면 죽음을 각오해야 하는 벼랑 끝 사생결단의 행동만이 남은 것이다. 문제는 언제 결행하느냐 하는 것만이 남았을 뿐이었다.

6

이방원은 정몽주를 보내고 나서 조영규를 불렀다.

"더 이상 지체할 것 없다. 지금 포은을 앞질러 가서 기다렸다가 격살하라. 선죽교가 가는 길목이고 한적한 곳이니 그곳이 좋겠다."

이방원은 장소까지 정해주며 단호하게 지시했다.

"예. 명대로 거행하겠습니다."

조영규는 즉시 조영무와 고여, 이부와 함께 지름길을 택해서 선죽교로 달렸다.

정몽주는 이성계를 문병하고 돌아오면서 지난밤 변중량이 밤중에 찾아와서 일러준 말이 틀리지 않았다고 생각했다. 특히 이방원의 눈빛에서 번뜩이는 살기를 느꼈다. 이제는 이성계까지도 함께 도모하지 않으면 자신의 목숨을 부지하기가 어렵겠다는 생각을 했다.

정몽주는 이런저런 생각을 하면서 길을 나선 김에 친분이 있는 개성부 판사 유원의 상가에 들러 술을 많이 마셨다.

'이성계를 죽여야 한다. 다른 누구보다도 이성계를 죽이면 모든 것이 끝나는 것이다.'

생각에 골똘해서인지 마신 술의 양에 비해 정신은 또렷했다. 정몽주가 상가를 나섰을 때는 주위에 어둠이 깔렸다.

"왜 이렇게 나타나질 않지?"

선죽교 밑에서는 낮부터 건장한 사내들 몇몇이 몸을 은신하고는 누군가를 초조하게 기다리고 있었다. 바로 이방원이 보낸 조영규, 조영무 등 자객들이었다. 기다리는 정몽주가 나타나지 않자 조바심이 났다.

'혹시 눈치를 채고 다른 길로 돌아가지 않았나?'

궁리를 해보았지만, 이곳을 지나치지 않으면 귀가할 길이 없다. 외길이었다. 날은 이제 사방을 분간하기 어려울 만큼 어두워졌다.

"휙, 휘-익."

보초를 서고 있던 이부가 다리 아래에다 대고 신호를 보냈다. 다리 밑에서 기다리던 사람들은 날렵하게 스며들듯 다리 위로 올라왔다.

"따각, 따각."

말발굽 소리가 천천히 다가오고 있었다. 어둠 속이지만 말 위에 타고 있는 사람의 형체도 보였다. 종자인 듯한 자에게 말고삐를 잡히고 흔들거리며 오는 모습이 선비였고 낮에 봐두었던 영락없는 정몽주 일행이었다. 모두 긴장했다. 조영규는 철퇴의 손잡이를 바짝 움켜쥐었다. 조영무도 쇠 절굿공이를 쥔 손에 힘을 주며 마른 침을 삼켰다. 드디어 말 탄 일행이 다리로 들어섰다.

"멈추어라!"

기다리던 자객들은 정몽주가 다리에 들어서자 달려들어서 앞뒤를 에워쌌다.

"웬 놈들이냐? 이분이 수시중 대감이시니라. 무엄하다."

종자가 이들을 가로막고 나섰다. 잡고 있던 말이 고삐에 채여 히힝 하고 앞발을 높이 번쩍 쳐들다가 내려섰다.

"수시중 포은 대감이 맞으시지요?"

자객 중의 한 명이 정몽주임을 확인이라도 하려는 듯 물었다.

"그렇다. 경을 치기 전에 썩 비키거라! 이놈들."

그때였다. 말 옆구리에 붙어섰던 조영규가 말 위에 앉아 있는 정몽주를 향해 철퇴를 날렸다. '휘-익' 철퇴가 빗나가 말의 옆구리에 맞았다. 말이 놀라서 요동을 치는 바람에 정몽주가 굴러떨어졌다.

"이놈들, 무슨 짓이냐!"

종자가 쓰러진 정몽주를 몸으로 막았다.

"비켜라! 이놈!"

조영무가 가로막고 있는 종자를 향해 사정없이 쇠몽둥이를 내리쳤다. 쇠몽둥이 한 방에 종자는 "악!" 하는 외마디 비명과 함께 나가떨어져 개구리처럼 바르르 떨다가 숨이 끊어져 버렸다. 즉사한 것이다. 말에서 떨어진 정몽주에게는 조영규가 철퇴를 날렸다.

정몽주는 정신이 혼미해짐을 느꼈다.

'방원이가 보낸 자객이구나.'

정몽주는 혼미해짐 속에서도 자객의 정체를 눈치챘다. 정몽주는 몸을 움직여보려 했으나 뜻대로 되지 않았다. 그냥 버둥댈 뿐이었다. 정몽주의 목숨이 끊어지지 않았음을 눈치챈 조영규는 다시 한 번 얼굴에다 철퇴를 가했다. 정몽주의 몸은 더는 움직이지 않았다. 자객들은 정몽주의 숨이 끊어지는 것을 말없이 지켜보았다. 어둠 속에서도 정몽주의 몸에서 뿜어져 나오는 액체가 다리를 흥건히 적시며 흘러내리는 것이 보였다. 피비린내가 코끝에 진동했다.

정몽주는 그렇게 무참하게 최후를 마쳤다. 그의 나이 56세였다. 정몽주가 살해된 현장인 선죽교에는 지금도 돌무늬가 피가 흐른 듯 선명히 붉은빛을 띠고 있다고 한다.[24] 이는 정몽주가 죽을 때 흘린 핏자국이라고 전해지는데, 누군가가 그의 죽음을 애석하게 여긴 나머지 후세 사람들이 그의 억울함을 기억하기를 바라는 마음에서 전설로 지어 전한 것이리라.

『고려사(高麗史)』에는 정몽주는 학문에 깊이가 있고 절조(節操)가 높은 인물로 평가하고 있다. 그는 이색의 문하에서 공부했으며, 공민왕 9년(1360년) 과거 3장(초장, 중장, 종장)에 내리 장원으로 합격한 재원으로 일찍부터 벼슬살이를 해서 출세가도를 달리면서 재정과 외교, 문무 가릴 것 없이 국가의 거의 모든 분야에서 많은 업적을 남겼다.

특히 외교 분야에서의 업적은 탁월했는데 당시 중원의 신흥대국 명나라가 고려에 여러 가지로 압박을 가해오는 것을 두 차례에 걸쳐 황제 주원장과 면담하여 공물을 삭감하고 명나라의 제도와 복식을 도입하는 등 두 나라 사이의 난제를 해결했고, 또 일본과의 관계에서도 사절로 가서 막부의 실력자들을 만나 왜구의 침략을 저지하고 포로로 잡혀 있던 백성 수백 명을 귀국시키는 등 괄목할 업적을 남겼다. 그러나 그는 명재상으로서, 대학자로서 여러 방면에 걸쳐서 많은 업적을 남겼음에도 정치인으로서는 실패한 사람으로 보인다.

....

24) 필자는 현장을 확인해볼 그날을 기다린다.

흔히 정몽주를 절세의 충신으로 이야기하고 있다. 그러나 정몽주가 지키려 한 충절이 정치인으로서, 국가의 중요한 지위에 앉아 있는 지도자의 판단으로서 옳았는가에 대해서는, 충절의 표상으로 무조건적으로 존경하기에 앞서 비판을 받아야 한다고 본다.

정몽주가 지키려 한 고려는 이미 모든 것이 한계점에 다다라서 더 이상 나라로서 지탱하기가 어려웠고 그 속에서 하루하루를 고단하게 살아가는 백성들의 원성이 하늘을 찔러 사회 곳곳에서 세상이 바뀌기를 열망하던 때였다. 세상이 그러함에도 정몽주는 시대의 변화를 수용하지 못하고 무모하게 왕조에 대한 의리만을 지키려 한 것이었다. 정몽주의 충성은 나라에 대한 것도, 백성을 위한 것도 아니었다.

정몽주가 만고의 충신으로 추앙받게 된 것은, 그가 비록 조선왕조 건립에 장애물이 되긴 했지만, 왕에게 무조건적인 충성을 요구하는 조선왕조의 국가 이데올로기가 그렇게 만든 것이 아니었을까?

그렇게 본다면 역사는 진실만을 추구하는 것이 아니라 필요에 의해서 만들어지는 것이라 할 수도 있을 것이다. 시대의 변화를 거스르려 한 정몽주의 무모한 충절은 이 시점에서 새로이 평가를 받아야 할 것이다.

반전

1
....

정몽주를 격살했다는 보고를 받은 이방원은 즉시 아버지의 측근들을 불러 모았다. 이방원의 보고를 받은 모두는 놀라움을 감추지 못했다.

'기어이 일을 벌였구나! 방원이 혼자서!'

입을 딱 벌린 채 말을 못하고 있다가 둘째 방과가 걱정이 가득한 표정으로 물었다.

"아버님께 보고를 드려야 하지 않겠는가?"

"사세가 급하여 먼저 일을 저질렀습니다. 아버님께 사실을 고하겠습니다. 모든 일은 제가 책임을 지겠습니다. 그보다도 먼저 해주셔야 할 일이 있습니다."

이방원은 흥분을 가라앉히고 앞으로 해야 할 일을 침착히 지시했다. 마치 그 아버지가 군령을 내리는 것처럼.

개경으로 들어오는 성문에서는 경계가 삼엄했다. 궁궐로 들어오는 문은 닫혔고 개경 시내에는 군사들이 요소요소에 배치됐다. 문하시중 심 덕부를 비롯한 조정 대신들의 집 앞에도 경비병을 세워서 외부와 접촉을 차단시켰다.

한편 아들 방원으로부터 정몽주를 격살했다는 보고를 받은 이성계도 놀라기는 마찬가지였다.

"네가 정말 일을 저질렀다는 말이냐? 어찌 그런 일을 상의도 없이, 전하의 허락도 없이 벌인단 말이냐?"

이성계는 자리보전을 하고 누운 병자답지 않게 벌떡 일어나면서 소리를 질렀다. 소리가 문밖까지 쩌렁쩌렁하게 울렸다.

방문 밖에서 강씨 부인을 비롯해 방번과 방석, 온 식구가 방 안의 기색을 살피다가 터져 나오는 큰 소리를 듣고 깜짝 놀랐다.

"너희들이 대신을 함부로 죽이니 나라 사람들이 이를 어떻게 생각하겠느냐? 나도 모르게 어찌 이런 큰일을 저지를 수 있단 말이냐? 우리 집안은 본래 충효로 소문이 나 있었는데 너 때문에 얼굴을 들 수가 없게 되었구나!"

이성계의 큰 소리는 계속 터져 나왔다.

"정몽주 등이 우리 집안을 몰락시키려 하는데 어찌 가만히 앉아서 당할 수가 있겠습니까? 아버님께서 허락만 하신다면 앞으로의 일은 제가 처리하겠습니다."

이성계의 노함에 방원도 굴하지 않고 꼿꼿한 목소리로 답했다.

"시끄럽다, 이놈!"

고함과 함께 '쿵' 하고 무엇인가 던지는 소리가 들렸다. 강씨 부인은 더 이상 밖에서 동정만 살피고 있을 수가 없었다.

방 안으로 들어갔다. 목침이 방원의 옆으로 떨어져 있었다. 이성계가 화가 나서 조금 전에 방원을 향해 던졌던 것으로 짐작이 갔다.

"대감, 진정하세요. 사태가 이러한데 방원인들 생각이 없이 한 일이었 겠습니까? 방원이가 일을 저지르지 않았으면 지금쯤은 우리 집안이 도 륙이 났을지 모를 일입니다. 너무 책망만 하실 일이 아닙니다."

강씨 부인이 방원을 위해 변명을 하고 나섰다.

"방원이에게 일을 맡겨주세요. 보아하니 일이 시급한데 모두가 대감의 명이 없으니 답답해합니다."

방원을 대신해서 남편을 설득했다.

'이미 엎질러진 물이 아닌가? 포은이 사태를 여기까지 몰고 온 것이 아 닌가? 일이 이렇게 된 것이 어쩌면 잘된 일인지 모른다.'

아들에게 역정만 낼 일이 아니었다. 이성계는 생각을 바꾸었다.

이성계는 사세가 급한지라 억지로라도 거동을 해보려 했지만, 그것은 불가능했다. 대신 측근인 황희석을 불러서 아들과 함께 대궐로 들어가 임금에게 보고하도록 했다.

황희석은 이성계를 군사적으로 보좌하는 최측근 인물이다. 그는 함 경도 단주 상만호로 있을 때 이지란과 함께 나하추의 군사와 전투를 벌 여 격퇴시키는 등 공을 세워 이성계의 신임을 받았고, 이후 요동정벌 때 도 출전하여 이성계의 회군을 도와 회군 일등공신으로 책정되어 동지밀 직사 벼슬에 올라 있는 자다. 그는 이성계가 낙마했다는 보고를 받고 누 구보다도 먼저 군사를 이끌고 가서 이성계의 신변을 보호했다. 황희석은 수하 장졸 200명을 끌고 급히 궁궐로 달려갔다.

2

궐내는 조용했다. 바깥세상에서는 나라의 재상이 살해되어 경천동지하는 일이 벌어지고 있는데도 궐내는 고즈넉한 평온을 유지하고 있었다.

임금은 정원에 만개한 봄꽃을 구경하다가 늦게 잠자리에 들었으나 철이르게 나타난 모기 때문에 쉽게 잠이 들지 못하고 있었다. 긁적긁적, 모기에 물린 목덜미를 긁고 있는데 침소 밖에서 내관의 목소리가 들려왔다.

"전하, 급히 아뢸 말씀이 있다고 판문하부사가 사람을 보내왔나이다."

'뭐라고? 이성계가 이 밤에?'

임금은 궐 밖에서 일어난 끔찍한 일은 상상도 못 하고 혹시 이성계의 신변에 이상이라도 생겼나 짐작했다.

"알았노라. 잠시 기다리거라."

임금은 이방원의 보고를 받고는 아연실색을 했다.

"뭐, 뭐라고? 지신사는 방금 한 말을 다시 해보라."

임금은 이방원이 한 보고가 믿기지 않아서 되물었다.

"예, 수시중이 외람되이 대간(臺諫)을 꾀어 신하를 모함하는 일이 지나쳐 억울함을 당하는 이가 날로 늘어나고 원망이 하늘을 찌를 듯하였습니다. 더 이상 이를 두고 본다는 것은 전하께 누가 되는 일이라 부득이 그를 처단하였사온데 전하께서는 그의 죄를 묻는 명을 내려주시옵소서."

이방원은 조금도 주저함이 없이 머리를 꼿꼿이 쳐들고 당당하게 말했다. 곁에는 황희석이 칼을 찬 채 눈을 부릅뜨고 서 있었다. 이방원의 눈에서는 어둠 속에서도 살기가 펄펄했다.

임금은 그들과 눈을 마주치는 것조차 두려워서 눈길을 피했다. 과거 무신난이 일어났을 때 무인들이 무장을 하고 편전을 드나들며 용상을 겁박하고 귀에 거슬리는 말을 하는 재상에게 임금이 보는 앞일지라도 철퇴를 가하여 전각을 피로 물 들인 일이 있었다고 들었다. 이의민이라는 자는 유폐된 의종을 찾아가서 허리를 꺾어 죽였다고 하지 않았던가……?

공양왕은 지금 자신의 앞에서 고하는 자들이 그 옛날 무신난을 일으켰던 자들보다 그 흉악무도함이 조금도 덜하지 않다는 생각이 들었다. 겁이 나서 목이 막혀 말도 잘 나오지 않으려 했나. 사지가 덜덜 떨렸다. 임금의 재가도 없이, 어떠한 논죄도 없이 나라의 재상을 제 마음대로 척살을 하다니……. 그래 놓고 죄를 묻는 명을 내려 달라니…….

그 뻔뻔함이 그저 놀랍고 무서웠다.

'아, 내가 이런 날이 올 것을 염려하여 이성계의 눈치를 보았건만 포은은 눈치도 없이 저들을 핍박하다가 기어이 이런 일을 당하였구나!'

임금은 그동안 정몽주를 믿고서 일을 벌여왔던 것이 후회스러웠다. 그러나 왕은 지금 형편으로 보아 전후 사정을 따질 개재가 되지 못했다. 저들은 작정하고 왔으므로 기어이 왕명을 받아내려 할 것이다.

그러나 아무리 사정은 그리되었다 해도, 겁이 많고 줏대가 없는 왕이라 할지라도 사태의 전말도 파악하지 않은 채 무턱대고 이들의 요구를 들어줄 수는 없었다. 임금의 마음에 갈등이 일었다. 임금으로서 일말의 체통이라도 세워보고자 했다.

'이놈들, 아직은 내가 이 나라의 임금이니라!'

임금은 마음속으로 외쳤다. 아무리 어리석다 해도, 당장 눈앞에서 눈을 부릅뜨고 겁을 준다 해도 저들의 말만 듣고 명을 내려준다는 것은 임금이 할 도리가 아니었다.

"심덕부, 문하시중 심덕부 대감을 부르, 부르시오. 내가…… 내가 좀 더 사태를 알아야 하지 않겠소. 파악한 후에 명을 내리는 것 좋겠소."

마음과는 달리 임금의 목소리는 떨려 나왔다. 떠듬거리기조차 했다.

임금은 문하시중에게 일을 미루었다. 도평사의 수장인 문하시중을 불러서 사태 파악을 좀 더 명확히 하고 그의 뜻을 물어 명을 내리겠다고 핑계를 댔다.

"시각을 다투는 일이옵니다. 속히 명을 내려주시옵소서."

이방원은 막무가내로 조르듯 했다. 그러나 임금은 호락호락하지 않았다. 문하시중을 데려오라고 버텼다. 어쩔 수 없이 문하시중을 데려와야 했다. 데리고 간 장졸들을 시켜서 심덕부를 모셔오게 했다.

두어 시각 뒤에 문하시중이 나타났다. 그는 밤중에 군사들이 몰려와 집을 에워싸는 통에 연금이 되어 있다가 부름을 받고 나타난 것이었다. 사실상은 한밤에 집으로 닥친 군사들에게 끌려온 것이나 다름이 없었다. 문하시중도 겁을 잔뜩 먹은 얼굴이었다.

"문하시중도 아는 일이오? 수시중 정몽주가 변고를 당하였다고 하는데……"

임금이 초조해하며 물었다.

"예, 실은…… 자세히는 모르는 일이오나, 변고를 당한 것은 사실인 것 같고, 아무튼 큰일이 난 것만은 사실이옵니다."

문하시중 심덕부도 사태 파악이 안 되기는 임금과 마찬가지였다. 사태 파악이 안 됐으니 말을 떠듬거릴 수밖에 없었다. 그러나 이성계가 군사를 동원하여 변고를 일으킨 것만은 사실인 것 같고 지금 임금의 이야기를 들으니 그 와중에서 정몽주가 신상에 해를 입었으리라는 것은 감으로 알 수 있었다.

이 자리에 와서 정몽주가 격살당했다는 말을 처음 듣는지라 그도 놀라기는 마찬가지였다.

"어찌하면 좋은가? 수시중이 일을 지나치게 하여 원성을 사서 그 죄를 물어야 한다기에 문하시중의 뜻을 물어보고 결정하겠다고 했는데……"

임금은 여태껏 버티고 서 있는 이방원 쪽의 눈치를 보면서 말했다. 눈치를 보기는 심덕부도 마찬가지였다.

"……"

심덕부는 잠시 생각했다. 자신은 이성계가 위화도 회군을 할 때 서북면 도원수로 있으면서 이성계를 도왔다. 그 뒤 창왕을 폐하고 공양왕을 옹립하는 데 앞장을 서서, 아홉 공신으로 인정받아 충의백 작위를 받고 문하시중에 오르는 등 영광을 얻었다. 그러나 이성계 측근과 세력다툼을 벌이면서 윤이, 이초 사건에 연루된 김종연과 내통해서 역모를 꾸몄다는 모함을 받고 한동안 유배를 당하게 됐는데, 다행히 혐의가 풀리고 현재는 정몽주의 추천을 받아 문하시중 자리에 복귀하여 예전의 영예를 누리고 있다.

문하시중으로 복귀해서는 정도전, 조준 등 이성계의 측근을 탄핵하고 우왕과 창왕 대의 원로대신인 이색, 우현보, 강회백 등 구가세력(舊家勢力)을 복귀시키는 등 정몽주의 세력을 키워주는 데 한몫을 했다. 그러면서 자신의 자리를 굳혀왔던 것이다.

그러나 지금은 또 다른 선택을 해야 하는 순간이다. 이미 일은 이성계의 측근들이 저질러 놓았다. 이제 대세는 돌이킬 수 없다는 판단이 섰다.

심덕부는 이성계의 편에 서기로 결정했다.

"수시중의 죄도 물어야 하거니와 수시중을 도와 일을 도모한 자들도 엄격히 죄를 물어야 할 것이옵니다. 아울러서 억울하게 귀양을 간, 삼봉 등 여러 대신들을 신속히 사면하시오소서."

임금은 문하시중의 건의를 받자 그제서야 그에 따르는 모양새를 갖추어 명을 내렸다.

"수시중 정몽주의 죄가 크거늘 일당들을 잡아들여서 철저히 치죄하고 억울한 자는 신속히 방면하라."

3

밤사이에 군사들이 분주하게 움직였다. 간관 김진양을 위시해서 이확, 이내, 이감, 권홍, 유기 등, 정도전과 조준, 남은 등 이성계의 측근 인사들을 핍박하는 데 앞장을 섰던 자들이 먼저 군사들에게 붙잡혀왔다. 국문관으로 배극렴과 문하평리 김주가 임명되어서 이들을 심문했다. 순군옥 뜰에 국청장이 설치되고 붙잡혀 온 자들에 대해서 가혹한 고문이 시작되었다.

비명 소리가 담장을 넘어서 밖으로까지 울려 퍼져나가 사람들이 지나가기를 꺼렸다. 귀를 막고 간신히 바쁜 걸음으로 지나치기도 했다.

이들의 입에서 이름이 불린 자들이 연이어서 붙잡혀왔다. 붙들려온 자들로 순군옥이 넘쳐났다. 김진양은 온몸이 피투성이가 된 채 초주검이 된 몰골로 입을 열었다.

"정몽주가 이색, 우현보와 모의를 했고, 이숭인과 이종학, 조호를 신에게 보내어 말하기를 '지금 이성계 판문하가 말에서 떨어져 위독한 상태다. 이 판문하의 공을 믿고 권력을 제멋대로 휘두른 자들이 있는데 정도전과 남은, 조준 등이 그들이다. 지금이 기회이니 이들을 먼저 제거해야 한다.'고 하였소."

김진양의 자백에 따라 이숭인과 이종학, 조호를 붙잡아 순군옥에 가두었다. 배극렴은 밝혀진 죄상을 임금에게 고했다.

"지금 김진양 등 간관들의 진술로 정몽주의 죄상이 밝혀졌습니다. 죄인 정몽주는 사태가 위급하여 먼저 척살을 하였으나 아직 그 죄를 묻지 않고 있으니, 죽은 자라 해도 목을 베어서 저잣거리에 효시(梟示)[25]하시고 김진양과 이숭인, 이종학, 조호에 대해서도 죄를 물으시옵소서."

정몽주의 머리가 효수되어서 저잣거리에 걸렸다. 그리고 그 옆에 커다란 글씨로 방을 붙여놓았다.

> "없는 사실을 그럴듯하게 만들어 대간을 꾀어서 대신을 모해하고 나라를 혼란에 빠뜨린 자임."

이숭인과 이종학, 조호도 먼 곳으로 유배를 보냈다. 김진양에 대해서는 장 100대를 쳐서 유배를 보냈는데 후에 그는 후유증을 앓다가 유배지에서 죽었다.

이에 앞서 예천 감옥에서는 정도전에 대한 심문이 있었다. 정몽주로부터 가혹하게 심문을 하라는 밀명을 받고 온 김귀련과 이반은 정도전을 죽일 듯이 모질게 고문을 했다. 정도전은 몸이 갈래갈래 찢기는 고통을 당했다.

....

25) 목을 베어 높은 곳에 매달아 놓아 뭇사람들이 보게 하는 것.

어제에 이어 오늘도 심문이 계속됐다. 형장에 끌려 나온 정도전은 형틀에 묶인 채 또다시 당해야 할 고문을 생각하며 몸서리를 쳤다. 주릿대를 들고 곁에 서 있는 형리는 마치 저승사자와도 같았다. 인두를 달구고 있는 시뻘건 화롯불은 지옥 불을 연상케 했다.

'오늘은 어제보다 더 가혹하게 고문을 하겠구나……. 나에게 무얼 더 묻는단 말인가. 이미 죄를 주기로 작정을 했으면 더 이상 고통을 주지 말고 이대로 죽여라!'

정도전은 오늘 고문을 더 받으면 더 이상 목숨을 잇지 못할 것이라는 생각이 들었다. 과거 나주로 귀양을 갔을 때는 20대 초반의 건장한 나이였다. 그때는 장을 맞더라도 젊었기에 참아낼 수가 있었고 이내 회복이 되었다. 그러나 지금은 쉰 줄에 접어든 나이다. 이렇듯 모진 고문을 견딜 수 있는 몸이 아니다. 설혹 고문을 받아낸다 해도 그 후유증이 커서 죽든가 불구가 되기에 십상이다. 정도전은 모든 것을 포기하는 심정이 되어 심문관이 오면 차라리 죽여 달라고 애걸을 해볼 참이었다.

심문관이 단상에 앉았다. 심문장 안은 아연 긴장이 감돌았다. 막 심문을 시작하려는 그때였다. 심문장 안으로 한 떼의 무리가 들이닥쳤다.

"멈춰라! 우리는 중앙에서 왔느니라."

대장인 듯한 자가 단상에 앉은 심문관을 향해 소리를 쳤다. 그의 곁에는 중앙의 순군 복장을 한 군사들과 예천부의 병졸들이 늘어섰다. 심문 준비를 하던 자들이 놀라서 하던 일을 멈췄다. 놀라기는 정도전도 마찬가지였다.

'죽이라는 어명이 떨어진 것인가……?'

순간 정도전은 허망하다는 생각이 들었다. 그러나 지긋지긋한 고문을 더 이상 견뎌낼 자신이 없었기에 죽이려고 작정한 것이라면 빨리 죽는 편이 낫다는 생각도 들었다.

"어명을 받잡고 왔느니라! 죄인을 방면하라!"

중앙에서 온 관리는 큰 소리로 명했다. 모두는 뜻밖의 소리에 어리둥절했다. 같은 소리를 들은 정도전도 귀를 의심했다.

'내가 잘못 들었는가?'

눈을 들어 관리를 쳐다보았다.

"개경의 상황이 변하여 전하로부터 죄인을 방면하라는 명이 있었다. 속히 삼봉 대감의 오라를 풀어주고 예천부로 모셔서 치료한 후에 개경으로 모셔라. 그리고 김귀련과 이반, 이자들을 묶어서 감옥에 가두고 명을 기다리도록 하라!"

졸지에 상황이 바뀌어 버렸다. 죄인이었던 정도전은 정중히 모셔지고 추상같은 심문을 하던 김귀련과 이반은 죄인의 신세가 되어버렸다. 중앙의 관리를 모시고 온 예천부사는 행여 자신에게 불똥이 떨어지지나 않을까 염려하여 정도전을 태울 가마까지 준비해서 뒤따라왔다.

정도전이 감옥에서 풀려난 것과 때를 같이하여 유배를 갔던 조준, 남은, 남재, 조인옥, 윤소종, 오사충 등도 풀려나서 개경으로 돌아왔다.

개경은 세상이 바뀌어 있었다. 자신들을 벌주는 데 앞장을 섰던 정몽주는 죄인이 되어서 저잣거리에 효수되었다는 말은 방면될 때 익히 들은 바가 있었지만, 일의 전말은 아직도 끝이 나지 않아 연일 죄상을 다스리는 일로 살벌했다. 임금에게 벌을 주라는 상소가 매일 같이 올라왔다. 정몽주에 대해서도 효수된 것으로 벌이 끝나지 않았다.

"정몽주의 죄는 개국백을 죽이고자 한 것입니다. 이는 역적죄와도 같은 것이니 효수에 그칠 것이 아니라 재산도 적몰해야 합니다. 또한, 일당인 이숭인, 이종학, 조호, 김진양 등에 대해서도 유배에 그칠 것이 아니고 폐서인하게 하시옵소서."

"이색과 우현보는 죄인인데도 정몽주의 주청으로 사면이 되어 개경 거리를 활보하고 있습니다. 김진양의 공술에 의하면, 정몽주는 거짓으로 일을 꾸며 정도전, 조준 등을 모함할 때 이들과 의논했다고 하였습니다. 이들을 원래대로 유배에 처하소서."

임금은 올라오는 상소에 대해서 이런저런 주장을 할 수가 없었다. 임금 자신도 정몽주와 한편이 되어 정도전 등 이성계의 측근을 벌주는 데 한몫을 했으므로 정몽주의 죄를 논하는 데에서 자유로울 수가 없었다.

"그래, 그리하여라."

임금은 같이 죄인이 된 심정으로 올라오는 상소 그대로를 재가할 뿐이었다.

많은 재상들이 정몽주와 같은 패당으로 몰려서 귀양을 가거나 파직이 되어 조정은 텅 빈 것 같았다.

4

빈자리에 대한 인사가 단행되었다. 죽은 정몽주가 앉았던 수시중 자리는 배극렴이 차지했다. 조준과 남은은 경기 좌우도 절제사, 경상도 절제사로 임명하여 지방의 병마(兵馬)를 장악하게 했다.

그러나 정도전은 벼슬길에 나가지 않았다. 그는 개경으로 돌아오자 이성계부터 먼저 찾았다.

"어서 오시오, 삼봉. 얼굴이 많이 수척하였구려. 내가 불민한 탓이외다."

정도전을 맞은 이성계는 겨우 자리에서 일어나 앉아서 인사를 받았다. 아직도 고문 후유증으로 얼굴이며 손등에 피멍 자국이 남아 있는 것을 보고 안타까운 듯 위로의 말을 건넸다.

"아니옵니다. 소신, 이렇게 주군을 다시 뵙게 된 것만이라도 다행입니다."

정도전은 이성계를 다시 만나게 된 반가움으로 눈물까지 흘렸다.

"소신이 죽을 뻔한 위기를 넘겼고, 주군의 건강이 회복되고 있다는 것은 우리에게 아직도 할 일이 남아서 그것을 완수하라는 하늘의 뜻이 아닐는지요?"

정도전의 이성계에 대한 호칭은 어느새 주군으로 변해 있있다. 정노선은 이번 변고를 겪으면서 더 이상 이성계를 보위에 올리는 일을 미룰 수 없다고 생각했던 것이다.

"딴은 그렇기도 하오. 포은이 죽은 것은 안타까운 일이나 우리가 아직도 이렇게 살아 있으니 할 일도 남아 있는 게지요."

"그 할 일이란 게 무엇이겠사옵니까? 이제 주군이 원하시는 나라를 만드시는 것이 아니겠사옵니까? 이 나라는 이제 주군이 맡으셔서 백성들이 만세에 이르도록 태평성대를 누리도록 하는 것이 아니겠습니까?"

'새 나라를 세운다……. 내가 나라의 주인이 된다고?'

이성계는 정도전의 말을 들으면서도 실감이 나지 않았다. 그동안에 막연하게 고려를 무너뜨리고 새 나라의 주인이 된다는 생각을 안 해 본 것은 아니었지만 어떻게 해야 할 것인지 자신에게는 구체적인 청사진이 없었다.

10년 전 초라한 행색으로 함주 막사를 찾아온 정도전이 고려는 더 이상 희망이 없다고 이야기하고 새로운 영웅이 나타나서 나라를 바로 세워주길 원하면서 그 일을 자신이 해야 한다고 권했을 때 실없는 소리로 가볍게 치부했었다.

그러나 그와의 만남을 계속하면서 이성계의 위상은 몰라보게 변했다. 최영과 손을 잡고 정월지주를 일으켜 조종의 실권자가 된 것은 그렇다 치고 위화도 회군을 비롯해 임금을 폐하고 지금의 왕을 임금으로 세우는 등 결정적인 순간을 맞은 때마다 정도전은 크나큰 역할을 해주었다. 이제 정도전은 또 한 번의 기회를 만들려는 것이다.

내가 보위를 이어받아서 500년 동안 계승한 고려를 무너뜨리고 전혀 새로운 나라를 만들 때라고, 나에게 그 역사의 주인공이 되라고 하는 것이다. 이성계는 믿어지지 않는 현실이었지만 정도전이 하자는 대로 맡기고 기대를 해보기로 했다.

"그리하려면 할 일이 많은데 속히 벼슬로 복귀해야 할 것이 아니오?"

"아니옵니다. 소신에게 이제 고려 조정에서의 벼슬은 더 이상 의미가 없습니다. 저는 주군을 새 나라의 임금으로 세우고 새 나라에서 주군이 내려주시는 벼슬을 받겠습니다."

정도전은 앞으로의 계획을 이성계에게 자세히 일러주었다.

"옛날 요임금은 자식에게 임금의 자리를 물려주지 않고 덕망 있는 신하인 순임금에게 물려주었습니다. 순임금은 이를 사양해서 행적을 감추기도 하였는데 요임금은 기어이 찾아가서 보위를 물려주었고, 순임금은 요임금을 본받아 우임금에게 다시 선양하여 나라가 태평성대를 이루었던 것입니다.

주군께서는 지금 힘으로도 임금을 죽이고 왕좌를 차지하기에 충분하옵니다. 그러나 그러한 방법은 백성으로부터 왕위를 빼앗았다는 비난을 면치 못할 것이고 또한 피바람을 몰고 와 무고한 인명이 다치게 됩니다. 따라서 지금의 무능한 임금이 자진해서 주군께 보위를 물려주고, 주군께서는 몇 번의 사양을 거듭하시다가 나라를 튼튼히 하고 백성을 평안히 하는 태평성대를 이루겠다는 맹세를 한 후에 보위에 오르시는 길을 택하셔야 할 것입니다. 소신은 비록 벼슬을 하지 않더라도 이를 위해 별도로 할 일을 하겠사옵니다."

정도전은 곧이어서 단행된 대대적인 인사에서 조준, 남은, 조인옥 등 귀양에서 돌아온 인사들이 주요 보직에 재기용될 때 실로 아무런 자리도 차지하지 않았다. 다만 그는 명예회복을 위해 '봉화군충의군(奉化郡忠義君)' 작위만 받았을 뿐이었다.

공양왕^{恭讓王}, 공손히 양위하다

1

숙청 작업이 마무리되었다. 정몽주 일당을 비롯해 구세력으로서 개혁에 발목을 잡고 있던 이색, 우현보 등 권문세가들을 척결함으로써 이성계의 권력은 확고해졌다. 이성계의 권력을 방해하는 세력은 더 이상 힘을 쓸 수가 없게 되었다.

이제 이성계의 세상이 된 것이었다. 남은 것은 어떠한 절차를 거쳐 왕위를 물려받느냐 하는 것이다. 이제 임금이 스스로 물러나게 하는 일만이 남아 있었다.

또다시 대대적인 인사를 단행했다. 이성계가 문하시중으로 복귀했고 정몽주가 죽은 후 임시로 수시중 자리를 맡았던 배극렴을 제 자리에 앉혀서 이성계를 보좌하게 했다. 이성계가 여전히 와병 중이었으므로 배극렴의 역할은 막중했다. 조준이 판삼사사, 남은이 동지밀직사사, 이성계의 둘째 아들 이방과가 삼사우사가 되는 등 조정의 요직을 이성계의 측근들이 모두 차지했다. 문하시중 심덕보는 정몽주의 편이었으나 정몽주 사후 처리에 협조적이었고 또 앞으로 써먹을 일이 남아 있었기에 그대로 벼슬 길에 살려두었다. 그는 이성계가 앉았던 판문하부사로 자리를 옮겼다.

이성계가 문하시중 자리로 복귀하는 것을 계기로 도평의사사의 권한 이 대폭 강화됐다.

조정의 모든 일은 도평사에서 결정하게 되었다. 바야흐로 이성계는 정 권과 병권을 한꺼번에 거머쥐고서 임금이 하는 역할까지 도맡아서 하게 된 것이었다. 명실공히 막강한 권력자가 된 것이었다. 임금의 존재는 허 울만 갖추었을 뿐이었다.

이성계의 커진 권력은 그렇지 않아도 유약한 임금을 더욱 두려움에 떨 게 했다. 과거 이성계는 요동정벌의 어명을 무시하고 마음대로 군대를 돌려서 문하시중인 최영을 죽이고 임금을 바꾸었고, 창왕을 폐하고 정 창군인 자신을 왕위에 올리지 않았던가?

그가 저렇듯 막강한 권력 위에 군림하고 있는데 마음만 먹으면 또 언 제 왕을 갈아치울지 알 수가 없는 일이었다. 그것은 손바닥 뒤집는 것만 큼이나 쉬운 일이다. 하물며 시중에는 '목자득국'이니 하는 불순한 말들 이 떠들고 있으니 만약 그가 왕위를 찬탈이라도 한다면 자신은 목숨조 차도 부지하기 어렵겠다는 생각이 들었다.

임금은 이대로 가만히 있어서는 안 되겠다는 생각을 했다. 그동안 정 몽주의 꼬임에 빠져서 측근들을 귀양 보낸 일들로 인해 이성계가 섭섭 한 감정을 품고 있을 터이니 이를 풀어주고자 했다. 미리 이성계의 환심 을 사두는 것이 좋겠다는 생각이었다.

"여봐라! 오늘 문하시중의 가택으로 가서 병문안을 하고 고생하는 가 족과 측근들을 위해서 잔치를 베풀고자 하니 속히 서둘러라!"

임금은 내관에게 잔치 준비를 성대히 하라고 지시했다.

궁중의 악사와 무희들이 이성계의 집으로 동원되었다. 임금과 대소 신료들이 모두 참석하는 연회가 베풀어졌다.

이성계는 아픈 몸이었지만 임금이 일부러 집에까지 찾아와 병문안을 하며 잔치를 베풀어준다는 것을 거절할 수 없어 기꺼이 자리에서 일어나 참석했다.

이방원도 자리를 함께했다. 비록 아버지로부터 화를 불러왔다고 꾸중을 듣긴 했지만, 오늘의 일이 자신이 정몽주를 척살함으로써 이루어진 일이기에 당당히 자부심을 느끼면서 잔치를 즐겼다. 그 한쪽으로는 정도전도 자리했다. 그는 이성계의 막료로서 이성계 바로 뒤에 자리를 잡았다.

연회는 임금이 베푼 여느 잔치에 못지않게 성대했다.

"과인이 이 시중이 낙마했다는 소식을 전해 듣고 가슴이 철렁했는데 이렇듯 차도가 있어 얼마나 다행인 줄 모르오. 이 시중이 쾌차하는 것은 나라의 국운이 아직 팽창하고 있다는 것을 하늘이 보여주려 한 것이니 대소신료들과 함께 기뻐하지 않을 수가 없소이다. 내가 직접 이 시중에게 술을 한 잔 올리리다."

임금의 뜻에 따라 환관이 술잔을 들고 다가왔다.

"아니다. 내가 직접 이 시중께 술을 따르겠다."

임금은 환관을 물리치고 직접 술병과 잔을 받아들고 이성계에게 다가갔다.

이성계는 엉거주춤 일어나려 했으나 고통으로 다시 자리에 주저앉았다. 옆에 앉은 신료들이 부축을 하려고 다가가자 임금이 말렸다.

"아니다. 그대로 앉아서 술잔을 받게 하라. 몸이 아픈데 어찌하겠느냐?"

이성계는 앉아서 술을 받고 임금은 서서 술을 따르는 궁중의 예법에 없는 일이 벌어졌다. 그러나 어느 누구도 이에 시비를 드러내는 사람은 없었다. 다만 그 모습이 민망해서 바로 쳐다보지 못할 뿐이었다.

대사헌 민개만이 송구하여 작은 소리로 읊조렸다.

"실로 옛 법에 없는 일이로다. 주상께서 손수 따라주는 술을 앉아서 받다니······"

민개가 혼잣말처럼 주절거리는 것을 곁에 섰던 남은이 듣고 면박을 주었다.

"그런 소리 지껄이지 마오. 주상의 심정이 얼마나 절박하며 신하들 앞에서 저런 꼴을 보이겠소."

임금의 민망한 행동은 거기서 멈추지 않았다.

"내가 이 시중의 쾌차를 위해서 춤을 출 터이니 악공들은 풍악을 울리거라."

임금은 체면을 내려놓고 춤을 덩실덩실 추었다. 잔치가 파할 무렵에 임금은 다시 한 번 이성계에게 술잔을 권하며 말했다.

"내가 일찍이 이 시중에게서 막중한 은혜를 입고 이 자리까지 왔는데 어찌 그 은혜를 모른 척할 수 있단 말이오. 보답은 못 하더라도 배은망덕한 일은 하지 않을 것이니 믿어주시오."

임금은 마치 맹세하듯 말하며 구걸하듯 눈물까지 흘리는 처량한 모습을 보였다. 그를 보고 있는 신료들은 딱하다는 듯 혀를 끌끌 찼다. 임금의 모습에서는 이제 더 이상 군왕다운 체통은 찾아볼 수가 없었다. 임금은 연회가 끝날 즈음에 준비해왔던 금(琴)과 슬(瑟), 거문고 한 벌을 내려주면서 "부디 악기를 듣고 부드러운 마음을 가지고 빨리 쾌차하기를 바라오."라고 당부한 후 연회를 마쳤다.

2

임금은 이성계의 환심을 사기 위해 위로연을 베풀어 비위를 맞추고 궁중에 돌아왔으나 여전히 불안했다. 정몽주가 죽은 이후 자신을 지지하는 신하는 더 이상 나타나지 않았다. 설혹 있다 하더라도 이성계의 위상에 눌려서 행동으로 드러내지 못했다.

궐내가 온통 이성계를 따르는 자들로 들어차 있다고 생각하니 장차 목숨도 보전하기 어렵겠다는 생각조차 들었다. 그나마 한가지 믿을 만한 것은 명나라로부터 직첩을 받는 일이었다.

'황제의 신하가 되면 아무리 이성계라 하더라도 함부로 하지 못하리라……. 지난번 세자가 황제를 배알했을 때 대우를 잘해주더라 하지 않았던가?'

임금은 다시 사신을 보내어 황제께 어려운 사정을 고해보고자 했다. 마침 명 황제의 생일을 축하하기 위한 사절단이 꾸려졌다. 문하평리 김주가 정사로 뽑혔다. 임금은 김주를 은밀히 불렀다.

"내가 창을 폐하고 보위에 오른 지 4년이 되었는데 황제께서는 아직도 직첩을 내려주시지 않고 있다. 황제께서는 지난번 세자를 보내어 생일을 축하하게 하였을 때 세자의 자리를 제후들의 옆에 앉히는 등 융숭히 대하였다는데 아직도 아무런 기별이 없구나. 아마 황제께서 업무가 바쁘시어 잊은 듯하니 공이 이번 사절로 가서는 간곡히 청해다오."

임금은 김주에게 단단히 당부하고 내탕고에 보관된 금은보화를 내어주면서 황제의 나라 관리들에게 뇌물로 쓰라고 했다.

김주가 임금에게 은밀히 불려간 사실은 금방 이성계에게 보고되었고 그것은 곧 정도전에게도 전해졌다.

임금의 뜻대로 명나라에서 직첩을 내려주면 문제가 복잡해진다. 황제가 제후로 인정한 고려왕을 신하가 마음대로 바꾼다는 것은 황제의 명을 거스르는 일이 되어 나중에 후환을 불러올 수가 있는 일이다. 그렇다고 고명 사절을 취소시킬 수도 없는 노릇이었다.

"임금은 지금 꾀를 내고 있는 듯하옵니다. 더 이상 미룰 수가 없습니다."

정도전은 결행이 시기가 왔다는 것을 이성계에게 말했다.

"대관을 받을 준비를 해두십시오."

정도전의 눈빛은 날카로웠다. 오랫동안 기다려온 기회를 포착한 맹수가 먹이를 낚아채려는 순간에 발하는 눈빛이었다.

"……"

이성계는 아무 대답도 하지 않았다. 믿고 맡긴다는 뜻이었다.

정도전은 배극렴을 찾아갔다.

"사세가 급박하게 되었소이다. 수시중께서 일을 해내셔야겠습니다."

배극렴은 정도전으로부터 자초지종을 들었다.

'드디어 그날이 왔구나. 그 일을 내가 맡는구나!'

배극렴은 정도전의 말을 듣고 가슴속에 형언할 수 없는 벅찬 기운을 느꼈다. 그것은 역사에 큰 획을 긋는 엄청난 일을 자신의 입으로 직접 말해야 하는 바위와 같은 부담감과 함께 새로운 역사의 장을 시작한다는 설렘에 찬 흥분이었다. 배극렴은 잔뜩 긴장해서 말을 못하고 정도전의 얼굴만 쳐다보았다.

"……?"

어떻게 해야 하느냐는 듯 눈으로 물었다.

"판문하 심덕부 대감과 수시중이 함께 전하께 가서서 보위를 물려줄 때가 됐다고 설득을 하십시오.”

“전하가 순순히 받아들일는지요?”

“뒷일은 또 달리 준비를 해놓았으니 수시중 대감이 먼저 전하 스스로 보위에서 내려오시도록 설득을 하십시오. 그것이 절차인 것 같습니다.”

임금을 보위에서 내려오게 하는 것은 이제 별다른 저항이 있을 수 없었다. 다만 정도전이 계획해놓은 순서대로 진행만 하면 끝나는 것이었다. 심덕부도 사세 판단이 빠른 사람이다. 그는 한때 정도전과 조준, 남은 등을 핍박하는 데 동조했던 사람이다. 정몽주는 죽고 그와 패거리가 되어 함께 일을 도모했던 중신들이 모두 중죄인이 된 마당인데도 자신을 여전히 높은 벼슬자리에 앉혀놓은 것은 달리 소용이 되기 때문이라는 것을 아는 사람이었다.

심덕부는 배극렴과 함께 공양왕을 찾아갔다.

“전하, 감히 드릴 말씀은 아니오나 옛 요임금은 덕망 있는 신하 순임금에게 보위를 물려주신 후 후세에 길이 성군으로 남으셨습니다. 전하께옵서도 옛 성군의 길을 따르시옵소서.”

“……”

임금은 참으로 어처구니가 없었다. 신하가 임금에게 찾아와서 보위를 물러나라니……. 참으로 천인공노할 일이었지만 임금인 자신이 힘이 없으니 어쩌랴? 지금으로써는 목숨이라도 구걸해야 할 판이었다. 임금은 두려움에 얼굴이 새파랗게 질려서 사지를 부들부들 떨었다.

“과인이…… 내, 내가 보위에서 물러나라는 말이오? 신하로서 그것이 할 말이오?”

임금의 목소리는 떨려 나왔다. 그러면서 설움과 분노가 북받쳐서 뚝 뚝뚝 눈물을 흘렸다. 찾아간 두 신하도 달리 할 말을 잃고서 임금의 그런 처량한 모습을 바라만 보고 있을 뿐이었다.

"……"

한참을 울고 난 후, 임금은 이렇게 말을 이었다.

"내가 이 시중과 동맹을 맺어서, 나랏일은 이 시중에게 맡기고 나는 뒷전으로 물러나서 여생을 조용히 지내는 것이 어떻겠소? 나는 원래 보위에 욕심이 없던 사람이었는데 이 시중과 함께 여기 있는 두 공신이 권하여 억지로 보위에 앉은 사람이오. 나는 치라리 옛날로 돌아가고 싶소이다."

공양왕은 어떻게 하든지 명나라로 간 사신이 황제의 직첩을 받아올 때까지 시간을 벌어볼 속셈으로 여러 가지 핑계를 댔다.

심덕부와 배극렴은 끝내 임금을 설득하지 못하고 물러 나왔다.

정도전, 조준, 남은 등 이성계의 주요 측근들이 다시 만나서 임금의 거취 문제에 대해서 의논했다. 배극렴은 임금을 찾아갔던 일에 대해 보고를 하면서 자신에게 부여된 일을 다하지 못한 것이 송구하여 풀이 죽었다.

"임금이 저렇듯 한사코 버티고 있으니 이제 어떻게 하면 되겠소이까?"

모두는 정도전이 어떤 결정을 내려주기를 바랐다.

"이제 별수 없소이다. 군사를 동원해서 붙잡아 가두고 억지로라도 물러나게 하든가 아니면 죽여버리든가 해야 할 것이오."

남은이 흥분해서 말했다.

"아니, 그것은 아니 되오. 이 일은 어디까지나 임금이 스스로 보위에서 내려오고, 물려받는 신하는 몇 번에 걸쳐서 사양하다가 명분에 못 이겨 이어받는, 선양의 방식이 되어야 하오. 그렇지 않으면 백성들로부터 왕위를 찬탈했다는 비난을 받아서 민심이 이탈할 것이오이다. 민심의 지지를 받지 못한다면 비록 임금의 자리를 물려받는다 해도 그것은 사상누각이 되어 오래 못 갈 것이고, 그리되면 우리는 결국 역적질을 했다는 오명을 쓰게 될 것이오."

"선양이라……? 좋은 방법이긴 하지만 임금이 저렇듯 완강하니……"

조준이 조용한 목소리로 말했다. 달리 방도가 있느냐는 물음이었다.

"대비전의 힘을 빌립시다."

정도전은 준비한 다른 비책을 제시했다.

"대비전의 힘을 빌려요?"

"그렇소이다. 우리가 가고자 하는 길은 고려와는 관계가 없는 새 나라로서, 보위를 물려받는 데 꼭 대비의 허락을 받을 필요는 없습니다. 하나 지금 임금이 한사코 자리에서 물러나지 않겠다고 버티고 있는데 이를 힘으로 쫓아낸다면 찬탈이라고 비난을 받을 것이오. 그런데 대비전의 명으로 지금 임금을 폐위시키고 이 시중에게 그 자리를 대리하게 한다면 이는 선양의 방식이 되는 것이오."

"오호라, 대비전의 명을 빌려 선위의 명분을 쌓자는 것이군요."

남은이 정도전의 뜻을 알아듣고 맞장구를 쳤다.

"오호!"

남은뿐만 아니라 모두는 정도전의 치밀한 계획에 감탄을 금치 못했다.

"수시중께서 다시 한 번 수고를 해주셔야겠습니다."

"……?"

"대비전에 뜻을 전하기 전에 먼저 도평사에서 중의를 모아야 할 것이외다."

조정 대신들이 먼저 결의를 하고 이를 대비전에 건의한다면 대비전에서도 따를 수밖에 없을 것이라는 판단이었다.

도평사의 수장은 문하시중 이성계였으나 그는 와병 중이었고 또 자신의 신상에 관한 일이므로 직접 나설 수가 없는 일이었다.

배극렴이 수시중으로서 문하시중의 역할을 대행하고 있으므로 그가 모든 일을 앞장서서 처리했다.

3

임금은 심덕부와 배극렴이 다녀간 뒤로 잠을 제대로 자지 못했다. '물러나라'는 저들의 건의를 거절하고 돌려보내긴 했으나 힘을 가진 자는 그들이다. 아무리 임금이 버티고자 한들 무슨 소용이 있겠는가?

저들이 마음먹기에 따른 일이었다. 수라에 독을 타거나 자는 사이에 자객을 보내 죽일 수도 있는 일이다. 명나라에 간 사신을 기다려보는 것이 한 가닥 기대이긴 하나 황제가 고명을 내려줄지도 의문이고 무엇보다도 몇 달은 족히 걸리는 일이기에 저들이 자신을 그때까지 가만 놓아두지 않을 것이었다.

임금은 걱정 끝에 이성계와 동맹을 맺으면 안위는 보장받지 않을까 하는 생각을 했다.

맹서의 글을 짓고자 성균사예 조용(趙庸)을 불러들였다.

"내가 이 시중과 대대손손 잘 지내도록 하는 맹세문을 만들어 동맹을 맺고자 한다. 글을 작성해오라."

임금의 명을 받은 조용은 어이가 없었다.

"전하, 그것은 아니 될 말씀이옵니다. 자고로 열국 간에 동맹은 있었어도 군신 간에 동맹을 맺은 예는 없었사옵니다."

조용은 고금의 예가 없음을 들어서 반대했다. 그러나 임금은 완강했다.

"정 그러하다면 경이 지신사 이방원과 의논하여 초안만이라도 작성을 해보라."

조용은 어쩔 수 없이 맹세문을 작성해서 올렸다.

> "경(卿)이 없었더라면 내가 어찌 이 자리에 앉았겠는가? 그러니 내가 어찌 경의 공을 잊으랴? 하늘이 위에 있고 땅이 곁에 있으니 자손 대대로 서로 해치는 일이 없을 것이로다. 내가 경을 저버리는 일이 있을 경우 이 맹세가 증거가 될 것이다."

맹세문에는 이성계로부터 폐위를 당할까 노심초사하는 임금의 마음이 간절히 담겨 있었다. 임금은 이방원을 불러서 맹약식을 할 날짜를 잡도록 아버지에게 전하라고 했다. 그러나 이를 전해 들은 이성계는 거절했다. 임금은 다시금 이성계의 집으로 환관을 보내 답을 받아오게 했다.

"내가 경의 집으로 찾아가서 신료들을 모아놓고 함께 술을 마시면서 맹약식을 거행하고자 하니 속히 날짜를 정해주시오."

"고금에 없는 일을 하고자 하니, 신이 어찌 명을 받들겠나이까? 명을 거두어주소서."

다시 이성계로부터 거절한다는 의사가 전해졌다. 임금은 마음이 답답하고 조급증이 나서 일방적으로 찾아가겠다고 통보를 했다.

그러나 임금의 절박한 심정과는 아랑곳없이 도평사에서는 별도로 임금을 폐위하는 문제가 논의되었다. 모든 일이 사전에 정지되었던 것이기에 논란이 있을 수 없었다. 일사불란하게 처리되었다. 중신들은 만장일치로 임금을 폐위하기로 결의했다.

"지금의 왕은 용렬(庸劣)한 사람이라 군왕의 자격이 없고 민심마저 떠나서 나라와 백성들의 주인이 될 수 없으니 폐하는 것이 사직을 위하여 옳은 일이다."

수시중 배극렴은 결의된 내용을 들고 신료들과 함께 대비전을 찾았다. 대비전의 궁녀들은 몰려온 신료들과 군사들을 보고 벌벌 떨었다. 대비 또한 배극렴이 아뢰는 소를 듣고 놀라기는 마찬가지였다. 대비는 저들이 전하는 말에 별다른 이의를 달 수 있는 처지가 못 되었다.

대비는 이미 두 번에 걸쳐서 임금을 바꾸겠다는 신하들의 요구를 허락한 바가 있었다. 그때도 저들이 하자는 대로 따랐던 것이다. 이번에도 저들이 하자는 대로 하면 되는 것이었다.

공양왕은 도평사에서 자신에 대한 폐위 결의를 했다는 말을 전해 듣고는 가슴이 철렁 내려앉았다. 일말의 시각도 주지 않고 일을 이처럼 전광석화같이 처리하다니……. 눈앞이 캄캄했다. 이제는 맹약식도 물 건너가 버리고 꼼짝없이 쫓겨날 판이었다. 목숨조차 보전할 수 있을지 의문이었다. 그래도 이성계를 찾아서 졸라보면 무슨 수가 있지 않을까 해서 맹서문을 챙겨서 서둘러 궁을 나설 채비를 차렸다.

그러나 이미 때는 늦어버렸다. 대비전의 교지를 받아든 신료들이 군사들을 앞세워 궁으로 들이닥쳤다.

"폐왕 왕요는 대비전의 교지를 받드시오."

동지밀직사사 남은과 문하평리 정희는 받들고 온 교지를 우부대언 한 상경에게 읽게 했다. 임금은 무릎을 꿇고서 교지를 받들었다. 교지를 읽는 동안 임금은 여름날인데도 온몸을 와들와들 떨었다. 교지를 다 읽었는데도 제정신을 차리지 못했다. 혼이 나간 듯 멍한 눈동자를 하고 있다가 헛소리를 하듯 혼자서 지껄였다.

"내가 본디 임금하기를 원하지 않았다. 그런데도 너희들이 억지로 나를 임금의 자리에 앉혀놓고서 온갖 소리를 해대어 내 손으로 신하들을 욕보이게 만들더니, 오늘날 이 지경까지 이르게 만들었구나. 내가 그렇지 않아도 불민하였는데 어찌 여러 신하들의 비위에 거슬림이 없었겠는가…… 아, 이러한 일을 예측하지 못한 것은 아니었건만 속절없이 이렇게 당하고 보니 가련하고 억울하도다."

남은이 측은하다는 듯 곁에서 보다가 말했다.

"지난날을 돌이켜보면 폐왕 왕요가 잘못한 것이 여럿 있으나 그중에서도 사감(私感)에 치중하여 인사와 상벌을 공평히 하지 않았던 것이 큰 것이오이다. 우현보 부자는 신우의 복위를 모의하여 여러 대신들이 치죄하기를 거듭하였으나 폐왕께서는 우현보 부자를 벌주기보다는 아들 흥득을 사헌부집의(司憲府執義)로 임명하여 옳은 말을 건의하는 충신을 모함하게 하였소. 이것은 우현보의 손자 성범이 폐왕의 사위였기에 사정(私情)에 얽매어 그렇게 한 것인데 그로 인하여 사직이 위태로울 뻔하였소이다. 부디 개과천선할 일이오."

남은이 그렇게 말한 것은 전날에 정도전이 우현보를 벌주라고 줄기차게 상소를 올리는 것을 임금이 미워한 나머지 우현보의 아들 흥득을 헌부에 발령 내어 "미천한 출생이 권력을 함부로 휘두른다."고 헐뜯게 하고 끝내 귀양을 보내 오늘의 발단이 되게 했다고 잘못을 탓한 것이었다. 이는 남은의 입에서 나온 것이었으나 실은 정도전이 하고자 한 말이었다.

임금은 그 말을 듣고 눈물을 뚝뚝 흘리며 말했다.

"우씨가 나의 원수가 되었구나."

4

임금은 즉시 원주로 추방되었다. 1392년 7월 12일의 일이었다.

이로써 고려는 태조 왕건이 고려를 건국한 이래 475년 동안 지속해오다가 34대에 이르러 역사의 막을 내리게 되었다.

고려의 마지막 왕을 공양왕(恭讓王)이라 한 것은 '왕위를 공손히 양보한 임금'이란 뜻으로 이성계를 옹위한 세력들이 자신들에게 쏠리는 따가운 민심을 피하고자 그렇게 불렀으리라……. 무능한 임금이 나라를 경영할 능력이 없어서 덕망 있는 신하에게 나라를 물려주었다는 명분을 쌓기 위해서…….

고려는 태조 왕건이 북방의 광활한 영토를 지배했던 고구려인의 후손임을 자처하면서 건국했고 한때 독립적이 연호를 사용하는 등 민족적 자긍심을 내세우며 국권을 튼튼히 했다. 그러나 지배계층의 방종과 그들 간의 권력다툼으로 국력이 쇠약해졌고 특히 의종 대에 일어난 무인난 이후에는 국가 지배 체계가 무너지고 기강이 해이해져 나라는 정상적으로 유지될 수 없을 지경에까지 이르렀다.

무인정권 이후에는 북방민족인 몽골족의 지배를 받으면서 그 속국으로 100년에 가까운 세월을 보냈다. 공도가 무너진 세상에서 권력은 힘 있는 자에 의해서 전횡되었다. 그들은 자신들의 영화와 이익을 위해 세를 뭉치는 데만 혈안이었고 그 와중에서 발생한 폐해는 고스란히 백성이 짊어지게 되었다.

여기에 신진사대부를 중심으로 변화를 갈망하는 기운이 움트게 되었는데 이들은 백성의 소리를 등에 업고 마침내 전쟁을 통해 영웅으로 부각된 이성계와 결합하여 새로운 세상을 만들게 된 것이었다. 고려가 망해가는 과정에서 최영과 정몽주와 같은 몇몇 충절의 인사가 나타나긴 했지만, 그들은 민심을 싸안지 못했고 고려를 둘러싸고 벌어지고 있는 국제관계의 변화에 대처하는 능력도 부족했다.

나라가 부패하면 새로운 기운이 나타나는 것은 필연적인 역사의 과정이다.

이때 역사는 상황의 변화를 인식하고 그에 대처할 수 있는 능력을 갖춘 인사를 주인공으로 택하게 되는데 그런 인사의 중심에 이성계, 정도전과 같은 걸출한 인사가 있었던 것이고, 그들에 의해서 또 다른 새로운 역사가 쓰여지게 된 것이다.

마침내 대권

1

배극렴 등 신하들이 이성계의 집으로 찾아갔다.

"백성의 여망과 신하의 뜻이 하늘에 닿아 왕씨의 나라가 끝이 났사옵니다. 이제 덕이 있는 사람이 나와서 하늘의 뜻을 이어받으셔야 하옵니다."

"그 덕이 있는 사람이 누군고?"

이성계는 짐짓 모른 체하고 물었다.

"이 나라에서 지금 이 시중만큼 덕을 베풀 사람이 어디 있겠사옵니까? 부디 소신들의 뜻을 받아주시옵소서."

"새 왕조의 창업은 하늘의 뜻이 없으면 되지 않는다. 내가 정말 덕이 없으면 어떻게 감당을 하겠는가?"

이성계는 보위를 물려받으라는 것을 거절했다. 배극렴 등이 거듭 요청했으나 이성계는 뜻을 굽히지 않았다.

배극렴, 정도전, 조준 등 이성계의 측근들이 모여서 이성계를 설득하는 문제를 다시 의논했다.

"보위는 한시라도 비워놓을 수가 없는 곳인데 저렇듯 완강히 고사하시니 어찌하면 좋겠소?"

배극렴이 임무를 다하지 못한 것을 송구해 하며 조언을 구했다. 그러나 이성계가 보위를 물려받는 것은 기정사실인데 달리 방안이 있을 수 없었다. 다만 명분을 쌓는데 시일이 좀 더 걸릴 뿐이었다.

'잘하시는 일이옵니다. 지금처럼 겸양을 보이시는 것이 참으로 잘하시는 것입니다. 순임금은 보위를 이어받을 때 일곱 번이나 사양하였습니다. 보위에 오르셔서도 지금과 같은 겸양을 보이시옵소서. 임금이 욕심을 부리면 나랏일이 어렵게 되옵니다. 무엇을 탐하기보다는 신하의 뜻을 존중하고 그들의 말을 들어주시옵소서. 그래야 나라가 편안해집니다.'

정도전은 이성계가 고사하는 이유를 알고 있기에 걱정하지 않았다.

이성계가 거듭 보위를 사양하자 대비전에서는 그를 감록국사(監錄國史)로 삼는다는 교지를 다시 내렸다. 감록국사란 나라의 일을 감독하고 인사를 총괄하는 직책이다. 이는 임금이 갖는 권한과 같은 것으로 이성계가 보위에 오르는 것을 사양하고 있었으므로 임금의 권한대행을 시킨 것이었다. 또한, 현직 관리뿐만 아니라 사대부와 전직 원로재상들에게도 이성계가 나라를 이어받게 됨을 설득하여 동의를 받았다.

그렇게 공양왕이 폐위되고부터 임금이 부재한 채로 5일이 흘렀다.

7월 16일 저녁이었다. 52명의 전·현직 원로재상들이 이성계의 추동 집으로 몰려갔다. 정도전, 조준, 남은, 이화, 이두란, 정희계, 박포, 조영규, 심효생 등 측근 인사들과 함께 원로재상들도 포함된 기라성 같은 인사 51인이 옥새를 가슴에 안은 배극렴의 뒤를 따랐다. 이 52인은 모두 후에 개국공신이 되는 인사들이다.

이성계의 집에 다다르니 이미 소식을 들은 백성들이 골목을 꽉 메우고 기다리고 있었다. 문밖에 이르러 안에다 대고 대비전의 대명을 전하러 왔다고 큰 소리로 고했다.

마침 이성계는 강비와 함께 족친 부인들의 내방을 받고서 저녁을 먹고 있었다. 대문 밖이 갑자기 소란스럽자 부인들은 영문을 모르고 놀라서 뒷문으로 도망쳐버리고 이성계는 대문을 닫아걸라 했다.

대문이 닫히려 하자 배극렴을 앞세운 대신들은 대문을 박차고 들어갔다.

배극렴은 옥새를 대청에 놓고 뜰 안에 부복했다. 뒤따르던 대신들도 같이 엎드렸다.

"옥새를 받으시옵소서. 하늘의 뜻을 거스르는 것은 도리가 아니옵니다!"

"만백성이 전하의 즉위가 하루빨리 이루어지기를 기다리고 있습니다!"

"보위는 하루도 비워둘 수 없는 곳입니다. 속히 거두어주소서!"

대신들은 배극렴의 선창에 따라 같이 구호를 외쳤다.

이성계는 방 안에서 꼼짝을 않고 있었다. 이천우가 방 안으로 들어가서 이성계를 부축하고 나왔다. 이성계의 모습이 침문 밖으로 나타나자 뜰 안의 대신들이 일제히 북을 치고 만세를 불렀다. 함성소리는 집 안에서뿐이 아니었다. 골목에서 집 안의 동정을 살피고 있던 백성들도 같이 만세를 불렀다.

"만세, 만, 만세!"

"새로운 대왕 전하 만세!"

안팎에서 이성계의 즉위를 축하하는 함성이 떠나갈 듯했다.

2

마침내 새로운 나라의 임금 즉위식이 수창궁에서 거행되었다. 이성계는 사저에서 궁궐까지는 말을 타고 왔으나 궐문 앞에서는 말에서 내려 안까지 걸어서 들어갔다. 이성계의 그러한 행동은 겸손하게 보이려 한 모습이었다.

용상에 앉지 않고 기둥 안쪽에 서서 신하들의 축하를 받았다. 배극렴이 대보(大寶)²⁶⁾를 받쳐 들고 임금이 서 있는 단 아래로 다가갔다. 그리고 치하문을 읽었다.

"고려는 왕씨가 나라를 건국하여 475년을 지속하였는데 오늘에 이르러서 새 임금께서 등극하심에 따라 사직을 고하게 됐습니다.

고려는 공민왕에 이르러 갑자기 세상을 떠나게 됨으로써 왕씨의 대가 끊기게 되었고 이인임 등 간신들이 그 틈을 이용하여 요망스런 중 신돈의 아들 우를 후사로 잇게 하여 왕위를 도둑질한 지 16년이 지났습니다. 우는 왕위에 오른 뒤 포악한 짓을 마음대로 행하고 죄 없는 사람을 함부로 살육하고 군대를 일으켜 요동을 정벌하기에 이르렀는데 전하께서는 대의를 주창하시어 군사를 돌이키니 우가 스스로가 그 죄를 두려워한 나머지 왕위를 사양하고 물러났습니다.

이에 전하께서는 왕씨로 하여금 대를 잇고자 했으나 이색과 조민수, 우현보가 신우의 장인 이림과 결탁하여 신우의 아들 창을 용상에 앉히니 뜻을 이루지 못했고 이로써 왕씨의 후사는 두 번이나 끊겼습니다. 이색, 우현보의 무리들은 그에 그치지 않고 우가 전일에 저지른 악행이 세

....

26) 왕을 상징하는 인장. 옥새.

상에 다 알려져 임금의 자리에서 물러났음에도 왕위 회복을 꾀하다가 그 간사한 죄상이 드러났습니다. 이때 이르러 전하께서 하늘의 명으로 알고 보위에 오르셔야 하는데 겸손히 사양하고 정창군을 왕으로 내세워서 임시로 서리(署理)하게 했던 것입니다.

그러나 정창군 또한 용렬한 사람이라 임금의 도리를 잃고 민심이 떠나버려 사직과 백성을 이끌 주재자가 되지 못함을 알고 스스로 물러났고, 이제 하늘의 뜻을 받들고 백성의 염원에 따라 전하께서 새 임금으로 보위에 오르시게 되었는바, 이는 대신 이하 만백성이 축복으로 여길 일이니 부디 기대에 부응하여주소서."

배극렴의 축사는 이성계가 하늘의 뜻을 받들어 진작이 왕이 될 것이었으나 사양을 하고서 '왕씨로 대를 잇게 한다는 명분으로 정창군을 임시로 왕의 서리로 앉게 해서 정무를 보게 하였는데' 정창군 또한 자질이 모자라서 스스로 물러났기에 이제 하늘이 미리 점지해둔 대로 이성계가 부득이 임금의 자리에 오르게 되어 백성들의 기대가 크다는 것을 장황히 설명하는 것이었다.

그러나 공양왕이 능력이 없는 인물이라는 것은 당초 그를 왕으로 추대했을 때부터 알려진 일이었다. 결국, 모자라는 자를 뽑아 임금의 자리에 앉혀놓은 것은 이성계를 보위에 앉게 하려고 만든 수순에 지나지 않았다고 보아야 할 것이다.

즉위식은 어보를 건네받고 대신들의 하례를 받는 것으로 간소히 치러졌다. 이성계는 6조 이상의 판서들을 가까이 오라 하여 당부를 했다.

"내가 시중으로 있을 때도 조심스러운 생각을 품고 늘 직책을 다하지 못할까 봐 걱정했는데 어찌 이런 일을 생각이나 했겠는가. 내가 몸만 건강하다면 말을 타고 피하려 했건만 병이 들어 손발을 제대로 쓰지 못하는 사이에 일이 이렇게 되었다. 경들은 각기 마음과 힘을 합하여 덕이 없는 이 사람을 성심껏 도와야 할 것이다."

이성계는 임금으로 즉위했음에도 여전히 겸손을 지켰다. 임금이 되리라고는 당초에 생각지 못하고 맡겨진 소임만을 충실히 해왔는데 신하들이 이렇게 만들어 어쩔 수 없이 보위에 앉게 되었다는 것이다. 아직도 적잖이 남아 있는 옛 고려에 대한 향수와 민심을 자극하지 않기 위해 조심스럽게 말한 것이었다.

1392년 7월 17일.

고려의 역사는 그렇게 종말을 고하고 마침내 새 나라의 역사가 시작되었다. 이성계의 즉위를 지켜본 정도전은 감격에 겨워서 흐르는 눈물을 주체하지 못했다.

'전하, 잘하시는 것이옵니다. 임금이 겸손하시면 백성이 존귀하게 되는 것입니다. 백성을 업신여기는 나라는 오래갈 수 없습니다. 소신은 전하와 함께 백성을 존귀하게 생각하는 나라를 꼭 이루어서 이 나라를 1,000년의 반석 위에 올려놓고자 합니다.'

정도전은 거듭거듭 속으로 다짐을 했다.

새 나라는 조선으로 불리면서 500년이 지속되었다.

그러나 백성을 귀하게 여기고 누구도 넘볼 수 없는 부강한 나라를 만들겠다고 한 그들의 포부는 끝내 이루어지지 않았다.

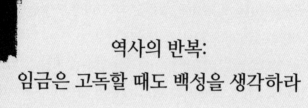

역사의 반복:
임금은 고독할 때도 백성을 생각하라

정도전은 이성계와 함께 3년여 심혈을 기울여 지은 경복궁의 이곳저곳을 둘러보았다.

이성계는 흡족한 표정을 지으면서 정도전과 이야기를 나누었다.

"전하, 이제 이곳에 계시면 외롭고 고독할 때가 많으실 것이옵니다."

"그게 무슨 말이오? 임금의 곁에는 항상 신하들이 끊이지 않는데, 언제라도 그들을 부르면 달려올 텐데 언제 고독할 틈이 있겠소?"

"그렇지 않사옵니다. 때로는 그들과 속내를 털어놓고 이야기할 수가 없을 때도 있고, 또 여러 이야기를 듣고서 혼자서 결정해야 할 때도 있을 것입니다."

"그럴 때는 삼봉이 곁에서 잘 도와주어야지."

"때로는 소신도 돕지 못할 때가 있을 것이옵니다."

"그럴 때는 어찌하면 좋겠소?"

"그럴 때도 개인적으로 열락하는 일에 빠지시는 것보다는 백성을 생각하는 일에 몰두하시오소서. 그리고 전하의 곁에는 많은 현명한 신하들이 있사옵니다. 그들이 어느 때라도 전하를 배알하고 의논할 수 있도록 전하의 신변을 보필하는 내관들을 경계하시옵소서."

"그건 또 왜요? 그들은 과인이 편히 지내 수 있도록 과인을 보살피는 일에 전념을 하는 사람들인데."

"그렇기도 하지만 그들이 전하를 지켜드리고자 전하의 곁에 항상 붙어 있는 것이 때로는 크나큰 권력이 되어서 신하의 접근을 막아 그들로 인하여 나랏일이 크게 그르칠 수가 있사옵니다. 전하께서는 이들을 경계하여 신하들이 언제나 전하와 소통할 수 있도록 하심이 좋사옵니다."

"듣고 보니, 딴은 그렇기도 하겠소."

"그리고 또 하나."

"뭣이오?"

"누구를 은밀히 불러서 정사를 의논하지 마십시오. 그가 은밀히 임금을 만난다는 사실은 그에게 권력의 왕관을 씌워주는 것과 같아서 그로 인해서 전하의 뜻이 왜곡될 수가 있사옵니다."

"내 보위에 있는 동안 삼봉의 말을 가슴에 새기겠소! 그리고 이 자리를 계승하는 후손들에게도 명심시키겠소."

이성계는 정도전의 충언을 들으면서 신뢰의 표시로 손을 꼭 잡아주었다.

* * * *

　지금 대한민국은 현직 대통령이 자신에게 부여된 권력을 잘못 관리하여 자리에서 쫓겨날 지경에 이르렀다. 그로 말미암아 국민들이 받는 고통과 갈등은 엄청나다.

　역사는 시대적 상황은 변했을지라도 그 역사가 가지는 의미는 반복한다. 이 소설 「이성계 대권」을 보면서 600년 전 이성계가 나라를 세운 의미를 오늘날의 상황과 비교해보는 것도 의의가 있을 것이다.

2017. 03.
저자 윤만보

이성계

대권
大權

초판 1쇄 　 2017년 03월 07일

지은이 　 윤만보
발행인 　 김재홍
편집장 　 김옥경
디자인 　 이유정, 이슬기
마케팅 　 이연실

발행처 　 도서출판 지식공감
브랜드 　 문학공감
등록번호 　 제396-2012-000018호
주소 　 경기도 고양시 일산동구 견달산로225번길 112
전화 　 02-3141-2700
팩스 　 02-322-3089
홈페이지 　 www.bookdaum.com

가격 　 13,000원
ISBN 　 979-11-5622-270-5 　 03810

CIP제어번호 　 CIP2017004601
이 도서의 국립중앙도서관 출판예정도서목록(CIP)은 서지정보유통지원시스템 홈페이지(http://seoji.nl.go.kr)
와 국가자료공동목록시스템(http://www.nl.go.kr/kolisnet)에서 이용하실 수 있습니다.

문학공감은 도서출판 지식공감의 인문교양 단행본 브랜드입니다.